中国专业作家
小说典藏文库

中国专业作家
小说典藏文库

芳香弥漫

陶 纯 著

中国文史出版社

写作的意义（代序）

关于写作的意义，以前我并没有过多考虑，就像我没有过多考虑人生的意义一样。人们活着为了什么？若要刨根问底寻找答案，可能有很多——有人为了贪图享乐，追求欲望的充分满足；有人为了事业的成功，一生孜孜不倦；有人为了一己私利，一辈子只知索取，不知奉献；有人稀里糊涂过一辈子，也不知道为了啥……

同样，写作为了什么？

用世俗的看法，不外乎下列几种：一是为了初心和梦想；二是为了名利；三是把写文章当作梯子往上爬，谋取官位；四是为了养家糊口。

关于写作的意义，古今中外的伟大作家有很多高论。《左传》上说，人生有三不朽：立德、立功、立言。立言即指具有真知灼见的言论文章，它能流芳百世。曹操的儿子曹丕似乎站得最高，他在《典论·论文》中说："盖文章，经国之大业，不朽之盛事。年寿有时而尽，荣乐止乎其身，二者必至之常期，未若文章之无穷。"意思是文章它能关乎国家兴亡，是治理国家必不可少的重器，是万代不朽的大事业，人的寿命、荣乐随时会中止，而好文章会代代相传，所以写文章要用心。杜甫在《偶题》一诗中说："文章千古事，得失寸心知。"意思是文章是传之千古的事业，而其中甘苦得失只有作者自己心里知道。龚自珍在《咏史》诗中说："避席畏闻文字狱，著书都为稻粱谋。"意思是，文人骚客一听到文字狱的事就胆战心惊，离席而去，他们著书立说的目的只是为了生活糊口，不敢揭露社会的阴暗面。法国作家大仲马说："历史是一颗钉子，在上面挂我的小说。"大仲马很自信，他把自己的作品当成了历史的一面镜子，事实上他也做到了。阿根廷作家博尔赫斯说过："我写作不是为了名声，不是为了特定的读者，我写作是为了光阴流逝使我心安。"可见他是一个淡定的写作者。巴金说："我写作不是我有才华，而是我有感情。"巴金先生非常平易近人，不故弄玄虚。鲁迅说："文章怎么写，我说不出来。"鲁迅先生此话并非谦虚，他可能想说，作家是课堂上教不出来的，作家需要天赋，文无定法，没有现成的路数教你们成功……

若问我写作为了什么？

为了名利吗？肯定有这个因素，否则就缺乏某种动力，而现实又很严酷——只有成功，才能获取名利。为了往上爬？真没想过，我比较散漫，心直口快，不适合当领导，事实上我一辈子只是一名专业创作员，从没担任过任何官职，连个班长、小组长都没干过。为了初心和梦想？这个没问题，绝对是，我主要是为初心和梦想而创作。为了养家糊口吗？我开始写作的时候，已经是一名军官，生活说得过去，吃饭不成问题，也没想着靠写作发大财，所以这条不成立。归根结底，对于我来说，写作是我生命的一部分，是生命和灵魂的需要，写作于我就像空气和阳光，不能离开。写作照亮了我的生活，使我有勇气面对艰难困苦和悲观孤独……

我们的生活中，几乎干什么都要花钱，大概只有三样东西不要钱：一是阳光，二是空气，三是文字。这三样东西，是可以随便取用的，不用掏腰包。我觉得自己这辈子很幸运很幸福，把三样东西都占了。

我女儿劝我，你光会写不行，还得学会吆喝。我说，先写出好东西再说吧。文坛就像官场，并不是坐在高位上的都是好官，文坛上有些名气大的，也没见他写出什么让人服气的大作。文坛犹如一池水，水上面难免有泡沫，泡沫浮在最上面，阳光一照，花花绿绿，可能很好看晃眼，人们首先看到的就是泡沫，但它是虚的。自己既然做不了泡沫，那就做一颗水中的石子吧，石子不显山不露水，沉甸甸地在下面趴着，多少年之后，泡沫没了，但石子还在。

我还想说，有时候，写作与创作不是一个概念，写作与创作的区别在于写作是物理反应，而创作是化学反应。真正的创作是创新——塑造新的人物，描写新的生活，发掘新的细节，抒发新的情感。

特别感谢中国文史出版社，使我的主要作品以这种形式与读者见面。这不是我写作的终点，而是又一个起点。

此为序。

陶　纯

2018 年 5 月 13 日

目　录

第 一 章

/

乌龙镇一些上了年纪的人，至今仍清晰地记得苏家二小姐艳秋去龙城的洋学堂读书时的情景。那是那一年的古历二月初二，龙抬头的日子。这一带的人把这个日子俗称为"青龙节"。出了正月，青龙节是头一个节日。

夜里，苏艳秋躺在炕上，翻来覆去睡不踏实。离开生活了十五年的镇子，到龙城的新式学堂读书，是她早就盼望的。此前，父亲苏子仁专门腾出大宅最西面的偏院，请来一位名叫顾嘉伯的前清秀才在家里办私塾，教三个孩子背诵那些老掉牙的经书典籍，一晃就是十年。艳秋虽是兄妹三人里学得最用功的一个，但她终究也受不住了。前年，哥哥苏东贤高高兴兴地进了龙城的国立师范学校。去年，与她孪生的姐姐苏艳若也兴高采烈地进了城里的女子中学。哥哥姐姐一走，艳秋尤其感到孤单。打发走了两个淘气的学生，顾先生倒是显出如释重负的样子。过去的那些年里，顾先生真是没少受他们折腾。有一次，东贤乘其不备，把一只丑陋的蜈蚣丢进了顾先生的脖颈儿，骇得他抱着脑袋跳叫，最后扭了脖颈儿，崴了脚脖子。还有一次，艳若深更半夜装扮成一个吊死鬼的模样，摸进顾先生住的小厦屋，吓得他当即闭过气去，而且尿了裤子。

1

后来面对娴静的二小姐艳秋，顾先生原本佝偻着的腰身挺直了许多，他一下一下用手梳捋着焦黄的胡须，嘴里冒气泡一样钻出的之乎者也比平常抬高了八度，比先前婉转了十倍，令艳秋更加难以忍受。

父亲坚持把艳秋留在家里，主要是想让她陪伴她的母亲。艳秋对父亲的这种打算既理解又不满，最终不满占了上风。她借故脑袋疼不再听课。顾先生仰天长叹，然后抑扬顿挫道："罢、罢、罢！二小姐，老朽去也……"顾先生收拾起简单的行囊，由家里的长工林兆法护送，黯然神伤地回他上河店子的老家去了。艳秋冲着顾先生远去的背影，深深地鞠了个躬，泪水止不住唰唰地流下来。但她不认为这是她的错，是时代变了，顾先生和他那些烂熟于胸的典章的不幸结局已经无可挽回地注定了。

半个月前，苏子仁差人从龙城捎信来，吩咐艳秋青龙节那天动身，到城里教会办的学校就读，一应手续已为她办妥。艳秋不由心花怒放，恨不得立时就动身前往。

乡村的夜晚极其静谧，无梦的轻睡中，艳秋偶尔听到看家狗花花神经质般的吠叫。屋内堆放杂物的地方，时不时传出阵阵细碎的响动，尽管艳秋知道那是老鼠们在作祟，她还是有点儿惊悸。家里的老鼠格外多，仿佛这里是鼠辈们设在乌龙镇的大本营，人们说那是因为苏家的家底厚实，老鼠不来这儿又能去哪里？偏偏母亲邢氏又是个吃斋念佛的信徒，不允许家丁仆从们杀生，老鼠在苏家真算是进了天堂，大白天都敢窜来窜去的，自在得很。好不容易挨到晓色映上窗户，艳秋再也躺不下去了，穿衣下炕。屋子里仍是灰蒙蒙的，她半睁半闭着双眼，从墙角的小水缸里舀了两瓢水，把铜盆端到门边洗漱，铜盆和水珠交汇的光芒使眼前明亮了许多。接着，她坐在父亲从济南府大商埠里为她买来的红木梳妆台前，细心整理了一番脸蛋儿和发束，又换上早就准备好的那套蓝色新式学生装，这才拉开门。

其实这时候全家人都起来了，人们在院子里忙碌，一切都有条不絮。丫头春杏拖着一把大扫帚扫院子，家丁头儿赵七在梧桐树下练拳，长工林兆法往马号里挑水饮牲口。

艳秋抬腿走向母亲住的正房。宽敞的大厅里，邢氏跪在一只蒲团上，双手合十，口中念念有词。母亲瘦小的脊背正冲着房门，脑后的发髻像一个掺了野菜的发面团子，斜插在发髻上的那枚金钗露出的部分发射着寒光，提醒艳秋停住脚步，不敢出声。邢氏面前的香案上供着一尊二尺高的、金碧辉煌的观音菩萨像，香炉里冒出的黄烟袅袅旋转、升腾，缠绕着大慈大悲仪态雍容的观音菩萨，久久不散。正是这尊塑像给这座阔绰的带屏风的宅屋增添了活力和亮色。不知为什么，艳秋总觉得母亲冷硬怪僻，难以接近，在母亲面前远不如和父亲在一起随和。母亲才四十出头儿，可在孩子们眼里已经是一个怪诞难缠的老婆子了……她屏住气息，耐心等待母亲祷告。邢氏却突然说道：

"走了，就不要回来了！"

声音不像是母亲发出的，而像是出自稳坐于香案上的观音菩萨口中。艳秋吓了一跳。她定定神，确信观音娘娘没有张嘴，这才觉出一阵难过。母亲又说：

"我生养你们，等于没有你们。"

"娘，瞧您说的，多不中听。"艳秋赶紧上前，赔着笑脸搀起母亲，"龙城又不是天南海北，想回来还不抬腿就到？再说，到了天南海北，当了皇上皇后，也照样是您身上的肉，照样把您供在头里！"

邢氏拉长了的脸变短了一些。她拍拍女儿的手背，表示领情了。

又和母亲唠叨了几句，艳秋赶紧告辞出来。这时，她看到管家陈茂穿戴齐整，一脸庄重地端着盛满了草木灰的簸箕从厨屋往外走。陈茂四十多岁，在苏家当管家已逾八载，他和主人一家相处得还算和睦，苏家老老少少也不把他当外人待。但艳秋总感到陈茂是个心计很深的人，这种心计从他高大严谨的外表上看不出来，只有在他朝你凝视的时候，你才能隐隐约约感觉到。

陈茂和艳秋碰了个照面。陈茂说：

“小秋啊，从没见你起这么早。一说要去城里上学，就高兴得睡不着了。我年轻时可不是这样，什么都不怕，就怕读书。”

“那是以前，”艳秋搓着已经冰红了的小手说，“现在不行了，年轻人不上进就没有出息。陈叔，你端灰干啥？”

“引龙。今儿个是青龙节，马虎不得的。”

陈茂朝大门口走去，没忘了呵斥正在扫院子的春杏，说老半天都没把院子扫完，和个懒婆娘差不离。春杏挨了训斥，噘起小嘴，同时加快了动作。

艳秋对节日的那一套礼俗不感兴趣。越是大户人家越讲究这些，每临节日，家里搞得神神道道的，似乎天底下就他们尊神敬鬼。此刻，陈茂走到大门口的石狮子基座前，把草木灰从大门外蜿蜒撒入厨房，然后围水缸撒一圈，这便是所谓的引龙。艳秋从塾师顾嘉伯那儿了解到，自从元代欧阳玄的《渔家傲》词中有“二月都城春动野，引龙灰向银床画”之后，龙抬头那天这一带就有了引龙的风俗活动。引龙的目的，一说是预示增加财富；一说是龙抬头后，各种害虫就不敢出来为害人间。这时艳秋注意到，陈茂已经在阔大的宅院周围撒过了一圈草木灰，这叫作“打围墙”，据说害虫恶兽们害怕草木灰，不敢进宅子，同时“围墙”还有阻挡洪水的作用。

做过这些还不算完，陈茂又来到庭院中间“打灰囤”，就是把灰撒成数个仓廪状的图案，然后从口袋里掏出几把五谷杂粮，恭恭敬敬地放在灰囤中央，是为祈求五谷丰登、粮食满仓。陈茂本来还打算用一根长长的白蜡杆子敲打房梁，意为击梁辟鼠，据说这样做了老鼠就不敢出来了，但邢氏递过话来，说免了吧，别惊吓着生灵，又说德行再差的生灵也是一条命哪。

这一切原本应当由当家的来完成，但男主人不在家。自从苏子仁纳了唱柳子戏的邱玉凤为妾后，他就不大回来住了。陈茂当仁不让地揽过了这项事宜，这使他在苏家的位置又提升了几分。

早晨就在忙乱中度过。艳秋闲着无聊，就拎上扎着铜箍的木桶来到南墙根，给正冲着院中央月亮门的那两棵枣树浇了一遍水。两棵枣树是她和姐姐艳若出生那天父亲特意栽上的，一晃都十五年了，长到了碗口粗，每年都结很多的枣子。有趣的是，因为父亲当初栽种时两棵树离得太近，它们长着长着，上面的枝干紧紧抱在了一起，就像一棵树的样子。所有的人都认为它们现在这个样子也许更有意思。父亲不止一次地说："你们姐儿两个长大了，要像这两棵树那样，永远都不要分开。"

给枣树浇过水，春杏喊艳秋吃早饭。因为邢氏指派春杏今天送二小姐去城里，想到能够到热闹繁华的龙城遛上一圈，春杏似乎比这个家里的任何人都兴奋。但是，大少爷走了，大小姐也走了，二小姐又要走，从此以后，这座深藏在乌龙镇中心的深宅大院怕是更寂寞难耐，剩下自己一个年轻女子，虽是衣食无忧，日子也欢欣不到哪里去……春杏的喜兴劲儿一下子就不见了。

吃罢早饭，收拾停当，就该动身了。

2

苏家的黑漆大门前聚集了很多看热闹的人。门口那两只身材肥硕的石狮子也一动不动地望着衣衫破旧的人们。兆法把一辆扎着青布幔子的崭新的胶皮轱辘马车赶到门前空地上，拉车的两匹溜光水滑的高头大马轮流喷着鼻子，甩动着蹄子，昂扬着脖子。平素窝里窝囊老实木讷的兆法这时候像个赶车迎娶新娘的新郎官那样，黑亮的大脸盘上挂着难得一见的笑容，用粗重的嗓门儿回答着人们好奇的疑问。苏家的一举一动都能牵动全镇人的神经。

兆法的老母亲林姜氏也混在人群里，不停地哆嗦着一张没牙的瘪嘴夸她的儿子，说他是全镇子最俊美的男人，将来会娶上一个如花似玉的媳妇。人们听了林姜氏的话，吭吭地笑。有人干脆打趣道：

"娶上一匹如花似玉的马驹儿就算不错了。"

"闭上你娘的臭嘴！"林姜氏踮起尖尖小脚冲那人笑骂。

兆法的脸红了，他低头整理着轭具，对他的母亲说：

"娘，你凑啥热闹，快回家吧！"

"我看看还不行？真是的。"林姜氏有些不快，跺跺脚，又说，"我儿，当心马蹄子踢着你的腿。"

"踢着腿没啥，"有人马上接话道，"别踢着蛋子就行。"这话随即引来一片哄笑。兆法的脸红得像一块热铁，赌气不再吭声。春杏哼着小曲提一件行李过来时，兆法偷觑了她两眼，脸红得更是厉害，仿佛他做了件十分见不得人的事，而且又被人当场捉住手腕子似的。

和大门口的热闹情景相反，院子里的气氛不免压抑。苏艳秋和母亲邢氏道别，邢氏耷拉着眼皮，念一声阿弥陀佛，转身进了自己的房间。艳秋的眼里突然涌满泪水，她用力攥紧拳头，使眼泪不流出来。

艳秋在陈茂的陪伴下往外走。陈茂像个宽厚慈祥的长者那样，又适时叮嘱了艳秋几句。家里那条德国种看家犬不知从什么地方钻出来，围着艳秋打转转，嘴里发出依依惜别的呜呜声。"花花！滚一边去！"陈茂把它呵斥开。艳秋其实不喜欢狗类，尽管它们大都忠诚可靠。她此时想见的是另一个生灵。果然，一团温柔的黄光一闪，被艳秋唤作大黄的那头小牛从照壁墙后面闪出来。大黄还不到一岁，已经长成一头壮实的牛犊子，它骨骼发达，四肢粗壮，通身都是油光光的黄毛，只有眉心处有一团白色的毛发，像是镶上去的一块白玉，这使大黄显得格外标致。镇上人都知道，没有艳秋就不会有大黄，是艳秋给了它性命。大黄缓缓走到艳秋跟前，两只前蹄一软，毛茸茸的脑袋就蹭着了艳秋的膝盖。艳秋心里一动，毫不犹豫地弯下腰，伸出双手捧住大黄的耳根，脸蛋儿在它眉心处那团柔软的白毛上碰了碰，心里涌起一股暖流……

太阳已经升起一竿子高了，陈茂催促艳秋快点儿上车，五十多里路呢，而且他们几个当天还要返回来。她丢下大黄，迎着门洞里透过来的耀眼的光芒，走向马车。

兆法在空中甩了个响鞭，两匹拉车的大马腰身一抖，悦耳的铜铃声便离开马脖子，响彻了整条街道。艳秋坐在车内的缎子软垫上，透过青布幔子的缝隙，她看到自家的两扇黑漆大门从里面关上了，她最后从门缝里看到的，是大黄那双忧郁的圆眼睛，以及眼角两颗硕大而晶莹的泪珠。

马车路过镇子西北角的土地庙时，镇长林占五正率领一干人在致祭。乌龙镇的土地庙是这一带最堂皇的庙宇，香火一直十分旺盛。里面有男女两尊坐像，分别是土地爷爷和土地奶奶，坐像两旁站立着手持勾魂牌和锁链的鬼卒。此刻参加致祭的大都是镇上有头脸的人物，艳秋的亲叔苏子信也在其中。十年前艳秋的祖父苏继堂老先生过世时，把家产不偏不倚分给子仁子信两兄弟，由于子仁精明能干，眼见着这边越过越红火，子信却是个不争气的败家子，吃喝嫖赌样样不离手，兄弟二人的家底早已不可同日而语，两家的关系也生分了，基本上不往来。

出了土围子的北门，就是直通龙城的官道。路是黄土路，路边栽着稀稀拉拉的柳树。现在还不到发芽的时候，伸到道路上方的细柳枝儿光秃秃的，没有风，阳光也不错，柳枝儿一动不动，像是未经梳理的发丝。道路两旁的土地都是苏子仁家的，只不过由没有地的佃户租种着。很长时间没下雨雪，道路还算平坦光滑，坐在马车上觉不出怎么颠簸。艳秋把罩眼的布帘子拉开一条缝，她看到广袤的原野上一片明净，伏在地面上的麦苗儿叶片干枯，认真去看，才能察觉出已有绿意隐约透出。也许用不了多久，大地就会变得春意盎然，绿潮涌动。田野里有不多的人影和牲畜在晃动，人们都穿着灰色或黑色的破旧棉衣，显得毫无生气。牲畜的叫声嘹亮而悠长。这都是些勤劳的农人在小心翼翼为夏天的收成做准备。偶尔有一两只野狗从视线里驰过，它们像射出的箭，转眼就不见了踪影。艳秋禁不住想，和人相比，它们终究是自由的。

路上的行人更是少见。这年月，人们一般是不外出的，外出的大都是生意人——货郎或拉脚的驮队之类，外出时尽量成群结伙，以防遇到不测。兆法和赵七坐在车前面，背靠车篷，兆法不时地甩一下鞭子，鞭子其实很少打在马匹身上，两匹马很卖力，赶车的甩鞭子是一种习惯动作。皮鞭击打空气的叭叭声和马脖子下的铜铃声混合在一起，给这条走了千年的寂寞的黄土官道带来了些许活力。赵七则手按腰间的短枪，虎视眈眈注视前方。

马车有点儿费力地驶上运河岸边的一座高岗时，沉思中的艳秋像被一股强力唤醒，她突然想起什么，冲着车头的方向大声说：

"停一停！"

她下了车，一个人离开道路，爬到最高处朝来的方向张望。这里离镇子约有三里远。站在这个地方往下看，灰蒙蒙的乌龙镇好大一片，勉强尽收眼底。她看到了她家的三进套院就在镇子中央，拱起的青瓦搭成的屋脊像一条灰色的龙骨，她还看到了土地庙的飞檐和屋角上的四只石兽，以及主要街道上蝼蚁般爬动的人影。

这时候的乌龙镇已经有了八百户人家，是方圆百里之内最大的村镇。它的历史和龙城一样古老。传说康熙和乾隆皇帝下江南时，曾在镇里歇过脚，喝过她家西墙根下那口深井里的水，吃过鲁西著名的乌龙镇烧饼。后来龙城的烧饼铺都爱打乌龙镇的旗号，她父亲说那些铺子都是虚幌子，他们做的烧饼永远也比不上乌龙镇的地道。现在她的行李包里就有带给父亲的一摞烧饼，还有一包母亲捎给大哥东贤的油炸小面鱼，那是母亲亲自下厨炸的，全家似乎唯有东贤有这个口福。

高岗子下面，就是蜿蜒流淌的京杭大运河。

运河在龙城和乌龙镇之间的河道格外弯曲，从龙城往北，从乌龙镇往南，河道都比较直顺，这一段曲折的河道就成了一条龙的大模样。如果把龙城当作这条水龙的龙首，那么，乌龙镇可称作它的龙尾。这段河道有不少险段，汛期时常有小船稀里糊涂沉到里面，所以每到七月十五鬼节那天，河两岸招魂的灯火和呼喊声特别稠密。每年的这天夜里，艳秋都能被吓醒好几次。

从乌龙镇通往龙城的官道就沿着运河的走向，河道弯曲，道路也弯曲，有时坚硬的河堤就是道路，更多的路段是在大堤下面的田野上。

前几年干旱少雨，运河变成了细细的一条水流，漕运业被迫中断，沿岸的几个大码头失去了往日的喧闹。去年大雨成灾，水势凶猛，而且有好几个地段决口，淹了龙城周围的数万亩良田，龙城的街道上也过了水，乌龙镇地势稍高，没怎么受灾。大水过后，中断数年的运河漕运业再次进入兴盛期，每天都有数不清的大小船只经过，把鲁西大平原上的粮食和棉花运走，再从南方运来茶、米、糖、绸等特产，从北方运进煤炭、木材等物资。

冷飕飕的小北风从河面上吹过来，艳秋打了个寒战。一艘有八个水手摇橹的大木船顺流驶下，水手们大概发现了站在他们头顶的漂亮女孩儿，一齐亮开大嗓门儿，狠巴巴地吼了一阵。艳秋友好地冲他们招招手。正待转身离开时，突然，一股奇异的气息钻进了她的鼻孔。

这是这个季节少见的气息。不知它来自什么地方，也不知它为什么要来。它躲藏在凛冽而透明的大气里，就像某种淡雅的音符，以丝丝缕缕、若有若无的形式游动，游着游着，仿佛不经意间就钻进了她的鼻孔，并且一无阻挡地深入她的血液、骨骼、心脏和脑髓，和着她身上所有的细胞一起跳动。她的心跳不由加快了。但她还是搞不清它来自何方。

顺着她站立的地方往下看，河堤下面不远处有一片整齐的林子，林子中间栽着参天的古柏和油松，外围是杯口粗的柳树和白杨。这片林子就是苏家的坟地，里面埋着苏家的列祖列宗。但艳秋只见过她的爷爷和奶奶，其他人没给她留下什么印象。林子的外围是一片没种庄稼的坡地。艳秋忽然感到，那奇异的芳香就来自这片紧傍着河堤的坡地。

她从高岗上下来，呼吸着越来越浓郁的芳香，朝那片坡地走去。踏上那片河堤下的空地，她惊喜地发现，向阳的地方露出了许多嫩绿的芽尖，它们还是那么细小，细小得几乎看不见，但它们确实是存在的。它们抢在万物复苏之前挣脱了出来，静静地待在这儿。它们仿佛和她有一个约定，如约在这儿等她呢。现在艳秋终于明白了，是它们把她从辘辘向前的马车上召唤下来的。如果她不来这儿看看它们，那就是她的失约，那就是她的不对。

她蹲下身子，仔细地瞧着它们。她知道它们长大后，就会开放出野百合花、矢车菊、喇叭花、野玫瑰等灿烂的花朵。家乡的土地上原本就有很多这样的花朵。她不顾弄脏衣服，趴下身子，鼻尖贴在一枚翠绿欲滴的芽尖上。

太阳悬到了半空，气温开始升高。春杏和兆法跑过来，劝艳秋快些走，不能再耽搁了，那边老爷等急了，大伙儿可要挨骂的。

艳秋依依不舍地随他们朝马车走去。

往下的速度就加快了，兆法不停地挥舞鞭子，马蹄的嘚嘚声和铜铃声传到很远的河面上，与流水声、汽笛声、船工号子声纠合在一起，形成一股声音的洪流。艳秋眉眼舒展了许多，她开始想以后的事情。她没有更大的抱负，只想着学点新鲜知识，再做点力所能及的事情。她尤其不愿过眼下大多数女人过的那种沉闷日子，那种体现不出自己个性和尊严的生活会让她害怕的……

快到正午的时候，他们的眼前出现了龙城参差不齐的轮廓。两匹早已大汗淋漓的良种马不顾疲劳跑得更欢，嘚嘚的马蹄声宛若越擂越急的鼓鸣，仿佛龙城是天堂，它们要去天堂里做天使似的。艳秋帮着春杏把罩眼的青布幔子全都拉开，视线豁然开朗。艳秋第一眼看到的，就是矗立在城南的教堂，它瓦蓝色的圆顶在阳光下熠熠生辉。教堂西北面不远处，就是气势雄伟的望河楼。它是龙城最高的建筑，也是龙城的象征。

这时，教堂的钟声突然响了，嗡嗡的金属质的响声在艳秋的心里激起层层涟漪……

10

马车接近南城门时，天上刮过一阵强劲的冷风，冷风携着乌云遮住了太阳，四周倏忽之间暗下来。好像有零零星星的雨丝飘落，裸露的皮肤感到凉沁沁的。突然，艳秋听到遥远的天边传来一阵隆隆的轰鸣，仿佛有一千条龙在咆哮。其他人也都听到了，心跳猛地加快。兆法一缩脖子说：

"老天爷呀，龙真的抬头了……"

艳秋吩咐他把车停下。他们竖起耳朵仔细听了听，却发现原来是大堤那边运河水发出的涛声。大伙儿嘻嘻哈哈笑起来，引得路边的行人纷纷往这边看。

片刻工夫之后，马车到达状元街七号。

3

状元街因明朝时这条街上出了一名状元而得名。它是龙城最古老的街巷之一，街两面都是鳞次栉比的店铺，有金店、粮行、当铺、书局、杂货铺子、茶馆酒肆等，五花八门的招牌伸到了道路上方。每天都有身背褡裢头戴礼帽或瓜皮帽的生意人在这条街上转悠。小商小贩和籴粮买杂物的普通市民更是比肩接踵，偶尔还驶过一辆那个年代挺稀罕的乌龟头小卧车，嘀嘀地鸣着喇叭，引来很多人围观。到了夜晚，打烊的时辰一到，两边的店铺门一关，它就静下来了，和其他的街巷没有什么不同。

和一般的乡绅相比，苏子仁算是个见过世面、头脑活泛的人。年轻的时候，农闲季节，他曾数次跟随父亲苏继堂到济南、泰安和东部的海边贩过布匹、牲口和私盐，还曾坐船到过一次北平，在景山脚下远远地打量过几眼紫禁城，在前门外的书场里听过京戏，喝过大碗茶。直到他二十一岁那年，父亲的驮队在半路上遭到散兵游勇的袭击，雇用的伙计死了两个，其余的跑光了，财物被洗劫一空，他们父子差一点儿丢掉性

11

命，好不容易逃回家后，他父亲大病一场。从此，他父亲死也不肯离开家乡的土地了，而且也禁止他们兄弟二人往外头跑，一大家人塌下身子置地筑房，生儿育女，做着终老故土的旧梦，日子倒也越过越滋润。

父亲过世后，苏子仁很快把家业往前推进了一步，新购了两顷好地，把房宅修缮一新。但这时候他的心又开始不安分起来，总觉得家乡的这一亩三分地拴不住他。事实上，他对农事一点儿不感兴趣，时常把节气弄得颠三倒四。大部分土地都租给了佃户，只等着收租子就行了，用不着他操太多的心。乌龙镇的佃户都清楚，苏子仁老爷是镇上的财主里面最好说话的人，很少像别的财主那样刻薄悭吝、斤斤计较，交租时短个十升八升的，他笑笑就过去了，因此他家的土地不愁没人租种。这样一来，他和佃户之间的芥蒂也少。他向来认为富人应该有富人的气度，绝不可把穷人往绝路上逼，你逼急了他，他就要找乱闹事，天下一乱，失了秩序，倒霉的往往不是穷人而是富人，因为光脚的不怕穿鞋的。

尽管苏子仁几年间就成了乌龙镇的首富，但他觉得光在土地上熬日子只能是一个缺少见识的土乡绅，而不知道世界有多大，天地有多宽。乡间的生活是那样宁静、单调和沉闷，像一汪死水，却又潜藏着危机。不久之后，随着龙城日渐繁华，随着各地佃户抗租抗赋、东家被杀的消息不断传来，随着南方国共双方的战火越燃越旺，随着日本人在东北的动静越闹越大，随着"革命"这个新鲜词儿不再让人感到陌生，苏子仁终于认识到，再把身家性命全都押到土地上是不保险的，也是愚蠢的……他牙一咬心一横，决心靠拢一下商业，不再醉心于只打土地的主意。

就这样，四年前，他进城花两千块大洋盘下了状元街七号，打算开个店铺。这几乎是他当时全部的家底。为此，他的妻子邢氏认为男人疯了，好多天闷闷不乐，找茬口闹别扭。邢氏也许就是这个时候恋上吃斋念佛的，性格随即变得更为古怪。

在城里买下房子后，他思来想去，决定做粮食生意，给铺子起名"昌顺"。不愁没有货源，鲁西大平原本身就是个粮仓。除了按季节粜出自家收获的粮食外，由于他人缘尚好，在当地有些名望，所以那些手中握有大批余粮的乡绅财东也愿意把货物交给他出手，由他赚取差价和中介费。赶上好年景，进项也还是很可观的。后来他又斥资修缮改建了一下房屋和庭院，状元街七号很像个阔人住的地方了。它的对面偏南一点是龙城赫赫有名的"运盛金店"，再往南是同样有名的"大华书局"。到金店来的大都是有钱人，进书局的大都是朝气蓬勃的青年学生和老气横秋的教书先生。

在生意场上，他一直坚持循规蹈矩，很少做买空卖空或囤积居奇的投机行为。他认为生意人更要讲究名声，如果只贪图眼前的蝇头小利，坏了声誉，到头来就等于搬石头砸自己的脚。他的这个做法连他十分信赖的账房先生牛得宝都感到不可理喻，说："买卖人哪有不投机的？无奸不商嘛，要想发财，就得这么干。"苏子仁摇摇头说："不见得吧。"在生意场上混了大半辈子的牛得宝起初把东家当成了脑瓜子不开窍的土财主。其实牛得宝小瞧了主人。

前年春夏两季这一带干旱无雨，运河见了底儿，粮食歉收，遍地饥馑，城里所有粮行都关起门来歇业，门口天天挂着"今日无货"的告示。其实明眼人都知道，粮行是在囤积居奇，不见兔子不撒鹰，以极大的耐心等着关键当口卖个大价钱。苏子仁却不这么干，他只是把价格比平时提高了一点，就把存粮全部出手，然后店门大开，仓房门夜晚都不上锁。伙计们整天在天井里喝茶下棋，嘻嘻哈哈，他则一脸轻松地到望河楼下的书场里听柳子戏和八角鼓（一种民间艺术形式）。果不其然，没等那些满心欢喜的粮行主人等到他们想象的价格，因饥饿而愤怒的市民就在一天夜里袭击了城里所有的粮行，不但抢光了存粮，而且有好几家铺子的门面都给烧了，几乎所有的店主都被打伤。他们去告官时，官府里的人斥责道："没打死你们这些奸商就算幸运了。"苏子仁的"昌顺"却毫发未损。

前年的抢粮事件引发了一系列的骚乱，半年之后才告平息。当局怀疑背后有共产党人的操纵，查来查去并未发现头绪，就当成一般性的饥民作乱上报省府了事。不过，经过这场折腾，全城三十几家粮行倒闭了一半倒是真的，剩下的那一半也伤了元气。唯有"昌顺"不仅未遭损失，还赢得了声望。很快，苏子仁的"昌顺"成了全城粮食行业的龙头老大，就连那几家开业达数十年之久的老字号都望尘莫及。年底，龙城的商界巨贾们闹嚷嚷成立商会，苏子仁顺顺当当被推举为副会长。

这件事情给账房先生牛得宝上了生动的一课，他不由得暗暗佩服起表面愚呆实则精练旷达的苏子仁来。有一次主仆二人对饮，牛得宝说："老爷初涉商界，事情竟做得这样天衣无缝，真是不得了啊！"苏子仁沉吟道："并不是我苏某人有前后眼，更非料事如神，实则事情明摆着，别人饿红了眼，你却囤积大批粮食，见死不救，不出乱子才叫怪。"牛得宝说："如果老爷不嫌弃，得宝这辈子就跟老爷跟定了，也许用不了十载八载，老爷就会成为龙城首富。"苏子仁说："我倒是满心希望这样，就怕时局不饶人啊……"

状元街七号是个典型的四合院，共有六间正房，东西各四间厢房，房屋都是砖瓦结构。大门则是富裕人家常见的高门楼，门口置有拴马石。临街的四间厢房白天做门面，晚上住伙计，里面的四间厢房当仓库。院子用青砖铺就，院中央有一棵合抱粗的大槐树，枝繁叶茂，据说树龄至少在三百年以上，盛夏时节，它能荫及大半个院落。只要把大门一关，就可以把街上的喧闹关在外面。

开店之初，苏子仁在店里和家里两头住，农忙时住家里，农闲时住店里。他曾动员妻子邢氏也搬到城里住，家里的事情全盘交给管家陈茂即可。邢氏执意不来，说住城里没有地气，人住在缺少地气的地方会折寿的，任他怎么劝说都没用。后来邢氏果真没来过这里一次。

1

苏子仁正式住进状元街七号后，常常做一个奇怪的梦。他梦见一个梳长发、着旗袍、脚穿绣花鞋的年轻女人，在一片花丛中朝他挥舞手帕，仿佛在召唤他。他只能看见她的身影，看不清她的脸。他迟迟疑疑向那个妩媚窈窕的影子走去，到了近前，却发现什么都不见了。待他转身要离去时，那女子却又在另一个方向朝他招手。于是，他再次朝她走去。如是再三，就是无法接近她。他一急，猛地扑向她，结果他跌进了深不见底的悬崖……接着他就惊醒了，吓出一身冷汗。

如果这个梦只做一次，他是不会往心上去的。偏偏它在相当长的一段时间里，反复在他睡梦中出现，情景总差不多，每次都让他毛发倒竖，冷汗涔涔，心力交瘁。这就不由他不当回子事了。他合计是这宅子有毛病，可能是个凶宅，就悄悄向邻居们打听。邻居们一口咬定，上十年来没见什么人暴死在里面，原先的主人一家老少都无病无灾，从未听说闹过啥动静。他仍是不放心，又请一个阴阳先生来"相宅"。阴阳先生怀抱一只古旧的罗盘，中心有乾三连、坤六断的图形，他瞅了一眼，就感到头晕目眩。阴阳先生里里外外探看了一番，苏子仁急切地问他发现了啥，那人不吭气儿，只是阴阳怪气地笑。苏子仁适时递上十块钢洋，阴阳先生这才爽朗地笑了，连说："不碍事不碍事，这座宅子是个少见的吉宅。"停了停又说，"如若主家不嫌麻烦，在墙角立块石碑，上刻'泰山石敢当'，或许更好，往后放心住着就是了。"

阴阳先生一摇三晃离开后，苏子仁马上请人刻了石碑。可他心里还是不踏实，总觉得阴阳先生得了大钱信口诌好话蒙他。于是，他背着人，又惴惴不安去了城外的玉皇庙，请庙里的智清长老释梦。智清和尚耐心听他讲完那个把他折磨得面黄肌瘦的梦，数着念珠的大手一松，微微笑了。老和尚说："施主，恭喜你呀，你要交桃花运了。"他愣怔着

15

不明究竟。智清打了个哈欠，压低声音道："施主阳气过盛，如若再讨一房女宾，可保无虞也。"

听了老和尚的话，他面有难色。智清察觉到了，微闭上双目，道了声阿弥陀佛，说："贫僧从面相上看出，施主是个财运亨通之人，凭施主的家底，再讨一房妻妾不是难事。"他含含糊糊地问："如果不讨呢？"智清说："阳气过盛，若不调和，盛极而必衰。"

从玉皇庙的偏殿里出来，他长长地舒了口气。

事实上，这个年月家底殷实的人家纳妾是十分正常的事情。不纳妾的不外乎三种情况：一是夫妻感情确乎好，又具备新派思维；二是确实不好色，或身体条件不允许；三是吝惜钱财，把银钱看得比什么都重。

苏子仁先前一直未动纳妾的念头，可上面的三种情况似乎哪种都不完全符合他。这一次他记住了智清长老的话，有意无意地留心着。当那个梦再一次出现时，他不怎么害怕了，但迫使他打定了主意。

后来苏子仁把唱柳子戏的邱玉凤迎进状元街七号后，他还是没搞清自己究竟属于哪种类型。

他和原配邢氏的感情谈不上多么好，也谈不上多么不睦。邢氏的娘家也算个大户人家，是离乌龙镇三十里远的下河店人。他十二岁那年，父亲苏继堂骑着毛驴去下河店串一门老亲戚，席间多喝了几杯，回来时出村不久酒力发作，醉倒在路边，毛驴跑到田里，把一户人家的青苗啃吃了一大片。田主赶来后不仅没责怪，还差人从家里取回热汤水灌醒了他父亲。他父亲自是十分感激。二人坐在路边唠家常，三说两说就拜了把子，又选个吉庆日子喝了喜酒。交杯换盏的工夫，捎带着把儿女的婚事定下了。又过了十年，比他小五岁的邢氏就做了他的妻子。在这之前，他们一次面也没见过，只是多次听父亲说，他那没过门的媳妇俊着呢，尤其是那双尖尖小脚，放到有朝廷的年月，比那选进宫的宫女都不差。父亲的话让他心里凉了半截儿。那时在婚姻这一点上，特别是在偏僻的村镇，不论大户人家还是贫穷人家，情形都差不多，父母之命是无法违背的。成亲那天，一乘大花轿把女人抬回了家，吹鼓手弄出的声响搅乱了一个镇子。女人下轿时蒙着红盖头，他看不清她的脸，只看到了她的脚，果真是一双小得不能再小的尖尖小脚。望着那双和自己的母亲一模一样的小脚，不知为什么他有一种喝醉了酒想呕吐的感觉。

好在那个不舒服的感觉很快就过去了。他身为苏家的长子，肩上寄托了父母几乎全部的期冀，无论如何，男女间的私事与光宗耀祖、光大家业这样的大事是没法儿比的。成亲二十多年来，他说不上女人哪里好，也说不上女人哪里不好。女人平时话不多，既不低眉顺眼也不挺胸抬头。家里仆人家丁长工短工的一大帮，里里外外的活计都不用她插手，除了上茅厕和到厅堂吃饭，她一般大门不出二门不迈，整天闷在屋里不知忙些啥。你若劝她出来转转，她就推托说身上不舒坦。尤其是公婆谢世之后，她更是不在人前抛头露面了。

有一点是可以肯定的，女人身子虽然单薄，黄皮寡肉，但却顺顺当当生下了三个活蹦乱跳的儿女，对苏家可算是个有功之臣。如果不是由于她后来疏淡了床笫之乐，他们也许会有更多的子嗣。两个孪生的女儿长到满地跑的年纪，就该像老辈女人那样裹脚了，这是关乎她们一生的大事。他站出来，坚决反对给她们裹脚，理由是年月不同了，再让孩子受那份千年老罪他这个当爹的心疼。又说脚太小了，而路又太长了，走起来不稳当，干不成大事。他把邢氏精心保存的裹脚用的竹片子、小木槌、厚厚的家织粗布等专用器材丢到了灶膛里。那时他父亲已经病入膏肓，知道儿子因为娶了个小脚女人一直耿耿于怀，遂叹口长气说："由着孩儿他爹吧。"邢氏看到自己引以为荣的东西在男人眼里一钱不值，号哭了两声，钻进屋里三天没沾水米。后来望着两个女儿越长越开的大脚片子，邢氏心里是颇不痛快的，她说她心口窝疼的毛病就是这时候落下的。

为两个如花似玉的女儿保留下"天足"，需要冒被人戳脊梁骨的危险，但苏子仁却也因此为自己挣下了开明乡绅的脸面。

三个孩子里面，他最喜欢长子东贤是自然而然的。起初他也确实把东贤当成苏家未来的希望，尽心尽力培植他。儿子做得再不对、惹了多大的祸他都原谅他，不记得戳过他一指头。这和他小时候父亲对待他的态度截然相反。父亲信奉棍棒底下出孝子的古训，稍有差错就朝他和弟弟子信的屁股上抡鞋底子。他挨够了父亲的揍，所以他不想让儿子重复他的过去。东贤长到十三岁时，个头儿已经赶上他了，像一株挺拔的小杨树。每次望着儿子的背影，他都抑制不住内心的喜兴。但后来他渐渐发现，东贤和苏家门里的人差异很大，最大的不同在心性上。东贤的心性太硬。

　　东贤越来越让他失望之后，苏子仁把热情更多地用在大女儿艳若身上。艳若比一般女孩儿成熟得早，接受新东西快，喜爱幻想；性格又外向泼辣，敢说敢为，风风火火，刚烈执拗，胆大心细，争强好胜。她就像一阵风，像某些具有大丈夫气的男子汉。艳若的性格倒像个干大事的人，苏子仁渐渐看到了这一点。艳若或许能弥补东贤带给他的遗憾。想到这里，他笑了。他又想，可惜艳若是个女孩儿，如果是个男孩儿，真说不定会闯荡出一番惊天动地的事业来。

　　艳若心肠不坏，这对苏子仁更是个莫大的安慰。人靠什么立本立身？他想，最终还得靠心肠啊！没有一副好心肠，纵然你有再大的作为，也只能算个残缺的人。当然，乱世年头，心肠好的人可能难有大出息。不过也不一定。他想起妻子邢氏天天念叨恨不能当饭吃到肚里的菩萨。菩萨的心肠当然是最好的，菩萨不也是乱世年头儿才出现的吗？正因为世道不济，人心生邪，灾祸连连，才有济世的菩萨降临人间，救芸芸众生于水火之中……如今世道不好，正说明心肠冷硬的人太多而心肠温软的人太少，就是这个缘故。如果把这两种人颠倒过来，世道何至于如此乱哄哄？

　　苏子仁就把大女儿艳若视作他生活中的一个支撑。

　　现在他搞明白了，一个人辛辛苦苦地挣，像牛马一样劳顿，不仅仅是为了光宗耀祖，也许更重要的，是为了培植后代，荫泽子孙。祖宗先人都入土为安了，子孙后代却是源源而至的。为活着的挣前程远远比为死去的挣虚名要有价值。现在他丝毫不敢懈怠，辛勤操持着城里的店铺，牵挂着镇上的土地，其目的无非是多增加点进项，为三个儿女的未来创造条件。他觉得龙城虽然是鲁西大平原的中心，但它和北平、上海、济南、青岛等大城市相比，毕竟差得太远。将来把孩子送到大地方去发展，岂不更好？相信孩子们也愿意到那些地方去。街对过运盛金店的老掌柜季广庆就是这么办的，季老先生把五个孩子送走了四个，其中有两个已经到美国留洋去了，只留老大在身边准备接班。季广庆年轻的时候喜欢走南闯北，沿海一带的大小城市都走了个遍，还到南洋待过一阵子，后来他在北平落了脚，专做金银玉石生意，据说因为参与倒腾慈禧老佛爷的随葬品遭官府缉拿，才乘船逃到偏僻的龙城，并在此扎下根来。

有一次，苏子仁前去拜访季广庆，谈起儿女们的前程，有心向老掌柜请教。季广庆把紫砂壶从嘴上拿开，亮着大嗓门儿说："儿女嘛，就像马驹子，跑得越快越远才好，最好跑到外国地儿上去。苏掌柜你听我的，将来豁上老本也要送孩子留洋。你不妨仔细想想，共产党在南边打，日本人在北边闹，国民党顾了这头顾不了那头，照这样下去，不出三五年，咱中国肯定要有大灾大患。果真如此的话，在国内待着，恐怕保全小命都不易，何谈发展？"

苏子仁感到季老掌柜的话有道理，频频点头。

艳若来城里读书后，苏子仁对她百般关爱。但他不久就发现，艳若对读书不怎么感兴趣。艳若最感兴趣的是参加市面上的活动，一听说哪个地方要闹事，她比谁都兴奋，恨不能立马投身进去。她的消息也灵通，天南海北中国外国，都能说上一气。他问艳若："是不是学堂里的学生都这样？""学生嘛，就得有点儿朝气。"艳若大大咧咧地说。他还是不放心，又问："女学生也这样？"艳若不正面回答父亲，而是把胸

19

脯一挺，认真地说：

"爹，接我来城里你是不是后悔了？要是后悔，你再把我送回去。"

"送你回去，你就能安分？"

也许苏子仁真的有点儿后悔了，但想想事已至此，就随她去吧，只要不做伤天害理的事就行。艳若和她哥哥不同，艳若毕竟是个女孩子，折腾两下，新鲜劲儿一过就会踏实的。尤其是过几年一嫁人，成为人妇相夫教子，就更好办了。

这时候，苏子仁不由又把目光转到小女儿艳秋身上。

艳秋小时候身体瘦弱，时常生病闹灾，他总认为她活不长，并为此暗暗感到伤心。然而艳秋却顽强地活下来了。几年过去，不知不觉间，艳秋长大了，个头儿看上去比她姐姐还要猛一点点，而且越长越水灵。在全家人眼里，艳秋仿佛是一夜之间长大的，所以每每看到她，苏子仁就觉得这个女儿有些陌生，有些不可思议。她好比是一株淡雅的带着露珠的花枝，躲藏在一个人所不察的地方悄悄生长，当你哪天突然被一阵花香吸引，不经意地一抬头，才发现那花儿其实就生长在你眼皮底下，此刻正灿烂地开放着，所以你会感到百般惊奇。

艳秋文静平和，性情温婉，不多言不多语。她保留着小时候的神态，脸上的表情含着隐约的惊讶，总像在问寻什么、探究什么、倾听什么，或是想告诉你什么。在具有这种表情的人面前，再冷硬的心肠也会不由自主地抖动一下。

去年秋天，几场大雨过后，运河水暴涨，沿河不少地方遭了水患。一天下午，艳秋到镇子西面的大堤上看水，突然发现一头老牛被冲到岸边。老牛显然是从上游冲卷下来的。她冒着生命危险下到水边，伸手到老牛的鼻端一试，还有气儿。她赶忙唤来陈茂、赵七、兆法等人，把老牛肚子里的水控出来，然后抬回家。他们都说趁牛没死利索，赶紧宰了吃肉。老牛"哞"地哀叫了一声，她的心疼了一下。她咬着下嘴唇，坚决不允许他们杀牛。接着，她吩咐兆法去叫兽医林瘸子来给老牛打针喂药，之后又亲自到厨屋煮了米汤喂它。老牛没负她的善心，居然活过来了，而且这时候人们发现老牛肚里还怀着小犊子。艳秋等于救了两条命。半个月后，老牛使出最后的力气生下一只小牛后就死掉了。艳秋又喜又悲，喜的是小牛平安降生，悲的是老牛最终没保住性命。

那头死里逃生的小牛犊就是现在的大黄。艳秋很喜欢这头一生下来就没有了娘的小可怜，觉得它就是老黄牛的再生，就像儿女是父母的再生一样。大黄没有奶吃，全家人都说它非死不可，艳秋不信他们的话，她吩咐春杏每天都给它熬米汤喝，有时亲自端着瓷盆到马号里喂它。不出一月，大黄就满院子撒欢儿了。

苏子仁从城里回来小住，听家人谈起这件事情，他高兴地夸奖了艳秋，觉得她真的长大了，开始有自己的主见了。大黄好像也同先前未见过面的这位戴礼帽穿长袍的主人不生分，只要他往门口一站，它就凑上来，停在离他两步远的地方，前蹄一屈，屁股一撅，双耳一抿，脖子一伸，冲他发出短促而温煦的"哞哞"叫声，像是代替艳秋向他问候，滚圆的眼睛里流露出感激的光亮。

苏子仁从艳秋身上看到了自己的影子，觉得以前给予她的关爱少了点，内心不免有些歉疚。所以当艳秋试探着提出也想到城里读书时，他爽快地答应了，说：

"出了正月你就去。"

苏子仁自己从乌龙镇的深宅大院里走出去不算，还把三个孩子一个不剩地拽走，邢氏对此是十分不满的。这年春节期间，苏子仁曾和邢氏商量，打算卖点儿土地，把城里店铺的规模再扩大一下。邢氏捂着心口窝说："别的事情依你，卖地这件事情我不会依你，除非我死了。千百年来，一辈又一辈的人最看重的就是土地，你想轻易改变，怕是没那么容易……"苏子仁想想女人说得并非一点儿道理没有，就打消了念头，往后也没再提及这事。

邢氏对土地的痴迷一直令他难以理喻。父亲苏继堂过世后，除了划给弟弟子信的那一半土地外，其余的地契都交到了他手上。邢氏却对他说，男人心粗，还是由她来保管妥帖。他觉得反正跑不了，交谁保管都无所谓，想都没想就递给了她。邢氏接过那厚厚一沓散发着古旧气味的地契时，原本枯黄的脸膛突然透出了两抹潮红，眼里流露的光芒把那沓黄表纸照耀得像要燃烧起来。不由使他想到，为了这一天，她已经等待了好久好久。她把地契装进一个景德镇出产的碎花细颈瓷罐里，今天掖这儿，明天藏那儿，不停地变换地方。而且每晚睡觉前，邢氏都把地契拿出来看上一眼，或者伸进手去摸一摸，似乎不这样做，她就睡不踏实。

一天夜里，邢氏突然从睡梦中醒来，一惊一乍地赤脚滚下了炕，伸手往炕洞里摸索。原来她梦见藏在炕洞里的碎花瓷罐被一个穿灰衣服的人偷走了。她从很深的炕洞里摸出那个瓷罐，紧紧抱在怀里。几只老鼠受了惊吓，飞快地从她两腿间穿过。苏子仁打个哈欠，责怪她深更半夜神神道道的，犯癔症了不是？她打着哆嗦说："他爹，我说句心里话给你——它们是我的命根子。你记住，啥时候没有了它们，我的命就该没了……"

现在，那座深宅大院和那一沓子地契都留给了邢氏，苏子仁不知为啥，突然有一种轻松的感觉，仿佛甩掉了一个沉重的包袱。

第 二 章

5

红军已在陕北站稳脚跟，日本人也早已在东北占稳了地盘，正伺机在长城沿线扩张。平津一带的日本驻屯军蠢蠢欲动，三天两头搞战备演习。北平城里，常有日本便衣活动的身影。更可恨的是，有些日本浪人大白天的就敢在长安街上当众撒尿，吓得妇女们捂着脸跑开，人们既不敢怒也不敢言。

就在这时候，朱允佩从北平南下，来到了龙城。

朱允佩的老家就是龙城西北面的朱家店，十岁那年，他离开家乡随父亲去北平读书，从那以后，一次也没回来过。

从离开故乡到现在，一晃十七年过去了。除去读书的那九年时间，朱允佩一直过着动荡不定的生活。他的父亲早年投身辛亥革命，后来进入冯玉祥的西北军，官至旅长，一九三〇年中原大战时阵亡于徐州前线。父亲去世之前，他就在北平秘密加入了共产党。后来他奔忙于北平上海之间做地下工作，颇有收获。但他内心里并不喜欢做秘密工作，觉得在敌人眼皮底下东躲西藏太过憋气。他最大的愿望是到战场上去，像父亲那样，和敌人面对面真刀真枪地干，痛痛快快活着或者轰轰烈烈死去。有一年，在上海霞飞路的一处秘密地点，他向上级提出想进入江西

23

苏区的打算，上级同意了。但就在他准备动身时，国民党特务包围了他的住所，凑巧他当时拉肚子，到弄堂口的一处公厕方便，觉得动静不对，提上裤子就翻墙溜走了，侥幸躲过一劫。而他的恋人张航和另外两个来找他接头的同志不幸落入敌手，几天后被秘密处决。张航是他在北平上大学时的同学，她父亲是个做丝绸生意的大资本家，她为了参加革命不惜断绝父女关系。她狂热的革命激情一直感染着朱允佩。

据说张航死得很惨，给敌人折磨得身上没有一块好肉，舌头都给割掉了。可她至死没有屈服。

朱允佩扒乘一列运送海产品的火车逃离上海回到北平后，身上那股臭烘烘的海腥气味好多天都去不掉。北平的地下党认为他有出卖同志的嫌疑，负责和他接头的人纷纷不见了踪影，为此他曾消沉了一阵子。后来得知张航的死讯后，他跑到护城河边枯坐了一个晚上，用手指头把河边一棵老垂柳的树皮抠下了书本大小的一块，指甲盖磨得秃秃的，鲜血涂在树干揭了皮的地方，像是写上去的文字。东方放亮时他拍打拍打头发和眉梢上的霜花，踩着满地的落叶往住所走去，觉得心里涌起了重新振作的力量，而且比以往还要强烈。

后来朱允佩一边在育德中学当教书先生，一边小心翼翼向组织靠拢，终于又获信任。可这时候中央红军已经开始了长征，前路未卜，南方根据地丧失殆尽，上海地下组织大都撤出或遭破坏，党在北平的秘密活动也减少了许多。朱允佩感到有劲使不上，干着急也没用。

日本人顺利"拿下"东北后，趁着国共两党在南方厮杀，加紧向关内渗透。先是策动"华北自治"，遭失败后便加快了军事部署的步伐，往平津一带扩充兵力。明眼人都已看出，中日必有一战，而战争的导火索很可能就在平津附近点燃。这时已到了民族生死存亡的危急关头，形成抗日民族统一战线就显得尤为重要了。

按照北平地下党组织的安排，在北平的地下工作人员和爱国青年学生要有计划地往内地输送一部分，以期避开日本人的锋芒，到更能发挥才干的地方去，在和国民党以及一些顽固势力的斗争中推动抗日民族统一战线的形成，伺机发展自己的武装。

朱允佩选择了龙城。

山东的地下党组织通过韩复榘身边一位副官，为他谋到了龙城国立师范学校中文教员的职位。他接下来的使命是一边教书一边开展革命工作，身份当然不能公开。如果下一步成立中共鲁西特委，他将是主要领导人之一。

他是乘船来的。他从龙城西门外的码头跨上岸，双脚刚点地就看到两个戴鸭舌帽穿灯笼裤的人在码头上转悠，眼睛骨碌碌转。他一眼就看出这两人是便衣，他连日来轻松闲适的心情一扫而光，登时回到沉闷冷峻的现实中来。那两个人随即盯上了他。

朱允佩一副新派教书先生的打扮：头戴灰色礼帽，帽檐下一副精致的金边眼镜，留两撇浅淡的胡子，身穿柞蚕丝绸长袍、白洋布裤子，脚蹬黑色皮鞋，手提一个柳条箱，腋下夹一本装帧考究的书——亚东书局出版的梁启超著《饮冰室合集》。他目不斜视、面无表情地从两个便衣面前穿过。那两人的目光追随了他一阵，可能没觉察出什么，就没拦他。

好几个人力车夫围上来。他摆摆手，快步离开他们。他想步行去学校，欣赏一下沿途的风景，城区不大，也许用不了半个小时就可赶到。在西门外往南几十米远的河堤下面，他看到有很多人在围观什么，场面像赶大集，乱哄哄的。他叫住一个卖玻璃球的唇上挂着鼻涕的半大孩子，用三枚铜子儿买下一个红枣大的玻璃球，拿在手里把玩着，随口问这么多人在干什么。

"要杀人了。先生刚到吗？你可真有眼福。"

"杀人？杀什么人？"

"杀两个人，听说他们是共产党。"

"真的是共产党吗？"

"听说是屈打成招。嗨，反正警察局说了算，他们说谁是共产党谁就是共产党。先生快挤到前面看看吧，马上就要开枪了……"

朱允佩感到心里堵得慌，他抬腿向西门走去。刚走到城门洞，就听身后传来一阵尖厉的枪声。厚厚的城墙挡住了城外的嘈杂，城内的嘈杂又迎面扑来。朱允佩找人打听了一下道路，就沿着城内那条主要街道向学校走去。走着走着，他看到临街一座高大的建筑物上，张贴着一张新鲜的布告。这些年来，他最不愿看的就是布告。他自己就曾数次在北平和上海街头的布告上亮过相。可现在情况不同了，龙城没有一个人认识他。他首先想到这张布告可能与刚才被杀的两个人有关，就凑过去看了看。但布告上说的却是另外一回事，关于缉拿一个绰号叫韩二杆子的土匪头目。此人的罪行是聚众对抗官府，劫掠百姓，无恶不作，罄竹难书……如有捉到者，赏洋一千元；如有提供线索者，赏洋一百元。他有些失望地离开了。

又往前走了一段，路过一条叫作状元街的巷口时，朱允佩停下来歇歇脚，掏出手帕擦了擦脑门上的热汗。这时他觉得手心里攥着个滑溜溜的小东西，原来是那个玻璃球。他笑了笑，张开手就把那个五彩的小球弹向空处。它在热辣密集的光芒中急遽穿行，将光线织成的帘幕瞬间划出一道伤口，碰撞出斑斓的色彩。最后它在很高的地方掉头向下，就不见了。

朱允佩并不知道，十几分钟后，一个名叫苏艳若的女子中学的学生从杀人现场赶回来时，无意中发现了这个玻璃球。她被一束灿烂的光线吸引，就走过去，弯腰从路边的湿土上把它捡了起来。

6

苏艳秋到龙城不久，她的哥哥苏东贤就退学了，而这时离他毕业的时间仅剩下不到一年。

26

苏子仁信奉"万般皆下品，唯有读书高"的古训，这也是他不遗余力送三个孩子读书的原因之一。仅凭这一点，他就觉得自己比一般的土财主有眼光，他们只看到手心里那一小片，土地是他们唯一的依托，所以他们永远只能是土财主，而不会是其他的什么。

按照苏子仁最初的打算，原本指望东贤学习期满后再到大地方混日月的。即便暂时出不去，到本城衙门里谋一个正正经经的差事也不错，凭他这几年在龙城混出来的人缘和地位，这事办起来并不难。实在不行，当一名薪俸并不薄而且受人尊敬的教书先生，也说得过去，至少不会辱没老苏家的门庭。但是，死也不肯再去读书的东贤使他的希望有了全部落空的危险。

事实上在师范学校就读的两年时间里，东贤几乎没有认真上过一天课。学校门口的小黑板上经常有他的名字出现，那都是一些功课不行捣蛋作乱屡教不改的学生。他厌烦书本和课堂，厌烦学校制定的那一套规章，厌烦老板着面孔的所有教师，厌烦规规矩矩听课的那些学生，厌烦整天唠叨个没完劝他好好读书的父亲。每天来学校真是活受罪，他现在对念书的抵触情绪比当年跟顾嘉伯读私塾时还要强烈。因为他越来越觉得世上最无用的东西就是书本，书本只能使一个人变成傻瓜。世上什么最有用？他的看法，一个是枪，一个是钱。这是两个永远不会过时的好东西。有了这两样东西，不，即便有了这两样中的一样，其他的就都不在话下了。

这时候东贤已经长成一个外表英俊的小伙子，他身材颀长，面皮白净，模样清秀，文质彬彬。加上吃穿不愁，手头宽裕，和家境不好的穷学生相比，在学校还是颇为引人注目的，但他玩世不恭的做派又让一般同学不敢和他结交。

东贤后来和低年级中的几个纨绔子弟玩到一起是很自然的。他们留起了学校禁止学生蓄的偏分头，偷偷吸烟喝酒，联合起来捉弄老师、欺负同学，迟到旷课更是家常便饭。那几个人的父亲或祖父都在衙门里担任要职，是龙城举足轻重的人物。领头的一个名叫姚振国，他十六岁那年把一个烟花女子的奶头一口咬了下来，最后赔了人家三百块大洋才算了事，因此就得了个绰号叫"咬奶头"。姚振国的父亲是龙城的警察局长，谁也惹不起。所以，学校拿他们一点儿办法没有，后来懒得再管他们，想干啥干啥吧，只要不在学校里作乱就行。

东贤结交姚振国等人，算是找到了靠山，更加有恃无恐。他们觉得吸烟喝酒不过瘾，开始迷上了赌钱。他们几个人在一起赌，或是到龙城唯一的赌场"聚宝斋"下大注。东贤输的时候多赢的时候少，口袋里常常闹钱荒。起初他变着法儿从父亲那里讨要，引起父亲的警觉后，再想要钱就难了，他收敛了一段时间，终是耐不住手痒，急得小脸发紫。从父亲那里讨不到钱，他就想别的办法。他暂时还没有偷和抢的胆量，仍是琢磨着打自家的主意。一次，米市街有个开包子铺的从昌顺赊了几车小麦，说好了三日后还账。东贤第三天一大早就去米市街找那人，说是父亲派他来取钱的。结果他顺利地拿走了八十块大洋。等苏子仁发现时，那些钱早就让东贤输光了，气得苏子仁眼里冒火，拎起扁担就追东贤，吓得他三天没敢进家门。从这时起，苏子仁对所有的客户都再三交代，以后欠账还钱，必须亲自到店铺交给牛得宝，或是由牛得宝亲自登门去取，绝不可交给东贤。

堵上了店铺的窟窿，却又忽略了家里的漏洞。没过多久，东贤花一块大洋雇了辆带篷子的马车，领着姚振国等几个人去了乌龙镇。他让姚振国他们在镇子外面下车等着，让车夫把他一人送进家。见到儿子，邢氏扔下手里正敲着的木鱼，丢下正接受她祈祷的菩萨，踮着小脚跑出屋子，拉起东贤的手说："我儿想娘了吧……我儿回来看望亲娘了……"又吩咐丫头春杏赶紧煮几个荷包蛋端给少爷吃。东贤像个有学问的人那样，摆摆手，说父亲决计购进几石南方大米，铺子里银钱短缺，就派他来家速取三百大洋。邢氏的脸马上拉下来，但又不敢违拗苏子仁的主意，十分不情愿地吩咐管家陈茂照办。

事情不久就败露了。苏子仁专门回家一趟，狠狠地责怪邢氏和陈茂，不问清楚就把那么大的数目交给那个"混账东西"。陈茂蹲在门框上吧嗒吧嗒抽烟袋锅儿，红着脸一声不吭。邢氏使劲把手中的木鱼敲了一下，说：

"他爹，要怪只能怪你自己。谁让你把孩子弄到城里去？城里是个大染缸，不用多久，再好的孩子也会变糟。还有你那两个闺女，我看也悬！"

邢氏话里还有另一层意思，就是苏子仁进城后也变糟了，讨了个戏子做小老婆就是明证。这层意思谁都能听出来。邢氏并非反对男人讨小，要讨你在家里讨，讨个有土地的正经人家的女子，也好管束。可男人偏偏讨了个最让人瞧不起的臭戏子，一个糟烂货，事情就变味了，亲戚族人都跟着脸上无光。

苏子仁气哼哼地回了城。回去后大病一场，病愈时已是烈日炎炎。

7

每逢教堂的钟声敲响时，苏艳秋的心就不由自主地随着那种悠长的声音而战栗。时间一久，她的神经便能够预先做出反应。无论她在干着什么，只要心头一灵动，她就知道该敲钟了。果然，这个念头刚刚出现，钟声便纷至沓来，仿佛是她的意念使敲钟人举起了手，敲响了教堂楼顶的那口巨钟。

在耳边喧哗的各种声响中，艳秋觉得钟声是一种最令她激动的声音。她认为只有天堂里传来的声音才会如此让人感动。

艳秋就读的博文中学是龙城地区唯一一所教会办的寄宿学校，隶属于英国人设在泰山脚下的中华圣公总会山东分会，已有二十年的办学历史，与教堂仅隔一条马路。博文中学占地二十多亩，校内有两排砖木结构的教室，宿舍分男生院和女生院，伙房、操场和图书室一应俱全，办学条件算是不错的。校长由教会任命，教员由教会聘请，一切权力归教会。这就决定了它与其他学校的区别。

博文中学的办学宗旨主要在于宣传圣公会所信仰的基督教，培养基督教宣传员。说是中学，其实它的教学班级分小学、中学、大学，直至神学院，学生按此系统深造，最终可以成为中华圣公会的领导人——主教或者牧师。最初，入校的学生必须是加入圣公会的基督教徒的子弟，后来向社会扩大招生，只要是不反对基督教义的市民百姓，其子弟均可来此就读。学生可以在校内食宿，免收学费和书费。所学内容以教会科目与普通学校课本并重，教会科目主要有《新约全书》《旧约全书》和《公祷书》等，学生早晚必须参加跪经、祈祷等宗教仪式，唱赞美诗和《圣会诗章》之歌，做礼拜之举，按基督教的节日度假。学校的教会色彩十分浓厚。

艳秋进入博文中学后，心情出人意料的好，轻松度过了一段相对平静的时光。她把烦心事抛在脑后，专心致志学习新式课程，虔诚地参加学校统一组织的宗教活动。不少同学对枯燥烦琐的宗教仪式感到厌倦，做例行的功课时要么偷工减料，要么心不在焉。艳秋起初也有这种想法，但后来她发现，只要用心去领悟，不仅不会厌烦，反而会有一种被牢牢吸住的感觉。这也许就是宗教独有的魅力吧。

学校里女学生本来就不多，加之她出落得光彩照人，所以她无论走到哪里，都能引起别人的注意。就连教堂的主教布多玛先生都由衷地夸赞她，说她是"洁白的天使"，并说如果她有兴趣，将来可以介绍她到英国的贵族学校学习。一天下午放学时，她在教堂门口碰到外出散步的布多玛。布多玛叫住她，在胸前画了个十字，然后操着拖腔撇调的汉语，说：

"苏小姐，你好！你和别人不一样……你是超凡脱俗的，生在中国，太可惜了。你应该到一个文明、和平、发达的国度去……愿主保佑你。"

"谢谢主教大人。"艳秋也熟练地在胸前画个十字，朝布多玛浅浅地鞠了一躬，夹着书包扭头跑掉了。路上，很多行人望着她，她感到自己脸红了，双颊在发烧。

父亲以前也说过，将来送她留洋。但那只是一个遥远的梦想，现在还顾不上。现在最要紧的是学好课程，千万别像哥哥东贤那样，变成半吊子二百五，辜负父母的一片苦心。

除了礼拜天节假日外，艳秋打算其余时间都住校。父亲不同意，非要她回家住，说是一来住外头他不放心，二来也想抽空和她多拉拉家常，说她长这么大，爷儿俩还没好好聊过几回呢。艳秋却坚持尽量多在学校住宿，理由是晚上参加自习，和其他住校的同学多交流交流，她以前跟私塾先生学的全是老掉牙的古文，现代小学课程基本上没接触过，进校后直接读初中的课程有点儿跟不上趟。其实艳秋有一个说不出口的理由，那就是不愿和"二娘"邱玉凤打照面，"二娘"这个称谓更让她难以张口。虽说邱玉凤从未和他们兄妹三人发生过冲突，表面上和和气气的，完全同一家人一样，但艳秋总觉得，这个不是自己亲娘的女人和自己的亲生父亲睡在一张床上，让她感到别扭。

父女二人互相折中了一下，商定好艳秋每个礼拜在家住三天，在学校住四天，至于在校就餐还是回家吃饭，由她自己定。学校的食宿条件自然无法同家里比，但艳秋认为既然别人家的孩子受得了，她也就没有理由受不了。最初的不适应过去之后，也就习惯了。当然，实在馋得不行时，还可以回家打打牙祭，在店铺里兼做伙夫的伙计小李每次都变着法儿为她做好吃的，说是老爷特意吩咐过的，二小姐想吃啥，都要给她做。

教堂晚祷的钟声响过，天就黑下来了。夜幕降临之后，喧闹了一天的校园渐渐安静下来。学校禁止住校的同学天黑以后外出，大伙儿有的去教室自习，有的在宿舍玩耍，有的去图书室阅读。艳秋住校时，晚上一般选择进图书室。图书室设在教室后面的三间独立的瓦房里，房屋质量不比教室差。里面的书刊还是很丰富的，有宗教方面的典籍，有最新出版的报纸、杂志、图书，还有商务印书馆出版的《万有文库》、中华书局出版的《四部备要》等大型图书，以及数十种章回体的古典小说和一些外国翻译作品。除了宗教典籍，艳秋还对北新书局出版的鲁迅杂文集和小说集、郁达夫的小说集、冰心的诗集，亚东书局出版的《胡适文存》、苏曼殊的《断鸿零雁记》最感兴趣。她读不明白这些作品中的"革命"内容和进步意识，打动她的只是这些作品优美的文字和忧伤的情调。她时常边读边悄悄落泪，心里想的是，做一个自由的、不受人摆布的、扬眉吐气的人该是多么幸福啊！……

春天的深夜，她躺在窄小的木板床上，听着同室女生们香甜的鼾声，闻着从小小窗口里涌进来的槐花的芳香气息，有时会感到茫然无措。女生们来自龙城及其周围的十个县，她们的父亲大都是当地有相当地位和名望的官吏、商号掌柜或开明乡绅，最起码也是个家境比较殷实的手工业者，一般家庭是不会送女孩子出来求学的。艳秋在和她们的接触中发现，她们都有自己的志向，并愿意为实现志向而献身。艳秋就问自己：你的志向在哪里？

夜晚到处充满着轻轻的、神秘的声音。在不眠的刮着柔软春风的夜晚，很多种声音在艳秋的耳边和心间回荡。进入梦乡之前，最后出现的往往是那首圣母马利亚的赞美诗——

> 我的灵魂颂扬上主，
> 我的心神欢欣于天主，我的救主，
> 因为他垂顾了他渺小的婢仆，
> 今后千秋万代都要称我有福；
> 因为全能者在我身上成就了大事，
> 他的大名是神圣的，
> 他的仁慈世世代代，
> 要赐予敬畏他的人。

他伸出了手臂施展大能，

驱散那些心高气傲的人。

他从高座上推下权贵，

却扬起了卑微的穷人。

他曾使饥饿者饱餐美食，

反而使富有者两手空空。

…………

艳秋如痴如醉地喜欢这首赞美诗，无论是在教堂加入唱诗班演唱，还是自己吟咏，都会令她的心胸洋溢起美妙而神圣的、无边无沿的波澜。在后来的岁月里，她反反复复地唱——对着又大又红的残阳，对着又高又远的蓝天，对着河流，对着大地——唱着唱着，眼里就噙满了泪水。其实那已经不是唱了，而是不由自主地从心间往外涌流。

校园内的世界是平静的，校园外的世界却愈来愈混乱。仅仅半年多的时间，就发生了数起工人罢工、商人罢市、学生罢课、万人大游行等事件。事件的起因主要有三：一是呼吁南京当局停止内战，一致对外；二是号召全体市民抵制日货；三是要求当地政府减少苛捐杂税，惩治贪官污吏。这段时间里，城外的土匪强盗也日渐猖獗，有的竟敢大白天化装进城抢劫，当局无力进剿，只知道四处张贴缉拿的告示，没见捉住一个匪首。传说城里的一些头面人物本身就与几伙有实力的匪帮眉来眼去，暗中交往，是官是匪说不清楚。市民对此议论纷纷，叫骂连天。古老的龙城已处于大动荡的前夜。

博文中学在这些接二连三的事件中基本上保持了平静，它的学生很少参与。所以，其他学校的学生和社会上的进步势力把目光瞄向博文中学，一点儿都不奇怪。

这天下午，正上着课，外面阴沉沉的，凉爽的小风吹得课桌上的纸页哗哗地响，仿佛一场雷雨已经来临。突然，大门口传来一阵乱糟糟的喧响，把房顶上一群咕咕叫的鸽子惊得飞向半空，翅膀扇动气流的声音格外脆。仔细听，大门口好像有人在呼喊口号，有人大叫："冲进去！冲进去！谁挡道就踩死他！"讲课的教员闭上了嘴巴，学生们纷纷站起来，透过开着的窗户往外看。大门外的喧响像波涛一样，终于冲破了阻挡它的堤岸，冲进了院子，在操场上停住。

闯进来的是龙城其他几所学校的学生代表，还有市面上的一些爱凑热闹的人，估计有二三百人之众。他们把一个篮球架扳倒，站上去几个嗓门儿高胆子大的人，慷慨激昂、抑扬顿挫地演讲，高声谴责博文中学的师生，说这里是一潭死水，里面的人是黑乌鸦——不，连乌鸦都不如，乌鸦还会叫呢，可这里一点儿动静没有，连个屁都放不响。这里的人全被帝国主义掺了蜜糖的毒药迷惑住了，缺少中国人的良知和责任感，甘心当亡国奴，甘心做帝国主义的走卒，甘心为封建主义垫背，甘心做虚伪的卫道者，甘心被虚无的神圣所欺骗……篮球架下面的人在演讲的间隙振臂高呼口号，说要焚烧臭不可闻的宗教书籍，砸烂博文中学的校舍，拯救中了魔道的教职员工，还要烧掉教堂，驱赶外国传教士。

所有的教室都停止了上课，有十多个高年级的男生挤出教室，来到门口的空地上，嚷道："我们受够了！我们不当修士！我们不想再这样下去了！我们要上街！我们要向帝国主义和反动势力宣战！……"有的边说边脱下黑色的校服，使劲摔在地上，恶狠狠地用脚踩。他们的实际行动立即引发了欢呼，操场上的人拼命冲他们招手，说："快加入我们的阵营吧！我们欢迎你们！"……

群情更加激昂，校园里像开了锅似的。这时候，风停了，天上的乌云也在不知不觉间散去了，夕阳突然从街对过的教堂圆顶上露了脸儿，把万丈光芒泼洒过来，暑气蒸腾，所有的人都浑身冒汗。熟悉的人也都像不认识似的，互相打量几眼，感到无所适从。操场上的人用更高的嗓门儿喊口号。低年级的教室里，大概有年纪小的学生给吓哭了，尖厉的哭声搅得人六神无主。

艳秋趴在窗户上看过几眼就退了回去，回到自己的座位上用绸质的小手帕揩额头上的细汗。刚才往窗前挤的时候，有个叫巩天明的男同学在她身后紧紧贴着她，半个身子都压在了她身上。她浑身刺痒痒的，有一种被推到悬崖边的感觉，十分惶恐，便回头恼怒地剜了他一眼。她看到他的脸红了。艳秋的脸随即也变得滚烫。坐下后，她想，场面这么拥挤，他也许是无意的。其实巩天明平时挺老实的，路上见了女同学都绕着走。他的父亲好像是航运公司的一名小职员，家境一般。这会儿巩天明也退回到自己的座位上，并且装作若无其事的样子又瞄了一眼艳秋。艳秋马上明白了，他刚才是有意的，趁乱占女生的便宜。这些家伙真是够呛……艳秋回味着刚才趴在窗前的感觉，脸不知不觉又红了。

刚才仅仅往外看了几眼，艳秋就在操场上乱哄哄的人群里发现了她的姐姐苏艳若。艳若像一只高傲而美丽的羚羊，激奋地挥动手臂，带头喊口号。艳若仅比她早到城里一年，就完全抖落掉了乡下女孩子特有的含蓄和羞涩，一些大胆的想法令艳秋惊愕不已。和姐姐相比，艳秋觉得自己是个不折不扣的乡巴佬。平时艳若也是在学校的时候多，回家的时候少。有一回艳秋路过米市街西口的大戏院，见艳若和一个男孩子肩并肩从里面走出，就躲到一旁望着他们。他们旋即走到一个卖馄饨油饼的小吃摊前，嘻嘻哈哈大嚼油饼。过了几天，艳秋和艳若打了照面，忍不住就把那天的所见讲了，问艳若是不是谈恋爱了。艳若杏眼圆睁，说："和男人在一块儿就叫谈恋爱？你太神经了，纯粹是没见过世面，封建脑瓜！"艳若是反对艳秋来博文中学读书的，说西方帝国主义的邪魔妖道唯一的使命就是把中国的年轻人驯化成任人宰割的小绵羊。艳若为此向父亲苏子仁建议把艳秋转到别的学校读书。父亲没听她的，说："东贤进了龙城最好的学校，可他成了什么样子？"

后来，外面的嘈杂声渐渐弱下去。挤在窗口的人说，教育局的人来了，劝学生们要冷静，不要引起外交上的争端。还来了警察，但没带枪。艳秋听到一个粗哑的嗓门儿说："教堂又不是日本人建的，博文中

35

学也不是日本人办的，你们就是砸烂了它，也伤不着日本人一根汗毛。都回各自的学校吧，学生就得好好待在课堂上。出了课堂，就不叫学生了……"

不知不觉，天黑了下来。

8

苏东贤退学后，在警察局谋了份差事，是他的朋友姚振国托当局长的父亲为他办的。他去警察局上班那天，姚振国对他说："兄弟，我也恨不得立马就握上枪把子，可是父命难违呀。你先在那儿凑合着干，过个一年半载的，我退了学，也去局里当差，将来老爹一退位，我当局长，你当副局长，到那时谁敢惹咱弟兄？还不是咱想办谁就办谁呀！"

东贤为姚振国描绘的美妙前景陶醉了好多天。以后他基本上就不在家里住了，整天倒背着一杆老掉牙的"汉阳造"，歪戴帽子叼着烟卷在大街上转悠，见谁不顺眼，就劈头盖脸训斥一顿。

恐怕苏子仁至死也不会想到，东贤的蜕变与他和邱玉凤有一定的关系。

两年前的秋天，东贤与姚振国等人尚未结识，学校里的教学气氛还很浓厚，不像现在这样动辄上街游行。没有同学愿意和东贤来往，他感到十分孤单，放学后又不愿回家，仗着衣兜里有几个钱，就一个人到大街小巷里转悠，见到好吃的好玩的也不吝惜钱。那天，他在大戏院附近先是听到了一缕幽幽的笛音，接着听到了几声似悲似叹的浅唱。笛音和浅唱犹如夏日里的丝丝凉意，让他的脑子舒坦了一些。他循着那声音走去，在大戏院西面的胡同口看到了两个卖唱的人，一男一女。男的看上去至少七十岁，须发皆白，牙齿脱落，眼睛散淡无光，人老得不像样子了；少的是个二十四五岁的年轻女人，满头青丝乌黑亮丽，一副眉眼惹人爱怜。一男一女一老一少的搭配符合沿街卖唱的基本阵容，只是他们

36

的穿着打扮又不同于一般的卖艺人，至少从外表上看，他们还是比较体面的。偶尔有过路的人驻足听两声，临走时朝地上的一个洋铁盒子扔几个铜子儿。老头儿用笛子而不用胡琴伴奏，算是比较独特。东贤对民间的古老戏文不感兴趣，他喜欢听《何日君再来》那类的流行曲调，为此经常到有留声机的茶楼酒肆听上几曲。他懵懵懂懂听得出，这女人唱的是运河两岸流行的柳子戏。他觉得她唱得很好，很动听，应该到大戏院里面去唱。

这个女人就是邱玉凤，为她伴奏的老者是她的养父兼师父。

他们一直跟随一个草台班子在运河两岸的大小城镇巡回演出，邱玉凤兼做班头的编外夫人，红火过几年。后来班头又看上了一个更年轻漂亮的女子，就一脚把她和她的养父踢开了。

东贤听了一会儿，除了觉得她的唱腔抑扬婉转好听之外，没听出更多的道道儿，丢下一块大洋就甩着手走了。老者眼睛一亮，费力地站起来，冲着他的背影躬身作揖，连连道谢。

过了几天，东贤再一次来到大戏院附近，说不清是邱玉凤把他拽来的，还是他无意中来的，反正他又被老者的笛音和她的唱腔所吸引，站着听了一会儿，临走时又丢下一块大洋。

在他来过五六次之后，邱玉凤说："少爷，你是个好人。你想听啥曲牌儿，尽管点。想听'十大思夫'也行，我单独唱给你听。"东贤不解其意，挠着头皮说："啥叫'十大思夫'？"邱玉凤就笑了，露出两颗好看的虎牙，当下明白面前的这个小帅哥还是个未开蒙的青苹果。她悄悄告诉东贤，她住在驴市街的雅仙大旅社，"少爷若是有意，傍黑可去找我"。

天黑后，东贤真的去了，找了半天才在一个又脏又乱的窄胡同里找到了只有几间破屋的雅仙大旅社。邱玉凤租住的屋子收拾得还算妥帖，两张床上的被褥单子铺叠得整整齐齐，中间用一块布帘隔开，地上泼洒过清水，凉爽爽的。她好像新施了脂粉，一股香艳的气息满屋窜动。老者不在。"老不死的又下馆子了，挣点儿钱不够他灌驴尿的。"她抱怨说。她懒洋洋地仰躺在床上，两只白腿在东贤面前抖动个不停，让他眼花缭乱，心里怦怦乱跳。

那晚东贤只待了片刻就溜走了，他没能进行一个男人这个时刻应当完成的事情，刚爬上去就像一面墙一样轰然倒塌了。他的脸羞得通红，和老练的邱玉凤简直没法儿比。他以为男人都这样。邱玉凤拍拍他的脸蛋儿，叹息一声，说："少爷可能年纪还小，没长到火候呢。"他从邱玉凤的眼神里看出自己肯定出了问题，嘟嘟囔囔说："我都快二十了，还小？"临走时又说："我是读书读的，读傻了。都怪我爹硬逼我……"

他有很长一段时间没再来找她。天气转凉后，几所学校的学生开始闹学潮，抗议政府的对外不抵抗政策。学生们头上扎起白布条，喊着口号打着标语到龙城公署门前请愿，要求当局接受请愿书，并派员到南京当面致函最高统帅。公署里的人回话说："蒋委员长的脾气难道你们没听说过吗？谁要是吃了豹子胆谁就去南京。"学生们商量一下，决定选派代表到省城济南去，当面向韩复榘主席递交请愿书。

这时候东贤已经和新入校不久的姚振国等人建立了联系，他们打算跟随请愿的学生代表去济南。他们才不关心什么政府的政策，打内战也好，抗日也好，在他们眼里都是扯淡的事，政府想干啥与他们无关，只要他们想干啥政府不管就行。他们的目的是借机到济南开开眼界，风光风光。姚振国说："泉城路上的妓院一家挨一家，里面的婊子个个赛天仙，睡上一觉你骨头都酥，不睡一觉你枉为男人。"东贤说："你又没睡过，怎么知道？"姚振国说："是我爹喝醉了酒说的，还能有假？"

他们想混入请愿团的做法遭到了大伙儿的强烈反对，有人说，这几个纨绔子弟加入进来，无异于一颗耗子屎坏了一锅汤。最后，他们愿意每人掏五块大洋作为请愿团一路上的盘缠，才勉强被纳入请愿团的大名单。到了济南，真正的学生代表直奔省府大院，他们这几个虚假的代表逛过大明湖和千佛山，吃饱喝足后钻进了泉城路上的"翠红楼"。

可能就在东贤去济南的第二天，苏子仁做成一笔大买卖，进项可观，心情愉悦。下午喝过一壶茶后，就倒背着手上街去了，打算到大戏院过过戏瘾。听说张小棠领班的八角鼓班子正在里面上演《西厢记》和《女起解》。他从小就是个戏迷，不论南派的还是北派的戏，只要是人唱的，他都痴迷。他的很多历史知识和做人处世的道理就是从戏文里学来的。先前在镇上侍弄土地时，每年元宵节前后，他都自己掏腰包请过路的戏班子上演几场，全镇男女老少都跟着他沾光。

由于心情好，去大戏院的路上，苏子仁慷慨地扔给一个瘸腿乞丐一把铜板，尽管他已看出那人并不是真瘸。平时他还是省吃俭用的，也不觉得自己是个富人，往穷人堆里一站，他才有富人的感觉。走到大戏院门口时，有几缕女人幽幽的唱腔和虚缈的笛音钻进他的耳朵，他愣了愣，以为是戏院里传出来的，就进去了。

八角鼓造型别致，鼓为八角形，由檀、楠或铁梨木做成，鼓面蒙蟒皮，所配乐器也很简单，主要有三弦和锣钹。它是介乎戏剧与曲艺之间的民间说唱艺术，原名叫八旗鼓，传说早在金、元时期就流传于东北满蒙八旗民间，到了清代更加兴旺，清兵中很多人会唱，是军中娱乐的主要艺术形式之一。龙城是运河沿岸重要码头，康熙曾来过四次，乾隆来过九次，八角鼓也就随着清帝南巡而在龙城落地生根。那天，苏子仁听了大半出《西厢记》，看到时辰已晚，就意犹未尽往外走。

结果一出戏院门，那个幽幽的女唱腔再次钻进他的耳朵，而且比刚才响亮多了。他听出唱的是柳子戏的保留曲目《抱妆盒》片段。

邱玉凤和她的养父兼师父这时已来到戏院门口的台阶下演唱。苏子仁停住脚步，不远不近地望着她，觉得从来没听过这么动听的曲调，不觉心乱如蚂蚁抓。有不多的人围观。一个耍猴人牵一只身披绣花肚兜的小猴朝这边走来，围观者马上盯住了活蹦乱跳的猴子。那只小猴却朝邱玉凤猛扑了一下，吓得她往后退，唱腔戛然而止。耍猴人说："姑娘，你唱得太好了，你瞧，连我这猴子都给迷住了。"众人哄笑。耍猴人远去，围观者也跟着远去。

邱玉凤紧紧咬住嘴唇，已没有再唱下去的兴致。老者的笛音却一直没停止，悠长的声调和运河那边传来的呜呜的汽笛声交融。本来二人打算明日一大早就离开龙城回老家的，尽管邱玉凤十分的不情愿，但她拗不过"老不死的"。这是最后一次在街头卖唱了，她抬眼痴迷地望着近在咫尺的大戏院。从她站的地方到戏院大门不过三丈远的距离，可这三丈远的距离她今生今世都难以跨越了……她的眼角不觉挂上了两颗清泪。

紧接着，她的目光就和廊檐下的苏子仁相遇了。

苏子仁犹豫着是否决绝地离开这儿。他一直无法忘记那次玉皇庙智清和尚的点拨。可城里不像乡下，在乡下有钱人要想讨小，只要口风一放出，那些专事婚配的媒婆就会像闻到腥气的肉蝇那样，一窝蜂地扑上来，你想讨个天仙她们都敢答应。在城里就不同了，城里缺乏乡间的古朴与热情，啥事都得自己想法张罗。苏子仁来城里的时间说短不短，说长不长，可认识的人里善于撺掇这种事的基本没有，这便是状元街七号一直虚席以待女主人的原因之一。苏子仁再次扫描了一眼邱玉凤，腿肚子不停地颤悠……

终于，他牙一咬心一横走上前去。邱玉凤用热烈的眼神迎接他。老者孤独的笛音抬高了八度，仿佛在用最后的力气吹奏。

"姑娘，怎么不去戏院里演？"他说，声音居然有点儿结巴。

黄昏已经来临，晚霞染红了半边天，街上的行人渐渐稀少，路边的各种杂货铺陆续打烊，上门板的哐当声连成一片。苏子仁把邱玉凤和老者领到龙城最有名的运河酒楼，要了个雅座，点了一桌子菜，不停地劝二人吃。他自己却吃不下，一支接一支地吸纸烟。老者悄声对他的养女兼徒弟说："凤儿，咱们的苦日子熬到头了。"

此时，在三百里外的济南府，东贤和姚振国他们正躲在翠红楼妓院里废寝忘食地忙活。那些认准了死理的学生代表也是废寝忘食，一直坚守在省府大院门口，用极大的耐心等待韩复榘主席亲自接见他们，答应他们的正当要求，体恤青年学生的爱国热忱。东贤依然没有成功，垂头丧气，意志消沉。但他不甘心，就是不甘心，大有不成功便成仁的悲壮色彩。他躺在包租的气味熏鼻的房间里，听那个叫小凤仙的窑姐一遍遍唱酸曲儿。

两日后，韩复榘主席终于开了恩，派大员庄严地来到门口，接过了学生们的请愿书，当场答应不日即致电中央政府，详尽陈述鲁西乃至山东青年学生的一片赤忱爱国之心。

学生们的一片爱国苦心没有白费，大家热烈鼓掌，高呼口号，有的还热泪盈眶。

此时，离省府大门不足一里远的翠红楼二楼一间幽暗的小房里，东贤也是热泪盈眶，因为他终于、终于成功了。尽管仍不是十分成功，但八分成功也是成功，六分成功也是成功。原来真正的男人是这种样子的！他紧紧拥抱着瘦得皮包骨头的小凤仙，滑腻腻的鼻涕眼泪弄了小凤仙一脖子。这时，他就想到了丰满结实的邱玉凤。

差不多也是这个时候，在三百多里外的龙城，苏子仁已与邱玉凤换了帖子。二人的生辰八字也找算命先生看过了，十分贴合。她的养父兼师父也得到了很好的安置，苏子仁给了他二百块大洋，足可以买十亩好地，又雇了辆马车送他回八十里外的老家。邱玉凤毕竟是见过世面的人，对婚嫁礼仪看得不重，不要求三媒六证、大操大办，只需让苏子仁请几个有名望的朋友吃顿饭，目睹她嫁入苏家即可。

又过了两日，东贤随请愿团赶回龙城。他没有回家，也没有回学校，而是急火火地直奔大戏院附近，然后又赶往驴市街的雅仙大旅社。也许他想急切地证明自己，他是一个真正的男人了。旅社掌柜的却告诉他："邱姑娘被人娶走了，就在今晌。"又说，"天上落馅儿饼，这姑娘还挺有福呢。"

"嫁给谁了？"他有点儿发蒙。

"昌顺粮行的苏掌柜。"

他疑疑惑惑地往家走，越想越觉得大白天撞鬼，邪门了。来到自家门楼下，先是听到了里面的喧闹声，继之看清了门旁一张崭新的大红喜字。他彻底清醒过来，抬手撕下喜字的一角，揉成团甩向空中，然后脑袋昏昏往回走。斜对门运盛金店里的一个小伙计冲他挤眉弄眼地说：

"苏大少爷，怎么不进去喝喜酒？"

"小龟孙，你少放屁！"东贤黑着脸说，"等你亲娘嫁人时我再喝吧。"

这时，待在新房里的邱玉凤指着挂在墙上的一张全家福照片，问苏子仁站在后排的那个小伙儿是谁。得到答复后，她失手打碎了手中的茶盏。苏子仁说："玉凤你咋啦？""刚才多喝了两杯，这会儿有点儿头晕。"她说。她弯腰去捡碎片，不小心又划破了手指。

东贤漫无目的地在大街小巷里转悠了半下午，最后来到西门外的运河码头。他坐在水边，吸完了口袋里的烟，天就黑了。往回走时，路过西关大街一座廊檐挂着大红灯笼的店铺，门口一个梳长发叼烟卷的胖女人冲他招手。男人浪，满街逛；女人浪，倚门框。他想都没想就跟她进了里面的一间小屋。胖女人一身肥嘟嘟发光发热的肉，使他想起自己曾经有过的一次辉煌。但这回又不行了，就像换了个人似的。他刚一挨她，就泄了劲。胖女人哑着嗓子嘎嘎笑，笑声把屋梁上的灰串子都震落了，弄得他灰头土脸，像个小鬼儿。他又羞又恼，恨不能把胖女人的奶头咬下来，就像他的好朋友、绰号"咬奶头"的姚振国那样——真要那样，他就变成姚振国第二了，肯定会载入龙城的野史……胖女人耐着性子又等了他一次，还是不行。他赖着不走，央求说再试一回。胖女人圆脸变成了长脸，拍拍他的瘦屁股说：

"滚吧滚吧，别占着茅坑不拉屎！"

胖女人不客气地收了他双份的钱，说白白被他"闪了两回"，多收的那一份补偿她的"痛苦"。他想争辩，胖女人更加不客气地捏着他的脖子，把他扔到大街上。这个粗鲁的女人使他倍感屈辱。他坐在阒无人迹的大街上，居然落了泪。

从那以后，东贤利用业余时间几乎逛遍了龙城所有的妓院，败得一次比一次惨，到了后来，很多妓女都记住了他。有的见他登门，衣服都不想脱，咯咯笑着光知道伸手讨钱。也有好心的劝他说："少爷，甭再白白糟蹋钱了，安心做点儿正事吧。"姚振国知道他的毛病后，古怪地笑了一阵，说："没关系嘛，人生有五大乐趣——吃喝嫖赌抽，少一样不碍事，还有四样嘛，还不够你折腾的？走，找地方赌一把。"他哀哀地说："兄弟，我完蛋了。"他像患了牙病一样，使劲拍打几下腮帮子，又说，"娘的，我苏东贤没法儿和脱了衣服的斗，以后就只好和穿衣服的斗了。"

从那以后，东贤惧怕夜晚的来临。他住的房间紧挨着苏子仁和邱玉凤的卧室，夜深人静时，隔壁传来的任何暧昧的声息都令他烦躁不安，羞恼万分，激愤难已。偏偏那一阵隔壁的活动格外频繁，搞得东贤常常整夜无法入睡。他用双手死死捂住耳朵，那声音照样钻进他的脑袋，让他浑身战栗，觉得头上蹿火，却又从头凉到脚。他简直恨死了这一对"狗男女"。后来他找个借口和两个妹妹调换了房间，搬到离父亲卧室最远的一间房子里，以为这下可以摆脱了。但到了晚上，仍是睡不踏实，仿佛男女在一起时制造的淫声浪语长了翅膀，变成了风，变成了时间，变成了月光，专门来跟他作对。到了后来，即便是大白天，只要苏子仁和邱玉凤的卧室门是关着的，哪怕明知道屋里没人，他也能感觉到那种刺耳的声音。所以，在以后的日子里，不消说见到勾肩搭背的男女，就是见到成双成对的鸟儿和苍蝇，都让他恨得咬牙切齿。

东贤真真切切地感到，是他的父亲苏子仁和"二娘"邱玉凤这一对"狗男女"把他推向了万丈深渊。

第 三 章

9

由于外界的干扰和内部的躁动不安，博文中学几乎到了办不下去的地步，三天两头停课，学生流失了不少，有的转到了别的学校，有的干脆休学回家。休学回家的大都是家在外地的学生。似乎就连教堂的钟声都不能按时敲响了，苏艳秋一下子难以适应。

她无法像她的姐姐那样，哪里有动静就往哪里奔。她不喜欢到人多的地方去。不上学的日子，她要么坐在院里的老槐树下看书，要么到店堂里看伙计们干活。家里雇的伙计都是年轻小伙儿，牛得宝指挥着他们有条不紊地忙上忙下，有的倒斛，有的清仓，有的打闲杂。伙计们都光着脊梁，身上挂着油亮的汗珠。汗珠使他们坚硬的肌肉更加有张力。有客户来籴粮时，倒斛的人高声报数，牛得宝坐在账台前执笔哦哦应诺，表示已经落笔无误。这种劳动的场面很令艳秋着迷。

这一年风调雨顺，秋收的日子即将来临，管家陈茂派家丁头儿赵七和长工兆法来送信儿，说一俟租子收齐，就组织马车往城里运粮，让老爷把库房预备好。苏子仁说："这个陈茂，真是多此一举，我还不知道预备库房吗？"赵七留下话就上街闲逛去了，兆法却没去。他把随车带来的草料端给拴在墙角的两匹牲口，然后有点儿不好意思地来到正在老槐树下读书的艳秋面前，嘿嘿笑了几声。艳秋抬起头，看到这个老实、木讷的长工脸更黑了，也更结实了，身上带着土地、庄稼和畜禽的混合气味。这种气味艳秋并不陌生。兆法粗大的喉结滚动了几下，说：

"二小姐，镇上人都说城里的洋学堂关门了。春杏天天盼你回去呢，她好有个伴儿。"

"我不回去，乱过这阵子可能就会好起来的。"她把书本放在膝盖上，说，"你还没告诉我大黄怎么样了，又长壮了吗？"

"壮得很，一天要喂它三筐草料，收秋时就可以使唤它了。它天天到大门门口张望，春杏说，它是想二小姐呢！"

艳秋忽然有些感动："兆法，你记住，使唤它时，千万别累坏了它。"

"不会的，我有数。陈大叔三天两头催我牵它下地，我就说老爷和二小姐交代过，等它再长长身子骨儿吧。陈大叔气得直瞪眼，但也没办法。大黄现在可是比我都享福。"

艳秋被兆法这句话逗得咯咯笑起来。兆法一拍脑门，说差点儿忘了件事。他迈开大步，跑到门口的马车前，取下一个蒙着块破布的草编的筐子。远远地，艳秋就闻到了一股沁人肺腑的气息。果然，兆法把破布揭开，满满一草筐各式各样的花朵晃得艳秋眼花缭乱。那都是一些土地上自生自灭的野花，在城里见到它们，让艳秋欣喜异常。

"春杏天不亮就爬起来，特意跑到运河大堤上采的，都惹得太太不高兴了，说二小姐成了洋学生，变成大姑娘了，还花花草草的，让人笑话。"兆法不停地搓着大手，嘴巴也比过去好使了许多。

艳秋拿起一枝露珠未干的野百合，放在鼻端尽兴地嗅着。她想，兆法和春杏倒是蛮不错的一对儿，将来找机会给父亲说说，让他们结成夫妻算了，她愿意做他们的媒人……想到这里，艳秋不由自主地笑了，仿佛做新娘的是她而不是春杏。

兆法和赵七吃过晌午饭往回赶时，艳秋悄悄塞给兆法一块碎花细布，说这是杭州丝绸，让他捎给春杏做件像样的衣褂。在她的印象中，春杏没有一件穿得出门去的衣服，艳秋觉得这不公平。这块漂亮的丝绸是一位南方客商送给父亲的，父亲没舍得给邱玉凤，也没舍得给艳若，而是背着她们给了她。现在她又把它送给了春杏。

实在闲得无聊时，艳秋有时还到斜对过的运盛金店去转转，散散心。运盛金店有三间阔绰的门面，大门上方挂有金字匾额和招牌，后面是宽敞的院子，槐荫浓密，花木扶疏，最里面是加工金器的作坊和仓库。它是龙城规模最大资金最雄厚的金店，老掌柜季广庆的名字在龙城可谓无人不知无人不晓。这里的人都认识艳秋，老掌柜季广庆见了她就眉开眼笑，说苏掌柜有这样一对如花似玉的千金，真是福气。尤其是二姑娘，活脱脱一副贵人相，人见人喜，可惜生错了年代，要是早生几十年，没准儿就能住上后宫娘娘的宝殿。还吹嘘说慈禧老佛爷身边的丫鬟他见过不少，她们和艳秋相比，简直是豆腐渣。光绪爷最宠爱的珍妃他也有幸打过照面，并不见得比艳秋强嘛……艳秋给他说得不好意思，赶忙打断他，说："季老伯您可真能叨叨，难怪您这里生意这么火，敢情全靠您这张嘴。"季广庆哈哈一笑，接着抱怨已死去多年的老伴，说老东西倒是怪勤快，一口气生下五个大胖儿子，可就是没给他生个丫头。他这人见多识广，脑瓜不封建，他喜欢丫头，不喜欢儿子。艳秋故意逗他，撇撇嘴说：

"季老伯，您就甭得便宜卖乖啦，要是您有五个丫头，您还这样说吗？"

"倒也是。"季广庆咂咂嘴，端起紫砂壶呷了口茶，咕咚一声咽下去，说，"可是五个孩子里，有一个是丫头总可以吧？偏偏一个没有！"接着，又用羡慕的口气说起苏子仁，说："苏掌柜的艳福也不浅哪，只花几百块钱就讨回一个光鲜可人风情万种的小娘子。城里的有钱人总瞧不起乡下的土财主，瞧瞧人家苏掌柜的，一点儿都不比夜郎自大的城里老板差，这就是命哪，人不服命不行。论家底我或许比他厚实，可他活得却比我滋润。可见钱多不见得福大……"

季广庆唠叨起来没个完。艳秋最不愿听别人谈起父亲和二娘的事，就离开季广庆，到后面的作坊看工匠师傅们干活。

艳秋来的次数一多，被艳若发现了。有一次，艳若神秘兮兮地对她说：

"你觉得季家怎么样？还不错吧。告诉你，咱老爹打算把你许配给季家老五，那小子如今在美国芝加哥留洋，年底就回来，你就等着跟那个假洋鬼子做老婆吧。"

艳秋一听，蒙了，抹着眼泪去找父亲。苏子仁听后立马就笑了，说："你听谁胡咧咧？压根儿没影的事。爹这辈子啥事都可以做，但在儿女婚配之事上，决不搞包办。"苏子仁说这话的时候，一定想到了他和邢氏的婚姻，所以从他决绝的口气里，听不出丝毫的含糊。艳秋破涕为笑，回头找到艳若，狠狠地在艳若额头上戳了一指头，说：

"死妮子，你把我吓个半死！我去问过咱爹了，他说许配给季家老五的，是你，而不是我。你整天疯疯癫癫的，没个女孩儿样儿，嫁给季老五后，跟着漂洋过海，到美国疯去吧。听说那里是自由天堂，想怎么疯都行。"

"我疯疯癫癫怎么啦？你个小绵羊懂个屁！中国像我这样的人不是太多，而是太少，所以才落后挨打，让外国人瞧不起。"艳若啪的一声把嘴里的瓜子皮吐出好远，"再说我早想好了，这辈子不嫁人。女人一嫁人，就失去了独立性，变成男人的附属品，什么理想呀、事业呀、抱负呀，啥都完了……"

这时候全家人谁都想不到，艳秋已经结识了一个叫白剑雨的男孩子，而且就是在运盛金店的作坊里结识的。如果学校不是三天两头停课，她可能不会结识他，所以艳秋说不上该为此高兴还是难过。

运盛金店有一手"锤金"的绝活儿，就是把熔化后又凝结的金毛坯捶打成蝉翼般极薄的金片，它薄的程度，呵气即可吹动，老掌柜季广庆夸张地说，一两黄金可锤一亩二分地之大。这种行业在以前商贾繁荣的通都大邑中，是不可或缺的手工业。据说远在秦汉时代，锤金产品已普遍盛行于权贵服饰，并流行于民间。它的主要用途除此以外，还可用来装点匾额、楹联、屏风、金属器具，装塑佛像，以及医药配佐等。运盛金店的锤金产品远销数省，是季广庆老掌柜赖以发家的支柱。

白剑雨的父亲白长泰是这里的能工巧匠。白师傅话不多，只知道闷头劳作，闲下来时就奔拉着眼皮，一锅儿接一锅儿地吸烟袋。艳秋特别愿意看他干活。每逢锤金时，他的小徒弟把一小块金毛坯放在平整光滑的石头砧子上，随时挪移方位，他则举起十多斤重的铁锤，凝神屏息疾徐锤打。虽然他已五十多岁，但臂膀有力，腿脚沉稳。长期的劳作使他的腰变弯了，后背却更显宽厚。从侧面看过去，他的动作张弛有致，入定一般十分投入，技艺炉火纯青。锤打声在敞亮的作坊里回荡，仿佛远古的足音。挨近他时，艳秋能闻到他身上金粉的味道，甜丝丝的，清凉凉的，略带一点酸味儿。随着不间断的锤起锤落，砧石上的金片越来越薄，薄得像一页纸片了，闪烁的光芒照亮了锤打者的脸，仿佛他的脸膛贴上了一层耀眼的金箔。这时候，他更是凝神澄虑，眉头紧锁，小心翼翼，因为到了功亏一篑的时候，稍不留意就会造成损失，引起东家动怒。

那一天，艳秋神情专注地盯着白师傅进行最后的锤打，为他捏着一把汗。同时断断续续地想，一个人能够专注地做一件有益的事情，不失为一种幸福。砧石上的金片已经薄如苇膜，她突然发现金片上映现出一张年轻的脸，似乎白师傅在一瞬间返老还童了。她疑惑地凝望着，茫然不解。锤头一下下敲打在那张年轻的脸上，使她感到隐隐心疼。她终于反应过来，一抬头就和那个年轻人的目光相遇了。她羞得有点儿不知所措，慌慌地把目光移向别处。

白师傅放下铁锤，满意地吐口长气。瘦瘦的小徒弟递给他一块擦汗的手巾。

这时候白剑雨已经是国立师范学校三年级的学生，他曾经和苏东贤是同学，但他不喜欢东贤，平时没什么来往。以前他来作坊看望父亲，曾在昌顺粮行的院子里见到过艳秋的背影或侧影，远远地听她哼唱过一些不知名的宗教歌曲。她的声音令人陶醉。

白剑雨同他的父亲一样身材高大，肌肉发达，学校里那些豆芽菜一般的男孩子和他相比，简直可笑极了。他性格坚韧、勇敢、自负，模样清秀，鼻梁高挺，目光有点儿忧郁，像个标准的男子汉。出身低微的他却有一副高傲的神态，看上去既天真单纯又有一种阅历过沧桑的复杂和冷峻。白师傅拿出所有的薪金供他上学，他学习起来格外用功，门门课程都很优异。而且他对建筑工程学十分感兴趣，书包里的练习簿上画满了许多高楼大厦和桥梁涵洞的图案。后来和艳秋相熟之后，他说他这辈子最大的愿望就是当一名建筑学家，造好多好多高楼供人们居住，造好多好多桥梁供人们通行。

艳秋见到白剑雨的第一眼，就感到他对自己产生了一种无法遏制的吸引力。仿佛她是一片丰饶坦荡的土地，而他是一匹渴望在广袤地域上腾跃撒欢儿的马驹子。同时她还发现，他的一举一动也令她着迷，以至于很快就陷入痴醉难解的境界。那是一种他们从未曾经历过的感觉，所以他们心里都像燃着了圣火一样，就是把运河里的水全引过来，也无法浇灭它。她对这种不期而至的疯狂的火焰感到恐惧，觉得简直要被它烧化了。别人却告诉她，她出落得更加水灵，更加有朝气了，真是女大十八变呀……

后来他们经常在运盛金店的作坊里相见，从头到尾看白长泰把一小块金毛坯变成一张比桌面还大的金片。耀眼的金光涂在他们身上脸上，把他们变成佛的样子，仿佛有一个黄金般的诺言进入了他们的脑海。

结识白剑雨后，艳秋才真正感到了黑夜的漫长。她把光滑精致的手臂枕到脑后，柔软的长发斜披在肩窝上，睁眼望着黑暗中的天花板，思绪乱糟糟的。这时她就发现，自己真的长大了，身体膨胀得厉害，脚指头能够轻而易举地伸到床尾了。身体上的这种变化有时让她吃惊得厉害，仿佛这个胸脯饱满、嗓音圆润的女孩子不是她，而是一个她不认识的人。

她常常在天快亮时才睡去，醒来后却不感到疲乏，精神气儿似乎比任何时候都足。

10

秋天，国立师范学校的师生开展了一场有组织的运动。这场运动的核心事件就是驱逐反动校长郭延培。国文教员朱允佩是这个事件的幕后策划者。

郭延培曾留学日本，并且经常以此为荣，和人说话时常常冒出一串叽里咕噜的日语，有时在全校师生大会上训话，他也忍不住穿插几句日本话，听着十分令人不舒服。起初大伙儿以为他故意卖弄学识，后来发现他是个不折不扣的日本"乏走狗"。

朱允佩曾萌生过把郭延培争取过来的打算，听他讲过几串日语后，马上打消了这个念头。

从外表上看，郭延培和其他教职员最大的区别是他留着一撮"仁丹胡"，因此，学生们背后叫他"郭仁丹"。据说他留洋时，曾疯狂地爱上一个日本女子，还生下一个儿子。不知为什么母子二人没跟他回国。他曾私下里对忠于他的人说，他是为了振兴国家才不惜丢下女人孩子回来的。"回来就后悔了。中国这个国家太落后，中国人太缺教养，良心大大地不好。像《三国演义》里的阿斗，就是累死诸葛亮，也扶不起他。以前的中国就别提了，你不妨看看当今中国，党派纷争，国共对立，军阀混战，抢占地盘，越搞越糟，八格牙鲁。而日本民族却空前团结强大，军威赫赫。日本人迟早要打进关内来的，中国是抗不住的。现在最好的办法是能忍则忍，不去惹他，哪怕让他晚进来一天也好。"郭延培时不时地把这种观点散布给学生，有些激进的学生便在背后怒骂道："全是放屁！"

朱允佩来师范学校后，郭延培觉得他是韩复榘身边的人举荐来的，而且来自北平，估计来者不善，对他还算客气，时常约他叙谈叙谈，还请他到家里喝过一次酒。席间，郭延培殷勤地劝朱允佩多多"咪西"，然后说："朱老弟，你既然上头有靠山，为何到龙城这个小地方来？到大地方谋个一官半职的，岂不更好！"朱允佩说："鄙人从教是尊奉家父的遗愿，再说龙城又是我的故乡。"郭延培仰脖呷下一口酒："可惜可惜，凭老弟的才干，原本该有一番大作为的，但窝在龙城小地方，和一帮不知天高地厚的毛头孩子为伍，乃至终老一生，实在可惜。"朱允佩因暂时没摸透郭延培的底细，不便多讲，不一会儿就告辞了。

如果郭延培仅是日本的乏走狗，朱允佩不担心，他担心郭延培是国民党的真走狗。后来发现郭延培果真和国民党龙城公署和市党部的上层人物来往密切。学生们想搞点什么进步活动，警察局宪兵队很快就会知道，往往提前采取应对措施，使学生们的行动收不到预期效果。譬如不久前朱允佩暗中鼓动学生上街，为东北抗日联军募捐，并借机宣传共产党抗日民族统一战线的主张，由于当局事先派人对大小商贩进行威胁和恐吓，致使这次行动半途而废。

不久，郭延培就和学校里的进步势力发生了正面冲突。学生们唱《义勇军进行曲》《大路歌》《松花江上》等抗日爱国歌曲，组织集会、演说什么的，郭延培站出来公开制止。他把全校师生集合起来，声嘶力竭地咆哮道：

"我郭某人早就教导过你们，学生学生，最好是两耳不闻校外事，一心只读你的书。你们瞧瞧，现在学校让你们弄得乌烟瘴气，大大地不像个样子嘛！整天嚷嚷抗日抗日，唱唱歌喊喊口号就抗得了日？就能把东北收回来？你们太天真了，你们不想想，是你们的嘴巴硬、党国的政策硬，还是日本人的枪杆子硬。再这样闹下去，不仅伤不着日本人一根毫毛，而且吃亏的是你们自己。枪打出头鸟，从历史上看，每每国家动荡，时局不稳，吃亏的往往都是那些天真而又自以为是的学生。我说这些是为你们好。山高高不过天，人能能不过官，请大家相信中央政府，相信蒋委员长，言行举止坚决和上峰保持一致，抗日的事由他们管，你们不多拿钱干脆也少操心。尤其要提防共党分子混入我校，蛊惑人心拉拢学生制造事端，引起当局追查。我现在重申，今后一律不准上街游行，一律不准唱抗日歌曲，其他与教学无关的事也一律不准干，谁再捣蛋就开除谁！……"

台下的人终于被激怒了。"郭仁丹，闭上你的臭嘴！"有人冲台上高声叫喊。随即咒骂声响成一片，像一团落地的炸雷在校园里回荡。郭延培摸一下唇上的仁丹胡，说一声"散会"，脸上挂着虚汗，故作镇定地溜走了。

朱允佩躲在一个角落里，冷眼注视着混乱的场面。他决计拿郭延培"开刀"，因为是时候了。

就在几天前，一个杂货商打扮的中年人把他约到城外的运河大堤上。那人是中共山东省委派来的联络员，向他传达省委的最新决定。那人说："中央刚刚向党内发布了《关于逼蒋抗日问题的指示》，指示中说，在日本帝国主义继续进攻、全国民族革命运动继续发展的条件下，国民党中央军全部或其大部有参加抗日的可能。我们的总方针应是逼蒋抗日。我们目前的中心口号，依然是'停止内战，一致抗日'。省委决定在全省有条件的地方掀起一轮更猛烈的学生运动，以此来号召民众，影响民众，团结一切可以团结的力量，壮大抗日声势，同时扩大我党的影响。但有一点须注意，就是不要直接和国民党当局发生正面冲突……"联络员坏了一只眼睛，他边说边使劲眨巴那只好眼，看上去愈显神秘。朱允佩望着夕阳下几乎凝止不动的河水，一个主意慢慢形成了。

龙城师范是整个龙城地区的最高学府，这里蕴含着一股最有生气的力量，它的一举一动都能牵动广大市民乃至上层势力的视线。如果狠狠地给郭延培一点教训，能起到事半功倍的效果。朱允佩想，凭他多年积累的丰富的地下斗争经验，对付一个郭延培当不成问题。

秋天来临后，校园里白杨树的叶子最先泛黄，最先掉落下来，偶尔有片叶子打在行人的肩膀上，像中了一巴掌，把人吓一跳。那些躺在地上的黄叶被秋风吹起，缓缓地朝前跑，互相追逐着，直到跑往一个避风的地方才停下来，集合成一堆，紧紧拥抱着，仿佛再也不想散开。

恰在这时，宪兵队的人冲进校园，来抓两个学生，理由是他们在大街上撒传单，攻击蒋委员长"攘外必先安内"的基本国策，而且措辞激烈，被宪兵队列为共党嫌疑。正在上课的六七百名学生一窝蜂拥出教室，和宪兵们讲理。郭延培却挡在宪兵和学生们中间，嘶哑着嗓子劝大家回去上课，扬言说谁不听话就开除他。在他的干扰下，宪兵趁机把两个学生带走了，大伙儿气得嗷嗷叫。

机会终于到来了。就在这时，朱允佩朝几个骨干一使眼色，他们立即冲上去扭住了郭延培，把他押至人群中央，稍一用力，郭延培就脸朝黄土背朝青天摔在人们脚下。他挣扎着爬起来，眼镜碎了，脖子扭了，嗓子哑了，额角肿了，胡子沾满了黄泥，像一个滑稽的木偶。人们叫嚣着要打死这个日本走狗。这时，大门口传来一阵杂沓的脚步声，原来有人按照计划引来了其他几所学校的学生，后面还跟着黑压压一片看热闹的市民。气氛空前热烈，场面异常混乱。

后来的结局是，郭延培身上挨了一砖头，脸上挨了好几巴掌，掉了两颗门牙，外衣被扒掉，只剩一个遮羞的黑裤衩子，浑身上下沾满了唾沫口水。更好笑的是，他的仁丹胡被愤怒的学生拔得一根不剩。而且据靠近他的人说，他裆里的毛也被人乘机揪掉几绺。这一切都发生在很短的时间内。要不是朱允佩亲自上前制止，他让人打死也说不定。这还不算完，一群学生又押着他去警察局，刚出校门，迎面遇上闻讯赶来的大批军警。学生们说：

"我们逮住一个日本探子，交给你们审判吧！"

"什么日本探子，"带队的头目仔细辨认了一下，说，"这不是郭校长吗？"说完就哈哈笑了。郭校长的样子实在狼狈极了，不由人不笑。

"是郭校长。他公开散布亡国言论，为小日本歌功颂德，整天盼望倭寇打进来，还调戏女学生……"

"兄弟救我……"郭延培用微弱的声音说。话音未落，就像一摊稀泥一样扑通坠地。

这场有组织的行动在龙城引起巨大震动，一时成为人们街谈巷议的话题。当局草草审查了一下，结论是郭延培虽时有亲日言论，但不是日本探子。学生们立马上书当局，说郭校长既然不是日本探子，全校师生欢迎他再回来当校长。郭延培却死也不干校长了，携带家眷去了外地。那两个抓走的学生也被无罪释放。

这是一个契机，从那时起，几所学校的学生才真正发动起来了。抗战爆发后，他们中的骨干分子大都投身挽救民族危亡的战场，成了朱允佩手下的得力干将。

那天下午，满院子的人散去后，地上残留着踩成碎片的杨树叶子。朱允佩这时才觉出自己后背上全是汗，冷风一吹，凉浸浸的。他摸出一支纸烟点上，徐徐吐出一口烟雾。透过烟雾，他看到一个容貌俏丽的女学生和一个长相一般的同伴从他身边经过。透过面前的又一团烟雾，他看到那个漂亮女生手指尖捏着一绺黑色毛发。他想起前些日子的集会上曾见过她一次，知道她是女子中学的。透过面前的再一团烟雾，他看到她朝手指尖"噗"地吹了口气，那绺毛发就飞向空中。

"那是什么？"朱允佩把手中的烟蒂扔掉，问她。

"郭仁丹的仁丹胡。好臭好臭。"她得意地笑了笑。

"你叫什么名字？"

"苏艳若。"

朱允佩点点头，表示记住了。苏艳若也许没把他这个一直缩在后面的国文教员放在眼里，甚至没正眼看他，拉起同伴的手向前走去。

11

连续五六天都是坏天气，秋雨淅淅沥沥下个不停，道路泥泞，遍地是被风雨剥落的树叶。丰收的年景因为这场不合时宜的秋雨的来临，喜庆气氛被冲淡了一些。好在没有下冰雹，也没刮大风，坏天气除了给农人收割庄稼增加一点麻烦外，并没怎么影响产量。

这一年的收成出奇的好，鲁西大平原已经好几年没有如此风调雨顺了，遍地金灿灿的谷穗、红彤彤的高粱、肥硕硕的玉米、白花花的棉花，满垄子的地瓜和满棵子的大豆使运河两岸的景色像个健壮的孕妇那样迷人。人们早就盼望着这样一个好年景。现在这个好年景终于降临，就连天上飞的小鸟、地上跑的牲畜都显得比往年欢快。

天气转好之后，没几天的工夫，农人们就把庄稼收割完毕，金黄的原野顿时变得光秃秃的，露出土地本来的颜色，像有一只巨手在天地间一挥，大地上的粮食就不见了。

租子收得差不多时，管家陈茂便指派家丁和长工短工们往城里的店铺运粮，人手不够用，他又从镇上借了几辆大车。苏子仁则带领长工们把粮食储存在仓库里，等价钱合适时再慢慢出手。

东贤还是像先前那样，十天半月不露一回面，对于他的所有行为，全家人早就不当一回事了，就像压根儿没有他一样。艳若也是基本上每天都到学校，礼拜天也不例外，走得早回来得晚，家里的事情她一点儿都不插手。博文中学这一阵子的教学还算正常，艳秋按时去上课，但她已经不在学校寄宿了，每天都准时回家，帮着干点儿活儿。伙计们喊着号子往仓库里扛麻袋，个个大汗淋漓，艳秋给他们递擦汗的毛巾，招呼他们喝水。

二娘邱玉凤虽像个正经过日子的妇人那样很少离家，但她却不怎么出屋，在这点上她和邢氏差不多。不同的是邢氏整日打坐念佛，邱玉凤来了兴趣就哼唱小曲儿。她幽幽的唱腔从窗棂和门缝里钻出来，在这座喧闹的四合院里缭绕，倒是平添了一种难得的雅趣。苏子仁曾劝说她下厨房做饭，以便替下伙计小李这个壮劳力，让他专心致志扛麻袋。她一声不吭下了厨房，结果做了两顿不中吃的饭——不是夹生就是烧煳，而且她在厨房里不停地咳，有些做作的成分，闲下来时也不唱小曲了，皱着眉头半天不动。苏子仁埋怨说："咋搞的？饭没法儿吃嘛！"她说："老爷有所不知，俺可是长到这么大没下过厨。"有的伙计不知趣，说："二太太你唱段戏文给我们听听，我们干活好有劲儿。"她冷冷地说："嗓子让烟熏得都成了烟筒，唱不了啦！"

苏子仁看在眼里，有些不快。牛得宝出来圆场说："二太太是贵人，哪受得了烟熏火燎的罪？伙夫还是由小李接着当吧，也不少他一人的力气。"

在这个大丰收的秋天，让苏子仁烦心的并不是二太太邱玉凤的懒惰。和后来的事情相比，邱玉凤逃避下厨房一事根本算不了什么。

状元街七号的几间仓库刚刚装填了一半，押车来的长工兆法却对苏子仁说：

"老爷，太太让我告诉您，这是最后一车了。"

"什么？"苏子仁感到蹊跷，就是平常歉收年景，他十顷地收下的租子也会把这几间仓库填满的。他把兆法叫到一边，板着脸问了好一阵，兆法才说出实情。原来，邢氏扣下了一半以上的租子，说是留待来年闹饥荒时，用那些粮食从别人手中换土地，苏家的土地不是多了，而是还不够，什么时候乌龙镇的土地都成了苏家的，才算上对得起祖宗，下对得起后代。

苏子仁为此异常恼火。邢氏的小算盘他再清楚不过，她是怕这些租子卖出后银钱全成了邱玉凤的。这个平时不哼不哈的女人胆子越来越壮了，还有那个看着老实、实则满脑子狡诈心计的陈茂，谁知道他们躲在深宅大院里是怎么算计他的？苏子仁早就萌发过辞退陈茂的想法，因为邢氏从中百般阻挠，才使他的想法一直没有实现。

苏子仁这时深深感到他在家里的权威已经受到了严重的挑战，他黑着脸对兆法说：

"你回去告诉太太，就说我主意已定，地是一分一厘都不能置了。家里的粮食除了留足吃的，剩下的都要运到铺子里来，换成现钱一是保险，二是可以用来扩大生意。记下了吗？"

兆法诺诺点头，赶起马车回了乌龙镇。

然而兆法走后，一连三天再没见运来一粒粮食。苏子仁气得直跺脚。这些年来，除了东贤惹他发过几次火外，他不记得自己哪回生这么大的气。恰恰这段时间，城外的土匪又闹起了动静，著名的土匪头领韩二杆子手下的人居然大白天进城绑票打劫，弄得人心惶惶。牛得宝就劝苏子仁，说太太可能怕路上遇到打劫的土匪，没敢让人运粮上路。苏子仁摇摇头，说：

"现在正是收粮季节，土匪不缺粮，他们要的是钱和女人。"

基于这个理由，苏子仁认为邢氏并非是因为害怕土匪不让人往城里运粮，而是存心跟他捣蛋。"操他娘的，后院要失火了，后院要失火了……"他唠叨着，在大槐树下烦躁地转圈子。

这一年的中秋节就在不愉快的气氛中来到了。苏子仁原打算带上邱玉凤和几个孩子回镇上团圆的，孩子们已经半年多没回老家了，邱玉凤更是自从迈进苏家的门就没回过老家——一来他担心镇上人对他和邱玉凤指指戳戳，让她脸上挂不住，二来邱玉凤也没兴趣回去，从来没提出过，所以带她回老家亮亮相的事一直拖着。但现在，苏子仁又不想回去了，他要沉住气，看看邢氏和陈茂是否在他不露面的情况下老老实实按他的吩咐把粮食运进城。

中秋节那天，牛得宝和伙计们都回自己的家团圆去了，平时热热闹闹的四合院一下子安静下来，苏子仁感到有点儿不适应。到了晚上，没有一丝风，院里那棵千年老槐树像一个沧桑老人，冷峻地凝望着头顶上的一轮圆月。东贤仍是没露面，苏子仁火上浇油一般气哼哼地嘟囔说："这个狗崽子，光知道在外面死混，过节都不回来看一眼自己亲爹，要这样的儿子干什么！"苏子仁心里很难过，曾经，他把全部的希望都寄托在东贤身上，即便他不去光宗耀祖，最起码不能辱没了苏家的门庭。可是，眼看着他在邪恶的道路上越走越远，而且中秋节团圆夜他居然都不回家和老子打个照面……苏子仁感到心里堵得慌，趁人不注意偷偷抹了一把眼角上的清泪。

好在艳若艳秋和邱玉凤都高高兴兴地围坐他身边，让他的气愤多少平复了一些。

邱玉凤在这一天倒是表现得像个女主人的样子，不用苏子仁吩咐就扎上围裙一头钻进厨房，弄了七八样可口的饭菜，然后扭摆着腰肢端到上房里，还摆上了酒和几样瓜果，又拿出白天苏子仁从龙城最有名的"益康斋"买来的酥皮月饼。月饼盛在几个托盘里，苏子仁让邱玉凤在月饼下垫一方红纸，说是老规矩了。邱玉凤不明白老规矩是怎么回事，苏子仁说：

"月饼下垫红纸是传说中的八月十五杀鞑子的信号。"

"杀鞑子？谁是鞑子？"艳秋好奇地问。

苏子仁回答不上来，说："这是老辈子的传说，现在谁还细究。"

"鞑子就好比如今的日本人，我们要杀日本人！"艳若使劲咬了一口月饼，冷不丁说。

"可不许乱讲。"苏子仁正色道，"现在中国人最怕的就是日本人。嘴上没个把门的不行，祸端往往是嘴巴不严引发的。"

"我嘴巴不严没关系，只要政府嘴巴严实就行。政府的嘴巴确实够严实的，日本人在中国地面上胡作非为，政府连个响屁都不敢放！"

"又在乱说。"苏子仁轻轻拍了一下艳若的肩膀。

中秋节之夜的这个家庭聚会还算圆满，大家互相说了很多祝福的话，都心里明镜似的不提东贤和远在乌龙镇的邢氏。苏子仁喝了不少酒，在他的劝说下，邱玉凤也喝了好几盅，脸不红心不跳。看来她酒量不小。她的酒量就像她的来历一样，多少让人有些摸不透。艳若壮起胆子也想喝酒，父亲制止了她，只许她和艳秋喝一种天津产的水果汁。苏子仁借着酒兴，让邱玉凤唱段戏文听听，邱玉凤也不推辞，清清嗓子唱了《白兔记》和《金锁记》里的片段。苏子仁就像在书场或戏院里听戏那样，忍不住拍着巴掌叫好。艳若耐着性子待了一会儿，脸色已很不自然，最后借口出去赏月，离开了上房，来到院子里。

一层薄薄的云彩遮住了月亮，满天的繁星倒显得明亮了许多，仔细看时，它们似乎老是不停地眨巴眼睛，像在诉说远方的秘密。老槐树如一把黑色的撑在空中的巨伞，使这座整洁的四合院变得有些压抑。仍然没有风，露水挺重，大气中弥漫着烟火的味道。有零零星星的鞭炮声传来，偶尔还有一串焰火升到半空，释放出耀眼的花朵，随后就不见了。艳若站在院子里，无精打采地欣赏了一会儿头顶的天空，正想回自己房间时，艳秋来到她身后，并且轻轻叹了口气。

"姓邱的今天蛮高兴嘛。"艳若说。她对父亲一意孤行迎娶邱玉凤始终抱着不满的态度，说这是封建陋习，必须铲除。有一次她曾对艳秋说，老爹娶邱玉凤时她刚来龙城不久，没有主心骨，如果换到现在，她会坚决阻止这件不光彩婚事的。除非当着父亲的面，除非她特别高兴的时候，才叫邱玉凤一声"二娘"，而在背后，一律直呼其名或叫她"姓邱的"。

"只要咱爹高兴就行。"艳秋说。

"早晚有他哭鼻子的时候。"艳若不屑地说。

老槐树的叶子簌簌响起来，好像起风了，姐妹二人都觉出了寒意，转身进了她们合住的卧室。那边，邱玉凤仍在幽幽地唱，间或传出父亲拍巴掌的声音。艳若把门窗关紧，仿佛故意和那个声音作对。临睡前，艳若又说：

"我总觉得家里没有一点儿生机，死气沉沉的，就和这个社会一样。艳秋，你不觉得吗？"

"我说不清楚，真的说不清楚。"艳秋努力想了想，"我喜欢平静。在我眼里，平静是最珍贵的东西。无论小家还是国家，只要平静下去，不出乱子，就比什么都强。"

"你还是太天真。"艳若打了个长长的哈欠，说，"过于平静，就是一潭死水，早晚会发黑变臭，其结果是大家全腐烂掉。与其这样，不如扒开堤堰，引进活水。什么是活水？革命就是活水，或许战争也是。"

"我还不懂什么叫革命，恐怕你也不懂，姐姐。但战争是令人诅咒的，战争是人间地狱，发动战争的人是魔鬼，这种人死后是无法升入天堂的……"

仿佛是为了应和这个话题，突然有一声尖锐的啸叫传来。不是鞭炮响，鞭炮的响声没这么刺耳。当艳秋明白是一声枪响时，她浑身哆嗦了一下，然后在黑暗中画了个十字，心提到了嗓子眼儿，害怕得不行。

"去你的鬼天堂吧。你相信的东西全是骗人的……"艳若翻身坐起来，侧耳倾听外面的动静。她对枪声格外敏感，听着觉得过瘾。但外面一切归于沉寂，好像整个世界都隐去了。

12

中秋节那天夜里，苏子仁和邱玉凤很晚才上床休息。他们喝光了壶里的酒，醉意蒙眬。二人相拥着，把男女之事又重温了一遍。

自从迎娶邱玉凤后，那个过去一直缠绕苏子仁的梦境一次也没出现过。到了后来，他甚至不再记得自己曾经做过那样的噩梦。他感到生活的乐趣比先前多了许多，首先邱玉凤带给他的床笫之乐就是邢氏无法给予他的。邱玉凤其实是个善解人意的人，知道怎样才能讨男人欢心。

对于邱玉凤的具体身世，苏子仁所知甚少。她本人更是守口如瓶，只说她从小没有爹娘，一个老男人收留了她，教她唱戏，摆弄乐器。那人就是她的养父兼师父。他们加入了一个唱柳子戏的草台班子，十几年里走遍了鲁西大平原的所有市镇，后来她的养父兼师父老了，被班头一脚踢开，她也只好一并跟着离开。

邱玉凤对唱戏痴迷到了不可思议的地步，她觉得唱戏是她生活中全部的乐趣，如果无法唱戏，她宁可死掉。她的嗓音确实不错，舞台动作也很像一回事，可她时运不济，由于没有人捧场，她一直默默无闻，不得不流落街头，最后迫于生计，仓促嫁给土财主为妾。而她早就认为，她应该成为鲁西平原地带最有名的角儿，在龙城大戏院隆重地登台演唱，台下观客如云，叫好声惊天动地；画着她头像的演出海报到处都可以看到，关于她的花边新闻一直是人们茶余饭后的话题……

她朝思夜盼，等待着自己成为名角的机会。但她不知道能否有这样的机会。

嫁给苏子仁后，衣食无忧，不再为生计发愁，邱玉凤唯一要做的事情就是关起门来，压低嗓音幽幽地唱戏，有时没有观众，有时只有苏子仁一个观众，有时观众是那些呆头呆脑大字识不了一口袋的伙计。这样唱来唱去，她越唱越没情绪，渐渐觉得嗓子涩了，动作生疏了。为此她感到恐惧。

她不止一次地央求苏子仁想想办法，让她到龙城大戏院大张旗鼓登台演出，哪怕只演一出也好。凭他现在的地位和名望，这事办起来并不难，前来捧场者自然不会少，说不定她就能一炮走红，名声响彻运河两岸……但苏子仁每次都说再等等，容他再考虑一下。她不是傻瓜，自然明白苏子仁不希望她出头露面，而是希望她老老实实待在家里，由着你吃由着你穿，白天你高兴了就唱几嗓子，晚上他高兴了就陪他做床上的功课。

在这个世道不太平的年月，又有哪个男人愿意自己的女人出去疯癫？

她暂时不用操心自己在苏家的地位。那个躲在乌龙镇老家的邢氏对她构不成威胁，所以无须为争风吃醋伤脑筋。大少爷东贤很少回家，也免去了和他相见时的尴尬。只是男人对两个女儿钟爱有加，远胜于她，令她感到不舒服。这件事情后来一直是邱玉凤的心病。

苏子仁热衷于床上的事情，除了身体的需要之外，也许还有一个更深的目的，就是期盼邱玉凤为他生一个儿子，只是他没有明说罢了。在他看来，东贤眼见着是指望不上了，两个女儿虽然令他喜爱无比，但女儿毕竟是女儿，她们早晚要嫁人，俗话说嫁出去的姑娘泼出去的水，苏家的基业最终要靠男丁延续。说实在的，苏子仁算不上太封建，但即便再不封建的中国男人，也会把自己有无继承人当成正经事看待的。

邱玉凤却一直未见有孕的征兆，苏子仁只好耐心地等下去。他还不到五十岁，身体无啥大碍，相信总能等到邱玉凤肚子鼓起来的那一天。

到后半夜，月亮重又露了脸儿，白花花的月光照亮了窗棂，就像窗户上镶满了银子。他们平静下来后，醉意减去了一大半，苏子仁心满意足地说：

"玉凤，我是个粗人，不会说恩恩爱爱的话。但我可以向你保证，将来不管落到哪一步，只要有我苏子仁一口吃的，就饿不着你。"

"老爷的话俺领情了。"邱玉凤抚摸着男人仍然结实的胸脯，说，"俺现在最想做的，还是那件事——到大戏院演一出戏。"

这回苏子仁爽快地答应了。鲁西平原唱柳子戏最有名的洪家班过些日子要来龙城上演《东吴招赘》，他打算在运河酒楼摆几桌酒席请请他们，再资助一些银钱，让他们安排邱玉凤客串其中的一个角色。

天快亮时，二人才睡去。

苏子仁无论如何也想不到，危险正悄悄降临。

第二天上午，艳若艳秋去了各自的学校，牛得宝和伙计们也都按时赶回，状元街七号恢复了往常的热闹景象。这个时节做大宗生意的客户不多，一般要等到新粮食全部入库以后才有大客户上门。所以伙计们主要的任务是整理库房，捎带着打发几个前来籴三五斗粮食的居民。

约莫半晌光景，一个穿青士林布长衫、头戴灰洋布礼帽的年轻人走进院子，和善地问邱姑娘是否住这儿。苏子仁到粮行集中的米市街打探行情去了，这是他每日要做的事情，开店铺首先得信息灵通。牛得宝接待了来人，他一时没弄清邱姑娘是谁。来人笑笑说："邱姑娘大号叫邱玉凤，原先是李家班唱柳子戏的。"牛得宝拍拍脑瓜，说："你找二太太呀。"来人说正是，边说边殷勤地递给牛得宝一支烟卷，接着说李家班来龙城搭台唱戏，今天早晨刚到，班子里的几个朋友念及邱姑娘，想见见她，叙叙旧情，大伙儿正在西门附近的"八仙居酒馆"等着呢。

昨夜睡得迟，邱玉凤这时刚刚起床，听到动静，她拉开门。但她不认识来人。来人马上说，他是刚入班的，姓孙。又把刚才对牛得宝说过的话重复了一遍。邱玉凤立即眉飞色舞，不再犹豫。她离开李家班三年了，等于离开戏台子三年了，说真的，有时免不了怀想过去的老相识，尤其是她如今算是混成了一个阔太太，穿金戴银不在话下，不再受颠沛流离、风餐露宿之苦，以这样的身价到老朋友堆里走一圈，会是一件令她感到愉快的事情。也许最重要的，是她想看看那个当初把她一脚蹬开的班头李长海和他的新姘头成了啥模样……于是，她盈盈一笑，说：

"孙老板，你先喝茶等着，我收拾一下就走哎。"

邱玉凤掩了门梳洗打扮，她穿上那件质地最好的洋红色缎子旗袍，外面加套一件对襟丝绒马甲，又把所有的金银首饰佩戴上，她就变成了一个富态华丽的贵妇人模样。这个过程持续了大约两袋烟的工夫。牛得宝陪着姓孙的"老板"在老槐树下喝茶吸烟。后来伙计们回忆说，那个姓孙的这段时间里东张西望，面露焦急之色，而又强作镇静，他们就觉得不大对劲。牛得宝恼怒地说："你们为啥早不放屁？现在又来做事后诸葛……"

终于，邱玉凤一身珠光宝气来到院子里，姓孙的忙站起来，说邱姑娘这身行头会让班子里的人大开眼界的，边说边低头哈腰做了个请的手势。邱玉凤一副喜不自胜的模样，转身对牛得宝说：

"牛先生，今儿个我想宴请一下老朋友……"

牛得宝明白她的意思，忙起身到账台那儿取来十块大洋，小心翼翼塞进邱玉凤手中的黑色羊皮提袋里。这些钱可以在运河酒楼摆两桌最丰盛的宴席。

他们出了门，姓孙的在前，邱玉凤裹着一身香风在后，街上不断有相识的人和她打招呼。来到街口，姓孙的引她走向一辆带篷子的花轱辘马车。她咕哝道："步行去八仙居酒馆，不消一刻钟就到，用不着坐车呀。"姓孙的赶紧说："邱姑娘今非昔比，成了贵人，哪敢让邱姑娘多费腿脚？"坐车就坐车吧，她并没有多想。抬腿上车的时候，她突然看到了一个熟悉的身影，是大少爷东贤。他此刻穿着便装，站在临街的一家门面不大的当铺门口，但一晃就不见了。她不由想起东贤那次在床上的窘态，抿住嘴唇笑了。正因为有过那样一次可笑的经历，每每和苏子仁在床上时，她就觉得困惑，甚至迷迷糊糊把男人当成东贤。看来人世间阴差阳错的事情太多，稍不留意，就会变成另一种样子。如果那次和东贤做成了好事，他也许会三天两头来找她，她很可能就当不上苏子仁的二太太……

她现在说不清这个结局是好事还是坏事。

天傍黑时，邱玉凤还没回家。苏子仁有点儿着急，吩咐店里的伙计到西门附近的八仙居酒馆打探。不一会儿，那个伙计满头是汗跑回来，说整整一天压根儿没有戏班子里的人光顾那儿。这下就乱了套，苏子仁亲自带人上街，撒网一般分头到所有她可能去的地方寻找。艳秋和艳若在家等着。因为头一回经历这种乱糟糟的家庭场面，艳秋吓得心扑通扑通直跳。艳若双臂抱肩，在厅堂里走来走去，冷冷地说：

"这才刚刚开始，刚刚开始。等着瞧吧，热闹的还在后头！"

天黑尽后，她们看到大伙儿纷纷垂头丧气走进院子，不用问就知道没有任何消息。而且要命的是，根本没听说有个唱柳子戏的李家班来龙城搭台演戏。苏子仁颓然坐在门槛上，一种不祥的预感压垮了他。

只能有两种情况，要么邱玉凤跟人私奔了，要么被歹人绑了票。如果她跟人私奔，苏子仁不难过，无非是面子上难堪点儿罢了，女人不喜欢自己了，就是留住她的身子，也留不住她的心。如果让歹人绑了票，事情就要严重得多，女人被掳进贼人的窝子，即便赎回来，受辱的名声也落下了，况且需要一大笔现洋当赎金，搞不好要倾家荡产。苏子仁捂着脑袋，心乱如麻，有生以来头一遭遇到如此棘手的事情，他没了主意，抽抽搭搭抹起了眼泪。伙计们都躲进偏房，今天的晚饭显然吃不成了，他们也没心思吃，如果主人家真的遭了大灾，店铺关门上锁，大家伙儿就得另谋出路，重新找饭碗。

牛得宝陪着主人唉声叹气，劝慰他，说：

"老爷先别急，再耐心等等，搞不准二太太有事耽搁了，这时候正往家赶呢。"

"我看回不来啦！"艳若踱到父亲身边，"像她这种野路上来的人，本来就靠不住。我觉得她十有八九跟自己的老相好私逃了。"

苏子仁瞪了艳若一眼，但没有发作。

牛得宝把苏子仁搀进屋，扶他在太师椅上坐好，又替他披上一件黑色的夹衣。苏子仁拉住牛得宝的手，就像绝望中抓住一根稻草，哀哀地说：

"牛先生，我合计着玉凤很有可能让贼人绑去了。前些日子西关开木器行的赵掌柜，他的闺女赵婉儿不就是大白天的让土匪绑票了吗？花了一万块大洋才赎回来，结果闺女还让贼人破了身子，回家后要死要活，再想嫁个好人家都难了。"

这件事情龙城人都知道，前一阵子曾闹得沸沸扬扬。苏子仁却一直对这种事没太上心，主要原因就是龙城一带最有名的土匪头子韩二杆子的父亲曾和他是旧交。韩二的父亲韩昭明过世之前一直在他的家乡韩集镇开酒坊，苏子仁每年都把大批粮食卖给他，一来二去，两人就拜了把子。韩昭明十年前去世后，两家不再来往。光听说他的二儿子韩起外出扛枪吃粮了。谁知几年后，韩二离开宋哲元的二十九军，回到龙城当起了土匪，势力越来越大，号称兵马三千。龙城一带这时已有几十股土匪势力，韩二是他们中的大腕，传说他和官府眉来眼去，谁也拿他没办法。大白天敢进城绑票的，除了韩二的手下之外，其他土匪恐怕没有这个胆量。基于这层关系，苏子仁怕官府，怕中央军和地方军阀的武装，不怎么怕土匪。他曾向家里的长工、家丁、伙计们交代过，如果路上遇到韩二杆子的人打劫，就说是乌龙镇苏家的人，估计韩二会给他个老面子，不再为难他们。

韩二的父亲在世时，曾有意和苏子仁结成亲家，让艳若嫁给韩二。苏子仁没有同意。韩二落草为寇后，苏子仁为此暗暗庆幸。世上的人里，还有哪些比土匪更糟糕？

"如果玉凤让韩二的人绑去，肯定是个误会。他们搞清楚后，会把玉凤安安全全送回来的。"苏子仁说。

牛得宝不这么看，他认为韩二杆子不绑则罢，若绑架邱玉凤必是有预谋的，上午来的那个陌生人就是个诱饵，但牛得宝没把这话说出来。主仆二人抽着闷烟，心急火燎挨着时辰。艳秋无声无息地来到父亲的卧室，往父亲面前放了一碗开水两块糕点，又无声无息地退出，走到老槐树底下。夜晚已有了很深的凉意，月亮躲在云层后面，像一个窥视人间秘密的高手。艳秋捏弄着胸前的十字架想，不知它都窥视到了什么。

伤感的人得福……悲痛的人得福……这是上帝说的。上帝知道人间有难，所以要拯救那些受苦受难的人。艳秋在大树底下站了一会儿，就回了屋。艳若睡得正香，打着均匀的小呼噜，仿佛家里发生的事情与她无关。艳秋躺在床上，脑子里空空如也，怎么也睡不着。

13

天亮后，一个小伙计去开店铺的门时，发现脚下有一封马粪纸的信

66

笺，他觉得大事不妙，连声招呼都不打，就撞开苏子仁的卧房门，把那封信笺交到一夜未眠的牛得宝手上。牛得宝只看了一眼，脸立马黄了，说：

"老爷，正是韩二杆子这歹人干的，你得想开点儿……"

"他想干什么？……"苏子仁接过信笺，上面歪歪扭扭的字他大都认得。大意是，拿一万块大洋，于三日后到清风店赎人，过期撕票。最下面是韩二杆子的大名：韩起。

苏子仁觉得眼前一黑，栽倒在地。牛得宝又是掐人中又是喂水，苏子仁好半天才缓过气来。醒来后的第一句话是：

"韩起，你个狗杂种，连我都不放过！"

艳秋来到床前，她伏在父亲的臂弯里，嘤嘤哭了起来。艳若却平静地说：

"爹，我看你不必难过。一个子儿都不给他，二娘那么俊秀，韩二杆子不会舍得杀她的，顶多让韩二又多一个压寨夫人。"

"住口！"苏子仁呵斥道。艳若气呼呼地走了。

这时候，牛得宝想起了当警察握枪杆的大少爷东贤，忙派人到警察局找他，指望他关键当口儿出把力。派去的人回来说，怎么也找不到少爷，警察局的人说已经好几天没见到他了。苏子仁叹口长气，说：

"罢，我原本没想到要指望那个畜生。牛先生，没别的路走，筹款吧，救人要紧……"

一万块现大洋绝不是一个小数目，按当下的价格，可以买五百亩好地。牛得宝愣在那里，拈着胡须合计，苏子仁这样做到底值不值。在他看来，肯定是不值的，一万块现大洋可以买多少女人！苏子仁拍了拍床沿，说：

"牛先生，你还愣着干什么！"

这是苏家抗战爆发前遭受的一次最为沉重的打击，也是苏家祖祖辈辈遭受的天灾人祸里最惨重的一次，从这以后厄运就不断了。苏子仁把几年来开店铺的积蓄都拿出来，又吩咐牛得宝，不问价钱，以最快的速度把库里的粮食卖光。七拼八凑，只凑够了七千块，还差三千。他又急慌慌赶回乌龙镇取钱。邢氏听此噩耗，当下就闭过气去，醒来后大哭不止，说：

"为了个小老婆，你竟舍得把家底折腾光。若是我被歹人掳去，你怕是一个子儿都不肯往外拿！你这是安的什么心！九泉之下的祖宗先人都让你搅得不安生，都跟着你丢脸……只要我还有一口气，你休想拿走一文钱！……"邢氏说罢就低头往墙上撞，陈茂上前拉住她，她推开陈茂，又说，"我不能死，我死了正中你的意。我得活着，为了祖宗先人、子孙后代，我得活着。只要我还有一口气，你一文钱也拿不走！……"

苏子仁铁青着脸，吩咐陈茂开箱取钱。陈茂在裤腰里摸索了半天，汗流满面地说：

"钥匙怎么不见了？怪事……容我再找找……"

"砸锁！"苏子仁气急败坏地从牙缝里蹦出两个字。

邢氏像疯了一样扑过来，披头散发趴在盛钱的樟木箱上，"你个没良心的，先把我砸死再说！……大慈大悲的菩萨啊，保佑我这个受苦受难的人吧……"望着邢氏呼天抢地的模样，苏子仁深切地感到，这个女人终于露出了本相，女人一定恨死他了，从今往后，他们算是掰了……

结果，苏子仁两手空空回了城，唯一的办法是找熟人拆借。可这年月谁肯借给他？他首先想到了季广庆老掌柜。踏进运盛金店的大门后，季家的账房先生却告诉他，老掌柜去济南看望朋友，今天一大早走的，临走时留下话，说苏掌柜要是缺钱，可以到账上取。"可是，我账上现在只有三百块现洋，苏掌柜要是不嫌少，就拿去……"

苏子仁扭头便走，对方又叫住他，说："我家掌柜的还有句话，不知当说不当说。"不等苏子仁表态，对方接着说，"老掌柜的要我转告您，若是两位小姐遭难，就是倾家荡产也在所不惜；若是其他人，就请您掂量掂量，看值不值……"

苏子仁道了谢，一筹莫展回到铺子。天眼看黑了，明天是最后的期限，所差的三千怕是难以凑齐了，他蜷缩在太师椅里，欲哭无泪。这时，艳秋来到他身边，把五块大洋和一些零角放在他面前的八仙桌上。这是父亲给她的零用钱，就剩这么多了。苏子仁握住艳秋柔软的小手，流下了眼泪，说：

"儿呀，还是你知道宽慰爹的心。玉凤好歹是咱苏家的人，爹怎能见死不救？你说呢？……"

苏子仁当下决定，就带这七千块到清风店赎人。他觉得凭他和韩二父亲当年的旧交，韩二多少得给他一点儿面子。

清风店在运河西岸，出了城，跨过运河大桥，往西南方向走，约有五十里远。

清风店原本是一个偏僻的村子，因为它是韩二杆子的老巢，所以它的名声在龙城一带十分响亮。鲁西大平原没有一座山，土匪们无法占山为王，只能在一些偏僻的村镇盘踞，而且职业土匪的数量在土匪队伍里只占少数，多数的人以种田为业，遇有情况才拿起枪打仗。

一辆马车孤独地行驶在龙城通往清风店坑洼不平的黄土路上，赶车的马夫神情紧张，不停地吆喝拉车的三匹矮种马。苏子仁、牛得宝、艳若三个人坐在罩着黑篷布的车厢里面，那个装了七千块大洋的柳木箱子就放在他们面前。三人都黑着脸，一声不吭。

艳若执意要跟着来，她说要好好看看那个横行一方的韩二杆子是不是长了三头六臂。苏子仁和牛得宝极力反对，艳若对苏子仁说："我就不信韩二杆子刚绑了姓邱的，又会把我绑了去……把我绑去也没啥，爹，不用你花钱赎我。你舍不得姓邱的，干脆我去跟韩二杆子当压寨夫人。"

艳若话里有话，气得苏子仁直翻白眼。说罢，艳若跑到东贤原先住的房间里，打开衣橱，找出东贤的一套蓝洋布学生装穿上，又往头上罩了顶脏兮兮的旧礼帽，出来时她就变成了一个英气勃勃的男孩子模样。

三个伙计把那个沉重的柳木箱子搬到从车行租来的马车上。艳若往车篷里钻时，自言自语道："老苏家的灾祸都是这样沾满了铜臭气的金钱带来的！啥时候折腾光了，啥时候就太平了。"

艳秋站在一旁，为父亲和姐姐担着心，默默地为他们祈祷。马车启动时，艳若却又伸出头对艳秋说："妹妹呀，如果我被绑了，下回就该轮到你啦。"

"再胡说八道你就给我滚下去！"苏子仁怒喝道。

马车上路了，谁都懒得说话。约莫两个时辰后，到达了清风店。村口坚固的土围子门旁立有一块醒目的石碑，上书"人杰地灵"四个龙飞凤舞的大字。苏子仁和牛得宝都觉得面熟，仔细看，是康熙四十二年，圣驾南巡经过龙城时的亲笔手书。这块龙城人几个世纪以来引以为豪的碑石，原先屹立于西门码头外碑楼下的，前年被人盗走，原来是韩二杆子干的。土围子门口站哨的两个土匪问明情况后，痛痛快快打开寨门放行。其中一个土匪扬扬得意地说："又有人送钱来了。瞧咱这小日子过的，神仙都比不上。"

清风店的热闹景象是外人无法想象的，两条主要的街道上卖什么的都有，场面简直和龙城东关的大市场差不多。村子中央的一块打麦场上，有许多兵丁在操练，还有不少穿着五花八门服装的兵丁在围观，他们有的大声叫好，有的在哼唱歌曲。马车路过这里时，艳若听出这些挨千刀的土匪居然唱的是抗日歌曲，这使她感到意外和新鲜。她忍不住想把头伸出车篷看个明白，被牛得宝一把拽住了。

马车停在一座高大的门楼前，这里是韩二杆子的司令部，门口有两个站岗的兵士。一群人簇拥着一个二十六七岁挎盒子枪、身穿黄呢子军服的精壮男人，威风凛凛出现在门楼下，想必他就是韩二。苏子仁想起，韩二还是一个毛头孩子的时候，他曾多次见过他。有一年他父亲韩昭明还把他带到乌龙镇玩过一次，不知怎么他把艳若惹哭了，东贤嚷着要和他干仗，可转眼间他就成了威震鲁西大平原的歹人首领。从眉眼上

70

看，他和韩昭明简直是一个模子脱出来的，高鼻梁，大眼睛，宽宽的额头，方方正正的红脸膛，不算高大但结结实实的身板。这副相貌有一种与生俱来的英武之气。苏子仁整整衣衫，挡开了牛得宝伸过来的手，异常镇定地下了马车。

"子仁叔!"韩二一挥手，把左右虎视眈眈的卫兵屏退，然后抱拳躬身作揖，说，"小侄得罪了，请子仁叔多多包涵!"

"韩起! 不看僧面看佛面，"苏子仁几乎是咬牙切齿地说，"我和你爹拜过把子，胜过亲兄弟。可你竟敢打我的主意! ……"他说不下去了，呼呼地喘着粗气。

"子仁叔，息怒。"韩二挤出一个和善的笑容。他手一挥，有个喽啰搬来一把红木雕花的太师椅，放在苏子仁面前："请子仁叔坐下说。就不请你进屋喝茶了，请你也请不动。"

苏子仁想都没想，气哼哼地坐下了，韩起则纹丝不动地站在离他五步远的地方。苏子仁愣了半天才说：

"你就不怕天下人耻笑吗!"

"现如今软蛋才被天下人耻笑。你和我爹拜过把子，那是你们上一辈的事，与我无干。并非侄子我有意跟你过不去，实则是如今世道贫富不均，撑死有钱的，饿死无钱的，撑死胆大的，饿死胆小的。不捉富人身上的虱子，难道让我去捉穷人身上的虮子吗! 再者，这样做不是我韩起贪财，我白手起家，领不到一分一厘的关饷，弟兄们要吃要喝，还要买枪买炮，壮大武装，没有钱就得喝西北风。况且日本人迟早要打进来，现在就得提早准备，有钱出钱，有力出力。子仁叔，你慷慨出钱，韩起多谢啦!"韩二边说边又躬身作了个揖。

正午的阳光洒在韩二身上脸上。艳若平静地坐在车篷里，一直没有露面。她的目光越过父亲的后背和头顶，直盯着韩二。能言善辩、英武非凡的韩二杆子彻底改变了她对土匪的原始想象。在她的印象中，打家劫舍的土匪是那种张牙舞爪、凶神恶煞、丑陋无比、极没教养的粗鄙男人。面前的这个著名土匪却把机智和勇敢深藏不露，因此显得更有力量。以前，她从父亲口中多少了解了一些苏韩两家的世交。有一次，她恶作剧般把一张官府张贴出的缉拿韩二的布告扯下来带回家，父亲告诉她，这个人差一点儿就做她的郎君。她吓了一跳，张开的嘴巴半天都合不拢。后来再在大街上见到缉拿他的布告，她会不由自主地多瞄上两眼……这时她想，如果父亲当初包办了她的婚姻，面前的这个人自然就是自己的丈夫了，那么她就是他的压寨夫人……艳若无法想象，让她当压寨夫人会是什么滋味。

"韩起，你不会有好下场!"苏子仁被韩二的狡辩气得眼皮子乱抖。

"好下场?"韩二哈哈大笑，"乱世之下，又有几人能有好下场!"

"官府迟早要把你捉拿归案!"苏子仁使劲拍打了两下座椅扶手。

"官府捉拿我? 子仁叔高看他们了。若不是看着蒋委员长和省里韩主席的面子，我早就把龙城给破了，就凭他们那几条破枪几个鸟人，根本挡不住我。现在我和他们井水不犯河水，手头宽裕时还得想着给龙城公署衙门的头头儿们烧烧香进点儿贡，对官府我算是仁至义尽了。"

"好啊! 我以前只知道自古兵匪是一家，现在倒好，官匪也成一家了!"苏子仁剧烈地咳嗽起来。

"官匪一家，自古就是。"韩二哼哼一笑，"这算不得新鲜事。闲话少说，起钱，退票!"

几个匪兵把沉重的柳木箱子拖到韩二跟前，打开盖子。韩二仅仅往里瞅了一眼就察觉了其中的名堂。苏子仁赶紧站起来，换了副表情，讨好地说:

"二侄子，老叔我就不瞒你啦，七拼八凑只弄到这七千块……"

一丝恼怒从韩二脸上掠过，他愣了愣，终于发作了:"一是一，二是二，定好的价码，一个铜子儿都不能少! 自从盘古开天地，三皇五帝到如今，土匪都是这么干的。一手交钱，一手放人，黑道上的人最讲信义。既然你姓苏的不守信用，那就休怪我姓韩的不客气。钱留下，人

72

不能放，你回去弄钱，我再宽限你三天。"

苏子仁没了主意，支支吾吾说不出一句完整的话，额角挂满了汗珠。就在这时，谁也没有想到的事情出现了——艳若突然撩起车篷，下了马车，异常镇静地走到韩二面前，抬手摘下头上的礼帽，秀美的长发猛地披散开来，发出唰唰的响声，所有的人都愣住了。苏子仁摇晃几下，差点儿摔倒。牛得宝骇得小脸焦黄。匪兵们交头接耳，兴奋得满面潮红。

艳若用复杂的眼神和韩二对视着。终于，韩二的目光变得柔软了，他轻咳两声，结结巴巴地说：

"我没说错的话，这位就是……大小姐……"

"韩二，算你有眼。"艳若发出爽朗的笑声，随即她板起脸，"耗子扛枪窝里横，不是真正的男人。没想到威震四方的韩大侠为了几个臭钱，连情面都不要了，干脆你把我苏艳若扣下……"

"罢啦罢啦。"韩二尴尬地一笑，摆摆手，"今儿个看在大小姐的情面上……我豁出去让天下黑道上的弟兄耻笑，为你们破戒……来人！退票！"

"好、好，多谢二侄子。"苏子仁舒了口长气。

两个女土匪押着邱玉凤从院子里出来。邱玉凤的穿着打扮仍是离家时的样子，只是神色有点儿黯然。如果不是有持枪的人押解，她就像走了一趟远路的亲戚。见到苏子仁，她的眼圈红了。苏子仁却没有半点儿见到亲人后的惊喜，他只是感到疲倦，仿佛全身的筋骨都被人抽了去。牛得宝颠颠上前，搀着邱玉凤朝马车走，韩二却又说："等等。"众人一惊。

"子仁叔！当着众人的面，我还得说一句。邱姑娘进了我的窝子，生死不由她，解下她的腰带更是小菜一碟。但我韩起正是念及你们老一辈的情分，才没让人碰她。古往今来，土匪掳了美色而不奸的，怕是少有。等于我又破了个戒，我韩起对得起你啦！送客！"

苏子仁一下子难以相信韩二的话。他呜噜着想说什么，但没说出来，嗓子眼儿里像吞了沙子似的不舒服。

马车跑出好远了，艳若看到韩二仍然双手掐腰专注地朝这边张望。经过土围子门时，她伸出头来，冲守大门的两个匪兵高声说：

"回去告诉韩二杆子，日本人若是打进来，叫他不要当孬种！"

第 四 章

11

朱允佩不愧是搞学生运动的行家里手，他很快就把几所学校的学生组织起来，而且从中发展了七名党员骨干。这些人便是鲁西大平原上的星星之火，一俟时机成熟，必将燃成燎原之势。他更加坚定了在这块肥沃的土地上干一番大事的雄心，为自己当初的选择感到欣慰。

在一系列公开或半公开的活动中，他和在女子中学读三年级的苏艳若渐渐熟悉了。艳若敢说敢为的直率性格有时使他吃惊不小。他脑海里常常闪现不久前驱逐反动校长郭延培时她指尖上捏着一绺黑毛的情景，忍不住就想发笑。

他很想介绍她加入党组织，为此试探了两次，发现她过于激进，有失稳重，就暂时把这个想法压下了。经验告诉他，那些过于激进的青年学生往往是夏天的雷阵雨，水过地皮湿，热情来得快去得也快；只有那些基础牢靠、像绵绵春雨一样飘洒的人才有可能坚持长久，真正达到润物细无声的效果。但把这类思想激进的人吸引在党组织外围，还是十分必要的。

按照省委关于城市工作的要求，不仅要在学生中开展革命工作，还要想法发动更多的商人、手工业者和广大市民，同时也要争取当地的国民党上层人士，使他们从思想上倾向共产党建立抗日民族统一战线的主张，朱允佩开始把目光转向校园以外。就在这个时候，他结识了艳若的父亲苏子仁。

苏子仁因为二姨太遭土匪绑票，身心受到重创，整日无精打采。在这个淫雨涟涟的秋天，城外的土匪猖獗得厉害，绑票劫道杀人放火的事情时有发生，就好像他们趁日本人还没打进来先大捞一把似的。奇怪的是并没见官府有任何行动，官府只知道把缉拿土匪的告示贴得大街小巷到处都是。苏子仁这下终于信了韩二杆子"官匪成一家"的话。

店铺门已经关闭，账房先生牛得宝和伙计们都已离开，伙计们到别的店铺谋生路去了。牛得宝回了他下河店的老家。临行前，牛得宝流着眼泪说：

"老爷，你先好好歇息歇息，到明年地里打下粮食，铺子重新开张时，我再回来。"

苏子仁也流了泪，说：

"我原先的宏图大愿是，第一步先离开土地，做一个正经八百的生意人，在城里扎下根来；第二步用几年时间，混成龙城粮食业的龙头老大；第三步再图谋往大城市发展，就像老辈生意人常讲的，生意兴隆通四海，财源茂盛达三江。现在第一步算是走完了，第二步也走了个差不离，第三步怕是永远走不出了。我也可以像你一样回老家，但我不甘心就这样两手空空回去……"

苏子仁老泪纵横，牛得宝上前挽住他。他仿佛一下子老了十岁，满头黑发像落了一层霜花，猛不丁让人不敢相认。他哆嗦着掏出一摞银圆塞给牛得宝，牛得宝坚辞不受。"你以为我穷了不是？瘦死的骆驼比马大，我不穷，我只是咽不下这口气。"两人在那里推来让去，像打太极拳那样，最终没拗过牛得宝。牛得宝冲主人深深作了个揖，就迈开大步出了院子。

苏子仁在家里待了一阵，心烦意乱。邱玉凤没有心思再唱戏，也是一副失魂落魄的样子。他想到艳若艳秋未来的生活，便强打精神，到一些欠账的客户那里要要账。每逢他在街上走，就有人在他背后指指点点。

除了讨账，有时他还到商会那儿听听消息。龙城商会的办公地点设在望河楼东面一条幽深的巷子里，三间门面，门口挂着白底红字的牌子。每个入会的商人每年交三块大洋，算是会费，用来偿付房租、茶水钱和工作人员的薪津。这里每天都很热闹，商人们议论最多的自然是对时局的看法，什么国共两党的纷争、日本人在北方的新动静，等等。苏子仁就是在这里认识朱允佩的。

朱允佩这段时间来商会的次数格外多。他宣称打算辞去教员一职，投身商界做个生意人，来这里结识一些朋友。朱允佩对遭受劫难的苏掌柜表示了极大的同情，想方设法安慰他，令他深为感动。朱允佩说：

"人们仅知道穷人的日子不好过，其实国难当头之际，富人的日子也是不好过。乱世之秋，遭受冲击最大的往往是民族工商业。穷人原本就一无所有，只要不被饿死不被打死，再差还能差到哪里去？"

"都说日本人可怕，可日本人还没来，我就狠狠挨了中国的孬种一下子。若是日本人来了，咱还不都得下地狱？"

"日本人并不可怕。日本人也许来势很猛，就像河里的浪头，但咱的河床宽，沟沟汉汉也多，很快就会把那些浪头分流掉。浪头过去后，河床上的沉渣淤泥才叫可怕，如果不把它们清理掉，咱老百姓就得给憋死。而中国反动的、落后的势力就是那些沉渣淤泥。"

"朱先生，你讲得在理。"苏子仁点点头。他原本就很看重文化人，满肚子都是学问的朱允佩就更令他佩服。

他们离开商会，苏子仁迈着沉重的步子往家走，朱允佩陪他走到大戏院门口，他们分手。

朱允佩已经得到确切消息，苏家遭劫与长子苏东贤有关。韩二杆子所部是鲁西大平原上的一支最有实力的土匪武装，朱允佩想着有朝一日把它改造成革命的队伍，为此一直在想法做工作。韩二身边一个与朱允佩保持秘密往来的人提供消息说，韩二有一次化装进城，与苏东贤相遇，由于两家曾是世交的原因，两人并不陌生。那时苏东贤因为在妓院误捉了一名来龙城巡视的省府少将参议，引起对方动怒，而且不依不饶，警察局只好革了苏东贤的职。走投无路的苏东贤便与韩二一起策划绑架邱玉凤。两人谈妥，事成之后，苏东贤就到韩二的老巢当副司令。后来由于韩二没拿到全部赎金，他只同意让苏东贤去当副官。可能苏东贤不愿当那个无职无权的副官，一直没在清风店露面。

朱允佩思来想去，决定不把这个消息告诉苏子仁。如果苏子仁知道是他的儿子从背后给了他一刀，他被活活气死也说不定。但过了些时日，苏子仁还是隐隐约约听到了一些传言。警察局这时已改称公安局，他怒气冲冲去公安局找东贤，转了一圈找不到人，干脆直奔姚局长的办公室。姚局长对他还算客气，递给他一支英国产的雪茄烟。苏子仁抽了两口，觉得这烟臭烘烘的，照他喜欢抽的哈德门或自己卷的大叶子烟差远了。

"你的儿子胆子可真够大的。"姚局长说，"政府虽是明令禁烟禁赌禁娼，可政府的话不能全信，当然也不能一点儿不信。贵公子不知咋搞的，特别热衷于抓娼，这不，三抓两抓抓出事来了。他竟然给了省府来的少将参议两枪托子，把人家的屁股蛋子都捣肿了。人家可是省里韩主席的亲信哪！"

"那个孽子，他现在去了哪儿？"苏子仁有点儿紧张，掏出一摞事先准备好的银圆放在姚局长面前。

"叫本局长给打发走了。若不是看着他是我儿子振国的朋友，关他半年都算便宜的！至于他去了哪儿，本局长就不知道了。"

苏子仁脑瓜子乱乱的，起身要走，姚局长又用关切的口气说：

"苏掌柜的，儿大不由爷，我的儿子也是一样，所以我理解你的心情。眼下最当紧的，就是防止他们让共产党网罗去。据本局长得到的情报，共产党正加紧在龙城搞渗透，他们想方设法拉拢少不更事的年轻人。共产党可是比土匪厉害百倍。我对犬子振国早有交代，干什么都可以，就是不能沾共产党的边，你也须小心……"

苏子仁迷迷怔怔来到大街上，秋末的太阳挂在头顶，依然是一种明晃晃的样子，仿佛不理会正在逼近的冬日。他脑子里回响着姚局长的话，心想东贤这样的孬种谁敢要，若是共产党肯把他拉拢过去改造一番，他这个当爹的正巴不得呢，他会提着大包小包的礼品给人家烧香磕头。可是共产党在哪里？东贤又在哪里？……

让苏子仁烦心的，不止一个东贤。就在两天前，他发现邱玉凤有孕了。这个消息不仅没给他带来任何宽慰，反而使他猜疑心更重。他掐算了一下，发现她受孕时间大致就在被劫的那几天。这无疑给了他当头一棒，好半天都回不过神来。他用痛恨的眼神望着一边抽泣一边呕吐的女人。一只肥胖的苍蝇在他耳边艰难地飞着，他感到就像把它吃进肚里一样难受。苍蝇落在窗玻璃上，他扑过去，一掌把玻璃拍碎，手掌划出了血。那天夜里，他们一夜没睡，他瞪着血红的眼睛，不断地追问。她先是矢口否认，后来干脆咬紧牙关一声不吭。到了黎明时分，再一次剧烈的呕吐之后，她愤怒了，像一只母兽那样，披头散发，嘴角挂着涎水，双眼逼视着男人，说："姓苏的，是不是非逼我说出是韩二杆子做的你才踏实？好吧，你爱怎么想就怎么想，你想他弄了我，那么他就弄了我……我真后悔，不该跟你回家，韩二绝不会像你这样待我……"女人话音未落，眼冒金星的他飞起一脚把她蹬下大床。她惨叫着翻滚了两下，然后蜷缩成一团，裆里滴出串串殷红的血块。到这时，他又蓦然后悔起来，如果孩子果真是自己的，等于他铸下了一个天大的错！……他呆愣了一阵，扑通一声跌下床，搂住女人。两人的泪流到了一起。

一阵冷硬的风从背后吹来，他摇晃了一下，差点儿歪倒。一个人伸手向前扶住了他，是朱允佩。朱允佩扶着苏子仁来到没人的地方，说：

"苏掌柜的，我到处找你，令公子的下落我打听到了。"

"他在哪里？"

"听说他入了国民党，国民党龙城市党部的人看上了他，前些天集中到济南受训去了。那些人有来头，直接听南京方面的命令，专门跟共产党作对，也就是跟人民作对。"

"唉，这个党那个派的我不懂。"苏子仁仰天长叹一声，挤出两滴清泪，"我只知道，愿意收留东贤这种孬种的党派，肯定比他还要孬种！"

朱允佩送苏子仁回家，一路上苏子仁半个身子压在朱允佩右臂上，弄得朱允佩出了一身汗，就仿佛他是苏子仁的拐杖或者靠山。

来到大门口，朱允佩见苏子仁气色好了些，就没进去，告辞走了。苏子仁扶着门框喘气，听到他和邱玉凤的卧室里传出什么东西被打碎的声音。她两天没吃没喝了，肯定还在恨他，也许恨死他了……

15

白剑雨没怎么参加学校里的活动，这使苏艳秋感到心里踏实。在乱纷纷的世道中，他们的爱情愈发显得难得和珍重。他们就像两条小鱼，在一处宁静的水湾里游弋、嬉戏，没人打扰的时刻格外让他们着迷，她更是如此。

艳秋和白剑雨的关系已经公开。艳秋认为自己来城里最大的收获就是敢于自由恋爱了，如果让她继续待在乡下，她是连想都不敢想的。她原以为父亲知道后会不同意，甚至大动肝火。因为事实明摆着，白剑雨的父亲只是个靠手艺吃饭的工匠，一辈子都不可能发财，两家显然门不当户不对。她像心里揣着只小兔子，忐忑不安地把自己和白剑雨的事讲给父亲听，心想若是父亲极力反对，她就打算学姐姐艳若和那些进步学生的样子，给父亲上一堂反封建的课，或者拿"革命"这样的词来吓唬吓唬他。出乎她意料的是，父亲听她红着脸结结巴巴讲完后，脸上没什么表情地说："我已知道，季老掌柜早就给我透过风了。"她就想，这个季老头子，嘴巴可真够快的，和个长舌妇差不多。又一想，这样也好，等于给父亲提前下了毛毛雨，以免他大吃一惊。

"你和艳若都到了该嫁人的年纪，你有了中意的人，爹应该高兴。爹并不是非要你嫁个家有良田千顷、房屋百间的大户人家，只要嫁的人家老实本分，你们平平安安就行。"苏子仁脸上仍然没有表情。他吸了一口烟，猛烈咳嗽了几声，又说，"不过，白家的孩子表面上看着老实，其实不见得就本分，他的眼神透着股狠劲儿。这种人要么什么都不做，要么做起来谁都拦不住。孩儿啊，你可别走了眼，到时候后悔就来不及啦！"

她答应父亲，先不急着定亲，相处一阵子再说。

消息传到乌龙镇，母亲邢氏满心的不愿意。邢氏认为，女儿虽不能说是天仙，但也绝对是个百里挑一的女子，嫁的人家最起码不能比苏家的家底薄。又说她原本指望两个闺女将来替老苏家撑门面呢，这下倒好，先毁了一个。为此少不了恶狠狠地咒骂苏子仁，说他"瞎了眼"，压根儿不像个当爹的样子，光知道把孩子一个个往火坑里推，他才是老苏家不折不扣的败家子。邢氏还让长工林兆法捎来话说：

"若是二丫头嫁给那个穷工匠的儿子，一辈子都不要登乌龙镇的家门！"

母亲的话虽让艳秋难过了一阵子，但很快就过去了。因为她已不打算回乌龙镇了。

不久就发生了邱玉凤被绑票的事，艳秋和白剑雨的事情已经没人再关心了。

白剑雨仍然迷恋建筑方面的学问，他画的高楼大厦和桥梁涵洞的图纸足有一尺厚。有一次，艳秋和他在西门外的运河大桥边散步，他说这座桥不知是什么人设计的，样子太难看了，有朝一日他要在这里重新建造一座又坚固又漂亮的大桥，只有这样，才对得起流淌了一千四百多年的大运河。回来的路上，他们走到龙城最宏伟的望河楼下，他又说，这座楼已经有三百年了，要不了多久就该坍塌了，他画了一张新图纸，将来若是按这张图纸修复它，要比它现在气派十倍不止。艳秋一点儿都不想拂他的意，她满心希望自己所爱的人将来做一点踏实而平稳的、对社会有用的工作，比如研究自然科学什么的。现在他正走在这条道路上，她没有理由不高兴。

可是，白剑雨停了停，又说：

"谁知道我的想法能不能实现？我总是担心，担心天下大乱，一切都成了泡影……"

"即使大乱也是暂时的，不可能乱到咱们走不动的那一天。只要用心去做事，没有做不成的。"艳秋极力安慰着突然变得忧心忡忡的白剑雨，并且告诉他，父亲早已答应过她，等她从教会中学一毕业，就送她到北平或上海那样的大城市去读书，或者去留洋。"到时候咱们一起去。"她想象着未来的生活，甜甜地笑了，边笑边替他系上蓝布学生装的一个扣子。天气说冷就冷了，可白剑雨没有一件像样的御寒衣物，她已经在南关附近的正泰制服店里看好了一件带皮毛领子的呢子大衣，准备抽空把它买下来送给他。

为了支持白剑雨的业余兴趣，艳秋经常托那些在大城市有亲戚的同学，让他们的亲戚代买了不少有关建筑工程方面的最新书籍寄来。她还时常接济他，考虑到他的脸面，她一般都是装作没事的样子到运盛金店去转悠，趁人不注意偷偷把钱塞给他的父亲白长泰。白师傅由于吸进了太多的金粉，肺部出了毛病，咳嗽得厉害，艳秋就一次次到街口的济生堂大药房给他买药，而且反复叮嘱白长泰，不要把这些事情讲给白剑雨听。

这年秋天最后一场雨降临的时候，艳秋正式认识了朱允佩。朱允佩的突然出现给她打开了另一个天地，这是她无论如何也想不到的。

其实那段时间朱允佩经常来家里和苏子仁闲聊。在朱允佩的宽慰下，苏子仁的心情渐渐好起来。由于艳秋不是到博文中学上课就是随白剑雨外出，要不就把自己关在房间里，所以基本上没和朱允佩打过照面。只是听姐姐艳若说，父亲非常敬重师范学校的这个小个子国文教员。艳若还说，她以前也没把这人放在眼里，后来才发现，他比别的教员更有见识。"有一次咱老爹对我说，你和你妹妹以后要多听听人家朱先生是怎么讲的，人家不愧是北平来的有大学问的先生。若是东贤赶上人家一半，叫我立马咽气我都没二话。"艳若学着父亲的腔调说，接着又道，"不过，他的课据说讲得不怎么样，白天在课堂上无精打采，晚上偷偷摸摸找学生谈话。他的道理我听过不少了，有机会你听他讲吧，可能对开化你被迷魂汤灌糊涂了的榆木脑袋有帮助。"

这天下午，朱允佩从状元街十二号的大华书局出来时，雨水已经打湿了地面，踩上去滑叽叽的，仿佛地上涂了一层油蜡。他腋下夹着一摞书刊，有商务印书馆出版的最新一期《小说月报》《东方杂志》，有生活书店出版的《宇宙风》和《中流》，还有徐懋庸译的斯大林传记《从一个人看一个世界》。

朱允佩走下大华书局的青砖台阶时，脚下一滑，差点儿跌倒。严寒来临前的这场秋雨冰凉沁骨，沾在地上的小小的槐树叶子像一只只天真的丹凤眼，叶片上的雨珠儿宛若眼眶里噙着的泪水。和它对视时，你不知不觉间就感到眼里潮润润的。街上没有一个行人，没有风，显得异常静谧，远处教堂的钟声响过之后，周围静得连心跳都觉得刺耳。他低了头往前走，突然在一个熟悉的门楼前停下来。后来他想，不是这座熟悉的门楼使他停住了脚步，而是一种从未听到过的声音留住了他。他先是听到了一段带有宗教色彩的歌谣，好像是《圣经》里的，曲调平缓浑厚，仿佛发自内心深处的呢喃——

我的爱卿，

你多么美丽，多么美丽！

83

你的双眼有如鸽眼。

我的爱人，

你多么英俊，多么可爱！

我们的床榻，

是青绿的草地。

香松做我们的屋梁，

扁柏做我们的屋椽。

我是原野的水仙、谷中的百合。

我的爱卿在少女中，

有如荆棘中的一朵百合。

我的爱人在少年中，

有如森林中的一棵苹果，

我愿坐在他的阴凉下，

他的果实令我满口香甜。

他插在我身上的旗帜是爱情……

这是一个陌生的嗓音，他深信不是苏艳若的。苏艳若的声音略带沙哑，而这个嗓音却清纯如雪水，透明如琼浆。朱允佩站在门楼前，雨水打湿了他的礼帽和长衫，水珠儿流进脖颈儿里，可他一点儿都没察觉。歌声在某个瞬间戛然而止，他也没有察觉，感到那歌声一直在耳际回旋。平静而美丽的歌声把他带到一种如梦如影的境界中。那种境界对他来说是极其迷人的、不可多得的，几近虚幻。他想起自己坐船从北平来龙城的路上，面对无比辽阔的华北大平原，内心曾经产生过这种情境。现在他明白了，这个唱歌的女子是苏子仁的二女儿、苏艳若的孪生妹妹苏艳秋。

"朱先生，愣着干啥？进去避避雨嘛。"

朱允佩吓了一跳，回头看，苏艳若正站在他身后。她身披浅蓝色过

84

膝的夹袍，棉白袜上沾有星星点点的泥痕，撑着一把酱黄色的油纸伞，肩挎帆布书包，估计刚从学校回来。

苏艳若推开虚掩的门，热情地往里引让朱允佩。这时他的脑子里仍然放不下那个唱歌的人。现在是万物肃杀的初冬时节，她的歌声却把人带到了桃红柳绿的春日。这种人的心肠一定是平和的、温煦的、柔慈的、善良的，就像原野上悄悄开放的花朵，唯一的使命就是回报大地和人间。

16

这一年的冬天来得早，天气冷得厉害。到了古历十月上旬，第一场雪就严严实实地封住了运河的河面。河水已经完全断流，河边的人只有在梦中重温运河往日的涛声了。

龙城终日被家家户户的烟筒里冒出的煤烟笼罩，尤其是早晨和傍晚，刺鼻的硫黄气味直扑人的面颊。从临街的饭铺和茶馆里飘出的热气呼啦一下子散开，给过路的行人带来少许温暖的念头。积雪覆盖的道路上，镶嵌着冻得硬邦邦的牲畜粪便，仿佛是一朵朵黑色的花瓣。

古历十月中旬的一个礼拜天，朱允佩应邀到苏子仁家做客。苏家的人十分欢迎他，早已把他当自家人看待。即便是娴静内向、不爱说话的艳秋，也从不掩饰他的来访带给她的喜悦。朱允佩总是忘不了那个飘着冰冷细雨的下午，艳秋唱过的歌一直在他耳际流淌，仿佛是一串永不消逝的音符，唤起他内心自然的情愫，使他暂时摆脱肩上沉重的负荷。那天苏子仁去商会了，两姐妹就在她们的闺房里接待他。艳秋看到雨水打湿了他的灰布长衫，一声没吭跑到苏子仁和邱玉凤的卧室，找出苏子仁的一件棉袍让他换上。他想起自己好久都没得到这种温暖了，愈加感到艳秋的柔慈和善良。后来每每想起艳秋的这个举动，他就觉得有一股滚烫的东西在身体里面奔涌……

艳秋有时还兴致勃勃地把朱允佩讲过的话复述给白剑雨听。朱允佩虽不直接担任白剑雨所在班的国文课程，但大家在一座校园里走来走去，可以说白剑雨对这位颇有来头的小个子教员并不陌生。艳秋起初谈起朱允佩时，白剑雨面无表情，根本不接她的话。她谈的次数一多，白剑雨皱起眉头，猛不丁冒出一句：

"你是不是看上他啦？"

艳秋一愣，随即委屈得眼圈红了，赌气不理他。这好像是他们头一回闹不愉快。

白剑雨大概觉出自己伤了艳秋，赶忙又去拼命地讨好她。等她情绪平定下来后，他说：

"我不喜欢这个人，因为他太自以为是，而且时常流露出一副救世主的模样，好像离了他这样的人地球就转不动似的。"

"世上没有救世主。当然，上帝除外。"

"这不就得了！"白剑雨抚弄着艳秋的头发，点了点头，仿佛他得到了满意的答案。

尽管白剑雨直来直去地说他不喜欢朱允佩，但艳秋并不认为自己和朱先生接触有什么不妥。从某种程度上说，她更愿意把他当作父辈，一个有见地的、庄重成熟的父辈。也许艳秋太爱自己的父亲，捎带着喜欢上了父亲的朋友吧。事实上朱先生的干练和丰富的阅历，以及他受到长期熏陶后形成的良好教养是任何人都难以视而不见的。

古历十月中旬的这个礼拜天，太阳虽好但空气依旧凛冽逼人。朱允佩腋下夹着几本顺便从大华书局买来的进步书刊走进状元街七号，他打算把它们送给艳若姐妹。苏子仁特意从一家饭馆订了一桌菜，时候一到，饭店里的堂倌就提着两个上面蒙着棉套的竹篮叩响了大门。热气腾腾香气四溢的八个大菜摆到桌上，朱允佩搓着手说："苏掌柜，你现在手头正紧，没必要如此破费嘛。"苏子仁说："你能来做客，我高兴。我在老家还有房子还有地，吃是吃不穷的。"他接着又用破罐子破摔的口吻自嘲道，"奶奶的，吃光了才好！"

接下来，大家又吃又喝，十分快活。邱玉凤好像还没有从遭劫的阴影中走出来，待了一会儿就推托说身体不舒服回了卧室。苏子仁望着女人的背影说："她走了更好，免得咱们沾上晦气。"艳若击掌赞同。朱允佩和艳秋交换了一下眼神。苏子仁喝了不少酒，脸红得像鸡冠，不由自主地又破口大骂起官府和土匪。艳秋不想再让父亲喝酒，连拖带哄把他送回了卧室。

八仙桌上一片狼藉，艳若提议到她和艳秋的房间去聊天。

她们的房间布置得洁净素雅，透着一股淡淡的芳香。屋子中央的一盆炭火燃得正旺，发出噼噼啪啪的响声。朱允佩对这种特殊的气息已不陌生。他轻轻呼吸着这种带有神秘意味的气息，再一次深深感到，姐妹俩虽然外表有诸多相似之处，一样的俏丽，一样的迷人，一样的聪明伶俐，一样的冰清玉洁，但两人的秉性相差极大。姐姐艳若像一团烈火，妹妹艳秋像一泓清水。烈火可以把人点燃，清水可以为你洗尘。艳若本身就具有一种力量感，艳秋则给人以力量。艳若让朱允佩想起他已逝的亲爱的战友和恋人张航。这些年来，他无时无刻不在想着张航，她的音容笑貌、她的呼吸、她身上的气息、她狂热的革命激情和自由奔放的性格，始终伴随着他前行。艳若仿佛就是另一个张航。而艳秋却是截然不同的，外表柔顺的艳秋蕴含着一种高贵而非凡的气质，她让人想起个性纯洁、人格自由、人道主义等具有久远魅力的词汇。她使他很轻易地获得了一种别样的感觉。那种感觉是神秘的、难以捕捉的，是一种超越欲念、尘世和众生的天使般的爱和美，更接近于宁静、自然和天性。因此，她更像一个精灵而不仅仅是一个漂亮女子……

朱允佩把思绪拉到现实中来。刚才多饮了几杯，他的兴致格外高，格外神采飞扬。像往常那样，他先讲了几句国民党的坏话，又讲了几句共产党的好话，这似乎已成了他和苏家姐妹聊天时惯用的开场白。接着，他把话题转到知识分子的使命感上来。他从五四运动讲起，动情地说：

"中国已经在黑暗中徘徊了许多年，在外国列强和专制制度的挤压下，劳苦大众深受其苦，命运完全掌握在别人手中，国家到了最危险的关头。知识分子作为社会中最活跃的一群人，保持沉默无异于自杀。革命离不开知识分子的参与，以前的农民起义，就是因为没有这些人大量参与，所以很难真正成功。但知识分子单枪匹马与强大的反动势力斗争也是不行，历史上靠读书人闹事从没有成功的。中国的知识分子，必须依附于一种势力向专制统治宣战，当然要依附代表大多数人意愿的进步势力。从五四运动那一天开始，中国知识分子的使命感比以往任何时候都强烈。蒋介石背叛革命以后，有良心的读书人都把目光投向目前中国最先进的组织——共产党，虽然他们目前在军事上相当被动，但人心向背比什么都重要，他们奋斗的目标正是人心所向，因此这一次的革命终究会成功……可以说，现阶段的每个人都会遇到两种革命形式，一种是个人的，一种是群体的。我觉得，所有那些自身的革命都应该像小溪汇入江河那样，汇入社会的巨大潮流。这就是当前的生活，我们不能袖手旁观……"

朱允佩的滔滔宏论像盆中炭火的热量一样在明亮的房间里传布。许是有点儿疲乏，艳若打了一个响亮的哈欠。艳秋嗔怪地看了姐姐一眼，觉得她当着朱先生打哈欠的样子实在不雅。艳秋虽然一直专注地听，但她感到这些事情毕竟离她比较遥远，一下子难以弄清，所以她的专注更多地出于礼貌考虑。当朱允佩讲到"共产主义是最终目标"时，艳秋从茶壶里倒了一杯酽茶递给他，插话道：

"朱先生，你说的共产主义就是天堂吧？"

"可以这么讲。"朱允佩把杯中茶一饮而尽。

外面又刮起强劲的西北风，屋檐在大风的吹击下打着尖厉的口哨。昏黄的太阳光透过窗户照射到艳若床头的一张条桌上。朱允佩看到靠近窗台的桌角上有个透明的圆圆的小东西，它放射出五彩的光芒，光芒投射到对面的墙壁上，那一方墙壁就显得比别处亮堂，像是镶上去的一片光影。朱允佩仔细瞅了瞅，发现是一枚玻璃球躺在那儿。他觉得这枚玻璃球有点儿眼熟，却又一下子想不起在哪里见过它。其实那是他刚来龙城那天从一个小孩子手里买的，他顺手丢在路上，又被艳若捡了来。

他谈兴未尽，还想说点儿什么，又见天色向晚，犹豫着是否告辞。正在这时候，大门被人从外面猛地推开，旋即走进来一个个头儿高高的年轻人。这人头戴铅灰色的呢子礼帽，帽檐压得很低，鼻梁上架一副硕大的金丝眼镜，身着酱紫色带狐狸毛领子的皮筒子大衣，怀表金灿灿的链子露在外面，脚蹬锃亮的高腰牛皮马靴。院子里尚未扫除的坨坨积雪被他踩得咯咯直响，而且他专门往有积雪的地方踩，仿佛在显示他马靴的威力。最后他在老槐树下站定，神气活现地咳嗽一声。这时候风也小了一些，好像被他的气势吓退了。

艳若板起脸使劲拉开门，艳秋和朱允佩跟着来到屋檐下。朱允佩从来人的脸庞上已经猜出来，他就是苏东贤。这张脸的轮廓和苏子仁十分相似。

"东贤，我们以为你早死啦！……"艳若冷冰冰地说。

"哈！我怎么能死？"东贤"嘟"的一声，把一口痰准确地吐在三米开外的一个方凳上，他狐疑地望着朱允佩，手指往上一推金丝眼镜，说，"革命尚未成功，同志仍须努力。我怎么能死？我死不了。"

"你想革命？狗屎，你这样的已经没资格革命了！"艳若往前跨了一步。

这时，苏子仁的卧室门咣当一响，酒意全无的他三步并作两步冲过来，指着东贤的鼻子说：

"孽种！混账东西！你不是我养的。你连亲爹都敢算计，连狗都不如！……"

他说不下去了，脸涨得通红，眼珠子凸出来，样子很吓人，艳秋上前挽住他。邱玉凤把头伸到门外，哀怨地剜了东贤一眼，又把脑袋缩回去。东贤却不急不恼，嘿嘿笑了两声，说："老爹呀，您儿进步啦，有出息啦！他成了光荣的国民党党员！您还不知道吧？您该高兴才是……"

"瞧瞧，坏人都跑到国民党那边去啦。"艳若耸耸肩。苏子仁气得说不出话。"大妹，这种话说给我听可以，不要说给别人。"东贤逼视着艳若，"不然，别人会把你当成共产党，嚓！"他做了个抹脖子的动作，接着又对怒气丝毫未消的苏子仁说，"爹，到如今您还生什么气？不就丢了七千块嘛，就算交学费吧！省府来的那个少将参议式不是东西，仗着有点儿权势就可以为非作歹，我差点儿让他逼上绝路。韩二杆子也不是东西，不守信用，我看他狗日的是共产党，早晚要收拾他！现在我走上正路了，以后谁再敢欺负老苏家，你们就去市党部特务处侦缉队，找苏缉查员就行……"

东贤边说边使劲拍着鼓鼓囊囊的腰胯。这会儿不知从哪里飞来一群麻雀，落在老槐树上，叽叽喳喳叫个不停，仿佛想加入进来发言。东贤抬头扬手吼了一嗓子，它们根本不怕，嚷叫得更欢。"老子毙了你们！"东贤气哼哼地从腰里拔出枪来，对着头顶甩了两下。艳秋吓得把脸埋进父亲臂弯。艳若拿话激东贤，一迭声地催他开枪。他却把枪收起来，再次狐疑地看了一眼艳若身后的朱允佩，说："今天忘了带子弹。下次我毙个共产党给你们看。"

说完，他大摇大摆出了院子。

"老苏家祖祖辈辈还没出过恶人，哈哈，这回总算冒出一个。这很正常，很正常……"艳若冲着东贤的背影说，又像是说给父亲听。

17

古历十月二十九日，礼拜六。下午是体育课。艳秋不喜欢体育，便早早离开教会学校往家走。走到米市街与钱粮胡同交会处时，踩着脚下冻得硬邦邦的路面，她想到早就合计好要给白剑雨买一件大衣的，所需的八块大洋一直存放在她的手提袋里。她决定马上去师范学校找白剑雨，如果他下午有空，就拉他一起到南关附近的正泰制服店去，把那件带狐皮领子的呢子大衣买下来。她想好了，如果他碍于脸面不跟她去，她就说是送给他的新年礼物，再过半个多月就是阳历年，给自己喜欢的人送件礼物很正常不是？她还可以向他讨要一件礼物，比如一盒胭脂或一块丝巾什么的，当然不要太贵的那种。

艳秋这样想着，沿米市街一直往前走。出了这条街，再穿过一个空空荡荡的广场，就是师范学校。它与艳若所在的女子中学仅隔一条马路。艳秋以前不怎么来这里，她觉得这两所学校的学生有点儿高傲，有点儿狂气，气氛也太浮躁，不像博文中学那么宁静。

广场上一派严冬的萧条景象，师范学校门口两棵古柳盘蜷的主干和枝丫呈现出苍黑色。看门的老年门卫告诉艳秋，白剑雨所在的班级下午是两节数学课。主课时间肯定不便请假，艳秋犹豫了一下，决定耐心等他。她把毛线织就的围巾缠紧，又把水獭皮缝成的帽子往下拉拉，以便抵御风寒。这当儿，有人从身后轻轻叫了她一声。她以为是风声，或是自己听差了，就没回头。当那人再次唤她时，她猛一回首，见朱允佩正朝她微笑。她像学生遇到老师那样，赶忙规规矩矩地冲他浅浅一躬身子，说：

"朱先生，没想到是您。"

才半个月不见，朱允佩好像又瘦了些，但他神色坚毅，双目灼灼闪亮。他刚从一个秘密接头点赶回来。省委已决定，中共鲁西特委月底就要伴随新年的钟声正式成立，他将担任副书记，书记由省委组织部的一位同志担任。有了正式组织，下一步的工作更要轰轰烈烈地开展，首先要成立各种各样的救亡团体，比如"工商业者救国会""教职员救国会""青年学生救国会""妇女救国会"等。当然，朱允佩现在不能把这些情况告诉艳秋。

"你在等什么人吧?" 朱允佩始终面带微笑。

艳秋愣了愣，没敢把实情告诉他，只说放学后不想回家，随便走走。

"你好不容易来到这里，那就到寒舍一坐。"

艳秋觉得更不妥，赶紧推辞。朱允佩击掌道："既然不想进去，咱们到街上转转，总可以吧?"

艳秋没法儿再推辞，只好放弃买大衣的打算，装出很乐意的样子，随朱允佩向前走去。他们走过空无一人的小广场，穿过热闹纷乱的米市街，经过大戏院门口，一直往前走。朱允佩并没有什么目标，只是带着艳秋随便走。一路上他兴致勃勃，话也格外多，一种莫名的兴奋始终伴随着他，左右着他。这时候他并不知道，就在今天凌晨，在古城西安发生了一件惊天动地的事情，这件事情甚至可以改变中国的命运。他只是意识到，他的兴奋与身边这个精灵般的姑娘有关。这些天来，她姣好的容颜一直在他的脑海里闪现，就像一片无比灿烂的花朵，吸引着他，感动着他，让他浑身有使不完的劲儿。为了呵护这样一片花朵，即便是让他上刀山下火海他都心甘情愿……

艳秋明显地觉察出了朱允佩热辣辣的情绪，这种情绪仿佛是搁在她身边的一盆炭火，炙烤着她，照耀着她，使她无所适从。她早已隐隐约约意识到，她迟早要面对这一盆炭火。此刻，她的脑子里交替出现白剑雨和朱允佩的影子，她很想把他们比较一下，但她很快发现，这一切都是徒劳的。现在她什么事情都做不成，甚至说不出一句完整的话。她唯有机械地迈动双腿，跟着身边的这个人漫无目标地朝前走……

在大戏院西邻的隆祥绸布店门口，围了很多人。绸布店的洪掌柜有一台矿石收音机，收音机属于稀罕物，眼下全城没几台。洪掌柜喜欢把收音机搬到店门口，每天都吸引不少人来这儿听广播，一来图个热闹，二来顺便招徕顾客。洪掌柜五十多岁，戴一顶黑呢瓜皮小帽，脸上架一副镶金边的老花镜。他有个儿子在韩复榘手下当团长，因此他在龙城也算个有头有脸的人物。朱允佩和艳秋来到人群外围，发现此时听广播的人神色异常，有的目瞪口呆，有的惊愕万分，有的小声议论，有的高声叫嚷。朱允佩的第一个念头就是，一定发生了重大事情。接着，他就听到了西安兵谏的消息。他不相信自己的耳朵，一下子回不过神来。他想都没想，就丢开艳秋，使劲拨开面前重重阻挡他的人群，好不容易挤到洪掌柜面前，抓住洪掌柜的胳膊，急煎煎地问：

"到底发生了什么事情？"

"西安出大事了！"洪掌柜抖动着山羊胡子，轻轻拨开朱允佩的手，压低声音说，"张学良杨虎城捉住了蒋委员长，说是逼他抗日。这下国家非乱套不可。嘘，快听……"

朱允佩脑袋嗡地响了一下，上半个身子俯在收音机上，一副随时要抱住它的样子，仿佛生怕它长了翅膀突然跑掉。他听了片刻，证实洪掌柜说的不是臆语，猛地跳了起来，好像他长了翅膀想要飞走。他不知道自己是怎样挤出人群的，他像一个喝醉了酒的人，摇摇晃晃趔趔趄趄往前走，嘴里嘟囔着一些含混不清的话。艳秋从后面喊他，他竟然没有听见。直到艳秋气喘吁吁追上他，他才意识到自己的失态。

"朱先生，你怎么啦？"

"太好啦！太好啦！……老天爷，简直像做梦……就要有好戏看啦！……"朱允佩手舞足蹈，前言不搭后语地说着。他一把拉起艳秋的手，步子更加虚飘地朝前奔去。艳秋三步并作两步地跟着他，有一刻两人就像飞起来一样。

前面就是耸入高空的望河楼。这座楼建于明末清初，雕梁画栋，红墙灰瓦，层层飞檐，气势宏伟。

眨眼间来到望河楼下，朱允佩也不征求艳秋的意见，拉起她就要上楼。一个穿灰色中山装的中年人从楼下一间屋子里冲出来，伸手拦住了他们，说内部正在修缮，暂不开放。朱允佩从衣兜里摸出一块大洋猛地拍在那人手上，不等他再说啥，将挡在楼梯口的一把长条凳挪开，拉起艳秋就沿着已经有些变形的木质楼梯噔噔噔往上攀。上到楼顶时，艳秋几乎虚脱，朱允佩额角上也挂着汗。

"朱先生，你到底怎么啦？"艳秋将右手从朱允佩坚硬的手掌里抽出来。由于他用力过猛，她感到被他握过的小手酸疼得厉害。

"蒋介石给捉住了，这可是谁也想不到的事情，是一个伟大的转机！"朱允佩双眼闪闪发光，直盯着艳秋，说，"背后肯定有我们的人出谋划策……这个人，他的厄运来了，应该公审他，枪毙他，把他碎尸万段……"

"他真的那么可恨吗？"

"他是天底下最可恨的人。他杀了那么多仁人志士，血流成河呀……搞掉他，中国才有希望！"

"又是暴力。啥时候人间没有暴力就好啦。"

"现在恰恰最需要的就是暴力，需要正义的暴力。唯有用高贵的头颅和纯粹的鲜血唤醒众人，唤醒沉沦的土地，才会建立一个新世界！艳秋，你会看到这一天的，我们都会看到的！"

艳秋不吭声了。她对这一类的谈话始终摸不着头绪，谈起来感到吃力和茫然。但她受他的感染，周身不免洋溢着热力。瞧他那么兴奋，那么胸有成竹，自从认识他，从没见他这么激动过，她应该为他祈祷、为他祝福才是。她默默画了个十字，眸子亮晶晶的。朱允佩这时也从刚才激烈而混沌的状态中清醒过来，手扶红漆斑驳的栏杆，往远处眺望。

18

此时，正是夕阳西下时分，灰蒙蒙的城市尽收眼底，几乎看不到一点儿绿色。错落有致的街巷和房屋贪婪地接纳着西方泼洒过来的霞光，就像迎接远道而来的客人。随着霞光逐渐变浓，面前灰蒙蒙的城市像罩上一层红绸，渐渐变成了一片起伏不定的金色池塘。往远了看，规规矩矩的城墙就仿佛是池塘坚实的围堰，城门则像闸口。再远处，广阔无边的大平原铺展开去，一望无际；弯弯曲曲的、结了冰凌的运河河床闪耀着炫目的奇光异彩，宛若一条五彩的带子，缠绕在大地的胸脯上，大地因它显得更美丽多姿。头顶上的天空湛蓝无比，没有一丝云翳，西面的天空随着晚霞的流淌而燃烧，夕阳就躲藏在燃烧的天空里面，缓缓下坠，终于在接地的一瞬间摔裂了，汩汩流出更加浓稠的玫瑰色液体，在夜晚来临之前，用血火般的形式和大地做最后的告别……

"多美的景色！"朱允佩再一次激动起来。他一边打量远远近近的景物，一边用渴求而热烈的目光回望艳秋一眼。霞光染红了她的头发，染红了她额角的青青脉管，染红了她搁在栏杆上的手；霞光使她裸露的肌肤纤毫毕现。他的胸间澎湃着万丈豪情，栏杆上的漆片在他的手指缝里哗哗剥剥脱落。艳秋也深深陶醉了，就像置身于刚做完礼拜的教堂中，有一种滑翔般的阒寂之感，随之进入某种神圣的境界。她感到心胸顿时开阔，所有的烦闷一扫而光。这样的境界原本只应天上有，可现在她在人间找到了它，这是一个新发现……

朱允佩忍不住再次把话题转到西安发生的事情上，他觉得革命的高潮马上就要到来，抗日也好，继续进行推翻旧王朝的斗争也好，总之，万马奔腾的时代风云必将狂扫黑暗和腐朽，赶上这场大风暴的人是幸运的，因为世上没有什么比改天换地更振奋人心；走在大风暴前列的人是伟大的，因为他们的生命和鲜血是大地上最美丽的景色。说着说着，朱允佩就把自己的真实身份讲给了艳秋，并把下一步的想法合盘托了出来。虽然这是违反组织纪律的事情，但他按捺不住，怎么也按捺不住，觉得在这个小女子面前，根本不需要隐瞒什么，说出来就等于把自己托付给了她。他希望艳秋加入这个伟大的阵营中来，抛弃幻想，脚踏实地，在革命的大熔炉里锤炼自己，做一个走在时代前列的人。艳秋一听他就是共产党，吓得哆嗦了一下，心尖子一阵乱抖。她早就知道，眼下的年月，最易导致杀身之祸的人就是共产党，他们的脑袋随时都有掉下的危险。仿佛为了验证自己原来的印象，她认真瞅了几眼朱允佩的脖颈儿，想看看那上面是否已有了裂口似的。这下却又拉大了他们之间的距离。怔了许久，她郑重地说：

"朱先生，我愿意为您祷告，主会保佑您的。"

不知不觉天色暗下来，面前的景物重又变得灰蒙蒙的。凛冽的晚风打着呼哨，在他们身边肆虐，掀起他们的衣服下摆，吹乱了艳秋额头上的刘海儿。艳秋感到浑身发冷，就把双臂环抱在胸前。朱允佩仍没有要走的意思，好像他还想表白什么，但一时又说不出口。他把灰色的棉袍脱下来，不顾艳秋的反对，硬要往她身上披。他的上身只剩一件夹衣和一件丝绵背心。"我一点儿不冷，我身上像开锅一样热……"他说。她拗不过他，只得随他。

但这时，艳秋的脸突然红了，比刚才的晚霞还要红。朱允佩往她身上披棉袍时，手指触到了她身体的敏感部位。她觉得朱允佩一定也感觉到了，因为他的那只手抖索着好一阵，仿佛烫着了似的。她低下头，呼吸有些急促。朱允佩这时镇定了一下自己，想起西安发生的重大事情，意识到党中央下一步的工作重点肯定会因此进行调整，龙城党的组织也应该有所行动。于是，他说：

"艳秋，咱们回去吧。"

下到楼底，艳秋赶紧把那件有些陈旧的灰棉袍脱下来还给朱允佩，心里想着不能让他因为她而挨冻。"你是干大事的人，冻坏了身体我可担当不起。"她恢复了常态，笑着说。朱允佩不再推辞，痛痛快快穿上棉袍。他觉得这件棉袍因为带有她的体温和气息，已经不是原来那一件了，穿在身上，他心里有一种说不出的柔情。他们沿着由于黄昏的来临显得空旷和寂静的大街往回走，很少再说话。朱允佩想到，必须尽快和省委取得联系，听听远在陕北的党中央有什么新的部署，如果有必要，不妨组织一次声势浩大的游行，声援张杨二将军的爱国行动，借机把鲁西一带的革命风潮再往前推一推。艳秋心里想的是，明天一定要去正泰制服店把那件大衣买回来，不能再拖了。对，干脆自己去，一大早就去，买回来直接送给白剑雨，给他一个惊喜。这时她又想起《新约全书》上说的"不要为明天忧虑，明天自有明天的忧虑。一天的劳苦，一天当就够了"，觉得今天经历的事情可真不少，看来自己就是个忧三忧四的命。明天会不会轻松一点儿？

他们往前走的时候，并没有发现身后有人跟踪。其实从他们一离开望河楼，就有一个黑影跟上了他们。那个人是苏东贤。他们走到米市街和钱粮胡同的交会处，艳秋让朱允佩直接回学校，说她自己回家就行。朱允佩不放心，坚持陪伴艳秋走进窄小的钱粮胡同。在一座廊檐下挂两个旧灯笼的门楼前，突然有一阵狗吠从门洞里传出，艳秋吓得往边上一跳，正好靠在朱允佩肩头。朱允佩顺势揽住她的腰，说："有我在，不用怕的，越是恶的东西越不要怕。"艳秋顺从着朱允佩，没有勇气再离开他半步。他们来到状元街口，冷风一吹，艳秋灵醒过来，赶紧和朱允佩道别。朱允佩停下来，亲眼看着艳秋进了家门，这才抬腿往学校的方向走。在这个过程中，苏东贤一直尾随着他。

暮色四合，上房里的电灯亮着。苏子仁站在老槐树下，看样子在等艳秋。灯光从半掩着的门里射出来，映现出他孤独的身影。见艳秋终于归来，苏子仁长出了一口气，并且小声埋怨了她两句。已在餐桌边坐好的姐姐艳若却说：

"艳秋，你也学会到处疯了。行，说明你进步了！"

"还不是跟你学的？"跟在艳秋身后的苏子仁瞪了艳若一眼。

夜里，姐妹俩躺在各自的被窝里睡不着，自然要进行一些谈话。有些话不着边际，有些却是十分具体。当她们谈起朱允佩时，艳秋猛地坐起身来，说：

"艳若，朱先生是个志向远大的人，是个勇敢者，你干脆和他相爱吧，他肯定喜欢你。"

"算了吧！"艳秋拍拍床头，"他喜欢的人是你，不是我。从他第一次见你，我就看出来了。"

"是吗？……不会的。再说我已有了白剑雨，你们都知道的。"

"你真的爱他吗？我是说白剑雨。"

"是的。从我第一次见他，我就爱上他了，觉得这辈子不会和他分开了……如果没有他，我或许会喜欢上朱先生的……当然也不一定，因为，他和我想象中的爱人差异太大。我觉得像他这种人可遇而不可求。现在，我唯有敬佩他，从心里面敬重。好冷好冷……"艳秋嘶哈着缩回到被窝里，紧紧抓住被角，又说，"真的，姐姐你听我的，好好爱他吧！"

"我早已猜出，朱允佩是个有来头的人，但一时还弄不清他的深浅。如果他仅仅是个喜欢夸夸其谈卖弄学问的穷酸文人，我是瞧不上眼的。现在的中国需要排山倒海般的强力，需要横刀立马的英雄。抗日也罢，革命也罢，救亡也罢，不能光在口头上。你睁眼看看，日本人在北边闹得那么厉害，中国的男人有几个敢站出来和他们真刀真枪地干？有人会说这是党国的责任，党国确实难辞其咎，独裁者和各路军阀只知道争地盘保实力，耗子扛枪窝里横，内战内行外战外行，站在民族的高度上看，他们都是懦夫。现今中国所有的男人都须反省自己。男人不是不可以做坏事，但男人什么时候都不能当懦夫。那种骑马挎枪走天下的伟丈夫才是我欣赏的，朱允佩却不是这种人，也许还不到时候？……"

"是的，我敢保证，时候一到，他就是你说的那种男人。"

"不过，我倒时常想起一个人……"

"谁？"

"说出来会吓你一跳……他叫韩起，外号韩二杆子。"

"天哪！艳若你昏了头！"艳秋再次猛地坐起来，等待艳若的下文。

"我常常想起他挎着盒子枪双手掐腰，站在阳光下的英武模样……"

真是匪夷所思！艳秋不作声了。她觉得艳若越来越令人难以捉摸，甚至越来越冷酷。艳若竟然看上了老苏家的仇人，一个臭名昭著的土匪、恶魔。要是父亲知道了，肯定会气得吐血……上帝会惩罚他的，让他下地狱……艳秋边想边画了个十字，然后愤愤然地躺下。

"你怎么不吭声？吓破胆子了吧，小绵羊、可怜虫？哈哈。"艳若在黑暗中沙哑着嗓子笑了两声，一副没心没肝的做派。艳秋没有兴趣再和她讨论这个问题，轻轻叹了口气。她觉得艳若根本不懂爱情，不懂得爱与被爱，是一种不甘寂寞的虚荣和高傲支撑着她。离开这几样东西，她就不是苏艳若了……

她们都住了口。外面没有月亮，东北风呼呼刮着，打得窗户砰砰直响。放在两张床之间的那盆炭火烧得差不多了，屋子里暗了许多。艳秋披上一件衣服下床，麻利地往火盆里加了一些木炭，赶紧回到被窝。炭火重新燃亮，火盆像一块硕大的红宝石驱赶着寒气。艳秋淡淡地想，凡是温暖的东西，就是宝贵的……她突然又想起白天听到的事情，说：

"艳若，你还不知道吧？西安出事了，一个姓张的将军和一个姓杨的将军逮住了蒋介石。"

"你说什么？"艳若一掀被子，"呼"地坐起来，着了魔似的追问艳秋消息的来源。随后她就下了床，只穿着薄薄的睡衣在屋子里转悠，使劲挥动着双臂，大声说，"乱套了！全乱套了！日本人可能会借机打进关内来，大战就要爆发……他们会不会杀他？杀吧！杀吧！把那些趾高气扬作威作福的权贵、蛀虫都杀掉才好！瞧瞧，他若是早抗日，哪会有今天？……妈的，今晚不睡了！"

艳若摸黑穿衣服，由于手抖得厉害，她怎么也穿不利索，不是系错了扣子，就是伸错了裤腿。她索性把长裤扔到一边，抓过被子披在身上。她在屋子里走来走去，像一只困在笼子里的大鸟。这时候艳秋已经睡着了。

就在这天夜里，朱允佩被市党部的便衣逮捕。

第 五 章

19

这一年的春节很快来到了。无论是龙城,还是它周围广大的乡村,人们都是在平静中度过的。起初人们总觉得战争的雷暴马上就要在头顶上炸响,就像每天傍晚出现在天空中的蝙蝠那样。但迟迟未听见战争的脚步,就连城外的土匪也好像销声匿迹了,世道仿佛一下子变得安详和清平。尽管人们对这种景象仍是不放心,但没有战争的日子总是令人迷恋的。春节一到,新衣服照穿,鞭炮照放,先过了这个节再说。节日气氛一点儿都不比往年差。

腊月二十九下午,苏子仁带着邱玉凤和两个女儿回到了乌龙镇。他原本想一同把东贤拽回家,再把他拉到祖宗的坟上静静地待一会儿,让他听听祖宗先人都在地底下说些什么。抱着这个目的,苏子仁于二十九日上午去了望河楼后面的市党部。一个镶金牙穿长衫的头头儿很热情地接待了他,说苏队长去监狱提审犯人了,他眼下很忙,可能春节回不了老家。苏子仁惊奇地说:"怎么,东贤当队长了?""苏掌柜您还不知道?令公子很能干,近来屡有斩获,已是党国栋梁之材。党国要感谢您栽培出这么一个难得的人才……"苏子仁早已把东贤归入"孬种"的行列,听到这个消息,感到心里堵得慌,当即打消了带东贤回家的

100

打算。

回到乌龙镇后，才知道东贤已于昨日回过一趟家。东贤带着四个同伙耀武扬威骑马而来，他送给母亲邢氏五个光芒四射的金戒指作为新年礼物，把个邢氏高兴得连呼阿弥陀佛，说她这辈子最大的功劳就是替老苏家生了这么一个争气的儿子，对得起老苏家列祖列宗了，一百个对得起，又说世上和她最亲的就是儿子。她还把家里的一干人都招呼过来，晃动着满手的金戒指说：

"你们都睁开眼瞧瞧，少爷是怎么待我的！"

邱玉凤成了这次故乡之行的一个焦点人物，镇上很多有头有脸的人借故来大宅院走动，为的是目睹一下二太太的风采。邱玉凤确实为苏子仁争足了脸面，她彬彬有礼、落落大方地迎来送往，说话得体，举止得当，俊秀的脸蛋儿上始终挂着微笑。人们把她和大太太邢氏一比，发现邢氏简直成了豆腐渣。于是，人们一致认定，苏子仁进城几年的最大收获，就是娶了这样一位洋味十足的二房夫人。镇上有些家底厚实的人也开始琢磨，是否也到城里开个店铺，借机娶一房像邱玉凤这样的女人。

关于邱玉凤的话题，是春节期间整个乌龙镇最主要的话题之一。正是邱玉凤的到来，使没怎么见过世面的庄户人大大地开了一回眼界。

苏子仁心里不免美滋滋的。自从那次回家取钱遭拒绝后，他就发现自己在家里的地位受到了严重的挑战，靠陈茂的辅佐，邢氏已把家中的大权握在了掌心。这次回到家里，他从人们对邢氏唯唯诺诺的态度上也能觉察出来，他原先在人前的威风已丧失了大半。就在刚交腊月时，邢氏新置了二百亩地，居然连个招呼都不打。若不是春杏说给他听，他不知要被蒙到何时。现在，是邱玉凤又重新让他在这座生他养他的古镇上获得了一种自信。想起邱玉凤怀孕时对她的摧残，他感到深深的愧意……

但是，接下来的事情很快把苏子仁的喜兴劲儿荡涤得无影无踪。年三十上午，陈茂借口回他陈家集的老家和老婆孩子团聚，背起褡裢就出了门。而在往年，他都是把老婆孩子接来一块儿和主人一家团聚的。苏子仁虽有些不高兴，但没流露出来。

除夕之夜在噼啪乱响的鞭炮声的陪伴下降临，苏子仁、邱玉凤、艳若、艳秋早早围着大饭桌坐好，等着吃一年一回的团圆饭。春杏去上房叫邢氏时，邢氏却说心口窝疼得厉害，躺在火炕上哼哼唧唧不起来。春杏一迭声地劝她，说：

"太太，老爷他们都等着你呢，你不去他们咋敢动筷子？快去吃两口吧。"

"住口！"邢氏猛地翻身坐起来，使劲拍打两下炕沿，气咻咻地说，"老娘的事用不着你个小娼妇管，快给我滚！……"

话没说完，邢氏就软塌塌地躺下了。春杏噙着眼泪回到餐房。苏子仁郁郁不快地亲自来到那盘他和邢氏共同睡了小半辈子的火炕前。邢氏脸朝里躺着，屁股冲着他。还没等他开口，邢氏却抢先发话道：

"老爷，你们吃吧，我不饿，我心口窝疼，疼得我心烦。我觉得我活不长久了，死了也好，我死了有人高兴……"

邢氏边说边抽抽搭搭抹起了眼泪。一只老鼠不知从什么地方突然钻出来，在紧挨炕头的三屉桌上跑了两个来回，撞倒了正燃烧着的蜡烛。苏子仁在黑暗中厌恶地皱了皱眉，抽身离去，出门时差点儿和端着一个大盘子的艳秋撞上。他看到盘子里盛满了热气腾腾的饺子，仿佛是刚从炼金炉里铸造出来的金元宝。艳秋冲父亲点点头，然后无声地进了屋，放下盘子，摸索着划洋火点上蜡烛。她什么也没说，悄悄退了出来。

这顿年夜饭是大家记忆里最糟糕的一顿。苏子仁只知道一盅接一盅地喝酒，很少动筷子。邱玉凤勉强吃了两口，就回了专门给她预备的卧房。艳若仿佛一下子变稳重了，脸上流露出一副心事重重的神色。艳秋为了调节气氛，说了不少话，几乎顾不上吃。

子夜来临时，艳若起身来到院子里。外面刮着冷冽的小风，头顶上没有星星，天空阴沉沉的，是下雪的前兆。远远近近的鞭炮声给寒冷的除夕之夜带来了活力和热流，如果没有鞭炮的响声和偶尔腾起的焰火，艳若真觉得面前的世界是阴森森的地狱。她穿过月亮门，朝前面的院落走去，艳秋从后面跟上来。姐妹俩都不吭声，肩并肩地在已经变得陌生的宅院里踱步。牲口的反刍和喷鼻声从马号那边传来。就连看家犬花花好像都对她们变得生分了，蹲在照壁墙前警惕地望着她们，喉咙里发出低沉的不太友好的呜呜声。大黄神不知鬼不觉地从马号里溜出来，冲花花"哞"地吼了一嗓子，好像在说，你真是瞎了狗眼。

姐妹俩走进大宅最西面的小偏院。这里原本是他们兄妹三人跟顾嘉伯读私塾的地方，现在成了仓库。不但屋子里盛满了粮食，院子里也安放着四五个大小不一的粮囤。艳秋这时恍惚听到了稚嫩的、琅琅的读书声，看到了三个小小少年的身影……可是，仅仅才过去两年多的时间，读私塾的日子就仿佛成了上个世纪的事情。这样的日子以后再也不会有了……艳秋觉得艳若一定也听到了童稚的读书声，或许就是那种声音把她唤来的。但是，艳若却冷冰冰地说：

"你瞧，这些粮囤多么像坟墓！"

艳秋惊骇得说不出话来。她不知哪来的力气，抓住艳若的手，几乎是拖着艳若，逃离了这个黑黢黢的小院子。最后，她们到南墙根下那两棵纠合在一起的枣树下。艳秋心里刚刚平静下来，忽然又有些莫名的感动。她上前两步，伸手抚摸着粗糙的树干，就像抚摸自己的躯体那样，有一种清水流过心房般的轻微的战栗感。艳若在她身后清清嗓子，说：

"小秋，你感觉到了吗？这个家比城里那个家还要沉闷、郁滞。顽固的封建堡垒往往躲藏在这种偏僻的地方。革命的风暴一来，首当其冲的也许就是它。现在我真怀疑，我是在这里出生、长大的吗？……"

"咱母亲确实有很多毛病。"艳秋说，"可是，母亲毕竟是母亲，原谅她吧。即便她有罪，也要宽恕她。何况，天下又有哪个人敢说自己没有罪？人生来就是有罪的，宽恕别人就是宽恕自己。"

"你以后不要在我面前说这些骗人的鬼话！"艳若说，"我看你也是

103

革命的对象，除非你觉醒。"

艳秋吓得噤了声。

20

第二天早晨，人们都是被雪光唤醒的。大雪覆盖了一切，天已放晴，风已逃遁，满目是刺眼的银白色，仿佛原先的那个世界不存在了，取而代之的是这个崭新的天地。艳若推开门，兴奋地叫了两嗓子，脸也顾不上洗，就扑进雪堆里打了个滚。

街上有很多人走动，踏雪的声音十分清脆，仿佛有许多张嘴在一齐啃咬青皮萝卜。大门一响，镇长林占五率领十几个镇子上有头脸的人物来拜年。苏子仁把他们让进宽大的厅堂。邢氏此时已在八仙桌旁的楸木太师椅上正襟坐好。齐着她肩膀的香案上，那尊二尺高的观音菩萨坐像慈眉善目，仿佛在代替她接受来人的叩拜。人们互相重复着祝贺的老套话，间或议论两句今年的收成。在这个过程中，苏子仁注意到，人们的目光更多地停留在邢氏那张没有表情的瘦长脸上，就连镇长林占五也是对她恭敬有加，嫂子长嫂子短的，说起来没完。

整整一个上午，前来拜年的人络绎不绝，院子里的积雪被他们踩成了坚硬的黑冰凌，不时地有人在上面跌倒。这些人大都是苏家的佃户，租种着苏家的土地。他们对邢氏的态度更是唯唯诺诺，磕头时脑袋纷纷偏向邢氏，仿佛邢氏是他们的救命恩神，而作为一家之主的苏子仁老爷在他们眼里似乎成了可有可无的人。苏子仁坐在那把当年属于父亲苏继堂、现在属于他的楠木太师椅上，邱玉凤则依照规矩坐在邢氏外侧的一个方凳上。她微皱着柳叶眉，脸上流露出明显的嫌恶和无奈。苏子仁一支接一支地吸纸烟，他口鼻里喷出的烟雾和观音菩萨面前的香案上冒出的烟雾纠缠在一起，就像这两股烟雾较着劲儿讨好观音菩萨似的。苏子仁渐渐想明白了，他在乌龙镇确已失了根基，因为他离开了这儿的土地。他的舞台早就挪到了龙城，就像邱玉凤的舞台在大戏院一样——尽管她一直没有登台亮相的机会。

他暗暗决定，回城后应当尽快再把铺子门打开，一俟夏粮入库，生意自会慢慢好起来。

那天上午，艳若和艳秋一直没在家里露面。艳若吩咐赵七牵上那匹雪青马，到野外的大田里练习骑马。她觉得学会骑马将来肯定用得上。如果她做到了这一点，她就是乌龙镇第一个会骑马的女人。有好多次，她从马上跌落下来，但她全然不当回事，练得更起劲。一个时辰过后，她就能稳稳地骑着它小跑了。

白茫茫的雪地上几乎见不到一个人影，很远的地方有两个小黑点，这两个小黑点就是艳秋和兆法。离远了看，别人会把他们当成树桩的。在冬日的原野里，只有稀稀拉拉的柳树、榆树、杨树、枣树、桑树等北方常见的树木还在顽强地挺立着，耐心等待冰雪消融的那一天。现在，大雪改变了大地的颜面，头顶上旧瓷碟般的太阳暂时对它无能为力，雪野的反光使深颜色的树木愈发醒目。它们就像无家可归的孩子，随风急促地或者缓慢地朝着村落招手……

兆法原本初一这天回家陪伴他的孤寡母亲林姜氏的——做长工的，一年到头只有过大年的时候，才能捞着回自己家小住几天——但他自愿放弃了这个机会。艳秋征求他的意见时，他说："我还是陪二小姐吧，反正我娘又跑不了。"他们和艳若赵七一同出的镇子，艳若让赵七陪她学骑马，艳秋便和兆法到大田里随便走走。

艳秋十分喜欢雪后的原野，尽管这时寒冷得要命。她觉得大雪是上帝派来纯洁人间的天使。厚厚的积雪掩盖了土地与土地之间的界线，使贫困者和富有者因为土地界线的模糊而暂时丢掉隔阂，就像大家都睡在一床巨大的棉被下面，彼此的生分是没有意义的。此刻她在雪原上行走，不是丈量土地，而是想问一下棉被下憩息的生灵，是否感到暖和。如果哪个地方的被角叫风掀起，她要亲手把它们抚平……同时，她又为自己这个天真的想法感到好笑。

兆法真是一个老实人，好像随着年龄的增长他变得更老实、木讷和怯懦了。二人走在一起，他比艳秋差不多高出一头。他很少主动说话，扁平而阔大的脸盘上鲜有表情。艳秋问一句他答一句。

"兆法，你好像比我大两岁吧?"

"二小姐，我比你大三岁，比春杏大两岁。"

"你看我光顾忙自己的事了，把你和春杏的事忘到脑后了。"艳秋抱歉地说，"我一定要给我爹说妥，让春杏和你尽早入洞房。你呀，也得主动点儿，女娃儿不怕天不怕地，就怕没有男人追。"

艳秋咯咯笑起来，兆法脸红得透出紫气。"嘿嘿，太太和陈管家……也有这个意思……你们都是好人……"他脱下脏兮兮的兔皮帽子，粗硬的发梢上蒸腾着热气，一双大手不知往哪儿搁好。

他们几乎绕镇子转了一圈。"这是谁家的地?"艳秋跺跺脚，说。她脚穿春杏为她做的千层底棉鞋。这种鞋看着土气，穿上却很暖和，最适合在雪地里走动。她一路走一路问，再一次得到答复后，她若有所思地说:

"我家的地太多了啊……"

"可太太还觉得少呢。"

"兆法哥，你告诉我，为什么我家有那么多的土地?"艳秋仰起脸来望着他，认真地说。

"嘿嘿，还能有啥? 老爷和太太本事大呗。"

"你觉得这样公平吗?"

兆法挠挠头皮，回答不上来。

"这不公平。真的……"艳秋显然也不想听兆法的答案，她望着远处，自顾自说下去，就像在自言自语。

他们爬上运河高高的大堤。白雪覆盖的大堤就像一条横空出世的蛟龙，逶迤着伸向远方的天地。宽阔的河道容纳了太多的积雪，尖厉的风吹过，白雪裹成团儿向前滚动，后面的推着前面的，仿佛在进行赛跑。这些雪团代替了温暖时节的浪头，是它们使冬日的运河不感到寂寞和干涸。

艳秋迎风站立。她并不觉得冷，她向北方遥望，那里是龙城所在。她的鼻翼翕动着，似乎想嗅到什么。她知道她在等待一种气息的来临，那种气息就埋藏于地下，或者缥缈于天上，它是一个问候，也是一个嘱托。她当然知道这个冰封万里的时刻，那种气息是不可能造访她的——如果非要探究的话，其实那种美妙的气息就在她的心间蕴藏着呢。对于一个热爱生活的人来说，他会时时创造心灵的奇迹。

"二小姐，冻坏了吧？"兆法脱下他充溢着草料气息的黑棉大衣，拢在臂弯里，他拿不定主意是否替艳秋披上。

21

用了整整一个正月，田野里的积雪才基本化尽，大地渐渐显露出本来的面目，就像一个动作迟缓的老人，费了好大的功夫才把身上的衣服抖落下来。只在一些背光的地方，还积存着一坨坨陈旧的雪光，宛若糊在巨人身上的一块块碎布片儿。

苏艳秋目睹了大地嬗变的过程，这个过程使虚幻的世界重又变得真实。

苏子仁、邱玉凤和艳若大年初二一大早就回了城，照例由兆法赶车送他们。他们临走前的目光是决绝的。那辆已经显得破败的带篷子的马车启动时，居然没有人冲这座大宅院招一下手。本来，苏子仁想让艳若和艳秋一块儿留下来，出了正月再走，眼下学堂正放假，回去也无事可做，但艳若执意要走，艳秋只好单独留下。

在这短短的一个月里，她感到了孤独和漫长。她原本喜欢宁静的时光，可是乡间滞闷的空气并不是她喜欢的那一种。如果不是春杏的哼唱和话语，如果不是大黄在院子里跑来跑去和投给她的感激的目光，如果不是兆法劳动时的身影，她会更加受不了。她真实地体验到了生活的缺陷，这种缺陷不是先前就没有，而是如今更强烈罢了。

母亲邢氏每日里最重要的事情仍是吃斋念佛，很少同她说话。陈茂一有空就叼着烟袋迈着方步到大田里转悠，或是扬扬自得地、起劲地拨拉算盘珠子，然后把一串串的数字报给邢氏。有一次艳秋听到陈茂和邢氏议论夏粮的长势，她以为他们希望今年是个丰收年景，靠土地生活的人哪有不盼望丰收的？可她听了几句后，马上就发现他们巴不得今年歉收，那样就可以趁机放粮催债，夺取别人的土地。她简直不相信自己的耳朵，感到心里很不平静。

艳秋很想多陪伴一下邢氏，可每逢她走向上房时，要么被陈茂的声音打断，要么邢氏正专心致志地打坐，把个尖削嶙峋的脊背扔给她。即便邢氏开恩和她聊几句，往往三扯两扯就扯到白剑雨身上。

"啥叫有本事？挣回来的多花出去的少就叫有本事，守住自家的基业不让人抢了去就叫有本事，走在路上别人见了你害怕就叫有本事，吆五喝六的有人听就叫有本事，逢凶化吉遇难呈祥就叫有本事。你自作主张给老娘找的那个乘龙快婿到底算哪一路人？小时候你不哼不哈的，娘以为你是盏省油的灯，长大了一看，都快成了没心没肺的白眼狼了。你将来拿啥孝敬老娘？还有艳若那个丫头，恐怕也是白养活了……"

邢氏边说边气哼哼地翻着白眼敲木鱼，好像是木鱼和她作对。艳秋突然发现，母亲一只眼大一只眼小，而且眼白格外多，黑眼珠儿被挤到了一边。怎么以前没发现呢？她感到奇怪。想着想着，眼角就涌满了泪。

"好、好，老娘不怪你们。上梁不正下梁歪，要怪就怪那个没脸没皮的老东西吧！老苏家早晚要毁在他手里，不信走着瞧。闺女啊，睁眼看看你哥哥是咋混的吧，人往高处走才是。现在你是娘的闺女，家里的东西任你用任你拿，将来你成了人家的媳妇，出了这个门槛，再想拿啥你伸得出手吗？……"

邢氏的眼里居然也挤出两滴浊泪。艳秋捂住脸离开上房，她跑到避人的地方，泪珠从她的脸上簌簌滚下。

每逢孤寂的时刻，她的脑子里就涌现出白剑雨的影子。她比以往任何时候都想念他，比以往任何时候都渴望和他过崭新的、平静的生活。这种渴望像越燃越旺的炭火那样，几乎要把她烤干、熔化。她思考未来，盼望未来，但又有点儿害怕未来。未来是什么？未来不是平地，也不是悬崖，而是悬崖边上的一片迷人的花朵，散发着特别清幽的芬芳。它使你陶醉的同时，也须注意脚下的危险。真的是这样吗？她想不明白……

有时，她还想起朱允佩朱先生。自从西安事变那天和他分手后，艳秋再也没有见过他，开始以为他去了外地，后来才听说他可能被捕了，羁押在一处极为秘密的地方。父亲花了不少钱，托人打探他的消息，终是一无所获。他会被处决吗？想到这里，她吓得浑身颤抖。"渴求真理的人得福……被凌辱的人得福……"这是上帝的话。上帝又说："被践踏者的命运是好命运，被践踏者有理可讲。他们的幸运就在前面……"她在黑暗中抚摸着胸前被她的体温暖得烫手的小十字架，一遍又一遍重复这些话，祈求主赐福于朱先生，指引他渡过劫难。

好不容易挨到正月底，艳秋就动身回城了。

然而回城后她便得知，博文中学因为英国教会资助金的断绝，决定停办，中方教员和学生自谋出路。这样一来，她又成了无所归依者。

就在这段时间里，白剑雨的父亲白长泰患了很严重的肺病，咳得整日整夜无法安睡，不能再在运盛金店干活了。季广庆给了他一点钱，让他回乡下静养。白剑雨的母亲已死去多年，白长泰在乡下还有几个兄弟姐妹，只有靠他们照顾他了。白剑雨知道从此以后他们父子怕是再难见面，哭得嗓子都哑了。这是艳秋第一次见他流泪，她吓坏了，不知怎样安慰他才好。

白长泰一走，艳秋就成了白剑雨在这座城市里唯一的亲人。由于失去了经济来源，加之害怕父亲突然死去，白剑雨的意志十分消沉，话比平时更少了，常常两眼定定地望着一个地方，半天不动一动。艳秋只好多抽出点时间去陪伴他，同时她主动承担了他的一切费用，当然得瞒着家人。白剑雨曾流露出退学的想法，去找一份差事，自己养活自己。艳秋坚决不同意。她觉得白剑雨如果中断学业，等于辜负了她的爱，她希望他能理解她的这份爱，咬牙再坚持几个月，就可以毕业了。

"我不明白，父亲辛劳了一辈子，却是这样一个结局。"白剑雨冷冷地说，"父亲是个老实人，难道老实人的命运就该这么惨吗？"

"这不是他的错，天下苍生的命运不该是这个样子。我相信这只是暂时的，总有好起来的那一天。"艳秋迎着他的目光，用肯定的口吻说。

"但愿像你说的。可我认为，他至少有一半的错，因为他从不去抗争。我不想像他那样窝窝囊囊过一辈子。为了改变命运，为了不再流泪，我愿意牺牲自己！可现在，我无能为力……"

"如果人们虔诚地生活，上帝也许会来救他们的。"

"上帝？上帝在哪里？得了吧，上帝就是我们自己，我们就是上帝。只要有机会，我们——至少是我，就得要想法成为上帝！现在最要紧的，就是机会。"

那段时间里，类似这样的谈话常常发生。艳秋认为是生活的困厄刺激了他，等过些日子会好的。

春天过去了。夏天来到了。这一年的夏天，尽管天气热得不是特别厉害，可人们感到格外烦躁，大街上吵嘴打架的人随处可见，就连动物也是十分的好斗，地上分别撕咬在一起的狗、蛇、鸡、老鼠和猫，运河里撕咬在一起的鱼儿，天上撕咬在一起的鸟儿亦不鲜见，常常让人莫名其妙，看到这种场面心里更烦——好像末日正在到来。末日就像夜晚教堂的钟声那样，迈着咚咚的、令人惊恐的步子走来，扰乱了人们的梦境，并且要把人们带到一个绝望的地方去。"这是咋啦？"人们见了面，互相问对方，可谁也说不清到底是咋了。无由的烦躁犹如头顶上时不时炸响的雷暴一样，打破了人们生活的节奏，使经历过那个夏天的人没齿难忘。

古历五月二十九日，星期三，节令在夏至与小暑之间。那天上午天气很好，连日来的阴云一扫而光，阳光白花花的，有些凉爽的小风轻轻吹着，人们都感到舒坦。到了下午，天气仍然很好。苏子仁对正在核对账目的艳秋说："如果明日还是这样的好天，就把仓房里的小麦清出来晒晒。"那些麦子是夏收之后从老家运来的，因为价钱不合适，暂时没舍得出手。邢氏这回只让运来了一小部分，苏子仁免不了又发一顿脾气，无奈他鞭长莫及。他咬牙切齿地说，得想一个办法，把邢氏保管的地契弄到手，然后把地卖了，让她在老家喝西北风。

"看样子明日肯定是个好天。"艳秋说。她抬起头来，一群鸽子正好从头顶飞过，仿佛它们在用鸽哨向她证实她的话是有根据的。可眨眼之间，就从北面的天空飘来大团大团的、乌黑的流云。流云遮住了阳光，淹没了鸽子的身影。这些流云来得太突然，使人疑心自己的眼睛出了毛病。

一场大雨即将来临，大街上响起人们急促奔跑的脚步声。然而，没等脚步声消失，流云已经无影无踪，就像它压根儿没出现过一样，天上甚至没落下一个雨点。但紧接着，从流云飞来的方向，在北面的天际中，霎时出现了一道耀眼的彩虹！它像一个幻景，让望见它的人目瞪口呆。仿佛它不在天上，而是在人们的脑子里。艳秋忽然产生了一种不祥的预感。她的眼里蓄满了泪，眼睛被那彩虹灼疼了，连心尖子都跟着疼。

"老辈人讲，东虹雾露西虹雨，南虹发大水，北虹梦里见。我活了五十岁，头一回见北方出虹，真是怪事。"苏子仁划洋火点烟，一连划了几根，就是划不着。最后终于划着了，却又不小心燎着了胡须。

那道奇异的彩虹久久没有消失。全城的人都蒙了，各种各样的说法纷纷而起。到了傍晚，有人在大街上慌慌张张跑过，说城外玉皇庙里的智清长老圆寂了。长老圆寂前，只留下一句话：

"北方出彩虹，预示着要有刀兵之灾！"

这天夜里闷热异常，入夏以来，从没这么热过，艳秋挨到很晚仍是睡不着。另一张床上，艳若却睡得死去一般。再过几天艳若就要毕业了，她正在为毕业后该干些什么而发愁。她好像突然迷失了方向，急得嘴唇上起了水疱。但这并不妨碍她的睡眠，照样躺下就着。艳秋真是羡慕姐姐这种男子汉一般的做派，可她学不来这些。她永远不可能像她那样遇事拿得起放得下。所以她早就觉得，在时代面前，自己是微不足道的。

大概是后半夜，艳秋刚刚迷迷糊糊睡下，突然被一阵沉闷的轰隆声惊醒。她以为自己在做梦，可睁开眼后，发现大地仍在抖动。于是，她猛地坐起，撩起蚊帐，赤脚下了地，大声说：

"艳若！快醒醒，可能闹地震了！"

艳若懵懵懂懂地爬起来，随艳秋蹿到院子里。可这时，整个城区异常安静，连声狗吠都听不到，根本不像闹地震。

"你搞什么名堂?!"艳若揉着眼睛责怪艳秋。

那边房门一响，苏子仁走出来。他可能以为又出了什么乱子，顺手从门旁操起一根扁担。当他弄清情况后，吐一口长气，说：

"瞧，艳秋犯癔症了。快去睡吧，明儿个还要晒麦子。"

艳若不高兴地又小声咕哝几句，抬腿进了屋，随即再次进入梦乡。躺在床上，艳秋仍是惶惶不安，她大睁着眼睛，好不容易挨到天明。

第二天一大早，有人就在街上急煎煎地叫嚷：

"大家都听着，昨天夜里，日本人在北平附近的卢沟桥动了手！收音机里刚讲的……中日两军交手了！"

22

小铁门哐当当一阵乱响，打开了，闪进来两个模模糊糊的人影。由于光线太暗，朱允佩看不清他们真实的模样。已经半年多了，他被囚禁在这个秘密的地下室里，与外面断绝了一切联系。他不知道这些日子里外面发生了什么，只从一个每天来给他送一顿饭的老伙夫嘴里得知战争爆发了。那个老伙夫嘴巴特别严实，多余的话一句也不说。他恨不得扑上去撬开他的嘴巴，从里面掏出比这句话更详细一点的内容。但他动弹不得，他身上累累的伤痕和脚上的镣铐限制了他的行动。老伙夫送来的饭他只吃一半，另一半留给几只与他做伴的小耗子。他希望它们吃饱后到外面走走，然后把听来的消息带给他。

他被捕后，山东的地下党组织曾多方试图营救他，为此还派人装扮成刑事犯混进设在北关的龙城监狱，但没有发现他的踪迹。人们传说他已经被秘密处决。其实关押他的地方就在市党部后面的小院里，这地方杂草丛生，像个废弃的院落，一般人根本到不了这里。

在日夜难辨的寂寞光景中，他苦苦思索着，却搞不清是谁出卖了他。为防不测，在他被捕的当天夜里，地下党组织就把他发展的那几名党员秘密转移到了外地，同时撤销了所有的联络点。但他并不知道这些。考虑到是苏东贤带人抓的他，他首先想到了苏艳若苏艳秋两姐妹，还有她们的父亲苏子仁。但他怎么也不相信是他们。慢慢地，他从提审者的口中揣摸出，敌人对他是不是真正的共产党并没有十分把握，更多的是怀疑罢了。于是，他坚决不承认自己是共产党。整整半年的时间，敌人没有从他嘴里抠出一点儿有价值的情报。

有好多次，他以为自己马上就要死了。但他并不悲伤，仿佛死亡是一件有意义的事情，或者是一个虚幻的概念。世上没有永恒的肉体，却有永恒的精神。大凡革命都是用死亡做代价的，他早就做好了准备。每当有两个以上的人进到这间狭窄而肮脏的地下室，他就认为死神来召唤他了。

这时，他的眼睛渐渐适应了小铁门里透进来的光明。他看到苏东贤陪着一个穿长衫镶金牙的人站在他面前。这人是市党部的头头儿，以前曾和他谈过两次话，劝他"改邪归正""弃暗投明"。现在，"死神"又来到了他面前，他镇定自若地等待下文。然而那人却说：

"朱允佩，我来向你宣布，抗战爆发了。不久前，蒋委员长发表《告抗战全体将士书》，说，几年来的忍耐，骂了不还口，打了不还手……现在，和平既然绝望，只有抗战到底。党国决定释放所有政治犯。从今天起，你自由了，出去抗战吧！"

他半天没缓过神来。直到苏东贤替他打开镣铐，又拿过一个本子让他往上面签字，他才灵醒过来，抖抖索索签上自己的名字，又在名字上摁了个鲜红的手印。苏东贤收起本子，像阎王爷不得不打发回一个前来报到的人那样，用悻悻的、不太情愿的口气说：

"姓朱的，你得感谢日本人，你们共产党都得感谢日本人。日本人若是不打进来，蒋委员长能放过你们吗?! 妈的，日本人来得可真是时候，哼哼。有福之人不用愁，你们时来运转了……"

"不说这些，不说这些。从今往后，咱们就是一个战壕的战友了。朱允佩同志，请吧！"市党部的头头儿朝明亮处一挥手，率先往外走。

"慢着！"朱允佩大声叫住他，"我不能这个样子出去，你找个人给我理理发，再弄一套干净衣服和一点好吃的东西！"

他们虽是不情愿，但还是照做了。朱允佩焕然一新走出幽暗的地下室，炽烈的阳光仿佛不认识他似的，愣了愣，大概觉得这个面色蜡黄的人不应该被遗忘，便啸叫着涌过来，霎时包围了他，几乎将他熔化。阳光给了他力气，替他消除了疲惫，他大摇大摆地往外走。院子里不少人在望着他，就好像他是一个了不起的大人物，他们以前小瞧他了，所以他们目光里的成分很复杂。

来到大门口时，一个站岗的卫兵"啪"地向他行了个举手礼，把他吓了一跳。大门外面，有很多人拥挤在一起，不知在干什么。等他看清楚他们打着的横幅，才知道这些人是来欢迎他的。他们大都是师范学校的学生，刚刚得知他将被释放的消息。他从人群里看到了那些熟悉的面孔，激动得两颊发热，浑身是劲。他们嗷嗷叫着把他抬起来，一次次扔到空中，直到把他折腾得骨头快要散架，他们才罢休。

当天下午，师范学校召开了隆重的大会，庆祝朱允佩恢复自由。这时候，日本人已经占领了北平和天津，正沿津浦和平汉两大铁路朝华东和中原进逼，形势危急。他在当天晚上就重新和党组织接上了头。这段时间里，中共山东省委相机派出一批干部来龙城工作，力量已今非昔比。党在龙城的活动也已基本公开化，不必再像先前那样躲躲藏藏，可以放手大干了。眼下最当紧的就是尽快组建抗日武装，随时准备抗击日军入侵。中共鲁西特委指派他具体负责军事工作，既要努力维护统一战线，又要拉起一支我党直接领导下的有战斗力的队伍，以便应付将来错综复杂的局面，创建鲁西抗日根据地，在大平原上坚持下去，完成抗日大业，乃至取得革命的最后胜利……

七七事变后，形势发展很快，抗日成了眼下最大的事情。因为以龙城为中心的鲁西大平原远离交通要道，又无险可守，且暂时不会成为日军进攻的重点地区，所以国民党当局并没有在这一带配置正规部队。这时驻守在龙城的只有两个归地方政府统辖的保安营，另外还有公安局以及隶属于市党部的宪兵队、特务处等维持治安的武装机构。周围的九个县里，还有数支以散兵游勇及当地百姓组成的民团武装，再就是大小不一的几十股土匪。看日本人的势头，他们迟早要来这里。这点力量根本无法抵御日本人的进逼，况且这些人是不是真心抗日还很难说。以朱允佩的判断，在大敌当前、风声鹤唳、人心恐惧之际，这些一盘散沙似的、几乎没有什么战斗力的武装是很难指望上的，他们不投降敌人当汉奸就算不错了。

朱允佩感到忧心忡忡。在一次党内的会议上，有人说：

"我们打入龙城各部门的同志提供情报说，各级官僚政权和武装人员已悄悄做好了撤离的准备，只等风声一紧，他们就开溜。"

"这些浑蛋走了更好。"有人接上说，"他们走了，鲁西大平原就是咱们的天下了！"

"我们不管他们，也管不了他们。只要我们尽快拉起自己的队伍就行了。多少年来，我们不是早就盼望自己的队伍越多越好吗？"第三个人说。

"是的，抗战爆发为我们提供了一个千载难逢的机会，我们固然要壮大自己的队伍，这没有错。"朱允佩站起来，说，"可现在情况不同了，原先我们同国民党争天下，现在是国共合作，和日本人争天下。抗日是全民族的事，不光是我们党自己的事。再说，仅凭我们这点弱小的力量，也顶不住。我们必须利用他们的合法政权，一边抗日一边发展自己，同时想方设法推动他们起来抗日，或者换句话说，必须拖住他们，多拖一天也好！这项工作同发展我们的力量一样重要！……"

由于激动，朱允佩朝桌子上狠狠砸了一拳，放在桌角的两个茶碗震落到地下，摔得粉碎，仿佛它们也想表达一种决心似的。尽管争论得比较厉害，最终朱允佩的看法占了上风。

八月中旬，传来了新的消息，说日本人又在上海开辟了战场，各地局面更加混乱。就在这时，韩复榘任命的一位长官到达龙城。他叫谭先智，是韩复榘身边的少将高参。他将担任龙城地区最高行政长官和保安司令。朱允佩听此消息，紧皱的眉头一下子舒展开来。

原来这位谭长官是朱允佩的父亲当年在西北军的老相识，两家又是同乡。朱允佩记得，父亲牺牲之前，谭先智时常来他家做客，两家关系一直不错。朱允佩觉得凭父亲和谭将军的交情，他一定会做通谭先智的工作。他要利用好这个"关系"。于是，他在谭先智来龙城的第二天下午，就去了保安司令部。

大门口有四五个士兵正往墙上钉挂一块新做的牌子，上写"龙城保安司令部"几个大字，白底红字，十分醒目。朱允佩觉得这是一个新气象，劲头更足了。守门的士兵认识他，知道他是学生会的头儿，他往里走时并没有拦他。但在谭先智办公的一座白色小楼前，两个挎盒子枪的卫兵挡住了他，说谭司令官正在找人谈话，研究大事，死活不让他进。他急了，满是讥讽地大声说："不会是研究准备逃跑的大事吧！好啊，好啊，鬼子都快杀到家门口了，不见当局有一点儿动静，难道真要当亡国奴吗！"话音未落，就有一扇门被猛地踢开，咚咚咚走出一个身材高大的老年军人，他蓄着花白的胡须，两道浓眉使他的面部表情十分威严；大热天的，一身灰布军装穿得整整齐齐，腰扎一条黑色的宽皮带，肋部佩带一支精致的短枪。朱允佩搭眼认出，此人就是谭先智。

　　"刚才是谁在瞎说八道？老子毙了他！"谭先智咆哮道。他身后的那几个人赶紧溜走了。

　　"谭叔，是我。"朱允佩上前一步，说出了自己的名字，然后冲谭先智鞠了一躬。

　　谭先智马上咧开大嘴哈哈笑起来。然后，他使劲拍了拍朱允佩的肩膀，把他请进办公室，亲自为他斟了一杯凉开水，"你小子怎么突然从我的防地冒出来了？前些日子我听人说你参加了共产党，我不相信。你年纪轻轻的，前途远大，不会跟着共产党瞎掺和的！"

　　"谭叔你说错了，我真的是共产党。"朱允佩把自己的经历简单复述了一遍。

　　谭先智点上大烟斗，深深吸一口，陷入了沉思。随即他用烟斗敲着桌面，神色平静地说：

　　"现在国共两党合作，党派分争已成了次要。我以前是反对共产党的，觉得中国走苏俄的道路行不通。不过，共产党关于团结抗战的主张是正确的，只有这样，才能挽救国家危亡。眼下抗日是头等大事，你可以在我手下干，我会委任你一个要职。共产党里有能人，如果你们的人

117

愿意，都可以来我这里，我不会亏待你们的!"

朱允佩心里有了底:"谭叔，我来找你的目的不是为自己谋出路，完全是为了鲁西的抗日大事。必须立即放手发动民众都起来抗日，同时整顿好军队，在鬼子入侵之前，做好一切准备。不然，抗日就是一句空话!"

"大侄子，说得好!"谭先智挥起铜质的烟斗重重地砸在桌子上，"作为军人，守土有责，不到万不得已，我绝不会渡黄河南退。韩主席派我来龙城，就是让我撑起山东的西半边天。我和你父亲一样，戎马半生，但以前我们是为某一个人打仗，或者说不知道为啥打仗。可现在不同了，现在是为国家而战!你可以转告贵党的人，转告爱国的青年学生，我谭先智决不当熊包!"

朱允佩激动地站起来，拳头握得紧紧的。他突然感到像谭先智这样的旧军人并非像他过去认为的那样，是一些被时代甩到后面的人。国难当头之际，他们深明大义，重新焕发了年轻时的朝气。"单看眼前，日本人打进来，是我们的灾难。但往远了看，也许就是我们民族复兴的伟大机会!"他在谭先智宽大的办公室里转着圈子，一脸的汗水，但他顾不上擦，"其实，日本人的到来恰恰给了中国人一次认识自己的机会。我们就把倭寇当成一面镜子吧，大家都在这面镜子前照照自己，看看自己到底是一副怎样的嘴脸!"

"说得好啊!"谭先智丢下烟斗，使劲拍了下巴掌，兴奋得两眼放光，"我好久没听到这样过瘾的话了!龙城有你们共产党的人在，我心里踏实多了。"

接下来，他们又商议了一阵关于抗日的筹备事宜。朱允佩适时提出，打开军火库，把觉悟了的民众武装起来，尤其是那些铁血抗战的青年学生，要使他们迅速成为鲁西大平原上的一支生力军。谭先智愣了愣，说他刚到，龙城的落后势力很强大，他尚摸不清底细，把武器仓促分发给民众恐怕会引起猜测，造成混乱。朱允佩紧张地望着谭先智。谭先智划火点上烟斗，猛吸两口，一跺脚，说：

"我已给韩主席打过电话，要求组建民军。他同意，并答应拨给我三千条枪、五万发子弹。我看这样吧，你们先把人组织起来，我给你们定一个番号，再发给你们武器就顺理成章了。"

这实在是一个两全其美的办法。朱允佩抑制住自己怦怦狂跳的心，告别了谭先智。

第 六 章

23

随着战争的日益临近，夜里，已经能够听到零零星星的枪声。苏艳秋躺在床上，常常半夜里被惊醒，醒来后就再也无法入睡。

一天晚上，艳秋做了一个梦，她梦见自己掉进了一条大河，大河宽阔无边，河水咆哮肆虐，一排浪头打来，在她面前形成一个巨大的漩涡。她奋力往远处游，但那个漩涡越来越近，终于，她被卷了进去，就像一片身不由己的树叶那样，霎时便无影无踪……

突然，她醒了，是被一声凌厉的枪响惊醒的。

安宁的生活就要结束了，这是战争造成的。艳秋觉得枪炮声是这个世界上最丑陋的一种声音。她恨死了那些制造枪炮的人。如果上帝有知，最该受到惩罚的就是这些人。

阳历八月下旬的一天下午，一场雷雨刚刚下过，地上残留着浑浊的水洼，艳秋心神不定地离开家，走出状元街，穿过窄小的钱粮胡同，来到人声鼎沸的米市街上。这条繁华大街的店铺基本上都关了门，只有少数还在坚持营业，如今来这儿的大都是看热闹的人，因为不断地有荷枪实弹的队伍从这儿走过，到师范学校门口的广场上进行操练。广场上围观的人更多，口令声、哨子声、叫好声不绝于耳。好像还有人在演讲，乱糟糟的听不清楚。

近来白剑雨情绪不稳，艳秋为他担心，生怕有什么意外发生。他已经毕业了，这时候不可能谋到一个满意的职业，只好暂时待在家里。他现在住的房子是艳秋托父亲为他找的，在一座小小的、陈旧的四合院里，是从一个轧棉花的商贩手里租到的。白剑雨住西面的两小间，其余的房子主人用来做工场和自己居住。每逢主人干活时，手摇轧花机的声音就嘎嘎响个不停，就仿佛是一个年迈的老奶奶在对着月亮发笑。棉絮飞得到处都是，犹如春天飘在头顶上的丝丝柳絮。这一阵子，主人却歇手不干了，有一次对艳秋和白剑雨说："日本人说来就来，还不知道能不能保住这条命呢，先歇够了再说。"

这个小院子顿时安静下来。

他们已经商定，等过些日子，局势稍微稳定下来，他们就完婚。如果局势更加恶化，他们也要完婚——两个相亲相爱的人厮守在一起，相互照应着，总比一个人苦熬要好许多。苏子仁赞同他们的打算。既然艳秋铁了心想跟白剑雨，他恨不得他们立刻就结婚，因为兵荒马乱的年头儿，家里养着黄花闺女，就得整天提心吊胆，一旦嫁出去成了人家的媳妇，当父母的心里才算踏实。

艳秋穿过闹嚷嚷的米市街，走进这条名叫"篦子巷"的小胡同。进入轧花商贩的四合院后，艳秋发现主人一家不在，白剑雨租住的那两小间房子的木板门虚掩着。他在干什么呢？她想。同时放轻脚步，心里激起一缕柔软的快乐。但没等走到门口，就闻到一股刺鼻的烧东西的气味。她忍不住咳嗽两声，推开门。

白剑雨侧对着房门，蹲在屋子中央的空地上，左手托腮，呆呆地望着面前一堆燃烧的灰烬。他抬起右手，把最后一张纸片放进余火的火舌上。明亮的火光跳跃了几下，熄灭了，就仿佛一个人临终之前的回光返照。他像完成了一件重大事情似的，紧皱的眉头舒展开来。

艳秋明白了——他把他过去画的高楼大厦和桥梁涵洞的图案，连同

121

她托人给他买的那些建筑方面的书籍都烧掉了，统统烧掉了！艳秋怔在那里，觉得脑袋一阵轰鸣。

"你疯了吗！"终于，她扑上去，使劲摇晃他的胳膊。一阵带有凉意的风灌进房间，他们脚下的灰烬犹如受到惊吓的黑蝴蝶那样，翩翩飞起来。有几只蹿到外面，想飞到天上去，但最终却无力地垂到地面，跌成粉末，宛若一个破碎的梦境。

艳秋满脸是泪，浑身抽搐。白剑雨扶她坐在床边，握紧她的手。待她稍稍平静一下后，他略带歉意地，然而又是决绝地告诉她，他将走向一条原先未曾设想的、光明而远大的道路。这条道路就在眼前，并且时机已经成熟。

"我想了好久，终于弄通了，男子汉应当做一番大事业。乱世年代，扛枪吃粮——领兵打仗是男人最该走的一条路，这条路通向地狱，也通向天堂。我要投身战争的洪流，即使粉身碎骨也在所不惜！……"

说这话的时候，他面部的线条是坚硬的，口气是不容置疑的。一切都已无可挽回。艳秋紧紧抓住他的一只胳膊，仿佛怕他立刻就逃掉似的。她在心里说："走吧，都走吧！都上前线吧！惩罚魔鬼就是向善。我早想到会有这一天，希望它晚些来，但没用。不是说国家需要吗？干脆，快别说那些冠冕堂皇的话了，只要男人不当懦夫就行……我不会拦你，真的不会。可是，我该怎么办呢？……"她浑身的筋骨仿佛被抽了去，无力地缩进他的怀里，哀哀地哭了。

外面的风一阵紧似一阵，好像有隐隐雷声在天边响起，是大雷雨来临之前的征兆。艳秋抹干眼泪，心里反而出奇的平静了。

白剑雨第二天就退掉了租住的房子，到入伍登记处报了名。他成了正进行扩编的保安团的一名列兵，随新兵们一起到东门外的大营里接受军事训练。

他原本可以先和艳秋成亲，然后再去应征。但他等不得了，一天也等不下去了。他向艳秋保证，待他在队伍里站住脚，混出点儿名堂后，马上回来和她完婚。

"有一点我不明白。"艳秋说，"你为什么不去找朱允佩朱先生？听艳若说他正在组建队伍。"

"不，因为他们不是当今中国的主流力量。"

他走后，艳秋整日待在家里，一时难以适应心里的空泛。这些日子，父亲好像也突然没了做生意的兴趣，店铺再次关门。他每天到大街上看热闹，浏览贴得满街都是的布告，或是到商会听那些自以为见多识广的商人高谈阔论，有时自己去，有时带邱玉凤一起去。

尽管战争已经正式爆发了一个多月，不断有惊人的消息从前方传来，但不少人仍存有天真的幻想，认为战场主要在那些大城市和交通要道上展开，龙城是个偏僻的地方，算不上战略要地，没有可供开采的矿藏，不通铁路，没有驻扎主力部队，况且南面不远处就是黄河屏障，阻断了从这里南下的道路，所以敌人不会轻易到这里来。这个看法一时盛行于民间，人们满心希望这样，可大街上的抗日气氛越来越浓厚，又使人疑心敌人马上就会杀过来。小道消息频频传出，人们脑子里的弦始终绷得紧紧的，有时便恨恨地想，既然早晚要来，那就赶紧来吧，早来早利索。在这种浓厚的气氛中待久了，很多人都产生了这样的想法。

和如火如荼的龙城相比，它周围的乡村显得平静多了。这种平静主要是在表面上的，因为没有人去发动民众起来做事，人们心中的猜测却并不见得少。也许是感到纳闷，也许真有点儿担心亲人们的安危，邢氏突然派赵七和兆法进城来了，说是接全家人回乌龙镇，还提出让苏子仁赶快把状元街七号卖掉。不然，东洋鬼子一来，再想出手，这座宅子便三文不值两文了，兴许给炮弹掀掉也说不定。苏子仁一听就不高兴，说：

"鬼子还没来嘛。鬼子没打我这座宅子的主意，她倒打起来了！"

苏子仁拒绝回去，邱玉凤当然也不愿回去。东贤和艳若根本找不到，即便找到，他们也不可能回去。只有艳秋动了心思，她觉得回老家待一段时间不是什么坏事，如果城里一直平安，她还可以再回来。就这样，她在当天下午随赵七和兆法出了城。

马车快速行驶在通往乌龙镇的官道上，辘辘的车轮声单调地重复着。她已经在这条道路上走过许多次，每一次的感觉都不同。就好像她每次走的都不是原来那条路，而是一条她从未涉足过的新路。她觉得，在这些不同道路的前方，各式各样的目的地在等待着她，它们宛若一份份迥异的试卷，等待她去识别、解答。可她偏偏不是一个好学生，没有掌握做题的诀窍和判断的技巧，所以她总是无法交出一份完美的答卷……

这一次回家，母亲邢氏对她格外热情。她一下车，邢氏就踮着小脚迎出门来，上前一把抱住她，鼻涕眼泪一起流，就好像她在城里受了天大的委屈。母女二人相挽着进到上房，落座后，邢氏拉着她的手，先问了问城里的情况，又恶骂了几句不在自家待着非要来中国作孽的东洋鬼子。母亲接着断言，整个运河流域——从北平到杭州——遭遇战祸在所难免，因为它所流经之地是中国最大的粮仓，是一个天然的聚宝盆；用不了多久，遭天杀的东洋人就会进驻龙城，把城里人杀得一个不留，但乌龙镇不会有大事。因为龙城是横在鲁西平原上这一条小龙的"龙头"，日本人必先镇住龙头；而乌龙镇不过是这条龙的尾巴，他们已没有必要再作害它。艳秋对母亲的论断感到费解。许是有点儿累了，她简单吃了点儿东西，就站起来，朝自己的房间走去。

一九三七年秋天的这次故乡之行给苏艳秋留下了永远难忘的印象。回家后的第二天上午，她一个人走出家门，沿着坑洼不平的街巷来到镇子外面的原野上。当她沿着田间幽静的小路走向运河高高的大堤，当她站立在堤岸上，背对着河水，向一望无际的、波涛般的、沉甸甸的、闪耀着金黄色光芒的田野望去时，她的眼里顷刻间就涌满了泪水。那些即将成熟的庄稼——玉米、高粱、大豆、谷穗、棉花、芝麻就像约好了似的，一齐向她摇头致意，把琼浆玉液般的馨香毫无保留地呈现给她。就连矗立在庄稼棵子间的枣树、桑葚也不甘落后，它们仿效着庄稼的样子，撩开青翠的叶片，让密集的红枣和桑葚纷纷露出脸来。这些圆圆的枣子和紫色的桑葚犹如无数只传神的眼睛，向她投来一束束专注的、怜悯的目光。她有点儿承受不住这铺天盖地的爱，又不知道该怎样报答这种爱，一时感到无言以对，只好用热辣辣的哽咽来回答。也许是天空也受到了感动，也许是天空想替她做点儿什么，天空就张开它华丽的衣襟，抖落掉一片片明艳的光斑，派它们去抚摸土地上的生灵。目睹这伟大的和谐，她走不动了，浑身哆嗦着，一股颂扬生活和生命的心情，就像面前这壮阔的土地和庄稼一样，波浪般流泻开去……

那个天气晴和的上午，她在大堤上走走停停，恍惚间总觉得自己正行走在通往天堂的静谧无声的道路上。如果不是大田里牲口哞哞的叫声、隐隐约约的人影，以及脚下细碎花瓣似的野兔蹄印儿时时提醒她这是人间一隅，她真的分不清面前的世界和想象中的圣境有什么不同。可是，战争的乌云已经弥漫过来，在喧嚣和血腥即将驱逐宁静之际，在她来这里之前，她不知道该去痛恨那些恃强凌弱的寇贼，还是怨恨这个贫病多灾的国度。但是现在——她想，她的答案找到了。她决定明天就回龙城。也许母亲会不高兴，但她顾不了那么多了。

不知过了多久，她来到镇子北面河堤与道路交叉处的高岗上。这地方她再熟悉不过。这地方靠近她家的祖坟，站在这儿，能够把乌蒙蒙的镇子尽收眼底。两年多以前去龙城读书时，她在这儿曾被一缕清香吸引。那时是乍暖还寒的天气，游移不定的芳香仿佛是一个情窦初开的少女。现在不同了。现在，那面紧傍河堤的向阳的林间坡地上，开放着数不清的花儿，花儿们透出的芳香浓得化不开，犹如一个找好了满意的婆家正待出嫁的妙龄女郎，她在陶醉别人的同时也把自己陶醉了……

大堤下的运河水波光潋滟，河水明显地小了许多，也平静了许多。艳秋朝河道里望了一眼，就像出门之前习惯性地照照镜子那样。然后，她迎着烂漫的花朵走去，仿佛去赴一个多少年前就定好的约会。她在花香最浓郁的地方停下来，眯起眼睛，大口大口地呼吸着清冽无比的空气。这空气胜过世界上所有的语言，比所有的亲人都亲，比所有的书本都迷人。这是一种难以言说的美。她觉得，她到世上来，就是为了发现和热爱这种美。如果她辜负了这种美，或是不能为这种美增添一点新鲜色彩，那么，她就要生下后代，最好是子孙满堂，让他们接着去发现和热爱，世世代代都不要停止……

这时候，她并不知道自己已经怀上了白剑雨的孩子，她身体的剧烈反应还要等些时候。她现在的反应主要是在情绪上，她比过去任何时候都敏感，面前的任何东西都能让她生出感情。

一阵凉爽的风吹来，满坡灿烂的花朵一齐向她发出盛情的微笑。她的头发乱了。这提醒了她，也许是为了回报大地的赐予，也许是为了纪念自己的新发现，或是为了寄托她的热爱，她想都没想，就伸手从脑后的发束上解下那枚纯金的发卡，然后用手艰难地挖了个深坑，把它掩埋下。这枚蝴蝶状的金发卡是她十七岁生日那天父亲送给她的礼物，由她未来的公公白长泰亲手打造的。同是十七岁生日的姐姐艳若也得到了同样的礼物，但艳若收到不久就把它捐出去了。而白长泰在做完这两件活儿之后便一病不起。

现在，她把它捐给了大地。

21

苏子仁得知艳秋有孕的消息，是在艳秋回城后的第七天。他的脸红了又白，白了又红，但他没有做出什么过激的行为，他只是蒙头睡了一整天。

也许是因为战祸将至的原因，类似这种有悖于传统的事情显得无关紧要，没人再像过去那样非要当一回事了。战争打乱了秩序，也能够改变传统。战争使一切都乱了套。

邱玉凤借故来看过几回艳秋，一双杏眼滴溜溜往她肚子上扫描，眉目间透出含意颇深的、复杂的表情。艳秋知道这女人心里想的什么，她在呕吐的间隙里，冷静地思考着办法。

她觉得唯一对不起的就是父亲，对父亲的愧疚感加重了她的反应。这件事情发生后，虽然他们父女二人都着力摆脱它所造成的阴影，但她和父亲之间到底有了一丝难以弥合的裂隙。

到了晚上，艳若回家后，不仅没有奚落、责怪艳秋，反而兴高采烈地说，这是爱情的结晶，是值得庆贺的事情。"妹妹呀，你不要难为情，因为你怀的孩子是自己爱人的，是一个抗日战士的，而不是别的什么人的！"邱玉凤大概认为艳若在影射她，拉下脸子走出了姐妹俩的房间。

艳若的做法大大出乎艳秋的预料，也出乎全家人的预料。艳秋感激地伏在姐姐怀里，痛痛快快哭了一场。

第二天一大早，她们就按照夜里商定下的步骤，由艳若陪着艳秋去东关外面的大营寻找白剑雨。眼下最好的办法就是让白剑雨回家一趟，为他们举行一个简单的仪式，哪怕走走过场也好。

大营里到处都是穿灰布军装的士兵，这里是新成立的保安团驻地。她们赶到时，兵们正在铺了黄沙的大操场上操练。她们睁大眼睛，试图从人群里找到白剑雨，但兵们的装束一模一样，很难分辨出谁是谁。白剑雨就像一滴溶进大河里的水珠，无影无踪了。艳秋突然觉得她已经失去了白剑雨，仿佛他是一只断了线的风筝，不知要飘落何方。她害怕了，感到浑身无力，几乎要倒地。

艳若恼火地挽挽袖子，丢下艳秋，干脆跑到离队列很近的地方，大声呼喊白剑雨的名字。兵们都停止了操练，斜着眼睛看她，并且嘁嘁喳喳议论，队列里洋相百出。但这一招很管用，不一会儿，就有一个佩戴袖标腰挎短枪的官佐跑过来，不由分说先训斥艳若几句。艳若却比他还要凶，扬言不把她要找的人带来，她就要在这里喊到天黑，让他们无法训练。官佐给她缠得没办法，只好把白剑雨从人群里叫出来，好像不放心似的，又紧跟着他们走到艳秋站立的地方。白剑雨涨红着脸，一副很不高兴的样子。他可能认为她们不应该来这里让他出洋相。

但当艳若提出要让白剑雨回家一趟时，官佐立马瞪起眼睛："我们这里不是店铺，白剑雨也不是来扛活的伙计，想来就来，想走就走？简直是开玩笑！军人没有命令，不能随便离开部队！否则他就是逃兵，要执行纪律！"官佐边说边使劲拍打腰间的手枪。

正争执不下时，一队骑马的人顺着大道朝这里奔来，为首的是个蓄着花白胡子的老年军官。官佐立即跑过去，朝那人敬礼。艳若认出，此人就是上任不久的龙城保安司令谭先智将军。她曾听人说他是个很开明的长官，于是，她顾不得礼节，跑上前抢着说出了来这里的目的。谭先智听罢，爽朗地大笑一阵，挥了挥手里的马鞭子，冲羞怯得满脸通红束手无策的艳秋说：

"姑娘，你想让小伙子上战场之前先当上新郎官，这很了不起！这是好事情啊！如果我们的士兵都能当上新郎官，他们就会增强责任感，上了战场会更勇敢！我祝贺你们！"

艳秋赶紧深深地朝面前的这个大官鞠了一躬。

马队离开后，那位官佐悻悻地同意给白剑雨放一天假。艳若觉得自己打败了他，得意地冲他晃了晃小拳头。

回去的路上，白剑雨才得知艳秋已有身孕。片刻的惊讶过后，他就一言不发了。

中午，全家人聚在一起吃了顿饭，就算给他们完了婚。这是一个迟到的婚礼，既没有按惯常的做法换帖子，也没有请证婚人，甚至连天地和父母都没拜。艳秋很早以前曾打算结婚那天去教堂的，现在一切全免了，这反而更像一个新式的婚典。

这天最忙活的人是邱玉凤，祝贺的话几乎全让她说了。她还用巧手剪了好几个大红喜字，打算贴到大门口和老槐树上，苏子仁摆摆手制止了。他的理由是，"贤婿"在城里没有家，他是在老丈人家完婚，还是少声张为好。

"姓邱的想让老苏家出丑。"艳若悄悄对艳秋说，"咱老爹一点儿不傻，心里明镜似的。"

席间，白剑雨像个木偶一样，很少说话，看不出他是由于兴奋过度，还是由于疲惫而造成表情麻木。那身灰不溜秋的军装穿在他身上，怎么看他都不像一个新郎官。他总不会把婚姻视作累赘吧？艳秋惴惴不安地想。

苏子仁显得比任何人都高兴。他喝了不少酒，说这个婚庆早该进行的，因为大局动乱才拖到现在，他感到很对不起女儿女婿，又说艳若也该考虑一下自己的婚事。做父母的，最高兴的事情莫过于亲眼看着儿女成家立业。艳若嘻嘻笑着，不停地打岔，说她的事情暂且不用老爹操心，什么时候天下太平了，她再找一个真正称心如意的郎君也不迟。

东贤原先住的那间房子简单收拾了一下，充作他们的婚房。夜幕降临之后，他们早早掩上门。因为这一天经历了太多的事情，艳秋疲倦得几乎要死去。她很想和白剑雨好好聊聊，共同回忆一下他们美好的过去，重温一遍他们的初恋，再探讨一下深不可测的未来。但她太累了，没说几句话就睡着了，醒来后发现天已大亮。白剑雨穿戴整齐坐在床头，眼角布满了血丝，可能他一夜未睡。

白剑雨提出他一个人归队就行，艳秋却执意要送他。他们沿着显得有些空荡荡的大街往东门的方向走，一路上没说几句话。初升的太阳此时正搁在黑乎乎的城墙上，就像一只在轨道上缓缓滑行的火红的轮子。临街的墙壁上贴着许多布告和标语，有些纸片已经松动，风一吹哗哗响，仿佛它们学会了开口说话，它们要说的便是纸上的内容，这样就不需要人们再用眼睛去看了；有些纸片被风掀到地上后，又随风迈着小步往前跑，仿佛它们已经说完了要说的话，感到累了、乏了，正在寻找可以休息的地方。教堂的钟声从他们身后传过来，在钟声的催促下，天空中飞翔的鸟儿加快了速度，有一群鸟儿越过他们的头顶，眨眼就不见了踪影。艳秋想起，这些日子，她竟然不知不觉远离了宗教……

大营就在前面，分手的时刻到了。白剑雨停下来，怔怔地凝望着艳秋。突然，他张开宽厚的臂膀，把她紧紧裹在怀里。再松开她时，他的眼里已蓄满了热泪。他嘴唇哆嗦着，说：

"小秋，委屈你啦……只要我能活着回来，我一定重新为我们再举行一次婚礼，让全城的人都知道，你是我的爱人！……"

艳秋从他的眼神里看出，他仍然像过去那样、醉如痴地爱着她。他之所以没向她流露，那是因为他想把这种爱珍藏于更深的地方，然后在一个合适的时候，加倍地释放出来，让所有的人都跟着感动。她什么也没说，她甚至没有流泪。她唯一的愿望就是他无论到何时，都不要辜负她的爱。她微笑着，替他拍打平前襟上的褶皱，而后目送他走向正在操练的队伍，最后成为队伍里难辨彼此的一员……

艳秋顺原路往回走，她心里十分平静。大街上的人渐渐多起来，市民、学生、商贩、维持秩序的警察、身穿杂七杂八服装的民团士兵，来来往往，热闹非凡。她迎着他们走，就像走进一条喧腾的河流那样，马上被浪花团团围住。

她没有急着回家。她觉得有一股无形的力量，推动着她朝师范学校门前的广场走去。青年学生们每天都在那里活动，那里的一切都洋溢着蓬蓬勃勃的激情。远远地，她就听到很多人在唱歌。唱的歌曲有《救中国》《我的家在松花江上》《毕业歌》及抗大校歌等。这些歌曲她以前多次听人唱过，有些她自己也能唱。但这一次感觉不同，那种悲壮、苍凉的旋律仿佛来自天国，摇撼着她，撕扯着她，使她泪花飞溅，脚步踉跄……

高粱叶子青又青，

九月十八来了日本兵。

…………

25

朱允佩被谭先智任命为第六支队司令。这支队伍主要由青年学生组成，六百多人，是中共鲁西特委直接掌握下的骨干武装。谭先智拨给三百条枪、八千发子弹。朱允佩的腰间也别上了一支二十响的驳壳枪。

第六支队暂时驻扎在城东南的柳林镇。发放武器那天，朱允佩激动得声音发颤。多少年来，他最渴望得到的，就是这种冰冷的，然而又是火热的东西。它是丑陋的，也是美丽的。它能消灭敌人，也能保护自己。它能作恶，也能扬善。它是魔鬼，也是天使。它能让人下地狱，也能让人上天堂。有了它就算强者，没有它就是弱者。它是江山的象征，是生命的图腾……朱允佩真的无法说清他对武器的感受。

从他参加革命的那一天起，他就希望自己到战场上去，和敌人面对面地厮杀。那时候的敌人是这个腐败、专制的王朝。现在，这个王朝还在，可敌人却突然变了，这是他当初无法想到的。他迎来了上战场的机会，却又不得不和当初的敌人称兄道弟，携手进入同一条战壕。尽管如此，他仍然坚定不移地认为，抗日是暂时的，革命才是永远的。

这个时期，鲁西大平原上新组建了十多支抗日武装，除了六支队以外，其余的主要由国民党地方政府保安部队改编而成，或者是由平津前线溃退下来的零散部队编成，再就是收编的地方民团、土匪武装，成分极为复杂，扰民事件层出不穷。有的只是打着抗日旗号，实则干着土匪勾当，杀人放火，无恶不作。就连苏东贤也被任命为第三支队司令，是由市党部的头头儿出面举荐的，他手下的人大都是原先的宪兵和特务。这些人表面上抗日热情挺高，实际上他们是制约谭先智的一股反动势力，防止他投向共产党的怀抱。

像其他地方一样，这里也分成了许多派别。有抗战派，有投降派，还有投机派。各有各的理由，各有各的手段，都想趁机扩充自己的势力。大平原上手里有枪的人越来越多。有枪的人太多，未必是好事情。

数十股横行、盘踞多年的土匪名义上都归顺到抗日的大旗下，领到了一个番号。但只有一个人例外，这个人就是土匪阵营中名气最响亮的韩二杆子。谭先智曾派要员到清风店说服他，市党部也曾派人去过，但都没有结果。朱允佩把他的六支队整理得差不多后，也动开了韩二杆子的心思。他觉得如果把这支训练有素、装备精良的队伍拉过来，再从政治上加以改造，使他们脱胎换骨，那么，它就是鲁西大平原上最硬气的革命武装。

黎明时分，天上飘着蒙蒙细雨，朱允佩只带两个警卫员骑马赶往清风店。一路上，他没有心思欣赏沿途的风光。他想起自己来龙城一年多了，一直抽不出时间到各地走走，看看故乡的原野和村落，看看大运河的流水和堤岸。他想，等革命成功了，天下太平了，他就要求在故乡留下来，在运河边盖一座敞亮的茅屋，养一群牲畜，种几亩庄稼，农闲时候，一个人到处走走，把故乡的每一个村落、每一块原野都走遍……可现在，他只想快点儿见到韩二，争取说服他。即便不能说服他，和他交个朋友也不错。山不转水转，水不转路相连，大家共同在这一亩三分地上生活，谁都有个揭不开锅的时候，互相能够有个照应，总比孤单单的要强……

三匹马大汗淋漓地在村口收住蹄子，朱允佩对守寨门的兵丁说：

"请禀告韩司令，就说共产党的朱允佩求见！"

不一会儿，寨门打开了，韩二亲自来迎接朱允佩，这使朱允佩颇感意外。就连韩二的卫兵也觉得奇怪，因为他们的头领从来没有到寨门口迎接过客人，不管对方有多大的来头。这可是头一遭。

进入韩二的司令部后，略略寒暄几句，朱允佩正思忖着怎样开口，韩二却开门见山地说：

"朱先生，我知道您来这里的目的，干脆直说吧。"

"韩司令够爽快的。"朱允佩就说了。他委婉地提醒对方，眼下每一个人，尤其是武装人员，都正好站在一个十字路口上，走对了路子，就是民族英雄；否则，就是民族败类，遭后人唾弃。就像这个国家一样，拼死抵抗，则会获得新生；否则，就得当亡国奴，成为全世界的笑柄。"我们面前只有这两条路，没有第三条路。我相信韩司令肯定会走抗日这条路，因为我看出来了，你是个有血性的人！"

韩二并没有因为朱允佩颂扬他而沾沾自喜，他的脸上始终保持着平静。"炕哪头凉哪头热我知道。我已打出'鲁西抗日救国军'的旗号。"他插嘴说。朱允佩现在明白了，正是这个家伙的稳重和老成，还有刚强和自信，使他不同于一般的土匪。如果说其他的土匪是水面上的泡沫，那么，韩二可称得上是水下的暗流，绝不能低估了他……

"除了您刚才讲的那两条路，其实朱先生还想说，对于我而言，还有两条船可坐，一条是国民党的，一条是共产党的。朱先生是共产党的人，自然想把我拉到共产党的船上去。前几天龙城市党部来人，想把我拉到国民党的船上去。大家无非是看上了我这千把条快枪。我知道这是中国当前最大的两条船，按说我该顺势而为，选一条坐上。"说到这里，韩二突然住了口，两道锐利的目光在朱允佩脸上扫来扫去。

朱允佩马上提出，如果韩司令肯把队伍拉出去，他可以把第六支队司令的头衔让出来。"咱们搭手干吧！我辅佐你，给你当副手也情愿。咱们将会是驰骋在鲁西大平原上的一支生力军！"朱允佩激动地站起来，两眼放光，在屋子里踱来踱去。

"您说我是绿林好汉，那是客气话。说穿了，我韩起是剪径的土匪，大逆不道，无论谁坐江山，都是容不得的。"韩二仍然平静地说，"我是沾了乱世的光。眼下中国，离太平盛世还很远，我的饭碗一时半会儿还碎不了。如今小日本进来捣蛋，我觉得他们逞得了一时，逞不了一世。大敌当前，虽然国共这对老冤家联手，成了拴在一根绳上的蚂蚱，可大家心知肚明，将来恐怕还得这两家争天下。国民党势力大，共产党名声好，究竟鹿死谁手现在真不好说。所以，我现在不能轻易上谁的船。坐错了，再想后悔就晚了。不当家不知柴米贵，你们攒家底难，我混到这个份儿上也不易。朱先生，您说是吧?"

朱允佩没吭声。

接着，韩二又讲起他当年在二十九军时的一个弟兄，说那人曾在一次战斗中救过他的命，是个讲义气重感情的好弟兄，后来才知道他是共产党的人。"他是东边沿海地方的人，和朱先生一样有学问。可惜他死了，三年前死在军统手里，死得很惨，气管都给割断了……朱先生，我希望你们的人将来坐天下，你们卖力干吧! 等有了眉目，我再顺应潮流，上你们的船，鞍前马后效力。这总可以吧?"

朱允佩最终没能说通韩二。但韩二向他保证：第一，他会抗日；第二，如果朱允佩日后有用得着他的地方，他一定帮忙。朱允佩也向他提出，以后不能再为害百姓，因为活得最不容易的就是老百姓。

"行咧行咧，我听你的。以后手痒痒了，我就找贪官、大户和恶霸们下手!"韩二握住朱允佩的手，哈哈笑着，使劲摇晃了几下。

临别时，韩二赠送给朱允佩一支崭新的匈牙利制造的自来得手枪。朱允佩高兴地收下了。

26

龙城人真正感到战火已烧到家门口，是在日军逼近济南时。在这之前，人们总幻想着战争会在某一天突然宣告结束，就像大清朝那样，双方打一阵子，战败的一方（自然是中方）割点儿地、赔点儿款，然后双方各自收兵。大家还像先前那样，过自己的日子。

可现在，事情已经很清楚，日本人的目的是想占领全中国。每天都有很多令人沮丧的消息传来，人们恐惧的心理日甚一日。一些有钱人家开始打点细软，准备离开龙城，到他们认为安全的地方避难。

运盛金店的老掌柜季广庆打算到青岛去。他认为青岛是个殖民城市，西方国家在那儿有租界，日本人投鼠忌器，轻易不会在那里动武，相比之下，山东境内，青岛是个最安全的地方。

季广庆不愧是个见多识广的人。数年前他就把五个儿子中的老二和老五送往美国留学，如今他们都加入了美国籍，去年他又把老三和老四派去了。他曾对苏子仁说："我养了五个儿子，有四个到了美国。为啥？就因为美国秩序好、强大，没人敢欺负。别人会说我眼里没有咱这个国家，把儿子养大了去给美国人做事。其实，我这些儿子都是做学问、做生意的料儿，没有一个是领兵打仗的材料。眼下，让做学问的、做生意的待在中国，不是办法。我给孩子们捎信说，啥时候咱国家安宁了，你们再回来。只是不知我能不能等到那一天……我现在真的说不清，到底是我们对不住这个国家，还是这个国家对不住我们……"苏子仁理解季老掌柜的心情，劝慰道："即便咱老哥们儿等不到那一天，他们年轻人总会等到的。国家需要领兵打仗的人，也需要做学问、做生意的人，天下太平了，就更需要他们这种人。"

尤其是抗战一爆发，见多识广的季广庆就为自己找好了退路，让那些正为后路犯愁的有钱人心服口服。他把准备接班的大儿子——一个为人老实、谨小慎微的中年汉子——派往青岛，让他去开一家分号。随后就琢磨着搬家，把值钱的东西陆陆续续运走，还动员那些手艺精良的伙计跟着走。等别人一看势头不好打算离开此地时，他已经收拾得差不多了。

出于好意，季广庆来动员苏子仁跟他一起走。"我真的舍不得离开这里，"季广庆嗫着没牙的嘴，神色凄凉地说，"我在龙城待了三十多年，早把自己当成了龙城人。我的老伴就埋在运河边的坟地里，我以为自己这把老骨头也会埋在这里……可老了老了，还得挪地方，我是一百个不情愿哪！"季广庆边说边抹了一把眼角上的浊泪。

苏子仁问他这一走，宅子怎么处理。季广庆说，这时候想出手也没人敢要了，只好托付给别人照看吧。如果它毁于战火，就当让一阵风吹跑了；如果它历经战火而未毁掉，打败日本人后，他还能动弹的话，就再回来，继续挂上"运盛"的招牌做生意。他劝苏子仁也采取这个办法。苏子仁沉吟着，没有表态。

对于季老掌柜的主意，邱玉凤满心欢喜，连说青岛是个再好不过的去处。她早就想去大城市转转，趁年轻多看几眼西洋景，现在终于有了机会，既可逃避战乱又能去一个繁华的地方，她当然不想放弃。她唯一担心的是，不知道那地方的人是否喜欢听柳子戏。她问季广庆，季广庆也答不上来。苏子仁有点儿烦心地说：

"都啥时候了，你还惦记唱戏！"

邱玉凤受到训斥，赌气地噘起嘴，然后扭过头去。但她仍然悄悄向季广庆使眼色，希望他多开导开导苏子仁。

"我估计，龙城必有一战。"季广庆换个话题，"听说省里韩主席都准备撒丫子走人，可咱这里不见谭司令官有一点儿走的动静。他不走，他又招募了那么多兵丁，你想，日本人能不过来和他过过招吗？真要打起来，他肯定顶不住，日本人进了城，还不想杀谁杀谁！最倒霉的恐怕是那些妇女……"

苏子仁渐渐动了心。季广庆吸了一阵水烟袋，又说：

"我记得苏掌柜曾说过送两位小姐留洋的事，现在是时候了，再不走恐怕就来不及了。我有一位老朋友在青岛海关当关长，留洋的事可托他办理，先到了青岛再说……"

季广庆临走时留下话，如果苏子仁愿意跟着一块儿走，三天后就动身。他已经在车行租下了一辆马车，送他到济南，再转乘火车去青岛。趁胶济铁路尚未中断，赶紧走，不然就麻烦了。

苏子仁把自己关在屋里，闷头吸烟。他思忖了一个下午，觉得季广庆的主意也许是眼下最好的法子了。他把全家人排了一下队，邱玉凤自然不用提，她无疑是最愿意走的一个。邢氏那边他拿不准，兴许这女人眼见日本人要来，保命要紧，也愿意跟着走。至于东贤，他已不想替他

136

操心，没准儿这小子比谁溜得都快。他最担心的就是两个女儿——尤其担心艳秋。他多么希望她们陪伴着他，到一个安全的地方去啊……

傍黑时艳秋回到家里。自送走新郎官白剑雨后，艳秋就由艳若推荐，到刚成立不久的抗日小学担任教员，每天教孩子们唱抗日歌曲。因为这是去做一件有意义的事情，艳秋就像换了个人似的，心情比先前敞亮多了，身体上的反应也减轻了许多。

苏子仁把艳秋叫到上房，说出了季广庆的主意和他的打算。艳秋愣了愣，神色庄严地说：

"爹，以前我确实想去留学，当然是和白剑雨一块儿去。明眼人都知道，这是最好的出路。可现在，白剑雨当兵去了，我又成了这个样子，想走远路身子也不允许……干脆你和二娘先走吧，如果母亲愿意跟着走，把她也带上。躲避一阵，等局势平稳了，你们再回来就是，反正青岛又不算远。"

可以想见，既然艳秋都不愿走，艳若肯定更不愿走。果然，天黑尽后，艳若回到家，一听说这事，立马就回绝了："鲁西大平原是咱的故乡，是最好的战场，大家都盼着在这儿杀敌立功，我怎么能离开？别人会怎么看待我？谁愿走谁走，我坚决不离开半步！我就不信鬼子把我们全杀光！"她边说边伸手从八仙桌上拿起一个凉馒头和一棵剥好洗净的大葱，使劲咬一口馒头，又咬一口大葱，仿佛不过瘾似的，接着说，"现在，闹嚷嚷往脚底板上抹油准备开溜的，呃，大都是一些有钱人和当官的。呃，他们缺少人性，胆小自私，不顾别人光顾自己。他们从来都是这样。国家越是有难，呃，这些人越是指望不上。正是这些人把局面搞乱了！什么时候，呃，这些人心里能装着别人，国家才有救！"由于边吞咽边说话，艳若的脖子伸得长长的，像一只饥饿的大鹅。说罢，她气昂昂地出了上房。

第二天上午，苏子仁虽然明知道邢氏跟着走的可能性不大，但他还是回了一趟老家。道路两边的大田里，庄稼已是金黄一片，可他此时已对庄稼毫无兴趣。一进家门，他就意识到邢氏和陈茂刚在院墙根下掩埋过什么东西，而且不见下人们在家，估计被他们打发到一边去了。陈茂放下铁锹，装作没事的样子，轻描淡写地说："埋了一只死鸡。听说鬼子要来，连鸡们都吓得没了精神，胆小的就给吓死了。"邢氏则热情地迎上来，一边吩咐陈茂赶快去喊春杏回家做饭，一边引男人到上房就座。"老爷不在家，这些长工、短工、丫头、看家护院的，欺我是个老婆子，都不听招呼了，一天到晚到外面疯癫，你看这院子乱糟糟的，没人知道收拾一下。要不是再过几天就该收秋了，我真想把他们全打发了，一个不剩！"邢氏唠叨着，递给男人一碗凉茶。

苏子仁不想在家里久待，开门见山把打算说给女人听。邢氏没等他说完，就板起了黄皮寡肉的脸面，十分不悦地说：

"你舍得丢下城里的宅子，我可舍不下乡下的土地，这都是祖祖辈辈的血汗呢！你不心疼我心疼，丢一根草我都心疼。你们都走吧，走得远远的。我不走，鬼子就是杀了我，我也不走！死也要死在咱的地盘上。即便我成了鬼魂，也不做游魂，就变成头顶上的一块云彩，天天看守着老苏家的基业……"

话说到这个份儿上，已没有商量的余地，苏子仁只好随她了。急慌慌扒拉几口饭，他就在当天下午回到城里。

又挨过一个难熬的夜晚，天明起床时，苏子仁不知怎么又想到了儿子东贤。虽说这两年多来他和东贤之间的父子关系名存实亡，形同陌路，但东贤毕竟是他的骨肉，想完全舍弃掉这种沾筋带血的亲情，并非易事……苏子仁心乱如麻，脸都没洗就坐在餐桌边。邱玉凤却又唠叨着让他快拿主意，她好收拾东西，把该带的都带上。叫她这一嚷，苏子仁心里更烦乱，失手打碎了一个碗。

他早就听说，东贤当上了什么司令。兵荒马乱的年头儿，司令的官衔满天飞，就像菜市场上那一堆堆被日头晒蔫了的茄子，他根本没把这个当回事。他还感到，让东贤这样的半吊子当司令掌兵权指挥打仗，简直是胡闹。他在老槐树下抽烟抽到半晌午，实在没事可干，就出了门，到大街上溜达。三转两转，居然转到了北关附近。为啥转到了这地方，连他自己都感到奇怪。

东贤的那支队伍就驻扎在北关离城门不远处的一座大杂院里，这里原是航运公司的院子，运河漕运停止后，被政府征集来做了营房。

苏子仁在兵营大门口停下来，他看到院子里的场地上，大约有二百多兵丁齐刷刷趴在潮湿的黄土上，正在练习瞄准。他们枪口所指的方向竖立着五六个用旧木板做成的靶子，上面画着的半截身子像人又像鬼。有几个当官的监督他们练习，发现谁不认真练，走过去对准他的脚心就是一脚。挨踢的人身子突然向前一耸，就像一颗被击发的硕大的子弹，但正因为硕大，他无力向前飞行。有些人面前支棱着一棵或几棵虽被折断但仍然顽强生长着的野茅草，看上去趴在草跟前的人就像一个想偷食它的大虫子，而他们手中握着的长枪犹如伸出去的坚硬的触角……

四匹烈马沿着脏乱不堪的街道狂奔而来，吓得路上的行人纷纷避让。那四匹马呼啸着进到院子里后，苏子仁才看清，骑在前头那匹乌青马上的，正是他的亲儿子苏东贤。可他经过老子身边时，居然都不停顿一下！……可能马跑得太快，他没看见自己老子？……可能他实在想不到他的老子会到这里来？……苏子仁半信半疑地安慰着自己。

苏子仁的目光始终没离开东贤。他看到东贤一身戎装，骑在马上的样子张狂极了，凛然极了。东贤跳下马来，把马鞭子扔给勤务兵。那些趴在地上的兵随着一个官佐的口令，动作麻利地站起来，列好队，听东贤训话。东贤讲了些啥，苏子仁没有听清。后来他看到东贤使劲挥了挥拳头，那些兵举起枪来，"嗷嗷"吼了一阵，然后重新回到原来的地方卧倒，继续练习瞄准，扣动扳机的声音响成一片，仿佛爆豆的场面。苏子仁恍惚觉得他现在来到了战场上，兵们面前的靶子就是前来作恶的日本鬼子。小日本鬼子被一阵乱枪打得血肉横飞，哭爹叫娘。而指挥这场战斗的司令官不是别人，正是他的亲生儿子苏东贤！……行，这样子行！苏子仁断断续续地想，到战场上去吧，都到战场上去吧！只要去打鬼子，原先犯下的过错就都不算啥了，再孬的孬种，只要他敢跟鬼子拼，他就是一条好汉！一条痛改前非的好汉！……

回去的路上，他看到了很多忙碌的人群。他想，人在有事情可做的时候是不会想到灾祸的。他又想，可惜我老了，扛不动枪杆了，若是年轻二十岁，说不定也会到队伍里去……人哪，逼到份儿上，没有不敢做的事……

27

一辆崭新的大马车停在运盛金店的门口，这条街上的老邻居们有不少赶来为季广庆老掌柜送行。季广庆由一个伙计搀扶着，步履蹒跚走出大门。他面色沉郁，勉强挤出少许笑容，冲同样神色忧戚的送行的人们抱拳施礼。他头顶上的金字招牌仿佛也受到感染，变得乌蒙蒙的，犹如刚从地下挖掘出来的千年文物。

苏子仁带艳秋和邱玉凤站在自家门口。季广庆爱怜地看了艳秋一眼，好像他还看了一眼邱玉凤。艳秋垂下眼帘，内心充满了怅惘。她觉得她再也见不到这位慈祥而睿智的老人了。战争带来的最大灾难就是亲人、友人之间的被迫分离——短暂的、长久的或是永远的分离。每一次分离都能让人在情感上经受一次挫折，那种无法预知是否再相逢的分离足可以把人的肠子挣断。艳秋想到了白剑雨……

季广庆没有急着上车。他甩开搀扶他的伙计，径直朝苏子仁走来："苏老板，我还有话对你说。"他用眼神示意苏子仁，要到里面去说。苏子仁拉起他的手，两人来到老槐树下。

"老弟，你看到外面那些人了。如果我松松口，这辆车就得挤烂。你再想想，到底走不走。这里还有什么好留恋的！为了孩子，硬着头皮走吧！"

140

"老哥，我都想过千百遍了。"苏子仁眼角涌出泪滴，说，"艳若拽不走，艳秋不愿走，东贤那王八羔子不能走，他们的亲娘死也不走。我走了又有何用！我谢谢你啦……"他朝季广庆深深地一躬身子。

"唉！"季广庆仰天长叹一声，"那就请你们好自为之吧。"

邱玉凤从大门洞里露了露头，见此情景，她的眼里突然迸出两道绝望的蓝光。她几乎是小跑着从苏子仁和季广庆身边穿过，进到上房里，"砰"的一声摔上了门。

那辆马车终于启动了，众人一声不响地回了自己的家。苏子仁木木地站在院子里，听着邱玉凤唱戏一般哀哀地抽泣，心里反倒平静下来。恰在这时，西邻的一公一母两只鸡飞过墙头，落在上房的窗下，咯咯叫了起来。邱玉凤猛地拉开房门，恶狠狠地冲两只悠然自得的鸡说：

"狗东西，我让你再叫。鬼子来了，把这个母的奸了，把那个公的杀了才好！……还有你家那些小鸡，一个也跑不了！……"

苏子仁实在听不下去，抬脚踢飞了面前的一个洋铁桶，哐啷啷的响声吓得那两只鸡仓皇逃窜。邱玉凤也缩回了头，哭声更嘹亮了。

这个时候，艳秋已经急匆匆走出了状元胡同。她还要赶到教堂，为主教布多玛等人送行。博文中学停办后，那些英国教员有的回了国，有的去了外地，有的进教堂当了牧师。艳秋想起她已经半年多没见过他们了。昨天傍晚，她在回家的路上遇到过去的一个叫巩天明的男同学，他也当了兵，在保安司令部站大岗。巩天明告诉了她这些英国人即将回国的消息。她想，他们不远万里来中国，也许怀有不可告人的目的，但她无论如何应当去送送他们，因为他们毕竟当过她的老师……

大街上乱糟糟的，人们都是一副六神无主的样子。季广庆乘坐的那辆大马车从她身边经过时，拉车的三匹马停顿了一下，似乎它们代替老掌柜向她做最后的告别。她眼里含着泪，目送大马车消失在人流中。

教堂门口却很冷清，牧师们正在往一辆美国造的道奇卡车上搬东西，只有三三两两的人围观。这个冷清的场面让艳秋想起当年顾嘉伯塾师离开她家的情景。时代的轮子转得太快，即便没有战争，这些外国人也不可能在中国的土地上待得太久。艳秋——和过去的教员们道了别，但她没有看到主教布多玛高大的身影。过了好大一会儿，布多玛才脚步沉重、恋恋不舍地走出教堂的拱形大门。见到艳秋，布多玛的眼睛猛地闪亮了一下。他扔掉手中的皮箱，快速在胸前画了个十字，然后奔过来，用他发烫的大手紧紧握住了艳秋柔软的小手。

"苏小姐，我知道你会来的……我的安琪儿，我的小天使，你还好吗？"

艳秋抽出手，用力点点头。

"我实在不想和你说再见……但我们不得不离开。我很留恋贵国，这是个永远美丽的地方。可战争就要来临，贵国真是太不幸了……魔鬼在人类救赎的道路上设置了许多障碍，比如战争、权欲、金钱等，其中战争最可怕！我尊贵的主啊，快来审判这些魔鬼吧！……"布多玛用湛蓝的、慈父般的目光望着艳秋，顿了顿又说，"我的天使，你为什么不离开这里？你不应该成为上帝的弃儿。这辆车上还有一个座位，如果你愿意，就跟我们漂洋过海，到和平的净土上去吧……"

"不。"艳秋用极为坚定的口吻说，"我必须留下来，为我的国家效劳。"

布多玛动作夸张地耸耸肩。戴鸭舌帽的中国司机不耐烦地按了按喇叭。"No，no！"布多玛使劲摇了摇头，然后抬腕瞄了一眼几乎被他浓密的汗毛覆盖住的、表壳早已发黄的手表。接着，他朝教堂钟楼的方向仰起了他硕大的头颅。在他的身后，牧师们都下了车，站成一排，也仰起脸来，手按胸前的十字架，脸上挂着决绝的虔诚神色。艳秋知道他们在等待什么，她不由自主地随着他们站好。

钟声终于响了，纷至沓来的钟声像一堵沉重的大墙，压得人透不过气。在钟声悠长的余音里，布多玛喃喃地说：

"这是最后的钟声……从这以后，鲁西大平原再也听不到上帝的声音了……"

布多玛和所有牧师的眼里都荡漾着泪花。艳秋感到耳朵嗡嗡直响，眼睛也模糊得厉害。后来，等她看清面前的景物时，那辆破破烂烂的道奇卡车已经没了踪影。

这时，一队士兵喊着口号开进教堂，这里将变成他们的营房。艳秋退到路边，抚摸着胸前冰凉的十字架，一时不知道怎么办好。

秋天的阳光依旧猛烈，到处都是白花花的。艳秋回过神来，决定到东关的大营去看看白剑雨。自从举办婚礼后，他再也没回过家，艳秋已经一个多月没见到他了。她想，即便没有和他说话的机会，躲在一边，悄悄看他一眼也好。但她赶到大营后才发现，这里已是人去屋空，偌大的兵营只留下几个腿脚不太利索的老兵看守院子。一个坐在营门口打盹儿的老兵告诉她，听说日本人已到了黄河北岸，济南吃紧，部队朝济南方向开拔了。

"他们还能……回来吗？"艳秋说这话时，心提到了嗓子眼儿里。

"那可不好说，上了战场，命大的能回来，命小的想回来可就难了。"

白剑雨虽然连一声招呼都不打就走，但艳秋此刻并没有责怪他的意思，因为他现在是一个抗日的士兵，而不仅仅是她的爱人。她无法预测白剑雨命大还是命小，她只能预先做好打算，甚至是最坏的打算……她突然感到心头一阵狂跳，不敢往下想了。

艳秋当然不知道，就在这天上午，已被提升为班长的白剑雨在离济南不到一百里远的蔡家庙带人巡逻时，遇到了蒋介石的一支嫡系部队。这支部队从安徽调来，浩浩荡荡去山西支援阎锡山抗战，因为日本人已经逼近太原，阎锡山眼看顶不住了。白剑雨带着他手下的弟兄站在路边，这是他们第一次见到这种装备精良、训练有素、耀武扬威的正规军，炮车、马队、亮闪闪的轻重机枪、步兵手中清一色的中正式步枪，样样让白剑雨眼红。这才叫部队，和人家相比，乱糟糟穷兮兮的保安团

143

真是不值一提……就在白剑雨思忖着该怎么办的时候，一匹经过他身边的青鬃马突然无缘无故地受了惊，长嘶一声向前狂奔，骑在马上的一位上校军官猝不及防摔下马来。人们都愣在那里，不知所措，白剑雨却率先反应过来，丢下手中的老套筒，箭一般冲上前去，死死勒住了青鬃马的脖颈儿，使出吃奶的力气，终于制服了它。他的左腿被马蹄子踢开了一个口子，鲜血顺着裤管流下来，他顾不上擦；他的嘴角被马的大牙撞裂了，鲜血滴到胸脯上，他更不想擦。他一瘸一拐牵着马来到上校军官面前，说："长官，您的马。"上校军官气呼呼地拔出勃朗宁手枪，对准青鬃马的脑袋。青鬃马大概意识到自己惹了祸，一动不动，聪慧的大眼睛里溢出了羞愧的泪。白剑雨忽然觉得青鬃马完全是因为他才受惊的，它给了他一个难得的机会，于是，他用身体挡住马头，脸上挂着甘愿替它受罚的决绝表情。上校军官也许被他感动了，收起枪，和颜悦色地说："好小子，身手不凡，愿意跟老子走吗？"白剑雨什么也没说，猛地并拢两腿，举起右臂庄重地敬了一个礼。

这位上校军官是个团长。团长当即任命白剑雨做他的护兵，并且把那匹青鬃马赏给了他。大军迅速往西北方向开拔，远远地绕过龙城，涉过运河，从太行山北麓进入山西境内。从此以后，白剑雨就从艳秋的视野里消失了，她再也没有得到他的一点儿音信。

三天之后，韩复榘放弃抵抗，日军几乎没费一枪一弹占领济南府。远在龙城的谭先智原本也接到了韩复榘让他渡黄河南撤的命令，谭先智打算执行命令，但不知为什么，出城不远，他又率贴身的队伍返了回来。据说共产党的人给他做了工作，力劝他无论如何不能听韩复榘的，军人守土有责，未做半点儿抵抗就抛弃老百姓，丢掉这片大好河山，要落下千古骂名。或许谭先智听了共产党方面的意见，或许这位老军人打心眼儿里想铁血守土抗战，反正他不走了。龙城因此变成了日本人眼中的一颗钉子。

由于日军忙于在津浦铁路线上作战，进攻龙城的时间一直往后推迟，整整一个冬天，鲁西平原几乎没打什么仗。到了第二年开春，日军开始试探性地西进，最东面的几个县随即落入敌手。

这时候，艳秋所在的抗日小学已经停办，她在家待了几天，实在感到无聊，就自愿要求到野战医院帮助护理伤病员。因为学生会的活动也已基本停止，姐姐艳若就和一帮女学生一起找到谭先智，强烈要求加入刚刚成立的青年挺进大队。经不住她们百般软缠硬磨，谭司令官批准了她们的请求，但没有武器发给她们，而且只同意她们在城里活动，不许她们随便出城，更不可能轻易派她们随男兵到外地打仗。

艳若心急得不行，天天盼着日本人来攻城。有一次她对艳秋说：

"反正鬼子早晚要来，晚来不如早来，早来早打，早打早过瘾。要是咱中国的粮食、水土把他们养肥了，再打他们更费劲！"

"或许咱中国的粮食、水土能给他们增添一点儿人性呢，到那时再去打他们不更省事？"艳秋天真地说。

"你那是痴心妄想，禽兽永远是禽兽！"

"姐，你应该去找朱先生，他肯定会发给你一杆枪。"

艳若听了这话，半天没吭声。原来她在几天前确实去找过朱允佩，她越来越觉得朱允佩关于抗日的主张是正确的，朱允佩关于革命的论断说到了她的心坎上。尤其是在共产党人的影响下，谭先智没有率部队南撤，以龙城为中心的鲁西平原仍然掌握在中国军队手里，使她深深感到，朱允佩所代表的力量虽然现在很弱小，但假以时日，当会成为中国最有前途的势力。那天，朱允佩很热情地接待了艳若，可就在艳若想提出留在他手下当一名士兵的打算时，他突然话题一转，问起了艳秋，并且口气是那样柔情，仿佛艳秋是他的一块心头肉，而她不过是他的一个可有可无的老熟人，在他心里没有任何位置。她想赌气地告诉他，艳秋已经成了别人的新娘子，但转念一想，还是不告诉他好，让他先抱着个热罐子去幻想、陶醉吧，陶醉得愈烈，将来失望也愈烈……于是，她草草地说了几句不着边际的话，就离开了第六支队的营地。

第 七 章

28

入伏以后，接连下了几场大雨，运河水势暴涨，野外道路泥泞。护城河里也灌满了水，正好可以用作屏障。城里的人都认为，在这样的气候条件下，鬼子不会轻易前来攻打龙城，尽管前些日子已有种种迹象表明，日本人已经做好了攻打龙城的准备。

几个月来，谭先智将军指挥各路人马打了大大小小几十仗。最大的一仗是在东北方向的界碑镇，他们伏击了一支日本人的运输队，打死了三十五个鬼子，缴获了二十多匹洋马和一批军用物资，一时震惊四方；最小的一次是在东南方向的林家铺子，两个日本兵离开公路进村抢老百姓的鸡，被预先埋伏在村里的青年抗日挺进大队的士兵当场打死。

这段时间，朱允佩按照中共鲁西特委的密令，在征得了谭先智的同意后，率第六支队来到离城八十多里远的临河县发动群众。这天上午，朱允佩在司令部召集部下开会时，借着风向隐隐听到西北方向传来沉闷的隆隆声，他以为是雷声，但晴空万里，炽热的太阳当空照耀，根本不像有雨的样子。他和他的部下们都还缺乏大战的经验，听不出这是炮声。

中午，一匹快马大汗淋漓地闯进朱允佩的住处。来人是保安司令部的副官姚振国，他前来传达谭先智的命令。原来日军的一个联队今天黎明时分突然兵临城下，九时开始攻城，战斗异常激烈。谭司令官命令朱允佩率部火速驰援龙城，从南关夹击敌人。

朱允佩的第一个念头是，谭先智不该和敌人硬拼，而应该尽早撤出，保存力量，然后利用运动战和游击战消灭敌人。他吩咐姚副官赶紧回去，把他的这个建议向谭司令报告。姚振国咕咚咕咚灌了一肚子凉茶水，把茶碗往桌上使劲一扔，说：

"谭长官主意已定。攻城的敌人不足一千，而我们各路武装加起来有两万多人，谭长官说他完全有把握吃掉他们。他已向驻扎在各县的部队发出命令，除留下两个支队在侧翼进行掩护外，其余的都要回城驰援。他亲率城里的部队死守，外面的部队把敌人包围起来，运用卷席战术，内外夹击，予以消灭。总攻时间定在明天凌晨五点整。"

"谭长官的想法倒是不错。"朱允佩思索着，说，"我们名义上有两万多人，但能打仗的有多少？有多少部队听他的命令前去驰援？谭长官想过吗？我预感到龙城很可能变成一座孤城。谭长官现在处境很危险，请你务必把我的话转告他，先撤出去再说。"

"朱司令，我劝你还是先执行谭长官的命令。"姚振国平时就对谭先智重用共产党的人十分不满，此刻，他颇不耐烦地说，"我大老远地跑来，不是来听你讲怎样逃跑的。贵党口口声声抗日，怎么见了敌人光想着溜走？"

"谁说要溜走？撤退是战术需要！"朱允佩瞪起了眼睛。

"没有谭长官的命令，谁也不能撤退，否则军法从事！"姚振国丢下这句话就骑马远去。后来才知他根本没有回城复命，而是找个地方躲了起来，龙城沦陷后他铁心当了汉奸。

朱允佩决定先把队伍带到靠近龙城的地方再相机行事。

入夜之后，从龙城方向传来的枪炮声已经像爆豆一样密集，火光映红了夜幕，大地在震颤，可以想象那里的战斗场面一定激烈而残酷。路上，他们遇到了一批批一大早就出城的难民，还有零零散散的逃兵。朱允佩从逃兵们口中得知，城里仅有不到两千人的直属队，敌人从东、北、南三个方向攻城，守城的部队伤亡很大。

到了子夜时分，朱允佩率部来到离城二十里远的一个小镇。派出去的侦察员纷纷回来报告说，到目前为止，没见到一支部队增援上来，苏东贤的第三支队驻守的地点离城最近，按说早该到了，可就是见不到他们的踪影。朱允佩和几个副手合计了一下，决定先不到城南集结，因为那里是敌人的主攻方向，仅靠他们这点力量，不但达不到合围的目的，反而有遭到重创全军覆没的危险。现在最好的办法是找个浅水处渡过运河，迂回到西门附近，守住运河大桥，为谭先智把好退路。

两个小时后，他们终于爬上了运河西面的大堤，看上去像一大群落汤鸡。但过了运河就安全了，朱允佩长出一口气。他挑选了一百多人的突击队，由他率领着继续北进，其余人原地待命。大约凌晨四时左右，在黎明前的黑暗中，到达大桥西端。这时候，西门外的码头上已有了敌人活动的身影，敌人用几挺机枪封锁住城门洞。朱允佩组织过几次反扑，想把敌人赶跑，为谭先智守住最后的退路，但没有成功。

如果这时候守城的部队趁着夜色打开城门往外冲，朱允佩进行接应，里面的人撤出来还是很有希望的。偏偏守卫西门的手枪连只知道往城外扔手榴弹，丝毫没有往外突围的架势，朱允佩急得直骂娘。他现在唯一能做到的，就是先守住运河大桥，并且尽可能地用火力压制进攻西门的敌人。

好不容易熬到了凌晨五点，这是谭先智规定的总攻时间。朱允佩的预料终于应验，除了他带来的这一百多人外，再没有一兵一卒前来增援。也许城里的人开始绝望了，抵抗渐渐趋微。听动静，敌人好像已经攻占了东门，因为那边发生了巷战，枪声逐渐往城中心发展。

"我们怎么办？"有人问朱允佩。

"赶紧往桥洞里放炸药，准备炸桥！"

这时，西门从里面打开了，有人猫着腰往外冲，密集的机枪子弹把他们打得七零八碎，就像狂风撕扯稻草人那样。连续突了一阵，只有少数几个人活着越过了那片原先做码头用的开阔地，拼命跳进河里，眨眼间却又被湍急的河水冲得无影无踪……后面的人见状，赶紧又把沉重的大铁门关上了。

"狗娘养的笨蛋，为什么不早突围！接着冲啊，出来一个是一个……"朱允佩气得牙根疼。他断断续续想起，当年他从北平来龙城时，就是从西门进城的，现在，这里成了死亡之地。而原本可以成为守城者再生之地的，他们却把生还的机会错过了……谭长官，谭大叔，你为什么不早点儿从这里突围？也许现在还不晚，只要集中剩余的力量，拼死往外冲，我就不信你出不来……

天大亮了，围攻西门的敌人越聚越多，并且试图冲上大桥。还有两架飞机赶来助战，打得守桥的突击队员抬不起头来。朱允佩趴在河堤上，清清楚楚看到，已有十多个弟兄倒在桥头和岸边。显然，不能再等了。他嘶哑着嗓子，冲身边的传令兵吼道：

"炸桥！"

随着一声轰天的巨响，河水激起三丈高的巨浪，这座矗立了几十年的古桥就像一道消失的彩虹，往后只能出现在人们的记忆中了。朱允佩一挥手，突击队员们抬着伤员，快速下了河堤，去和大部队会合。

路上，朱允佩心里很不平静，觉得谭先智生还的可能性已经很小——除非他投降。但朱允佩不相信他会投降。既然不降，只有战死，或者自戕。对于一个有血性的中国军人来说，这是两条最好的路。若真如此，他想，谭叔，你也算一条响当当的汉子了！过去你走了弯路，现在，因为抗日并且战死疆场，你成了一个了不起的民族英雄，永远值得后人敬仰……他又想，龙城失陷，鲁西大平原先前形成的抗日局面会因此被打乱，他和他的第六支队将面临新的情况。下一步该怎么办，他心里没底……

他还想到了苏子仁一家，不知道艳秋姐妹怎么样了，他们随难民出城了吗？但愿他们平平安安……

朱允佩带领突击队和大部队会合后，在半人高的玉米地里召集几位副手紧急商议下一步的行动方案。一个星期前，中共鲁西特委曾经给他们打过招呼，说徐向前已带八路军一二九师一部越过平汉铁路，到达冀南一带，估计这时候鲁西特委的几位主要领导也去了冀南。他们研究决定：一面派人到冀南寻找党组织和八路军主力部队，请示往后的行动安排；一面把部队带到一个相对安全的地方，待接到上级的命令后再做具体部署。

此地离龙城太近，不宜久留，两位去冀南的同志离开后，朱允佩命令部队马上出发，先沿着一条朝西南方向的道路行进。他走在最前面，为的是选择一个安全可靠的地方落脚。路上，他们经过了好几个村子，都是些不大的村子，有的连寨墙都不见，有的寨墙已经破破烂烂，一脚就可以踹倒。百姓们见了带枪的队伍，早早闩上了大门，常常是街上一个人都见不到。因为以前从来没有人来这些地方发动群众，所以老百姓根本分不清谁是好人谁是坏人，只要见到带枪的人他们就害怕。

午后两点钟光景，一座寨墙高垒、旌旗飘飘的大村镇出现在他们面前。朱允佩记起他来过这个地方，这个镇子就是韩二杆子盘踞多年的清风店。他们刚一露面，里面就响起集合队伍的铜锣声和哨子声，守卫寨墙和寨门的人把枪栓拉得"噼叭"乱响，黑洞洞的枪口纷纷伸出掩体，一副如临大敌的场面。朱允佩命令部队后撤五百米，自己单枪匹马来到寨门前，对寨墙上的人喊话，说他是韩司令的朋友，提出要见韩司令，有要事相商。上面的人回话说：

"我们司令生病了，现在没法儿见任何人！"

无论朱允佩怎样劝说，里面的人就是不开寨门。朱允佩知道，韩二杆子在防着他，怕他走投无路的情况下突然占了清风店。现在他才发现，清风店真是一个再好不过的地方，这里离龙城说远不远，说近不

150

近，而且中间隔着一条运河，再往南就是运河与黄河交汇处的大片荒滩野地，上面生长着密密麻麻的野苇子，只要钻进去，就像鱼儿进了大海，谁也奈何不了。再就是韩二杆子在这个进退自如的地方储备了大量的作战物资……朱允佩目光环视着坚固的寨墙和上面的碉堡工事，心里痒痒得不行。

太阳挂在西面的树梢上，时候不早了。韩二杆子不欢迎他们，朱允佩更得防着韩二，万一那家伙趁他们人生地不熟来个突然袭击，共产党在鲁西大平原攒下的这点家底弄不好就要毁于一旦。于是，他下令部队跑步前进，绕过清风店，沿一条岔路继续向西。傍黑时候，他们来到一个叫上河店子的村子。这个村子比较气派，估计有二百多户人家。朱允佩决定今晚就在这里宿营。他向部队下达了不许扰民的规定，在路口设置了岗哨，然后派出十几个小组挨家挨户做工作。尽管他们苦口婆心地劝说，村民的戒备心理仍然很重，见了他们的人就躲，实在躲不过，有的干脆蹲在地上一声不吭，有的只知道赔笑脸。村民们显然被民团和土匪武装折腾怕了。朱允佩告诫部下不要着急，慢慢就会好起来。

一个穿长衫戴礼帽的中年人提着两瓶酒一只鸡来见朱允佩，看样子他像个见过世面的人。他告诉朱允佩，他大号叫牛得宝，在龙城的店铺当过账房先生。牛得宝主动向朱允佩介绍了一下上河店子的情况，然后邀请几位长官到他家做客。朱允佩觉得正好可以借机多了解点儿民情，便亲手提上牛得宝带来的东西跟着去了。当晚，他把指挥部设在了牛家，并且一待就是半年多。

半个月后，从龙城传来的消息证实了朱允佩当初的判断——谭先智确实是在破城之后自戕的。他拖着一条受了伤的腿，只身爬上望河楼的最顶层，在大批日军的注视下，举枪对准太阳穴，扣响了扳机……

朱允佩禁不住想起，他曾经和一个叫苏艳秋的女孩子站在望河楼的顶层，如痴如醉地眺望过远处的景物：冬日的城市、闪耀着奇光异彩的大运河、一马平川的土地……那都是哪年的事啦？真是时光流逝，犹如白驹过隙……谭叔呀，你站在那里，闭上眼睛之前，都看到了什么?……

朱允佩把自己关在屋里整整待了一天。他想，等革命胜利后，一定要组织全城的人为谭先智开一个追悼会，祭奠他的英灵。他为抗日而死，他是一个顶天立地的中国军人!……

当天晚间，派往冀南的两个同志摸进营地，他们带来了上级的指示。上级命令他们，就地开展游击战争，发动群众，扩大武装，积极开辟鲁西抗日根据地，为将来的大反攻做好准备。朱允佩召集众人开了一夜的会。第二天黎明，队伍在村外的打麦场上集合好之后，朱允佩站在一个石碌碡上庄严宣布:

"从今天起，我们这支队伍正式脱离国民党鲁西保安司令部的编制，公开打出我们自己的番号——八路军鲁西游击支队! 同志们，从现在起，我们党在鲁西大平原上才真正算是有了自己说了算的队伍。接上级命令，我将担任这支队伍的司令员兼政治委员。我愿意和这支队伍同生死，共患难! ……"

朱允佩有点儿说不下去了，泪水模糊了他的双眼。为了等待这一刻的来临，他觉得自己已经耗尽了生命。但这仅仅才是开始。

29

苏艳若迷迷糊糊躺在床上，似睡非睡，感到浑身酸麻得仿佛骨头散了架。她已经一天一夜没吃一口饭，没喝一口水，但她现在没有任何食欲。她怎么也想不通，四面环水的、有着坚固城墙和工事的城池仅仅守了一天就被孤军深入的敌人攻占。同样是男人，日本的男人仿佛长了三头六臂，中国的男人却一个个像豆腐渣。更可恨的是，城外的两万多人马见死不救——到底该怪谁呢?!

战斗刚打响的时候，她放弃了随难民从西门撤出的打算，从地上捡起一支步枪，把自己打扮成一个男兵的样子到北门守城去了，一直坚持到敌人冲进来。守城的人十有八九阵亡，剩下的当了俘虏。她无路可走，只得溜回状元街七号的家。幸运的是她没有负伤，她身上虽沾满了血迹，但那都是别人的。

苏子仁和邱玉凤也没有走脱。艳秋因为产期临近，一个礼拜之前回乌龙镇生孩子去了，估计这时候已经生了，算是躲过一劫。攻城的过程中，苏子仁和邱玉凤一直缩在屋里不敢出门。好像有一颗炮弹落在运盛金店的院子里，剧烈的爆炸声震得他们藏身的屋子一阵摇晃。幸好他家的院子没落进炮弹，只是屋檐上的几块瓦被流弹打碎了，否则他们能不能活下来还很难说。邱玉凤原先对战乱怕得要死，但真的打起来后，她居然比苏子仁还要镇静，这令苏子仁颇感惊奇。

他们提心吊胆挨过了五天五夜。街上时常响起有人奔跑的声音，枪声也时断时续地响，说不定什么时候就会来几下子，像是顽皮小子燃放的鞭炮。庆幸的是，这几天里没人来打扰他们。第六天上午，突然有人在外面"砰砰"地敲门，苏子仁当即吓出一身冷汗，吩咐邱玉凤和艳若赶紧藏到仓房的粮囤里，然后战战兢兢把门打开一条缝。

"大叔，让您老受惊了！"

苏子仁愣了许久才认出来者是东贤的朋友姚振国。姚振国身着花里胡哨的便服，腰里别着一支大号的盒子枪，身后还跟着七八个荷枪实弹的士兵。

"要杀要剐，随你们便吧……"苏子仁一时弄不准姚振国来这里的意图，懵懵懂懂说出这句在脑子里藏了许久的话。

"哈哈，您老多虑了。"姚振国示意他身后的兵们退到街上去，亲手把大门闩上，搀起苏子仁的胳膊来到老槐树下，又说，"您还不知道吧？您老现在成了大日本皇军驻龙城便衣队队长的亲爹，谁还敢招惹您！往后您就高枕无忧享清福吧！"

"你胡扯啥呢……"苏子仁更糊涂了。

姚振国正想进一步解释，仓房门一响，邱玉凤一脸喜色钻出来，她的目光迅即就和姚振国的目光交织在一起。只有她清楚，姚振国来这里的真实目的是想看看她走了没有。这是他们第三次见面。第一次是一个月前，邱玉凤到大戏院门口闲转时，看到一帮学生娃儿在那里唱抗日歌曲，围观者很多，各色人等都有。邱玉凤听了一会儿，直觉得嗓子眼儿痒痒。她已经好久没有亮开嗓门儿唱曲子了，大戏院虽近在咫尺，可她悲哀地意识到，这辈子别想迈进去了……一个戴眼镜梳着齐耳短发的女学生唱完一首聂耳作曲的《大路歌》，红着脸蛋儿走下大戏院的台阶。邱玉凤再也按捺不住，几乎是抢台似的大步蹿到女学生刚才站立的地方。但这时她才发现，她根本不会唱抗日歌曲。她愣怔着，一时不知怎么办好。台下数百双眼睛一齐望着她。她的年龄和打扮既不像学生，也不像市民，她风姿绰约的模样反而吊起了人们的胃口。台下有人晃着拳头高声喊道："唱呀！唱呀！……"她心一横，索性唱起了她心爱的、久已不唱的柳子戏片段。没想到，她刚拉出一声高腔，台下立马响起一片爆炸般的叫好声。这半年多来，人们耳朵里听到的全是悲切凄怆的抗日歌曲，显然，她的几曲柳子戏片段唤起了人们对往昔和平生活的怀念，演唱效果出乎意料的好，听众们绽开了难得一见的笑容，乱哄哄嚷叫，鼓动她一曲接一曲地唱下去。唱着唱着，她再也忍不住，泪水夺眶而出，兴奋得浑身颤抖，仿佛进入盼望已久的、至美至纯的境界……最后，她在人们的掌声中走下台阶的时候，眼神忽然和一束投向她的异常明亮的目光相遇。那人身着戎装，佩戴少校军衔。这人就是保安司令部的副官姚振国。

　　往家走的路上，姚振国从后面追上了她。他们攀谈起来。他告诉她，长这么大，他从来没听过如此让人着迷的曲子，有朝一日，他要把全城有头有脸的人物都请到龙城大戏院里，听她唱个够，使她成为鲁西大平原家喻户晓的名角儿。仅仅几句话，就让她身上仿佛着了火，再一次泪水沾襟。她不由想起若干年前在这里和苏东贤相遇的情景。然而物是人非，世态变迁，现在，富足的生活却使她变成了一个无用的人……那天下午，她几乎想都没想，就跟着姚振国穿过与保安司令部一墙之隔的一条小胡同，进入一座豪华气派的四合院。这一带的十几座四合院都是官宦人家的宅院，庄重古朴，环境优雅。姚振国的父亲早就辞去了公安局长一职，前些日子见日伪占领下的济南秩序尚可，料到龙城必有一劫，便携带家眷溜到济南做寓公去了，这座两进的四合院成了姚振国一个人的居所。邱玉凤并非没有顾虑，她羞怯地说："我可是东贤的二娘，算是你们的长辈呢……"姚振国说："你不知道，东贤有毛病，他也真够可怜的。他恨他亲爹，也恨你，早就不把你们当亲人了。他多次咬着牙根对我讲，别人弄你，他高兴……其实，这年月，亲爹算什么？在我们眼里，谁的腰杆硬谁就是爹，谁的奶多谁就是娘，不这么做，就得饿死……"

几天后，邱玉凤又来过这里一次。

现在，邱玉凤和姚振国的目光再一次缠绕在一起。如果苏子仁稍稍留意，就会觉察出一点儿蛛丝马迹。但他的脑子乱成了一锅粥，根本不明白发生了什么。"老爷，你傻了吗？大少爷当队长了，有他在，往后咱就不用提心吊胆了。"邱玉凤扶苏子仁在一张条凳上坐好。

"这个龟孙，他变来变去的，是人还是鬼？……"苏子仁讷讷地说。他一时拿不准这个消息对他来说是晴天霹雳还是云开日出。

姚振国离开时，让人在苏家大门口插上一面太阳旗，说是有了它，日本人就不会进来搜查和抢掠。苏子仁呆呆地望着那面迎风招展的膏药旗，心里说不出是什么滋味。直到艳若在院子里愤怒地打碎了一个瓦盆，他才灵醒过来，赶忙闩紧大门。

刚才他们谈话时，艳若一直没露面。

"老爹呀！你可真行。你生了一个有能耐的儿子，他一会儿当特务，一会儿当汉奸。现如今咱中国什么人最坏？汉奸！就是过了一千年一万年，这种人都原谅不得！偏偏老苏家生了这么一个坏种！……"艳若双手掐腰，一边冷笑一边狠狠地跺脚。

苏子仁黑着脸，一言不发。邱玉凤出来打圆场，说：

"大小姐，不能全怪老爷呀。东贤想做啥，老爷又管不住。不过，眼下他这样做，怕也是迫不得已，起码可以先保住咱老苏家不遭殃……"

"就是老苏家的人被杀光，也不能当汉奸！"说罢，艳若气哼哼地进了屋，把门摔得咣当乱响。

苏子仁以手掩面，像个妇人那样哀哀地吼号了两声，一头栽到地上。邱玉凤又是掐人中又是灌水，折腾了好一阵，苏子仁才苏醒过来。醒来后的第一句话是：

"他早就不是我儿子了……如果有一天谁把他杀了，我不会淌一滴眼泪！"

接下来的十几天里，艳若心绪更坏，常常无端地发脾气，见谁都不顺眼。她觉得再在城里待下去还不如死了好。所以，她决定出城，冒再大的风险也要出城。这时候，城外的部队大部分被日军冲散，小部分被日军收编，如今只有三个地方可去：要么回老家乌龙镇，要么去清风店，要么四处去寻找朱允佩。苏子仁也猜出了她的心思，猛吸两口烟，说：

"这里终究不是你待的地方。你走吧，早走一天我早放心一天。"

艳若动身的前两天，家里又出了一件事情：邱玉凤有孕了。对于苏子仁来说，这不啻是天大的喜讯，是他灰暗的日子里唯一的安慰。"苍天有眼哪！"他老泪纵横，双膝一弯，"扑通"跪在客厅里的香案前，一连磕了十多个响头。他坚信邱玉凤怀的是一个男娃，是老天爷派他来替代孬种东贤的。他不早不迟在他最艰难的时候来，这不是老天爷的旨意又是什么？……

邱玉凤呕吐过一阵之后，无力地蜷缩在床上，暗暗揣算着日子。她算来算去，试图推翻最初的疑虑，但她怎么也不能够成功。一丝苦楚在她脸上弥漫，随即全身被冷汗浸透……

尽管正常的秩序基本恢复，出城却仍然要受到严格的盘查。为保险起见，苏子仁只得硬着头皮去找东贤，让他想法送艳若走。他在心里说，这是最后一次求这个孬种帮忙。也许是为了炫耀自己的能耐，东贤大包大揽地说：

"没问题，让她回老家好生待着，再到处惹祸，她能有几个脑袋？"

苏子仁按约定的时间陪艳若往外走，出门时艳若顺手扯下插在门旁砖缝里的太阳旗，朝上面吐口唾沫，团成一团，扬手扔进了空无一人的运盛金店里。坐进人力车里后，艳若终于拿定了主意，先去清风店投奔那个差点儿做了她男人的韩起，因为回乌龙镇没有任何意义，而朱允佩现在又不知道去了何方。

东贤把艳若送出弹痕累累瓦砾成堆的南门洞之后，压低声音说：

"妹妹呀，以后你可要记住，第一不要上共产党的船，第二不要和皇军作对。如果你犯了这两样，哥不但保不了你，说不准还要亲手拿你开刀。到时候你别怪当哥的不仁义。"

"先别讲这些。"艳若嫌恶地说，"我只知道干啥都行，就是不能当汉奸！"

东贤恼怒地板起脸，扭身离开了她。她远远地冲父亲招招手，然后上了车，吩咐车夫以最快的速度赶到前面的渡口，她要过河。

苏子仁步行回家的时候，心里是颇为轻松愉快的。他、邱玉凤和两个女儿总算躲过了破城之际似乎难以避免的灾难，而且邱玉凤还怀上了小崽子。他怎么也不会想到，就在他离家的这段时间里，一群鬼子和伪军闯进了状元街七号。邱玉凤慌乱中拿东贤当挡箭牌，一个翻译官冲领头的老鬼子耳语几句，他们才罢手。邱玉凤虽然保全了性命和贞节，但由于受到惊吓和抓扯，流产了。她认为这个结果等于使她卸掉了一个包袱，所以并不是太难过。苏子仁回家后见状，眼前一黑，当即昏死过去……

30

开春时节，一队日本兵开进乌龙镇，要在这里修炮楼。他们没来之前，乌龙镇已是一片混乱。陈茂慌得脸上挂着虚汗，眼神都走了形，一个劲地问邢氏，是不是先外出躲躲。邢氏猛地敲了下木鱼，干咳两声，说：

"是福不是祸，是祸躲不过。你怕什么？他们夺不走咱的土地！"

"可他们到处杀人……"

"中国人多，他们杀不绝。再说，杀的人一多，空出的土地就多，你说这是好事还是坏事？反正人早晚要死。"

陈茂蹲在门槛上琢磨邢氏话里的意思，镇长林占五率领几个镇里的头面人物匆匆来找邢氏商量对策。最后确定：一是鬼子来的那天，早早打开土围子的门，由林占五率领部分人到大路口相迎，搞一个欢迎仪式；二是预先筹集点鸡鸭猪羊，堵住他们的嘴。有人不同意这样做，怕就此落下汉奸的骂名。

"这样做的目的就是防备这些畜生狗急跳墙乱杀人。"邢氏解释说，"先稳住他们，尽量别招惹他们，慢慢再想办法收拾他们。早晚会有能人来收拾他们。就当喂猪吧，喂肥了再杀，油水更大。另外，年轻点儿的妇女最好外出躲躲风头。"

"你躲不躲？"有人问道。

"我老啦，用不着。再说我家大少爷在替他们做事，他们总得给我点儿面子。"

邢氏的镇定和男人们的慌乱形成了明显反差，她越来越像全镇人的主心骨了。林占五心里稍稍踏实下来，赔着笑脸说：

"嫂夫人，往后咱乌龙镇这千把口人全仰仗你了。镇长我当着，主意你来拿。"

送走了来人，邢氏坐在正房门口的藤椅上一边晒太阳一边抽烟袋锅儿。这阵子她学会了吸烟，烟瘾日渐增大。她不喜欢吸洋烟，认为还是自家地里生长的烟叶吸着舒坦。陈茂蹲在她面前给她捶腿，过一会儿就从脚边的一个小笤筐里捏一撮金灿灿的烟丝，按在她的翡翠烟嘴上。她突然想起一件事情，猛吸一口，说：

"我合计着，日本人一时半会儿走不了，很多人家的日子将更紧巴。从今儿个起，咱的粮食一粒不卖，一粒不赊。你耳朵伸长点儿，多留意那些还有点儿田亩的人家，谁家揭不开锅了，你就过去问问，愿不愿以粮换地……"

这时，传来一声婴儿的啼哭，邢氏厌恶地皱皱眉头，在藤椅扶手上使劲一磕烟袋锅，起身进了正房。

苏艳秋的儿子小坠子已经半岁多了，这孩子眉眼像她，脸盘儿像白剑雨。他是个懂事的孩子，平时很少哭闹，偶尔发发小脾气，也是哭几声就闭嘴，仿佛他清楚母亲和他的处境，不愿惹姥姥心烦似的。从他出生的那一天起，邢氏就把他当成了这个家里多余的人，几乎没正眼瞧过他。邢氏对艳秋的态度也是十分冷淡，时常很多天不同她说一句话。

最让艳秋焦心的是她得不到一点儿白剑雨的消息，难道他死了吗？听说在各个战场上，中国军队兵败如山倒，死人无数，尸首都来不及掩埋。这半年多来，她几乎每天晚上都做噩梦，白剑雨在她梦里不知道死过多少次了，每一次都让她冷汗涔涔，手脚冰凉。醒来后就再也睡不着，只好把小坠子紧紧抱在怀里，相依相偎到天明。她早已把生死置之度外。她盼望一种有意义的死，对这种死的渴望甚至超过了对生的渴求。有时候她觉得自己已经死了，到另一个世界去寻找白剑雨了。她唯一担心的是即便到了另一个世界，她仍是找不到白剑雨。

小坠子尖锐的哭声把艳秋拉到现实中来。她撩起上衣，把一个异常饱满的乳房耸给他。她不止一次地感到，她怀里的这个小生命来得不是时候。他是一条不合时宜的生命，他甚至难以带给她做母亲的幸福感。

正因为如此，她更是对他充满了爱怜和祈祷……窗外是懒洋洋的初春天气，大地上的植物正在缓缓返青，她多么想一身轻松地到大地上走一走，享受一下久违的宁静啊！可她不得不时刻准备外出逃难。她身边的桌子上就放着一个蓝底碎花包袱，里面是备用的食品和衣物。

起初商量避难的事情时，邢氏决定艳秋带小坠子一块儿走，家里其他人全部留下。对这个决定最不满的是丫头春杏，艳秋建议让春杏也跟着走。邢氏手按住心口窝："她走了，谁做饭？你想饿死老娘吗？""她留下太危险。"艳秋辩解道。邢氏磕磕烟袋锅，说："我都不怕，她怕什么！你就别咸吃萝卜淡操心了，先顾自己吧！""春杏不走我也不走。"艳秋的执拗劲儿上来了，就像她当年非要救护大黄和它的母亲那样。邢氏这才说："你就放心吧，你哥捎信来了，他已给要来乌龙镇的翻译官递上了话，保证咱家没事。让你走是以防万一。"过了两天，邢氏又对艳秋说："小崽子留给我，到时候你一个人走。东跑西颠的，带个孩子不够遭罪的。"艳秋忽然有些感动，眼里涌出泪花。邢氏又说："我知道，你和艳若那死丫头心里没我这个当娘的，可我这个当娘的啥时候都惦记着你们呢。平时对你们说的话可能不中听，可都是为你们好，盼星星，盼月亮，更盼你们有出息……三十年河东三十年河西，谁也不敢说自己这辈子没有弯腰的时辰。或许将来你们混好了，当娘的落到你们手里，别忘记我是你们的娘就行……"邢氏嘴唇哆嗦着说不下去了。艳秋上前扶住母亲的腰，缓缓跪在母亲面前，哽咽道："亲娘……"

这天一大早，街筒子里有人扯着嗓子喊："日本兵已经到了二十里铺，老乡们快跑吧。"艳秋穿好衣服，亲了亲尚在熟睡的小坠子，拎起包袱，热泪涟涟地朝来到房门口的母亲点点头，说声"娘多保重"，就出了院子。她随着乱成一团的人群爬上运河大堤，在一个浅水处挽起裤腿，涉过依然冰凉刺骨的河水，到达运河西岸的一个小村庄。这个小村庄里的人见黑压压一片人拥过来，以为后面有追兵，二话没说也加入了

160

逃难的人流，并且领头朝下一个村庄跑去。到了那里，又出现了和刚才相似的情况。所以，人群就像一个越滚越大的雪球，或者像一条黑色的越来越湍急的河流。太阳升到半空时，多数人跑累了，跑不动了，才仿佛从梦游中惊醒过来似的，剧烈地大咳一阵，然后倒在湿漉漉的田野上……

过了好大一会儿，有些人又重新爬起来，辨别一下方向，到附近的村庄投奔亲戚朋友。艳秋打眼一望，身边居然没有一个她认识的人。小时候她闭门不出，后来去了龙城，再加上现在几个村庄的人混在一起，她对这些人感到陌生就一点儿都不奇怪了。也许人群里有人认识她这个苏家的二小姐，但现在谁还顾得了她？而且她想不起自家在这一带有哪些亲戚，许多年来，老苏家很少和亲戚们相互走动，就因为邢氏自恃老苏家门槛高，几乎和所有的亲朋旧友断了来往……

太阳偏西时，偌大的田野里只剩下艳秋一个人了。她有点儿后悔，不该冒冒失失随着人群乱跑。即便现在掉头回乌龙镇，她也记不得回家的路了！好在她还算镇静——她打开包袱，拿出一个香喷喷的烧饼，就着铁皮行军壶里的米汤，填饱了肚子。然后她站起身，仔细打望远处黑乎乎的村落。空旷的田野一派阒寂，见不到一个人影。西北风卷起地上的枯叶，刚刚泛青的麦苗在阳光的照耀下闪烁着跳跃不定的色彩，仿佛有许多小精灵在叶片上舞蹈。离她十几米的地方，有一棵孤零零的小枣树，而她居然一直没发现它。它好像是突然冒出来陪伴她的。也许它想告诉她，世上最可怕的事情莫过于被抛弃之后的孤独。但它接着又用随风摇摆的身体对她说，你嘛，比我还要强点儿，你有双腿可以走动，我待在这儿，一待就是一生……

天色已晚。她把包袱挎上肩，默默地朝小枣树行了个注目礼，算是与它做最后的告别。然后她迈开大步，沿着一条朝向西北方的小路走去。有路就有村庄，有村庄就有人。现在，她希望听到声音，即便是给她带来危险甚至性命的枪声也行！冷风呼呼刮着，撩起她的头发和衣衫。她一刻不停地走，傍黑时终于靠近了一座看上去挺大的村镇。

前面是一片荆棘丛生的杂树林子。她抹了把额角上的细汗，加快步子，好像林子里有人影晃动。她迟疑一下，但并不感到恐惧，接着往前走。突然，有人从树丛后面跳出来，拦住了去路。这时候她仍然很镇定，而在以前是不堪想象的。她感到只是眼皮狂跳了几下，使她看不清面前人的模样。她隐隐觉得，这人手里握着一杆长枪。

"喂，老乡！这么晚了，去哪儿？"

"不知道。"她脆脆地说。

"怪事，我看你不要命了！"

"……前面是什么地方？"

"清风店。土匪窝子，去不得呀。你住哪个村？"

"乌龙镇。"

"哎呀，离这儿几十里路，还要过河，今天鬼子又进驻了，回去也悬……这么着吧，我们送你去附近的一个村子先待一晚，明天再想办法……"

路边的矮树丛一阵响动，又钻出来几个持枪的人。艳秋看清了，他们身穿老百姓的服装，面相都挺和蔼。"你们是什么人？"她仍是不放心。

"我们是八路军鲁西游击支队。老乡，请别害怕，我们不是坏人。"

"是共产党的人吗？"

几个人一齐用力点头。艳秋这才感到浑身没有了一丝力气，她软软地瘫在地上，脸上冰凉冰凉，弄不清是汗水还是泪水。

这一阵子游击支队分散行动，四处发动群众，司令部也迁到了一个叫蛤蟆洼的小村子，他们几个是出来执行侦察任务的。临近半夜时分，艳秋跟着他们到达目的地。这一天她奔走了数不清的路，但她丝毫不感到疲惫。夜幕下的蛤蟆洼黑黢黢的，几乎见不到一星亮光，听不到任何声响。他们带着她走向村子中心一座独立的院落。她看到东厢房里的灯光还在亮着，这是此时的蛤蟆洼唯一的光亮。她不敢想象，那个两年多没见面的人现在成了什么模样……

准确地应答过口令之后，躲在大门洞里的一个暗哨从黑暗中浮出来，和那几个侦察员耳语几句，就把艳秋带到了亮灯的厢房门口，轻轻喊了声"报告"。接到里面传出的指令后，他把门推开一条缝，示意艳秋进去，自己又回到了哨位上。

这是一次令他们终生难忘的会面。她看到胡子拉碴的他盘腿坐在炕头上，面前搁着一张小方桌。他在专心致志地翻看一本薄薄的小册子，并没有立即抬起头来。桌子角上的一只怀表发出清脆的"嗒嗒"声，犹如一个人的心跳。

"朱先生……"她温热地、怯怯地叫了一声。

他们的目光猝不及防地相遇了。朱允佩遭到雷击一般僵在那里，旋即他端起油灯，推开桌子下了炕，赤脚站在离艳秋两步远的地方。高擎在他手中的豆油灯映红了他们的面颊，这个瞬间，他们都发现了对方的变化，这种变化带来了一种更加成熟的、更加震撼人心的美。豆油灯的火苗摇晃了几下，一副要熄灭的样子，紧接着却又变大了，好像它突然之间理会了他们的心思，以便让他们更清晰地打量对方……

31

林兆法在暗夜里倾听牲口制造的声音。他对东家的这几头生灵熟得不能再熟了，即使闭着眼睛，他也能准确地分辨出它们发出的各不相同的声音和气味。经常拉车的雪青马和枣红马蹄声清脆，鼻声悠长，显得雄健而高傲；那两头驴子不论干啥都毛毛糙糙，脚步杂乱，身上的气味格外冲；大黄神态憨厚，动作拖沓，有点儿像他。由于二小姐艳秋多次向他交代，要好好照应大黄，所以他时不时地多给它加一把料，而且很少使唤它，夜里也基本不往槽上拴它。这头在牲口群里原本最卑贱的畜

163

类其实是最沾光的。

　　除了大黄牙口嫩点儿外，那四匹大牲口日渐苍老了。掐指一算，兆法来苏家做长工也有了十年之久。

　　兆法每晚都睡在马号里，与槽头隔着一堵土墙，墙上开了个不太规则的豁口，上面挂着一块破旧的门帘。每天他干活最多，邢氏和陈茂把他当牲口使唤，早先他脑袋一挨枕头就呼呼大睡，这两年他的觉越来越少。他早已到了夜里睡不着觉的年纪。

　　有时赵七会在深更半夜突然溜进马号转一圈。赵七总疑心兆法不老实，硬说他和那头小草驴"有一壶"。赵七手提马灯，贼溜溜的小眼睛在小草驴的屁股上扫来扫去，想看出点儿"被糟蹋过"的蛛丝马迹。他们少不了就这个话把儿笑骂一通。如果赵七来了性子，干脆就睡在马号里，由牲口说到人，自然是闲话东家的几个女人，胡诌八扯，满嘴喷粪。他对大小姐艳若最感兴趣，没少编派。兆法有时听不下去，骂他连那头叫驴都不如。

　　现在赵七走了，兆法居然又有点儿怀念他了，毕竟有个人陪着说说话，比一个人苦苦熬夜要好受些。如今的夜晚，充斥在兆法耳朵里的，除了牲口发出的声音和狗们此起彼伏的吠叫，就是炮楼顶上的鬼子们偶尔喊出的叽里哇啦声，隔三岔五的，还会突然响起一串尖厉的枪声。

　　听到狗叫，兆法有时还会想起那只德国种看家犬花花。鬼子来的那天，翻译官引领着昭三慕四郎大尉前来拜见邢氏。花花虽早已被铁链子拴住，但它一次次地弹跳起来，暴怒地狂吠乱扑，又一次次地被铁链子拽回去。它像一个无所畏惧的勇士，一点点消弭着侵略者的威风。鬼子官儿手握腰间的军刀，眼睛瞪得像铜铃。邢氏双手掐腰，恼怒地斥责它："蠢狗！住口！看吓着皇军，老娘就剥你的皮！"花花根本不听她的，扑得更猛了。邢氏对赵七说："皇军大老远地来，是咱的客人。这蠢狗一点儿规矩没有，打死它算了！"赵七站着不动。翻译官把邢氏的话译给昭三慕四郎。鬼子官儿呵呵笑了，朝邢氏晃了晃大拇指，又朝翻

164

译官努努嘴。翻译官拔出手枪对准花花射击，一连中了五弹它才倒下……

乌龙镇的壮劳力忙活了整整一个夏天，才把炮楼修好。它坐落在镇公所对面的一片平地上，那里原先是人们集会的场所。四周又挖了壕沟、暗堡，布下了铁丝网，设置了吊桥。现在炮楼成了全镇的制高点，那样子就像一个巨大的烟筒，改变了镇子的建筑风貌。兆法和赵七一直在工地上干，没少挨枪托子。几乎所有来干活的人都挨过暴打，还有人挨了刺刀一命归西。完工之后，有一天赵七神秘地对兆法说："我在梁头下了镇物克他们，是一条画着咒符的孝巾，让狗日的们不得好死……"乡间的人素来迷信，盖屋时主人最怕给下了镇物，如果新屋盖好后不久家里就接二连三出事，首先就要怀疑是否有人在屋梁上下过镇物。兆法对赵七十分佩服，说："你小子有种。咱就等着瞧狗日们的好吧！"过了几天，邢氏不知怎么听说了这件事情。她把赵七唤到跟前，一五一十问了一遍，瞪起眼睛说："你给我马上卷铺盖走人，老苏家从来不喜欢那些招惹是非的人，快滚得远远的吧，当心你的小命……"

兆法在暗夜里嗅着牲口们的气味，杨木板子拼成的大床被他压得"咯咯"直响。他爹先前是个走街串巷的货郎，家里没有一寸土地。货郎四十出头儿才讨上老婆。兆法出生不久货郎就得暴病死了，母亲林姜氏拉扯着他艰难度日。林姜氏挑起男人扔下的货担，扯上儿子，像男人那样走街串巷叫卖。娘儿俩成了大平原上的一景。人们时常看到，这对母子的两双小脚飞快地移动，身后留下几串细小的烟尘。兆法十五岁那年，林姜氏正式把货担交到他手上。但他太木讷，太老实，别人很容易把他当成傻瓜，所以第一次单独出远门，满满一担货物就被一群妇女和孩子抢了个一干二净。他回到镇子后不敢进家，倚着墙根抹眼泪，被路过的苏子仁老爷看到。苏子仁问了问情况，笑着说："我看你这孩子怪厚道。这样吧，回家给你娘说一声，如果不嫌弃，就到我家做活儿吧，长短由你定。"他丢下扁担，当即就给苏子仁磕了三个响头。

165

多年以后，他早已把自己当成了半个苏家人，尽管在主人眼里（老爷和二小姐除外）他和他饲养的牲畜没什么两样。这座深宅大院发生的事情都在他的眼睛里。他能够清晰地分辨出主子们身上散发的各个不同的气息——老爷身上永远有一种淡淡的檀香味儿；太太的气味像发霉的粮食，混杂着铜钱上的酸馊味道；少爷东贤透出一股肃杀之气，像硫黄燃烧的气息；大小姐艳若散发的味道像炎夏季节的田野，热烘烘地让人透不过气来；二小姐艳秋则宛若一束随处可见的小花，释放出好闻的、若有若无的、丝丝缕缕的幽香……还有管家陈茂，每逢靠近他，兆法就闻到一股呛鼻的臊臭，犹如狐狸的气息，兆法顶瞧不起的就是他。春杏身上的味道像她的名字，那种春天时尚未成熟的青青的杏果，透出酸涩，又微微发甜……

兆法在苏家一待就是十年，算得上乌龙镇资历最老的长工了。苏子仁没去龙城之前，划出二亩地白让林姜氏种，顶兆法的工钱。后来邢氏改变了这种做法，收回了那二亩地，每年另送点儿粮食顶工钱。这几年邢氏越来越刻薄，给的粮食少得可怜。兆法早有离开苏家的想法，他一直不舍得走，与春杏有很大关系。老爷曾经交代过，有朝一日把春杏许配给他。邢氏和陈茂嘴上也多次说过这样的话，可就是雷声大雨点小。春杏老家在下河店子，和邢氏娘家还有点儿沾亲带故。她是兆法做长工的第二年进苏家门的。她父母坐船过运河时，船翻了，双双被淹死，邢氏收留了她，其实是白捡了个做粗活儿的丫鬟。兆法因为和她有这层干系，不知做过多少次拥她入洞房的梦。林姜氏叮嘱儿子不可高兴过早，说："人家给你个热罐子抱，你就当真？啥时候把罐子里的热汤喝进肚里才叫算数。"兆法嘿嘿笑，不答话。林姜氏又说："那小妮子心性蛮高，不是省油的灯。儿啊，你不能光想着在她这棵树杈上吊死。苏家有两个如花似玉的丫头，你若是弄上一个，那才叫有本事！"兆法不干了，说："娘，你净胡咧咧，总想着天上掉馅儿饼，老糊涂了不是？这话要传出去，别人还不笑掉大牙……"

兆法爬起来给牲口添草料，刚躺下就听到后院有个屋门吱呀响了一声，随即是轻轻的脚步声，接着另一个屋门又是一响。他知道是陈茂制造的声音。苏子仁进城不久，陈茂就顶替了他在那面大炕上的位置。这个狗日的，兆法在心里狠狠地骂。陈茂是个不好对付的家伙，兆法一直为春杏捏着一把汗。偏偏不久前，兆法发现陈茂在厨房里对春杏动手动脚，一双老手在春杏身上摸来摸去。春杏不但不反抗，反而咯咯轻笑，像是占了什么便宜……兆法捂着脸跑进马号，嘴唇气得发青，眼里金星直冒。而这时，那头老叫驴也在发情，冷不丁掉转脑袋去嗅小草驴的后部，伺机撩起前蹄往上扑。火气攻心的兆法操起拌草料的枣木棍，朝老叫驴腿间的硬物就是一下，疼得它四蹄乱蹬。兆法对它说："你这个老不死的！"余怒未消的兆法又对准小草驴的屁股狠狠捅了一下。他感到自己捅的仿佛不是小草驴而是春杏。"真不要脸！"他咕哝道。

这天早晨，春杏过来喊兆法吃饭时，兆法忍不住说："春杏啊，你得提防点儿，别让人说闲话……"春杏一愣："……有人说我闲话吗？"兆法不吭声了，低头看自己的一双大脚。春杏轻轻叹口气："兆法哥，你也不小了，有合适的，赶紧讨一个，回家过自己的日子吧……"兆法猛地抬头，嘴张得大大的。"我就不瞒你了，"春杏红着眼圈说，"陈大叔和太太商量过了，想把我许配给高家营子的一个富户做小，用我换二十亩地……"

兆法简直蒙了头，如果不是春杏在场，他会大哭一场。紧接着就到了这个夜晚。兆法睡不着，蹲在前院的捶布石上犯愁，听到后院陈茂的房门发出响动，他站起来，贴近院子中间的花墙，看到陈茂并没去邢氏的房间，而是溜进了春杏住的东厢房！兆法像遇见鬼一样毛发倒竖，脑子里嗡嗡响，身不由己瘫坐在花墙根下。不知过了多久，陈茂溜出东厢房，装作起夜的样子到西墙根的茅房哗哗撒尿。他往自己房间走时，突然跳了一下，然后定在那里。兆法这时才看清，邢氏像个幽灵一样，不知何时稳稳坐在了陈茂住的西厢房门槛上，一动不动。东厢房里，小坠子发出一声啼哭。陈茂终于醒过神来，迟疑着走过去，说："太太……小坠子饿了，春杏喊我给孩子送点儿吃的……"邢氏不等他说完，猛地跳起来，挥手甩出一个响亮的耳光……

第三天的傍晚，邢氏突然把昭三慕四郎小队长和翻译官请到家里，说是好好招待招待他们。她亲自下厨做菜，又和陈茂一起陪着喝酒。昭三小队长频频晃动大拇指，夸耀她的手艺和酒量。喝得差不多时，她一反常态跑到外面，踢开东厢房的门，喊春杏过去给"太君"敬酒。春杏一下子傻了眼。鬼子来乌龙镇后，已经有几十个妇女遭了殃。先前鬼子进苏家大宅，邢氏是不让春杏露面的。春杏明白过来后，死死抱住邢氏的瘦腿哀求。陈茂慌慌跑来，狠狠朝自己脸上打耳光，邢氏却连眼皮都没抬一下，像拖死猪那样，硬是把春杏拖到了厅房。

春杏不幸的结局就这样注定了。喝得醉醺醺的鬼子官儿托着她的下巴，盯了足有半袋烟的工夫，哈哈大笑起来。那晚她被装进了一条麻袋，由陈茂和翻译官两人抬着，送往炮楼。邢氏望着一片狼藉的厅房，说：

"阿弥陀佛……你呀，就是这个贱命！……"

陈茂回来时，在大门口碰见正捶胸顿足丢了魂似的兆法。兆法不知哪来的胆量，指着陈茂的鼻子说："你是狗！你连狗都不如！……"陈茂怪笑道："我是狗，你是什么？你是牛。大侄子呀，咱爷们儿都是任人宰杀的牲畜……我正在城楼观山景，耳听得城外乱纷纷。旌旗招展空翻影，却原来是司马发来的兵……"他居然唱起了京戏《空城计》，摇摇晃晃奔后院去了。第二天起床后，他像一点儿事没有的样子，围着邢氏跑上跑下，脸上堆着笑纹……

春杏七天后被人抬出炮楼时，身上不见一块好肉，刚到苏家大宅门口，她就断了气。镇上人都看到了，邢氏哭得很伤心，不停地咒骂这个

168

作恶的世道。她出人意料地宣布，要认死去的春杏当干闺女，把她埋进苏家坟地。葬过春杏，她对目光呆痴蓬头垢面的兆法说：

"大侄子呀，都怪我没让你早点儿把春杏娶了……你别难过，安心干你的活儿，我再寻一个丫头，顶多侍候我三年，就让她嫁给你……"

冷风呼呼地吹着，兆法头也不回地甩下了她。

第 八 章

32

又是一个夏天来到了。傍晚时分，苏艳秋在汾水镇通往东南方向的官道上徘徊。

汾水镇是个挺繁华的市镇，规模和乌龙镇差不多大。三个月前，朱允佩率部东渡运河，到人口稠密而又远离龙城的汾水镇一带开辟根据地。经过几次对日伪军作战后，游击支队已成为大平原上威震四方的重要武装，人数也达到了一千多。平原地带不适宜开展游击战，八路军主力部队一直没往这边开，朱允佩属于单打独斗，搞成这个样子，实属不易。

艳秋在医疗队里当护士，有时也到战斗队教大家唱歌、识字。由于不断地行军打仗，医疗队的药品和器械十分短缺。两位军医带领她们十几个女兵因陋就简，用牛油代替凡士林配药膏，以酒代替酒精消毒，用盐水为伤兵冲洗伤口，以家织的粗布做绷带，卫生材料用笼蒸消毒。她们常常忙得团团转。因为没有麻药，在为伤兵挖取枪弹、炸弹皮，对创面切开缝合时，看到他们的惨状，她心疼得几乎要昏过去。后来攻占了敌人的几个比较重要的据点，缴获了一批军用物资，这种状况才渐渐得到改善。

正是这种紧张的战地生活，暂时冲淡了她对白剑雨的思念、对小坠子以及父亲苏子仁的牵挂。自打投奔队伍后，朱允佩无微不至地关照她，这种关照不仅仅表现在日常生活上。他对她的用心鼓励，乃至一个赞许的眼神，都能使她感到温暖。年前在高庄庙袭击鬼子的抢粮队时，艳秋到第一线救护伤员，被一颗流弹击伤了左臂，幸好只擦破了点儿皮。朱允佩赶来看望她，突然发起感慨：

"让你这样的人卷进战争，我总觉得于心不忍。你不该属于战争，而应属于和平。也许是我们中国的男人太窝囊，不能拒敌人于国门之外，才不得不让女人们跟着受难。"

"瞧你说的，国家遭难，匹夫有责嘛。中国又不光是你们男人的中国，我们女人也有一份，为什么就不能和你们一样冲锋陷阵！"

"唉，话又说回来，即便没有这场抗战，中国也会是一个战争旋涡，因为只有战争才能推动中国革命，只有经过战争才能赢得光明。覆巢之下，安有完卵。可你毕竟太善良了，善良是你唯一的武器。正因为如此，或许你要比别人多经受一些苦难。"

她一时不明白他话里的意思。善良往往和软弱沾边，难道他认为她软弱吗？

在汾水镇外的官道上徘徊时，艳秋耳际常常回响起朱允佩说过的话。她焦急地朝道路延伸的方向张望，除了三三两两匆匆赶路的人外，她看不到自己想要见的人。半个月前，朱允佩到一个秘密地点向新成立的晋冀鲁豫边区省委汇报工作，由于走得急没和她打招呼，三天后她才知道。也就是从那天起，每当晚饭后，只要有空她就到镇子外的这条官道上散步。她担心他遇到意外，因为他去的地方要穿过敌人的两道封锁线。

这一阵子部队没怎么打仗，医疗队里伤号不多，她有充足的时间思考自己的事情。

她想起队伍尚在运河西岸时，一天中午朱允佩来找她，进门就说：

"我刚打发走一个人，你肯定想知道那是谁。"她知道他在卖关子，故意不问。"告诉你吧，是艳若。"他沉不住气，就说了出来。"她在哪里?"艳秋急问。她们姐妹已经一年多没见面了，她当然牵挂她。"她一直待在清风店，辅佐韩二杆子。"艳秋不由张大了嘴巴，难道她和韩二杆子? ……艳秋不敢往下想了。

后来她才意识到朱允佩根本没往那层意思上想。他点上一支烟，美美地吸着，说："她一直暗中帮助我们。起先韩二担心我们抢他的地盘，总想和我们搞点儿摩擦，把我们赶得远远的。多亏她努力做工作，韩二才没和我们发生大的摩擦，大家相安无事。"她说："艳若的路子没走正。""先别忙着下结论。"他摆摆手，"艳若虽是你亲姐姐，其实我比你更了解她。她天生是块革命的好材料。换句话说，她生来就是为了革命的，是不可多得的巾帼英雄!""难得你这样夸她。可她如今还在土匪窝子里……"他正色道："是我让她先安心待在那里，并且为了保密起见，尽量少和我们的人接触。她留在那里或许能发挥更大作用……"朱允佩突然住了口。

艳秋换了个话题，说："我希望你和艳若结成一对儿……""你真这样想吗?"朱允佩又点上一支烟，猛吸一口，烟雾包围了他精瘦的脸。愣了许久，他才接上说，"革命和爱情，是两回事。小傻瓜，你不懂……"他的目光炯炯闪亮，艳秋被他盯得不敢抬头了。

初夏的傍晚透着炎热消退后的清凉和静谧，从远处归来的燕子在低空里滑翔，仿佛在入巢之前酝酿一下感情，调整一下心绪，声声啼啾洋溢着即将和亲人相见的喜悦，并且它们想把这种喜悦传递给苏艳秋……此时她又想起麦子抽穗时，队伍在这片根据地总算站住了脚，上级党组织打算派朱允佩到延安抗日军政大学学习。朱允佩再三思考后，决定放弃这个难得的机会。他对组织回话说，这片根据地刚创建不久，抗战又正处于相持阶段，部队离不开他。除了这个理由之外，也许还有一个原因他不便明说，那就是他舍不得撇下艳秋……

可现在，已经是他走后的第十六天了，却一直不见他回来。艳秋的心揪得紧紧的。以前和他时常相见，并没觉得什么，但他刚一离开，她就有了一种牵肠挂肚的感觉。而且随着时间的推移，这种感觉越来越强烈。就连燕子们婉转悠闲的叫声，在她听来也是急煎煎的。朱允佩，你为什么还不回来？

这天傍晚没有夕阳，空气湿漉漉的，刚及膝盖的玉米叶片上渐渐积聚了水珠。从北边的天空传来一声闷雷，接着就乌云四合，风变得凉飕飕的。艳秋淋着小雨往宿营地走时，蓦然产生了一种不祥的恐惧感……

夜里，她躺在床上，久久不能平静。一个强烈的念头不停地抓挠她的心，撕扯她的肺。她用牙齿死死咬住被角，泪水打湿了脖颈儿。她一遍遍地在心里念叨：朱允佩，你快点儿回来吧！如果你不嫌弃，那么我就是你的。我的一切都是你的……你会为我们举行婚礼吗？噢，我什么都不需要，真的。我只想让你到田埂上给我摘一束小花，然后看着我的眼睛，把它插在我的耳鬓。没人的时候，我唱歌给你听。唱歌时我爱流眼泪，你可别笑话我……将来打完仗，革命成功了，咱们不到大城市去，就留在大平原上，办一所学校，我当老师，你当校长。你愿意舍弃你的地位、你的荣耀吗？……后来她蒙蒙眬眬睡着了，好像还做了一个梦。他牵着她的手，朝太阳升起的地方走，一条大河挡住了他们。她问："这是什么河？"他答："大运河。"她仔细辨认一下，说："不对，这是一条陌生的河。"他说："什么河也挡不住我们。"他重新拉起她的手，下了河堤，进入水中。一个浪头打来，冲散了他们，他突然不见了……她吓得坐起来，方知是一个梦。躺下后，她再也睡不踏实。

艳秋当然不会想到，朱允佩这时候正星夜兼程往汾水镇赶路。边区省委接到了敌人马上进行夏季大扫荡的情报，情况万分危急，他必须在敌人到来之前赶回部队。但敌人在沿途增加了哨卡，穿越封锁线时多耽误了一天。而危险就在这个下着小雨的夜晚降临了。天麻麻亮时，艳秋忽然被一阵突起的枪声惊醒，随即传来炮弹的爆炸声、叫喊声、人和马匹的奔跑声。她一骨碌爬起来，匆匆穿好衣服。有人在院子里叫喊："不好啦！鬼子包围了我们。队部有令，赶紧往西南方向撤……"话音未落，就有一颗迫击炮弹在大门口炸响。硝烟散去，艳秋看到院子里有人倒地抽搐，而这时医疗队的人一个也不见了。

后来才知，负责向龙城方向警戒的临河县县大队投降了敌人，才使日军的车队和马队得以长驱直入，以突然袭击的方式直接到达根据地中心地带，并且利用暗夜的掩护完成了对汾水镇的包围。最初的慌乱过去之后，支队领导组织力量且战且退，小部分突围出去，大部分被冲散，另有两百多人阵亡，其中包括代替朱允佩行使指挥权的副司令高增民，同时有四百多名群众遭到残杀。

艳秋踩着遍地的鲜血和尸体一阵猛跑，她已经辨不清方向了，只知道往枪声稀落的地方跑，不停地跌跤，自己没受伤倒弄得满身血浆，结果她从镇子西北角的一个豁口钻了出去。借着天色尚暗，她涉过一条齐膝深的小河，跑过一块块苗儿油旺的高粱地和玉米田，进入一片高及胸脯的蓖麻地里。她实在跑不动了，估摸着汾水镇已被甩在身后五里开外，便停下来喘息片刻，合计着该奔哪个方向追赶部队。这时天已放亮，此地不宜久留，她整整凌乱的衣衫，用一块低洼处的积水洗了洗手上和脸上的血迹，探头探脑钻出那片密匝匝的蓖麻地，沿着朝向正西的一条田间小路快步走去。

然而仅仅走出不到半里，她就后悔了。她听到前面的一条排水沟里传出低低的人语。起初她想，要是自己队伍就好了。老百姓也行，这一带的群众觉悟高，会帮助她的。但她随即发现糟糕透了——在她的视线里晃动着几顶黑色的大盖帽。她拔腿就往回跑，但为时已晚，七八个敌人突然冲出来，呈扇形朝她逼近。

33

这些人是拉网扫荡的敌后续部队的一小部分，由四个鬼子和一个班

174

的伪军合编而成。刚才他们与突围出来的游击队员短暂接触了一下，鬼子死了两个，伪军死了三个。领头的龟间正弘命令伪军班长巩天明派四个兵把两具鬼子尸体送往指定地点。巩天明望着丢在路边自己弟兄的尸体，虽不情愿，但又不敢违抗。

鬼子打仗素来冲在前头，见了女人更是抢在前头。现在被捉住的是一个年轻美貌的女八路，两个鬼子不由分说，就把她拖往不远处的一片刚拉秧的西瓜园，那里有一座摇摇欲坠的窝棚。女八路拼命反抗，巩天明总觉得这声音有点儿耳熟。他的脑子飞快地转动着。女八路被拖到窝棚门口时，帽子掉了，露出一张完整的脸蛋儿。天爷！上帝！怎么会是她！……巩天明眼前一黑，差点儿晕过去。

龟间正弘是个四十多岁的老鬼子，作战经验丰富。他让那个年轻的鬼子兵守住窝棚门，喝令巩天明的人一律后撤三十米。巩天明紧张得浑身冒汗，小腿肚子瑟瑟抖动。窝棚里的反抗渐渐趋微，那个年轻的鬼子手里平端着三八大盖，虎视眈眈望着他们。巩天明六神无主，急得原地团团打转，嘴里苦涩极了。手下的五个弟兄有两个心有不忍，背过脸去，另三个窃窃发笑，其中一个吧嗒着嘴说："大鬼子先吃肉，咱们二鬼子后喝汤，班长别急嘛……"巩天明恼怒地瞪他一眼。他突然觉得有一股力量在推动着他，促使他铤而走险，于是他小声说："弟兄们，那女的太可怜了，我们不能袖手旁观啊。"但他们没有反应。过了一会儿，终于有个兵说："班长，我们不想冒险。你愿干啥，我们不阻止就是了。"

不能再等了。他冷静一下，主意来了。他把长枪夸张地往地上一插，装作解手的样子往一边挪动。看到窝棚挡住了年轻鬼子的视线后，他悄悄靠上去，从腰间抽出匕首，一点点朝窝棚门口靠近。然后他运足力气跳起来，扑向年轻鬼子，顺势把匕首戳进了他的胸部。那家伙居然没吭一声就倒地了。紧接着，他拾起龟间正弘扔在门旁寒光闪闪的军刀，对准一个后脑勺儿用力挥去。

羞愤难抑接近昏迷的苏艳秋被一番奇异的景象弄呆了，她看到一道寒光从低空掠过，几乎没什么响声，上面那个畜生的脑袋就不见了，随即一股腥臭的血浆喷薄而出，准确无误地浇在她脸上，仿佛上主有眼，想用血洗去她的辱。"快穿好衣服，我送你去找你的队伍。"那个瘦高个头儿的伪军丢下这句话就出了窝棚。她听到他在外面说："弟兄们，不能再当狗了。愿跟我走我欢迎；不愿跟我走，请自便……"结果有两个兵扔下大枪往远处跑去，另外三个忐忑忐忑走向了汾水镇。

直到他扯着她跑出好远，她才从呆痴状态中醒过一点儿神来，也才相信这个救她的人确实是当年的同学巩天明。后来她问过巩天明，为什么非要舍命救她。巩天明说："见到你这个上帝的羔羊受难，如果不救，还算人吗？……我当上汉奸，已经不算人了，只能算一条狗。我一直寻找赎罪的机会，是你给了我一次重新做人的时机，以后我愿意当一个堂堂正正的中国男人……"

可现在，艳秋牙关紧咬，神情恍惚，一句话也不说，任由巩天明拖着她往前走。他们路过的村镇大都遭到过不同程度的毁坏，缕缕黑烟仍在升腾。他们曾看到过一具遗弃在路边的女人尸体，两个裸露在外的乳头分别中了一枪，变成了两个血窟窿，很像两只望着苍天泣血的眼睛。在一个侥幸躲过洗劫的小村子，他们换上巩天明想法弄来的老百姓的衣服，这样才减轻了路人的警觉。但还是遇到过几次险情，幸亏巩天明有战场经验，应变能力强，才没出大事。后来他们干脆昼伏夜行。他们没有明确的目标，只知道朝着运河走。因为巩天明估计游击队的残部肯定去运河西岸了，这次大扫荡的重点在运河以东。

三天后的傍晚，他们终于来到运河岸边。这时候雨季刚刚来临，运河里的水并不太大，浅处仅能过膝，部分河段要深一些，个别地方深不可测。过河之后，巩天明长长地舒了口气。他说：

"我护送你的任务快要完成了。"

"你往后怎么办？"艳秋觉得该为他想一想了。

176

"我也说不清……不知道你们队伍肯不肯收留我。"

"游击队正需要人，我想没问题。"

"这就行了。如果我当了八路，你算是我的引路人，艳秋！"

她不再接话，眼里又冒出寒气，就像她一路上那样。歇息了一会儿，巩天明催着赶路，她说要下河洗洗，身上太脏了，巩天明没有制止她。她沿着松软的河滩往前走了一段，走到一处凉森森的地方。凭感觉，这一段河水不浅，也许下面还有暗流。她一点儿都不避巩天明，旁若无人地脱掉外衣，只穿着小马甲和粉红色的裤衩，袒露出极其优美的身体曲线，缓缓朝河心走去。在她眼里，运河水永远是干净的，就像母亲的泪，可以洗去儿女心灵的污垢；又像是母亲的手，可以抚平儿女身上的伤痕……水越来越凉，一轮轮水波迭次荡来，抚摸着她的下巴，淹没了她的眉梢。脚下一软，她浮了起来。她觉得这时有两种力量左右着她，一股力量使她下沉，另一股力量使她上升。她说不准她更喜欢哪种力量。下沉的力量起作用时，她恍然看到了死神的模样，死神像一个穿着黑色旧衣裳、头上绾着发髻的中年女人，刀条脸，小眼睛，尖下巴，鼻梁挺高，面无表情，嘴里不停地念叨什么；上升的力量起作用时，她嗅到了一股沁人心脾的异香，宛若春天原野上泥土的气息，犹如秋天的空气和阳光……这两种力量交替出现，她一会儿下沉一会儿上升。在这个漫长的过程中，她觉得她的灵魂逃离了躯壳，像一道细细的彩虹，稍纵即逝。没有灵魂的躯壳就像风口浪尖上的一条旧船，随时都有分崩离析的可能。这时候，仿佛是那两种力量在较量，而与她无关，她不过是一个可有可无的闯入者……

岸上的巩天明在紧张过一阵之后，也摆出一副与己无关的架势，冷眼望向远处的河面。

最终，那两种力量决出了胜负——上升的力量战胜了下沉的力量。这场较量的结局是，她被送到了岸边。于是，她扑倒在灼热的沙滩上，哀哀地哭了。

薄暮时分，她擦干眼泪，默默地穿衣服。她觉得衣袋里有个东西硌了她的手一下，便掏出来。原来是那个陪伴了她多年的十字架，现在早已锈迹斑斑。她愣怔片刻，一扬手把它扔进河里，它居然连个浪花都没击出来。她默默回到巩天明身边后，巩天明说：

"你死不了……你永远是一个圣洁的人！"

34

大操场上人头攒动，看热闹的人越聚越多。韩二端坐在土台子上一张蒙了红布的八仙桌前，手里把玩着一支异常精致的加拿大撸子。其余几个头目分坐在他身边。苏艳若站在离他们不远的地方。她面前有一把红木圈椅，但她没去坐。她若有所思地望着面前乱哄哄的场面，偶尔把目光移到棱角分明的韩二脸上。

晌午头上，几个弟兄外出办事，在离运河不远的一个小村子里，突然遇见两个小鬼子。不知道这两个家伙是从哪里冒出来的，或许他们掉了队，迷了路；要不就是他们太骄横了，竟敢离开大队人马外出抢掠。小村子里的人见了鬼子，纷纷扶老携幼往外拥。几个弟兄一商量，决定打他们个下马威。那两个鬼子年纪不大，顶多十七八岁，看上去像冒冒失失的愣头儿青。双方甫一交手，弟兄们就乐了，因为两个浑蛋居然不去选择有利地形，光知道站在街筒子里乱放枪，而且明知打不过就是不跑。结果，其中一个被蹿到屋顶上的弟兄们乱枪打死，另一个胳膊负伤后被活捉。他们把他绑到马上，带回了清风店。

很快，捉回一个真鬼子的消息像风一样传遍了大街小巷，人们从四面八方拥到大操场上看稀罕。韩二也来了兴致，对卫兵头儿张宝富说：

"你去布置一下，我要公审小鬼子，让父老乡亲兄弟姐妹们都瞧瞧，咱鲁西抗日救国军是真抗日、真救国！"

在这之前，韩二的救国军并没有和鬼子动真格的。驻防龙城的日军

178

司令官高桥大佐曾派苏东贤前来劝降，被韩二客客气气打发走了。韩二对他说："你回去告诉日本人，我们双方最好是井水不犯河水，如果撕破脸皮，对谁都不好。"苏东贤说："你能不能改改旗号？你们叫抗日救国军，皇军就不高兴。"韩二思忖片刻："可以。从今以后，我们暂改成'鲁西和平救国军'。老弟，你回去复命吧。"

有一次，十多个鬼子和数十个伪军挑着膏药旗来到离清风店不到三里远的地方，韩二命令弟兄们做好战斗准备。但他又告诫说："我们决不打第一枪，如果小鬼子先动手，我们也不客气。"结果，他们远远地朝清风店打望一阵就撤走了，避免了一场战事。苏艳若多次建议主动出击，均遭拒绝。艳若赌气说要离开清风店，到那些真正打鬼子的队伍上去。韩二打哈哈说："我的好妹妹！不是我不想抗日，而是时机未到。"艳若说："二哥，人家朱允佩是怎么做的，难道你真不知道吗？"韩二说："抗日不分早晚。别看朱允佩眼前挺能折腾，他是花拳绣腿，耍嘴皮子还行，其实根本不禁打，不信你等着瞧。""只要抗日，就是战败也光荣！"艳若晃了晃拳头，悲壮地说。韩二笑笑："好啦好啦！我向你保证，不用多久，我就打个漂亮仗给你看看！我说话算数。不过，你也要说话算数噢！"

韩二在暗示艳若信守诺言。艳若曾说过，如果他敢于做一个顶天立地的中国男人，她就嫁给他……

现在，那个毛头小鬼子被扔在大操场的中央，他嘴里哇哩哇啦叫个不停，卫兵头儿张宝富认为他在骂人，上前给了他一串耳光。"我操你小日本十八辈祖宗！"张宝富边打边骂。韩二用手势制止他，然后站起来，声情并茂地控诉了一番日本人犯下的罪行。他说："小日本太猖狂，以为天底下他是老大，别人是老二老三老四老五老六。中国人自己不争气，才让小日本乘虚而入。但既然他们来了，中国人也不能当软蛋。今天，我们就给他点儿厉害看看！……"人们大声欢呼，清风店变成了一口沸腾的大锅。韩二挥了挥手，坐下。张宝富挥了挥手，两个喽啰三下五除二就把少年鬼子的屎黄色衣服扒了个一干二净，这个意料不到的场景引来一片痛快淋漓的哄笑。人们发现，脱光屁股的日本男人和中国男人没有什么两样。这时，就连女人们也不觉得难为情了，照样津津有味地看，大声论长论短……张宝富绕场一周，严肃认真地说："大伙儿都看清了，鬼子并没比我们中国人多长一个蛋！他们没啥可怕……"他的声音迅即被哄笑淹没。他又挥了挥手，一个喽啰变戏法儿似的拿出一枚足有三四斤重的生铁秤砣，在两个喽啰的协助下把它用细铁丝拴在了小鬼子的睾丸上。然后，他们拖着他，喊着口号向前运动。到这时，清风店这口大锅里的沸水已经溢得到处都是了。他们在那片三十步见方的场地上走过七八个来回后，小鬼子的睾丸已成了一坨血糊淋剌的烂肉……

如果不是苏艳若出面制止，这场闹剧不知要进行到什么时候。艳若挤到韩二跟前，愤怒地说："我感到恶心！我们应该去对付那些拿枪的鬼子！……"韩二当即站起来说："张宝富！把小王八羔子拉出去毙了吧。别忘给他穿上衣服。"接着，他"噌"的一声跳上八仙桌，庄严宣布：

"弟兄们！从现在起，鲁西和平救国军改名为鲁西抗日救国军！"

两场大雨过后，运河里的水基本恢复了鼎盛时期的样子，尤其是小龙湾渡口到龙城这几十里的河段，水势更猛。这一年的夏季大扫荡在雨季来临时宣告结束，从济南调集来的日军一部撤回原驻地。游击队残部据说转移到了运河与黄河交汇处的荒僻地带，那里除了无边无际的野苇丛就是寸草不生的盐碱地，虽是藏身的好地方，但缺少给养，兵员更是得不到补充。就让他们暂时在那里待着吧。

也许为了防止游击队再次蹿到运河以东，龙城日军每天都派出汽艇沿河巡逻。韩二就是这时下决心轰轰烈烈干一仗的。战斗发生的时候，一场不大不小的雨刚刚停歇。隐藏在河边苇棵子里的救国军一个排突然朝汽艇射击，但火力很弱，给敌人造成只是小打小闹的迹象。果然，被激怒了的日军快速把汽艇往岸边靠，然后嗷嗷怪叫着下到浅水里。这股敌人大约有二百多，全是清一色的鬼子。他们成散兵队形朝堤岸扑来，快爬到半腰时，韩二一挥手，埋伏在大堤上的八百多名救国军兵丁全线射击，密集的子弹刮风一般扫过去。韩二指挥一挺重机枪专打汽艇。艳若躲在掩体里，看到鬼子成片倒下。她还看到韩二回过头来，冲她得意地挤了挤眼睛。

当初艳若曾建议在河道狭窄的地方设伏。韩二摇摇头，说那样做很容易把敌汽艇吓跑，或者让敌人爬上对岸的制高点，我们的地形优势就没有了。如果在河两岸设伏，万一一时半会儿打不赢，敌人援兵一到，对岸的弟兄就无法撤回来，从而被分割消灭。艳若埋怨他过于谨慎，他说："打起来你就明白了。"现在艳若真有点儿服气了。不到一刻钟的工夫，敌人就倒下一大片。活着的见势不妙，开始顺着河滩往两边迂回，正好又闯进韩二预先在两端设置的火力网。迂回行不通，他们只好往深水里撤，但这时有的汽艇被打坏，有的失去控制被水冲走，想泅渡水势又猛，因此淹死了不少。迫不得已，只能就地坚持，趴在稀稀拉拉的苇丛里朝大堤上射击……打得差不多了，韩二下令号兵吹牛角号，弟兄们从掩体里跳出来，灵猿一般伴着浑厚的牛角号声呐喊着冲锋。艳若刚想站起来跟着冲，韩二伸手摁下了她。"我的好妹妹，用不着你。"他抹一把脸上的水珠，又说，"让女人打仗，只有朱允佩干得出来。"

半个多时辰后，二百多鬼子除极少数漏网外，其余悉数被歼，而救国军只伤亡七十多人。

真可称得上一场漂亮的大运河伏击战。韩二双手掐腰，迎风站在高处，像一个智勇双全的统帅。他望着正忙于打扫战场的兵丁，感慨道："如今的大平原，唯我韩二能打这样的仗！让这些不可一世的小鬼子喂王八去吧！……将来不管谁坐天下，他都得认今天这个账！艳若你说是吗？"艳若点点头，心间猛地涌起一股柔情。这个男人，这个有魅力的男人再一次打动了她，却也使她更加犹豫不决……就在这时，又响了一枪。因为这一枪在战后的寂静中打响，所以显得格外尖厉。不一会儿，有个喽啰跑来向韩二报告，张宝富被一个快咽气的鬼子打死了。

181

这张宝富原是个劁猪匠，时常外出做活儿。可他老婆居然和他亲爹好上了。盛怒之下，他用劁猪刀干掉了那对"狗男女"，然后投奔了韩起。他对韩起忠心耿耿，韩二待他也是不薄。可现在他说死就死了，韩二抱着他的尸体失声痛哭，谁都劝不下。哭了好一阵，韩二下令把所有的鬼子尸体统统扔到河里去。

这是艳若头一次见韩二流泪。由于这个突然的变故，延搁了撤退的时间。回去的路上，弟兄们扛着战利品兴高采烈手舞足蹈，韩二仍是闷闷不乐。下午两点多钟光景，行至一片沙土岗子前时，骑在马上的艳若突然发现有情况，但没等她说出口来，密集的子弹就从正面和两侧倾泻过来，迫击炮弹也在人群里炸响，所的人都蒙了，眼看着身边的人哗哗倒下……从大喜到大悲，不过是眨眼的工夫，人们的脑子怎么也转不过弯来。他们根本想不到，伏击他们的敌人来自乌龙镇及其周围的几个据点。这些敌人趁他们打扫战场时，从附近的一个渡口匆匆乘船过河，并且在他们的必经之路上悄悄埋伏下来……

队伍一片混乱。尽管韩二声嘶力竭下令行在最前面的人去抢占一个制高点，掩护大队人马撤退，但已没人听他的。土匪队伍不会打逆风仗的弱点暴露无遗。他们唯一能做的，就是像掐了头的苍蝇那样四处乱窜。几十个铁杆卫兵还算有种，他们拼死护卫着韩二和艳若冲了出来。幸好敌人没再追击他们。留在他们身后的，是五百多具救国军的尸体，剩下的大都做了俘虏，当即又被杀红了眼的鬼子就地射杀。

韩二望着远处滚滚的浓烟，两眼一黑摔下马来。他满脸是泪，嘶吼着说：

"弟兄们呀，是我把你们害了……也把我自己给害了……我成了光杆司令，一钱不值啦！……"

艳若冷冷地望着他，一脸冰霜。她突然觉得，她在清风店的使命该结束了。

过了半个月，兵败后一直闭门不出的韩二走进艳若住的小院，直截

182

了当地说：

"妹妹，我们该挪个地方了，清风店毕竟不是久留之地。"

"怎么，你想投鬼子当汉奸？"艳若紧张地站起来。

"我韩二从没动过那个卑鄙念头。"

"那么，你想投八路？"

韩二缓缓摇头。艳若听到了自己的叹息声。

"我想通了，决意上国民党的船。他们几百万军队还在那里摆着，中国将来十有八九是他们的。五十七师刚刚进驻南瓜店，显然他们是来掣肘共产党的。我把剩下的这点儿家底带过去，他们起码会给我个团长干干。你不想当团长太太吗？……"

"你呀，小瞧我了。我最不济也得当个旅长太太。"艳若冷笑道。

"那好，我们想法捉住朱允佩这个共党大头目——干掉也行，你肯定可以当上旅长太太！"韩二两眼放光，用力握紧拳头晃了晃。

艳若感到心坚硬如铁，已经不再跳动。她早就想到这一天会到来，但没想到这么快。她也握紧了拳头。

35

苏子仁默默地坐在太师椅上抽烟，老槐树的叶片无声地飘落下来，有一些停在他的头上和身上，他懒得拍打。这几年他老得很快，头发几乎全白了，背也明显驼了，动不动就吭吭咳嗽，记忆力也大不如前，常常把事情弄得颠三倒四。这棵千年老槐树也不像先前那样茂盛了，夏天刚过就开始落叶，底下的枝杈已经干枯，完全可以折下来直接当柴火烧，仿佛它和主人比赛谁老得更快似的。这座曾经热闹一时的四合院早已变得凌乱荒凉，几乎听不到人语，像一个久不住人的大杂院。

邱玉凤却看不出有什么变化，她还像先前那样面色红润，眉眼清丽。唯一与过去不同的是，她染上了爱唠叨的毛病，动不动就数落苏子仁。她隔三岔五催促男人回老家乌龙镇弄点儿银钱来，因为他们的日子越过越穷，她甚至已经两年多没添一件新衣裳了！"老头儿，你名义上是乌龙镇的大财主，家有良田千亩，骡马成群，可谁知道咱们过得像个穷要饭的？你口口声声说疼我，你就这样疼我！唉，都怪我瞎了眼，早知如此，何必当初……"

现在，邱玉凤从屋里搬出一个大皮箱，那里面盛着她的戏装，她过些日子就拿出来晾晒一下。眼见着这些派不上用场的行头变成一堆无用的东西，她心里更是窝火。"我不在乎吃香喝辣。原指望跟上你能够时常到大戏院走走台，风光几年，也不枉这辈子做过戏子的名分，可如今……唉，这辈子不成，下辈子还得托生个戏子，不了却这桩心愿，我宁肯当牛做马……老头儿呀，如果我死在你前头，千万别忘了给我套上这身行头下葬……"她吧嗒吧嗒落起泪来。

苏子仁叹息一声，掐灭烟头，拍打拍打身上的烟灰和树叶，起身出了门。路过街口一座快要坍塌的大房子时，他停顿了一下。每次路过这里，他都忍不住要愣怔一下。这里原先是济生堂大药店的门面，去年冬天让东贤带日本宪兵队的人给封了，理由是药店掌柜左孝德偷偷把药卖给城外的抗日队伍。左孝德被投进大牢，不知死活。那段时间，苏子仁整天待在家里，等着他们来抓他。因为他曾经从左孝德手上买过几次刀箭药，而且剂量挺大。过了一段时间，没见有动静，他才放下心来，觉得左孝德够得上一条响当当的汉子。

城外的抗日队伍在城里都有自己的底线，他们想方设法往外倒腾那些紧要的物资，治疗刀箭伤的药品是最珍贵的。两年前的一天，有个教书先生打扮的中年人来找苏子仁，说他姓黄，和艳秋一个队伍上的，眼下急需药品，请他利用便衣队长父亲的身份，帮助买些药物送到城外。他抽完一袋烟后，咬咬牙答应了。他早就听说东贤成了炙手可热的人物，连日本司令官高桥大佐都敬他三分。所以，每次出城，只要他亮出龙城便衣队长亲爹的身份，他乘坐的车子便可畅通无阻。

抗日队伍的人也许永远不会知道，他除了冒极大的风险帮助买药送药外，还一点一点地搭进了自己原本不多的积蓄。做这些时，他一直瞒着邱玉凤。

他晃晃悠悠来到米市街上。这条龙城昔日最繁华的大街一派萧条，店铺大都关了门，仍在开业的也是冷冷清清，货架上落了厚厚一层浮灰。他想起自己当初的宏愿，只剩下苦笑着摇头的份儿。"生意兴隆通四海，财源茂盛达三江"，多好的两句话，真是说到了生意人的心坎上……现在却是连想都不敢想了，他这个龙城有名的昌顺粮行的掌柜，如今与那种唱不上戏的破落戏子又有何不同！……这样想着，他来到和米市街相毗邻的南关大街，这里一拉沿开着十几家药铺。战乱年月，其他生意难做，药铺的生意还说得过去，因为灾祸多，人们身上的毛病也多。自打济生堂被查封后，他就来这里买药。他对各家掌柜说，乡下有亲戚开药店，求他帮着进货。再无二话。掌柜们都清楚卖给他药最安全，因此想要多少给多少，尽管便衣队的人三天两头来提醒敲打他们，见到买刀箭药的人就要报告，但苏老掌柜是便衣队长的亲爹，他们还怕什么？

这边苏子仁到了南关大街，那边邱玉凤也出了门，她坐上黄包车去找姚振国。这两年她爱上哪儿上哪儿，苏子仁懒得管她了。从去年初开始，她和姚振国有好长一段时间没再来往，今年转过年来，姚振国不知怎么又来了劲，对她格外殷勤。她从姚振国的只言片语中得知，他和苏东贤之间有了很深的过节，无非是竞相在日本人跟前争宠，他总是比东贤差一截。他暗示她，苏东贤在济生堂药店掌柜的案子上做了手脚，没审出个子丑寅卯来就把左孝德毙了，高桥太君有些恼火。尤其是忠于姚振国的几个弟兄多次发现，苏子仁和左孝德从甚密，他觉得这里面定有名堂。"玉凤呀，你得睁大眼睛，认清谁对你好。老东西若是真的替八路当差，你悄悄告诉我。"邱玉凤说："你想干什么？""放心，我只是想借机杀杀他们爷儿俩的威风。你瞧那爷儿俩，老的对你不够意思，你想到大戏院演场戏他都百般阻挠；少的对我不够意思，处处给我小鞋穿。照这样下去，我们早晚要被他们捏死……"邱玉凤觉得杀一下苏家父子的威风也不是什么坏事，便留心起来，但她一直没察觉苏子仁有哪些出格的地方。

这天傍晚，邱玉凤哼着小曲回家，心里美滋滋的。姚振国已经指天发誓答应她，中秋节前一定想法安排她到大戏院演一场，要把她的演出海报贴得到处都是，要把龙城最好的乐师请来为她伴奏，还要把高桥司令官和本城的头面人物都请来给她捧场，让她一夜成名。如果她喜欢，还可想法安排她到济南的北洋大戏院演唱……想到自己多年的愿望就要实现，她心潮澎湃，格外兴奋。在大门口，她和一个穿工装的店员差点儿撞到一起，通过他身上浓浓的药味儿判断，他是哪家药铺的伙计无疑。他手里提着一个沉甸甸的布袋子，里面发出银洋相摩擦的悦耳声响。伙计冲她点点头就离开了，她疑窦丛生走进院子。站在老槐树下的苏子仁见到她，有点儿不自然地抢先说："玉凤，这阵子让你受委屈了……我打算明儿个回老家一趟，弄点钱来花花……"她没有接话。她再次闻到了一股药材味儿，扭脸打了三个响亮的喷嚏……

第二天上午，苏子仁和那位自称姓黄的教书先生从南门出城时，被日本宪兵队的人当场扣押。宪兵从他们乘坐的人力车坐垫下面搜出一大包药品。黄先生见势不妙，拔腿就逃，一颗子弹从后面追上他，他倒地抽搐两下就死了。

苏子仁被羁押在北关附近的监狱里，起初并没有遭受刑罚，而且每天还好酒好肉招待，他们让他老实交代线上的人。他只和黄先生有来往，黄先生又死了，卖给他药品的怀德堂掌柜刘义是个纯粹的生意人，因此他实在没什么好交代的，只说："任杀任罚你们看着办吧，反正我进来就没想过要活着出去。"他们的忍耐终于达到了极限，十天后，他被戴上镣铐塞进一辆汽车，来到市中心的一处秘密地点。从方位上判断，他估计这地方离望河楼不远。不容他喘息，两个大汉又把他拖到一间阴暗的地下室里。他首先闻到一股刺鼻的人肉气味，看到了挂在墙上、堆在地上的各种刑具，接着又看到了坐在桌子前的一张既熟悉又陌生的面孔。

入狱后，苏子仁脑瓜里曾经闪现过几回儿子东贤的面孔。他不指望东贤救他，他们父子间的情分早已了结。但他也绝没想到东贤会亲自审讯他，更不会想到这是东贤主动向日本人请求审讯他的。他被那两个大汉摁在一把血迹斑斑的破凳子上。

"唉……我最后叫你一声爹。爹，你执迷不悟，和皇军作对，休怪当儿的没有孝心……"

"龟孙，我不是你爹！狗才是你爹！"苏子仁咆哮道。

"那好，你不是我爹更好办。苏子仁！我给你三分钟时间考虑，到底交不交代。现在后悔还来得及。"

"老子没啥好交代的……我只有一句话，不要为难玉凤，她好赖给你当过几天二娘……"想起邱玉凤，他心里涌起一股暖流，这女人毕竟给过他以前不曾有过的东西……

"邱玉凤？"东贤冷笑道，"要是没有她，你可能不会到这一步。"

"咋啦？……"苏子仁瞬间回想起他出事前邱玉凤的种种言行，似乎悟到一点儿什么，差点儿从凳子上栽下来。他觉得脑袋嗡嗡直叫，像风车一样旋转，冷汗浸透了全身……

这时，铁门一响，突然进来几个洋鬼子，为首的那个戴着眼镜，四十出头儿的样子。他雄赳赳气昂昂，几步就跨到东贤面前。东贤慌慌起身，深深冲他鞠了一躬。他旁若无人地坐在东贤让出的座位上。

"苏子仁！你虽是我的亲生父亲，但我一贯忠实于皇军，眼里揉不得沙子。今天，我要大义灭亲！动刑！"东贤猛地捶了下桌子。

在苏子仁杀猪般的号叫声中，鬼子官儿板着的脸逐渐松弛下来，他摸着仁丹胡频频颔首。东贤不停地捶桌子，刑罚越施越重，苏子仁终于昏死过去。东贤用眼睛的余光看到，高桥大佐满意地笑了……

中秋节前一天，陈茂怀揣"良民证"，赶着马车进城，到北关监狱

187

拉苏子仁回乡下。陈茂递给两个看守十块大洋，他们才肯把一摊烂泥般的苏子仁搬到马车上。一股汹涌的恶臭弥漫开来，呛得陈茂倒退了好几步。这时的苏子仁除了两个眼珠会转动以外，身上几乎没有能动的地方了。陈茂捏着鼻子凑过去，俯下身子说：

"老爷，你还认得我吗？"

苏子仁没有任何反应，嘴角的涎水流到赤裸的胸脯上，浑浊的眼睛定定地望着一个地方，半天不动——仿佛它们已经不是眼睛，而是两处永远无法结痂的伤疤。陈茂脸上掠过一丝极其复杂的表情……

"你呀，放着好日子不过，偏要逞能，才落到这样的田地。谁都别怪了，都是你老哥自找的……"陈茂唠叨着上车。马车启动的时候，他听到身后的苏子仁咕哝一阵，冒出一句微弱的、含混不清的话，他只听清了其中三个字：

"……狗……孬……种……"

马车所过之处，街两边的建筑物上、电线杆子上，隔不多远就贴着一张"柳子戏名伶"邱玉凤定于今晚在大戏院演出的海报。海报上把邱玉凤吹得神乎其神，说她是该剧种诞生以来最杰出的艺人，曾经在北平上海等地演出云云。"这年头儿没一句真话。"陈茂自言自语道。马车靠近路边的一根电线杆时，平躺在车厢板上的苏子仁居然颤悠悠坐了起来，艰难地抬了抬手示意陈茂停车。陈茂不解其意，但还是把车驭住。苏子仁费力地撮起嘴，朝贴在电线杆上的一张海报喷出一口黏糊糊的血痰——只可惜它没有奔向海报，而是沉重地落在了他自己瘦骨嶙峋的大腿上……

这天晚上，龙城大戏院张灯结彩，像过年一样热闹。日本宪兵和便衣队的人在四周设置了岗哨，高桥大佐在众人的簇拥下，迈着矫健有力的步子走进大戏院。随后，三百多名龙城各界的头面人物鱼贯而入。开场锣鼓一响，邱玉凤正式登台亮相，第一句唱词刚出口，立即博来满堂喝彩。她的唱腔丰富多变，曲折委婉，确乎够得上优美动听，独具风格。她把柳子戏传统剧目里的精彩片段几乎都唱了一遍，使用了《黄莺儿》《风入松》《混江龙》《驻马听》《步步娇》《锁南枝》《驻云飞》《桂枝香》等十余个曲调。但她并不知道，为她伴奏和伴唱的艺人都是被便衣队的人用枪托子赶来的。

这是邱玉凤平生以来最激动最舒心的一个夜晚，台下不断响起热烈的掌声。有个日本战地记者"咔嚓咔嚓"不停地给她照相。她看到高桥司令官的脑门亮晶晶的，频频朝她鼓掌致意。坐在高桥身边的是刚刚荣任城防司令的苏东贤和刚当上便衣队长的姚振国，他们不停地观察高桥的眼色。高桥身后坐着的，是他的翻译官郭延培，据说此人曾当过师范学校的校长，被捣蛋学生拔光了胡子，从此以后，他再也长不出胡子了，嘴唇和下巴光秃秃的，像过去的太监。

演唱结束后，高桥司令官上台亲切接见邱玉凤。高桥夸奖她是"奇女子""鲁西大平原上的一颗星辰"。高桥捏着她的手，不错眼珠地盯着她。她慌慌低下汗津津的脸。她闻到了日本人身上散发出的类似于野兽的凶蛮气息，她不喜欢这种陌生的气息。不知怎的，这个瞬间她忽然想起了酷刑之下已成为废人的苏子仁……高桥坐上小汽车走了，姚振国把她搜到一个僻静处，喜不自禁地说：

"宝贝儿，你的好运来了。"

"有了这个晚上，就是马上让我死，我也心甘了。"她吁吁地喘着粗气，仍沉浸在刚才的热烈气氛中。

"净说傻话。你听着，高桥太君说要单独听你唱戏。"

"啥时候？"

"就在今晚，马上。你赶紧收拾一下，我送你去他公馆。"

"……"

"还愣着干啥！这可是难得的机会。高桥轻易不会看上女人，你却给他看中了，说不定他会送你到日本唱戏呢！"

"我唱的戏外国人永远听不懂，只有咱这地面上的人才喜欢……吓

189

死我了……我不敢去……真的不敢去……"

"咋啦？你以为你是贞节烈妇！"姚振国拉下脸来。

"……我是不太干净。可如果再去钻日本人的被窝，就更洗不清了。"

"我告诉你，惹恼了高桥，只有死路一条！"

夜已深沉，远处响起零星的枪声。邱玉凤觉得浑身发冷，牙齿"咯咯"打战。她眼里突然涌出大颗大颗的泪滴，过了好久，她仰起脸来，说：

"我先回状元街七号收拾一下，总可以吧？"

"那我陪你去。"

"不用。你就在这里等我，我去去就来。"说罢，她顾不上卸装，招手拦住一辆黄包车，顺着灯光昏暗的大街远去。

这个一夜成名的女戏子再也没有回来，她神秘地失踪了。有人说她得罪了日本人，被残忍地杀害；有人说她被新任城防司令苏东贤干掉了，当然是替父报仇；也有人说八路军的敌工人员秘密处决了她；还有人说她连夜逃出了城，从此下落不明，说法不一。总之，她活不见人死不见尸，留下了一个难解之谜。

36

苏艳秋和巩天明辗转来到清风店时，已是秋天最后的光景。成熟庄稼的焦香被日渐寒冽的风荡涤得无影无踪。头顶上，一队队大雁往南飞；地面上，一队队士兵在操练。清风店成了这片新开辟的根据地的中心，和龙城日军遥遥对峙，但谁也无力一口吃掉对方。鲁西大平原上的战事渐渐稀落下来。

他们一进入清风店附近的村镇，就听说了一个名叫安若的神奇女子。说她原是江湖上一名武艺高强的女侠客，能够双手使枪，百发百中，还能够飞檐走壁，呼风唤雨。后来她秘密加入了共产党，只身来到大土匪韩二杆子的老巢潜伏下来，瞅准机会干掉了他，不仅救了来赴"鸿门宴"的朱司令一命，而且里应外合，配合游击队没费多大劲就拿下了土匪盘踞多年的清风店，起获了大批武器弹药、金银财宝和粮食布匹。游击队占了清风店，一下子变阔了，现在要什么有什么，气得龙城里的小鬼子和国民党杂牌军五十七师干瞪眼没办法……

在这块新开辟的根据地里，人们都在争相传说这个名叫安若的神奇女子。确信支队首脑机关真的进驻清风店之后，艳秋已经猜出安若很可能就是她的姐姐苏艳若。在一个小村子歇脚打尖时，艳秋向人打探道：

"安若——安若现在还待在清风店吗？"

"那当然，她嫁给了朱司令，八月十五那天办的喜事，我还去喝喜酒来着。他们就住在原先韩二杆子住的地方。这两个人一联手，简直是珠联璧合，小鬼子就更没办法对付八路军了。"

听到这个消息，艳秋呆愣了好一阵。她弄不清这个消息对她来说是好还是坏。勉强吞咽下巩天明递给她的一块烤地瓜后，她终于平静下来。她早就说过朱允佩和艳若应该结为夫妻，现在她的预言成了现实，她真心为他们感到高兴。想到一路上遭受的苦难，想到即将到来的重逢，她一分钟也不愿待了，恨不得插上翅膀立即飞到清风店，找他们倾诉一下……

在寨门口，得知他们是夏季大扫荡时失散的同志，巡逻队的一个战士主动给他们带路。经过大操场时，艳秋看到那里尘土飞扬，口号和口令声惊天动地。有些老兵认出了艳秋，纷纷用眼睛和她交流。更多的士兵不认识她，这些人大都是新入伍的。她发现队伍明显比先前壮大了，武器装备也强多了……终于，她看到了朱允佩的影子。他倒背着手，在队列的边缘地带低头踱步，似乎在思考什么。他瘦了，脸上的棱角更加突出。艳秋觉得泪水在眼眶里打转转，但她用力把它逼了回去。

朱允佩发现艳秋时，惊讶得五官都移了位。他快步奔过来，想握住她的手。可他的手抖得厉害，仿佛害羞似的，两双手到底没握到一块儿。他磕磕巴巴地说：

"同志们天天盼你平安归来……这不，你回来了，回来就好……"

艳秋把巩天明介绍给朱允佩。巩天明手忙脚乱地朝这位威震敌胆的游击支队司令鞠躬行礼。当艳秋替巩天明说出他的打算后，朱允佩对他说："你洗心革面，弃暗投明，是好事情，我们欢迎你！"他当即决定把巩天明编入一团一营三连，并吩咐传令兵把三连连长叫到跟前，特意交代一番。三连连长听说巩天明曾经当过汉奸，有点儿不太乐意。朱允佩瞪他一眼，说：

"不管他原先怎样，只要愿意投奔我们，就应一律欢迎。同志，你明白吗？"

巩天明跟着他的连长进入了队伍，艳秋也跟着朱允佩朝他的住处走去。现在她得面对一个现实，那就是朱允佩已经成了她的亲姐夫。她没有勇气把遭受的苦难原原本本讲出来，只是轻描淡写地说了几句沿途寻找大部队时的艰辛和曲折。她想问问朱允佩，艳若是怎样出其不意干掉韩二杆子的，说出口的却是：

"艳若……她还好吗？"

"她很好。"朱允佩一边行走一边熟练地卷起一支"喇叭筒"，深深吸着，鼻孔里冒出的两股烟雾散发到空气里，就像两股泉水汇入无边的汪洋。他说："你可能还不知道，她改名了，叫安若。我还介绍她入了党。她想用改名的方式表示自己脱胎换骨。她的革命激情是与生俱来的，非常高涨。她崇拜强者，疾恶如仇，敢恨敢爱，绝不低头。这次奇袭清风店，她立了大功。我们既铲除了韩二杆子这股在鲁西平原为害多年的土匪武装，又借机壮大了自己，真是一箭双雕呀……安若是个了不起的女性。自从进入革命队伍后，她过去芜杂的思想终于得到了统一，更是如鱼得水。她呀，就是这样一个人，一旦坚定了信仰，接受了主义，就是一个虔诚的信徒，而且矢志不渝，永远不改初衷……"

192

"所以你们是天生的一对。我祝贺你们……"

朱允佩没有接话。又往前走了一段，他专注地盯着艳秋，说：

"自打我们在汾水镇分手，到今天为止，整整三个月零二十七天，我感到这三个多月比三十年还漫长。失散的同志陆续归队了，可就是没有一点儿你的消息。我曾派出三拨人潜到汾水镇一带打听你的下落，他们却都空着手回来了。很多人都认为你牺牲了，我有时也这么想。每每想到这里，我就恨不能马上带队伍去和敌人拼个鱼死网破。但我又不得不克制，咬牙克制。因为我担负着创建根据地、扩大革命武装的重任，决不能凭个人感情用事。和艳若——不，和安若在清风店相遇之后，有好多次，我把她当成了你，觉得她就是你，见到她就像见到了你……当然，她毕竟不是你……"

艳秋不知说什么好，只是静静地听着。她不敢抬头和他对视。她用心回味着初夏的日子里，她曾经对他产生的刻骨铭心的情感火花，现在看来，那些火花只是瞬间的开放，只能成为记忆了。她觉得这是命定，非人力所为。他永远属于革命，属于时代，而和前两者相比，爱情也许是无足轻重的。或许他们都不想承认这个结局，但命运的安排已经昭示了这一点……

"你活着回来了，我想我比谁都高兴，艳秋！在我眼里，多年以来你一直是一种化身——美的化身、善良的化身、力量的化身。你不光属于哪一个人，而是属于很多人，或者说属于时间，就像永不消失的天空和土地……"朱允佩边说边张开双臂比画着，"如果你有苦难，那不是你的错，而是这个世界的错……"

"司令员，你咋啦？瞧你把我夸成一朵花了——就算我是一朵花，也是一朵凋谢了的残花，离化成泥不远了。快别说了。"她强忍着眼泪，凄楚地一笑，"艳若在哪儿？我想见见她。"

"她如今是根据地妇女工作部部长。她老想着带兵到前方打仗，我没同意，后勤工作更需要她。"

朱允佩把艳秋带到一座宽敞的院子里，这里是游击支队的被服加工厂，艳若正率领一群妇女用槐树果煮出的水染布。一匹匹白布下到热气腾腾的十几口大锅里，煮到一定的火候后，捞出来晾干，就变成了灰褐色，然后用来缝制军衣。一进入那座屠宰场般的大院子，朱允佩就大声对着团团蒸汽喊道：

"安若！安若！你快看看谁来了！"

一个穿军装、宽皮带上别着短枪的女兵从巨大的汽团里钻出来，看上去她就像翱翔云端的天兵女将。她是艳秋逃离乌龙镇后见到的第一个亲人，艳秋简直不敢相信她就是自己的亲姐姐。姐妹俩良久对视，仿佛谁也不想打破这突然而至的沉默。艳秋看到，她的姐姐英姿飒爽，气色鲜亮，春风得意，精神饱满，那身土里土气的灰色军装根本裹不住她蓬勃的青春活力。而历经雨雪风霜摧折的她身心都极度疲惫，宛若大平原上随处可见的村妇。如果不是有一个信念苦苦支撑着她，也许她等不来这个相见的场面……

终于，她们紧紧拥抱在一起，都把泪水流到了对方的脖颈儿里。

但仅仅过了片刻，姐姐就松开了拥抱妹妹的手，迅速恢复了平静。她眉毛一挑，两道锐利的目光扫向朱允佩似乎有着满腹心事的紫色脸膛，接着又看了满面泪痕的艳秋一眼，最后再转向朱允佩，说：

"听你声音我就知道，来的不是一般的人。果然，你把艳秋盼来了。看来艳秋是福大命大造化大呀，阎王爷都奈何不了她！"

朱允佩有点儿不自然地傻笑着。

"允佩呀，你傻愣着干啥？走，咱们回家说话去！"

回家的路上，朱允佩告诉艳秋，医疗队的人基本上都换了，夏季大扫荡时牺牲了两个，走散了几个，剩下的几个女同志有三个分别嫁给了支队副司令、副政委和三团团长，这三位家属另行安排了工作。朱允佩问艳秋对以后的工作有什么要求，艳秋想都没想，就说：

"我只希望上前线打仗！"

第 九 章

37

整整一个冬春，没下过一粒雪一滴雨，鲁西大平原遭受了数十年不遇的干旱，运河见了底，土地板结龟裂，庄稼苗大都枯死，燥风吹过，黄尘满天。到了暮春天气，应该是麦子扬花抽穗的季节，老天爷仍没有降水的意思。运河西岸的很多村落，因为地势高，连人畜饮水都发生了困难。人们不得不背井离乡，外出乞讨。

在运河东岸的某些低洼地带，旱情要相对好许多。这些地方的土质比较松软而又富有黏性，抗干旱的能力强。村里田里的水井虽然深下去一截，但还能勉强打上水来。除了保证饮用，余下来的人们就担到田间地头，小心翼翼倾倒在麦垄里。因此，当别处的土地上几乎见不到庄稼时，这些地方的小麦长势虽没法儿跟往年比，但齐膝高的麦浪却显得更加珍贵迷人。

这一年的四五月间，生活在这块土地上的各路武装重新打起精神，交战的目的全部是为了粮食。日伪军要抢粮，八路军要保卫麦收。交战的地点自然是那些有麦子的地方。离麦子黄熟还差一个月时，朱允佩就把主力拉到运河东岸，以营为单位分散开来，他们和各县的抗日队伍一起，肩负起保卫麦收的重任。从各地传来的消息证实，日军也在产粮区

195

的各个据点增加了兵力。可以预见，一俟开镰收割，激烈的战斗将不可避免。

果然，端午节一过，几乎所有的产粮区都发生了战事。日伪军用刺刀逼迫着庄稼人收麦，然后慌慌张张把未及晾晒的麦子运回各据点。游击队则想法阻击敌人，掩护老百姓用最快的速度将麦子收好藏妥。

朱允佩亲率两个营和支队首脑机关游弋于产粮区的北部边缘地带，向西北方向监视龙城日军的动向。有一条宽阔的道路朝龙城方向延伸，这是一条从龙城进入产粮区的交通要道。前些日子，已有不少日伪军开出龙城进入麦子长势好的地区，现在的龙城差不多成了一座空城。朱允佩非常想利用这个难得的机会攻打龙城，并把这个想法向上级建议过。但上级不容分说否定了他的建议，理由是我们眼下的任务不是和鬼子争夺地盘，而是争夺粮食。

麦收保卫战即将结束，就在这两个营的人抱怨打不上仗时，打仗的机会突然来了，而且是一场恶仗。哨兵报告，大约三百鬼子汉奸乘坐二十多辆汽车蹿出梁水县城，朝这里驶来，估计往龙城抢运到手的粮食。如果选个好地形设伏，搞突然袭击，这将是一场精彩的伏击战。但从梁水县城到他们屯兵的小村子，全是一马平川的庄稼地，路两旁连一片稍稍密集的树林都见不到。这便是敌人敢于大模大样往龙城运粮的原因。

朱允佩凝神思索着。在毫无地形优势的条件下和敌人硬拼，部队的伤亡可想而知。而且时间紧迫，想挖战壕都来不及了。一旦打起来，敌人尚可利用汽车做掩护，我方则会完全暴露在敌人的火力网下……但朱允佩还是咬牙决定打这一仗，尽管要冒很大的风险。

这样做确有点儿不符合他往常的性格。其实他原先是个喜欢冒险的人，他敢于提着脑袋参加革命本身就是一个极好的说明。置身在抗日的战场上之后，他才变得谨慎起来，因为壮大自己保存有生力量甚至比消灭敌人更重要。可现在，他终于忍不住了。他安慰自己说，如今的情况和抗战初期已大为不同，游击队已具备了和敌人打对攻战的实力，再就是他实在不想眼睁睁着敌人从眼皮子底下溜过去。

正午时分，部队刚到达指定地点，敌人的先头汽车就进入了视野，战士们趴在一尺高的麦田里，随时准备开火。这些麦子因为基本没结穗，小村里的人懒得收割，现在正好靠它们勉强遮挡敌人的视线。随着行在最前面的那辆汽车触雷熄火，这场抗战以来大平原上比较少见的阵地战打响了。

果然，双方一交手就呈胶着状态。朱允佩躲在一片坟地里指挥战斗，他透过望远镜看到，少数敌人用架在汽车上的歪把子机枪朝麦田射击，黄褐色的麦秆成片成片地折断；多数敌人下到路上，猫腰进入麦田冲锋。他的士兵则按照部署就地还击。他紧张地思忖着，如果两个小时之内不能解决战斗，那就只能迅速撤离……这时，他隐约看到一个熟悉的身影从黑乎乎的小村子里跑出来，到达士兵们埋伏的那条线上就不见了……这个人是谁呢？他竟一时想不起来……

这个人就是苏艳秋。她不顾医疗队同志们的劝阻，甩开了他们，往阵地上跑去。没有人注意她的到来。她趴在乱草般的麦垄里，从一个死去的士兵手里拿过一支步枪。子弹"嗖嗖"地从她头皮上掠过，她一点儿都不怕，很老练地托枪在手。和她并排趴着的那个士兵不像是死了，倒像是睡着了，看上去持枪的她仿佛是他的守护神。这是她第一次举枪面对敌人，双方离得这么近，连一百米都不到，而且越来越近。她以前从来没学过打枪，总觉得枪是个陌生的东西，自己一辈子都跟它无缘。可现在，当她握枪在手后才发现，她和它并不陌生，似乎他们老早就相识了，只是因为种种原因，他们一直没有机会好好聊一聊。她还发现，一个人如果真的喜欢枪，根本不用练习就可以熟练地使用它，仿佛有一只无形而神奇的手牵着她的手自如地操作。谛听着耳边响起的枪声，她深深感到，这种声音是世界上最美丽的声音……

冲锋的敌人越逼越近。她沉着地瞄准，把枪口对准一个看上去年纪挺大的鬼子，右手食指轻轻一抖，就有一颗代表她想法的火星子迸出枪

197

膛，朝那个老浑蛋撞去。她清楚地看到，老鬼子的身子剧烈地摇晃一下，胸脯就变了颜色，好像一抹霞光突然降落到他的胸前……

这场战斗的场面比朱允佩预想的还要惨烈。就在他觉得快要顶不住时，幸好有一批突击队员抵近了汽车，用手榴弹炸哑了上面的六挺机枪，胜利的天平才逐渐倾向朱允佩。接下来是刺刀见红的白刃战，敌我双方在两里多长的公路上和路边的麦田里吼叫着用刀子和肉直接对话……

两个多小时后，战斗结束。二十多辆汽车全部被炸毁，浓烟和血腥气呛得活着的人睁不开眼。朱允佩睁开眼后，看到遍地是人的尸体和麦子的尸体，他悬着的心终于放下来。一个参谋兴奋地说：

"司令员，我们又创造了一个典型战例。"

"我想，这样的仗以后还是少打为好，因为损失太大了。"他摇摇头说。

说罢，他的脑海里突然又闪现出刚才看到的那个熟悉的影子，于是不由自主地举起望远镜，在战场上来回扫描。终于，他在远离公路的麦田里看到了那个孤零零的影子。他心里一沉，大喝一声：

"备马！"

此刻，苏艳秋的耳际仍然回荡着爆豆般的枪声。她骑坐在一个左肩受过伤的中年日本兵身上，双手死死卡住他的脖子。那家伙嘴角流出的黑血脏污了一片黄土地，眼珠子完全凸了出来，那样子就像地狱之中面目狰狞的魔鬼，恐怖极了。朱允佩翻下马来，当即愣在那里，呆若木鸡，感到后背一阵麻木，眼皮子狂跳不已。他定定神，扑过去，小声唤她的名字。她不回答，双手仍死死卡在那家伙的脖颈儿上，凝固了一般，一动不动，乱发披散在脸上，眼睛里射出冰冷的光芒……

"艳秋，你怎么啦？"他去拽她。她还是没有反应，他费了好大劲才把她和那个死鬼子分开。那家伙的脖子几乎让她掐成了两段，很显然，这个左肩仅受了点儿轻伤的日本兵是活活被她掐死的！

这时，人们纷纷围上来。艳秋也终于醒转过来，猛地抱住朱允佩的胳膊，低头哇哇大吐，秽物浇在他的腿上脚上，他挺住不动，任她倾吐。后来，她缓缓蹲下身子，双手插进一小片干净的泥土里来来回回搓动。她想擦掉手上的污血，却怎么也弄不干净。到最后，那双手泛着青光，仿佛变成了刚挖掘出来的文物似的……

朱允佩狠狠发了一通火。他把医疗队长叫到跟前，指着鼻子问他为什么没看住苏艳秋，让她到处乱跑。人们很少见到温文尔雅的朱司令发脾气，他额角青筋暴跳，脸膛涨成了猪肝色。"你责怪人家干什么？"艳秋看不下去，嘟囔道，"是我自己跑来的——除非你让他们把我捆上！"

大反攻的日子不知不觉到来了，到处都传送着日本即将投降的消息。在大平原上养精蓄锐了好几年的杂牌军五十七师抢先围住龙城，但他们并不攻击，而是耐心等待日军投降。朱允佩调动部队向龙城以外的几十个鬼子据点发起最后的冲击，他亲率直属队攻打乌龙镇。这是一场并不轻松的攻坚战。战斗从早晨打到半下午，好不容易拔掉了外围的工事，残余的敌人躲进主碉堡继续顽抗，密集的火力压得人抬不起头。朱允佩一连组织三次冲锋，均未奏效。直属队没有重武器，只有几门小炮和掷弹筒，这种火器打到坚固的碉堡上，就像挠痒痒一样。朱允佩决定暂停冲锋，部队撤到敌人射界之外，待从其他地方调集的重炮到达后再行攻击。

枪炮声停歇下来，战地一派沉寂，仿佛是某个宁静的春日黄昏。然而，谁都无法料到的事情就在这个瞬间发生了。一个年轻的女人，像从地下钻出来似的，突然出现在人们的视野里。她迎着耀眼的夕阳走去，迎着刺目的炮楼走去。她赤手空拳，没戴帽子，头发披散着；西天的云霞汹涌地泼洒过来，聚集在她的周身，发出"哗哗剥剥"的响声，似乎想将她熔化。但她那么从容、优雅、自如和安详，犹如独行在广袤的原野上，在完成一次阳光下的散步。秋天的原野一派耀眼的金黄，沉甸甸的谷穗儿微弯着腰，在她身前身后一望无际地铺展开去，大气中弥漫着新鲜庄稼的芳香。她所过之处，谷穗儿争先恐后与她聚合，摩挲她结实的腿，摩挲她柔软的腰，摩挲她的指尖，摩挲她的呼吸……渐渐地，她就在那一片灿烂的金黄中，化作了行云，化作了烟岚，化作了花蕾，化作了流水……

"艳秋！"朱允佩站在临时指挥所里，低低地吼叫了一声。他紧张得站立不住，几次要原地跌倒。前沿阵地上，所有的人都在同一时刻张开嘴巴，大声呼唤她的名字，唯有朱允佩一声未吭。他明白一切都来不及了，除非有奇迹发生。她早已进入梦幻般的境界。这个时刻的她感觉不到过去，也感觉不到未来，甚至也感觉不到现在这一点。任何力量都无法把她拉回来了，只剩下推动她向前的力量……在那段无比难挨的时光里，好像整个世界都隐去了，唯余下她游动的、小小的身影……不知为什么，炮楼里的敌人一直没有开枪。

但接下来，人们万分担心的事情并没有发生，而是出现了另一种人们怎么也没想到的结局——锯齿状的炮楼顶端，突然伸出了一面白旗！起初大伙儿以为是日本膏药旗，可眼尖的人发现，那上面根本没有太阳。天上的太阳不见了，日本国旗上的太阳也没影了，于是就变成了一面纯白的旗帜。在确信这个结局真的到来之后，几百人从壕沟里，从庄稼棵子里，从一切藏身的地方钻出来，嗷嗷怪叫着，在那片刚才还是死亡地带的开阔地上跳跃、奔跑、打滚、欢叫……

也许是人群忘情的欢呼惊动了上苍，不甘寂寞的苍天这时也凑热闹来了，它大手一挥，就把一片片乌云驱赶到人们的头顶上。它用一个炸雷做开场白，用接踵而来的雨水做发言稿，近距离地和地上的人对答、交流……大雨冲刷着人们身上积存了八年之久的、比铜钱还要厚的硝烟，冲刷着土地上一层层不知有多厚的血迹。人们受到淘洗，都觉得瘦了一圈，身轻如燕；大地受到淘洗，刚刚还很醒目的血迹一会儿工夫就不见了，变得干干净净，好像压根儿就没有沾过血……

欢呼的人群忘记了时间，忘记了空间，忘记了自己。人们彼此都好像不认识了，只知道歇斯底里狂欢乱呼。艳秋没有欢呼，也没有跳跃，她扶住身边的一棵小树，哭了。她觉得倾泻的雨水不是上苍赋予的，而是人类自己流出的泪。她哭着哭着，朦胧中看到一个熟悉的身影朝她走来，是朱允佩，就再也按捺不住，猛地扑到他怀里，大声说：

"战争结束了，结束了！这多好啊，多好啊！……"

"不。"他身体僵硬着，用低沉的声音说，"没有结束。"

38

小坠子骑着大黄在院子里游荡，他光裸着屁股，身上弄得像个泥猴。大黄已成为全镇最壮实的牛，蹄子有碗口粗，两只牛角像大象的牙，光滑坚硬，几可鉴人。它不时地回过头来，和背上的小坠子对视一眼。每逢它回头，小坠子就抚摸一下它眉心处柔软的白毛，这已成了他和它最好的交流方式。

粗看外表，没人相信他是苏家大宅里的孩子。他瘦得肋骨历历可数，颧骨高耸，头发像一堆乱草，和街筒子里那些跑来跑去的穷崽儿没什么两样。

小坠子是个沉默寡言的孩子，平时极少听见他说话。他基本上不同姥姥邢氏和管家陈茂说话，他偶尔对大黄和姥爷苏子仁细声细气说点儿什么。大黄听不懂他的话——或许能听懂，但它毕竟是个畜类，老和它说有啥意思？苏子仁也许能听懂，但他没法儿回答外孙。自从几年前陈茂把他接回乌龙镇后，就把他丢进了前院堆放杂物的西厢房里，丫头六妮儿每天给他送两次饭，小长工广瑞隔三岔五进去清理一下秽物，烧几枝艾蒿驱赶驱赶臭气。

"又是一个白眼狼！"邢氏盯着小坠子的背影说。这话她说过不知多少遍了。

除了喜欢和大黄厮守在一起，小坠子还有挖"陷马坑"的爱好，就是在人们经常走过的地方挖一个坑，上面用树枝什么的搭好架子，再盖一层浮土。人从上面走过，稍不留神就会陷进去，轻则吓一跳，重则崴脚脖子。如果他来了兴趣，还会往坑里拉一泡屎尿什么的，踩上它便有了踩地雷的感觉。邢氏和陈茂就曾多次掉进陷马坑，有一回邢氏踩了一脚屎，气得她鼻子都歪了。还有一回陈茂崴了脚脖子，半月后才消肿。

鬼子投降的前一天，陈茂按照邢氏吩咐为苏子仁做的带轱辘的床正好完工。陈茂在一张床板下面安装了四个小轮子，平时苏子仁就睡在上面，天好时可以拖到院子里晒晒太阳。炮楼里的鬼子打出白旗后，在庄稼地里躲避的邢氏和陈茂赶紧回到家，手忙脚乱把苏子仁弄到院子里，借着雨水冲净了他身上的脏污。苏子仁嘴里发出呜噜呜噜的响声，不知是高兴还是恐惧。"这是喜雨。"邢氏说，"小鬼子完蛋啦！老东西呀，老爷呀，你得给我好好活着，让八路们瞧瞧，鬼子把你作践成了啥样子。你是咱老苏家的有功之臣、抗日英雄！我呢，跟你沾光，算是抗属……"冲洗干净他的身子，他们又把他转移到正房里，替他套上一身崭新的丝质短袍马褂。为了使那张带轱辘的床进出方便，陈茂不得不把正房的高门槛锯断。看到苏子仁的头发胡子长而蓬乱，邢氏赶紧吩咐丫头六妮儿拿来剪刀给他整理。六妮儿稍不留意戳破了他的额角，邢氏劈手给了六妮儿一个耳光。"老爷是抗日功臣。你个小娼妇竟敢这样对待功臣！让八路的人枪毙你！"邢氏气愤地说。六妮儿吓得瑟瑟发抖，再也捏不住剪刀，邢氏只好亲自给男人剪理。做完了这些，她让陈茂敞开大门，让六妮儿点火烧茶，专意等待八路军的人上门。这时，大门口传来响动，邢氏和陈茂互相递个眼色，站起身来。再看时，原来是小坠子跟在大黄屁股后面悠悠进了家。

这天小坠子一直待在镇子里，他挖了几十个陷马坑。傍晚，胜利者喜气洋洋往里开进时，有十几个人分别在不同地方踩中了，其中包括行在前面的朱允佩和苏艳秋。如果不是雨水冲塌了一些，陷进去的人更多。朱允佩拔出脚来，冲艳秋咕哝道："你老家的路真够坎坷的。"艳秋说："原先不这样，可能是老鼠打的洞。"正说着，她一只脚掉了进去，小腿肚被树枝划破了。

雨过天晴，湿润的风带来凉爽和舒坦。尽管夜幕悄悄降临，但满天星斗多多少少延续了白日的光明，使这个夜晚不至于太黑暗。艳秋已经从混沌的状态中灵醒过来，她觉得这个下午自己成熟了许多，现在她迫不及待想见到久别的亲人。六年多的别离，六年多的奔波，六年多的磨难，消弭了多少亲情，阻隔了多少期盼……她好歹活着回来了，胜利的喜悦和即将见到亲人的喜悦交织在一起，使她步履不稳，心神进入另一种恍惚状态……

朱允佩同意艳秋回家看看。他边走边感慨道："我们既是战士，也是人子和父母，还是丈夫或妻子，这些角色哪个也不好扮噢。别忘了替我问候老人。"这时艳秋才意识到他早已是老苏家的女婿。他和安若的女儿朱维埃已经一岁，活泼可爱，一直寄养在老乡家。他一共只和女儿见过三次面。朱允佩抹一把湿漉漉的脸，又说："我明天一大早就得离开，去沂蒙山参加省委召开的紧急会议，可能这次顾不上去看望老人了。打完了日本，我们又将面临全新的情况……明天安若带直属队来这里和你们会合，部队大后天开拔，你可以住家里，晚上我给你派个警卫。哎，抗战胜利了，你的那位白什么雨也该有消息了……"他突然闭了嘴，用复杂的眼神望她一眼，就在卫兵的簇拥下走进镇公所。伪镇长林占五率一干人急慌慌迎上来，作揖打躬丑态毕露……

艳秋终于看到了自家高大的门楼，门口的那两个描有"苏"字的大红灯笼灼疼了她的眼，泪水迅疾打湿了她的面庞。她放慢脚步，呼呼地喘着气。她再也迈不动步子了，感到浑身无力，干脆停下来。两串新鲜的牛蹄印从她站立的地方延伸出去，一直伸到她家的门楼下，好像是牵着她回家的两根绳子。她感到这两根绳子上蓄满了力量，"砰砰"直响，几乎要挣断。有的牛蹄印里填满了雨水，她看到星星在其中闪烁——那些宇宙间最浩大的物体肯于落进如此渺小的东西里面，落在她的面前，也许就是想为她照亮回家的路……很多人从她面前匆匆走过，他们手里提着刚烙好的烧饼、热气腾腾的鸡蛋汤，显然他们这是去慰劳大军。见到她，人们交头接耳议论着，但没有人和她搭话。

"二小姐……"突然有个高大臃肿的影子停在她身侧，嗫嚅着说，"二小姐，你可回来啦……"

是林兆法。这个老实人艰难地挤出一个憨厚的笑。他一手提一个大包袱，身上还背了一个，他娘林姜氏跟在他后面，浑身沾满泥浆，怀里抱着一只老气横秋的母鸡。看样子娘儿俩刚避难归来。

"兆法哥，你还好吗？"艳秋平静一下自己，问道。他点点头，停了停，又摇摇头。林姜氏催他快走，他一步三回头地拐进了前面的一个小胡同。

后来是陈茂欢天喜地地把艳秋拽回了家。大宅院里灯火通明，东西虽还是原来那些，但已显出破败相。母亲邢氏率先跑上来，抱住她哭成了泪人儿。她的目光越过母亲的肩头，先是看到了一个瘦猴子般的小男孩——他冷漠地望着她，站在一头雄健的黄牛身旁，就好像他是拴牛的树桩。她知道牛是大黄，小男孩儿是她的儿子。她放下母亲，想去抱他，他却像条鱼一样从她臂弯里滑走了，钻进她和艳若当年住的房间里。大黄似乎认出了她，弯下前蹄，仰头向天，发出一声撕心裂肺般的哞鸣……

紧接着，她见到了父亲苏子仁。她早就听说父亲在监狱里吃了不少苦，变成了废人，心理上曾做过准备。但父亲的惨状仍使她难以接受。她肝胆俱裂地跪在父亲面前，泪如泉涌。苏子仁起初可能没认出她是谁，脸上痴呆呆的，没有表情，过了好久，他突然哆嗦起来，灰暗的眼珠迸出光芒，浊泪随之潸然而下。他费力地伸出一只手，想握住女儿的手，但怎么也握不住。艳秋紧紧搂住父亲的肩头，感到父亲像大山一样沉重。

艳秋一夜未睡，前半夜她默默陪伴父亲，后半夜她默默陪伴小坠子。那种久违的亲情翻江倒海一般撞击着她，使她心潮涌动，坐立难安。第二天，她把床上的父亲拖到院子里晒太阳，喋喋不休地和他说话。父亲不能回话，只能隔一会儿铆足力气"嗯"一声。小坠子搂着大黄的脖子远远地望着她，她费了很大功夫才把他拉到身边。她一遍遍地抚摸他的头，抚摸他的背。小家伙已经知道她是他的妈妈，但他仍旧一声不吭，深陷的眼窝里流露出依恋与拒绝交织的复杂目光。她觉得儿子是在安慰她——如果他开口叫她，她会更加受不了……

后来小坠子跑到院墙边挖起了"陷马坑"，一连布了好几个。她装作没事似的走过去，踩中后又故作夸张地趔趄几下。小坠子忍不住"咯咯"笑起来，她也跟着傻笑，笑着笑着便热泪横流。

傍黑时，陈茂喜滋滋从外面回来，一进门就说：

"太太！大小姐也来了。她骑着大洋马，好不威风……"

"我的好闺女……她去哪里了？"邢氏慌不迭地迎上前。

"去镇公所了。"

"她咋不进家？……"邢氏皱起眉头。

艳秋在家里住了三天。这三天她享受到了难得的清静和安宁，她甚至想永远留下来，陪伴父亲和小坠子。第三天傍晚，一个年轻的传令兵奉安若之命前来通知她次日出发的时间和集合地点，并捎给她安若的原话：

"你还是一个士兵，必须服从命令听指挥！"

这三天里，艳秋注意到母亲邢氏和管家陈茂心神不定，忐忑不安。他们每天数次踱到大门口观望，时常凑到一块儿嘀咕。事情明摆着，不仅老苏家的女婿、游击队司令朱允佩没有登门，就连大女儿艳若也没登门！"大小姐可能太忙……"陈茂安慰道。邢氏烦躁地摆摆手，不停地吸烟袋锅儿。她咕哝说："我好赖是她亲娘，她亲爹也在家，她不能这样没良心……"依她的脾气，恨不能到镇公所当面大骂艳若一通，但看到大门口站岗的士兵，她又泄了气。

黎明时分，一阵嘹亮的行军号声传遍了乌龙镇的角角落落。队伍在已被扒得乱七八糟的原鬼子炮楼前集合好之后，向东进发。安若骑着大洋马行在最前面的方队里，十分引人注目，黑压压的百姓挤站在土围子上看热闹，不住地对她评头论足，啧啧称叹。艳秋则刻意落到最后面，脚步迟疑。她又是一夜未眠，眼见着瘦了一圈。她坐在小坠子的床前，守望了他整整一夜，再次难以遏制地想起他父亲白剑雨……离家的时辰到了，她吻了吻仍在熟睡的小坠子，去上房同父母亲告别。母亲拉着她的手，悲戚地说："孩子呀，你爹给鬼子害成这个样子，你哥不知死活，你姐不认爹娘，我个老太婆以后就全指望你啦，你可要保重，不能再有个三长两短……"父亲居然扶着墙坐了起来，呜里呜噜说了一大串，她只听清了其中几个字："……狠……狠……打……孬……种……"她冲父亲磕了三个头，许诺说："爹，鬼子投降了，天下就该太平了。过些日子，我就回来侍候您。"

队伍渐渐淹没在茂盛的青纱帐里。艳秋最后一回头——她看到了小坠子和大黄。小坠子骑在大黄背上，远远地朝这里打望，他们宛若一对患难与共的兄弟。大黄"哞——哞——"不停地鸣叫着，就好像它在代替小坠子声声呼唤："娘——娘——"天地间回荡着这个声音，久久不散。

39

一场大雨不期而至，迅速填平了土地上的壕沟。紧傍乌龙镇的这段运河浊浪翻滚，犹如一条发怒的醒龙。好多年没见这么大的水了，黄河以北的运河基本淤塞得成了废河，但这场大雨又使乌龙镇至龙城间的这段低洼河道重现昔日风采。若不是大雨及时停歇，年久失修的河堤很有

206

可能被冲垮。

这已是开春时节，麦苗刚刚返青。开春时节下这么大的雨，上了年纪的人都说真是多年少见。

天未放晴，街筒子里就有人把破锣敲得震天喧响。伴随着锣声，农会的人发布了即将进行土改的消息。

邢氏长久地跪在蒲团上，面前的观音菩萨像蒙了一层灰尘。锣声每响一下，她的眼皮就跟着跳一下。这个可怕的消息其实早就私下里传开了，如今得到证实，她的心像被突然剜了一刀，冷汗霎时布满全身。

陈茂曾经安慰过邢氏，说："咱不用怕，老苏家两个闺女都在他们队伍上，大女婿更是威风八面，大平原上无人不知无人不晓，他们不看僧面总得看佛面吧？咱先夹着尾巴做人，熬过这阵子就没事了。"邢氏愣怔了许久，才说：

"事情不会这么简单，他们是六亲不认的，靠不住。多少年啦，他们折腾来折腾去，就是想把我们这些有钱有地的人拉下马，让世道翻个个儿……"

现在，那个敲锣的人好像故意和她作对，在院墙外面更加起劲地敲，更加卖力地吆喝。想想也是，老苏家早已成为乌龙镇最大的地主，他们搞土改，不可能绕过老苏家……她觉得手中的木鱼像灌了铅一样沉重。

陈茂急火火闯进来，一惊一乍地说：

"他们要动真格的了！咱怎么办？"

"……这些天我老是做噩梦，有个穿红衣服的人追着我讨债……我就知道，世上没有常青的树，能夺走咱土地和金银财宝的人终究来了……命中注定，他们是咱的克星……"邢氏跪立不稳，摇晃着，木鱼滑落在地。

陈茂慌得两腿像筛糠，总觉得地皮不稳，房屋抖动。而且陈茂从没见过面前的女人如此慌张，更是没了主意。那个敲锣的人终于远去，邢氏站起身，走到屏风后面摸索一阵，又踅回来。她拎出一个碎花细颈瓷罐，陈茂知道那里面装着地契。这几年，他眼见着地契变厚了，把那个景德镇出产的瓷罐塞得满满当当的。邢氏从里面抽出一个用丝线捆扎的油纸包，解开，厚厚一沓黄灿灿的地契铺张开来。

这时，有人在高墙外尖着喉咙唱起一首名为《谁养活谁》的歌——

> 谁养活谁呀大家看一看，
> 没有咱出力人粮食不会往外钻。
> 耕种锄割全靠咱们下力干，
> 起五更睡半夜，
> 一粒粮食一滴汗。
> 地主不费力，
> 粮食堆成山……

这个唱歌的人肯定是农会的积极分子。他怪里怪气、反反复复地唱，像在为死去的人叫魂，唱得邢氏和陈茂心惊肉跳，脸色和邢氏手中托着的那些油腻腻黄乎乎的地契变成了一个颜色。那人的歌声还引来了一群乌鸦，乌鸦在苏家大宅的上空做着各种飞行动作。因为阳光的缘故，它们黑色的羽翅变得红光激滟，像一把把正奋力切割着空气的利剑。邢氏一张张翻阅着那些她翻阅过不知有多少遍的宝贝地契，她用更快捷的翻阅动作抵挡那歌声。突然，她愣住了——她看到有的地契上隐约透出一个狰狞的骷髅图案！她以为自己看花了眼，就往门口挪了挪。但借着阳光，那骷髅图案更显清晰。陈茂凑过来，他也看清了，惊骇得一屁股蹲在地上，大汗淋漓，目光散乱。这堆纸片儿仿佛变成了一盆烫手的炭火，她再也抓不住它们，手一松，它们便纷纷扬扬飘落开来……

接下来的场面更是奇异——一股莫名的小凉风蓦然从屋子里刮起

来，把地契卷到一边；有两根鸡毛飞升到半空中，飘飘悠悠，最终一根鸡毛飞落到屋梁上，另一根掉落在观音菩萨头顶；那个盛放地契的碎花细颈瓷罐在一张半人多高的木几上晃了晃，一头栽到地上，摔得粉碎。随着这声清脆的爆响，像接到一个命令，从屋子的各个角落，从院子的各个地方钻出了数不清的老鼠。早在苏子仁彻底回乌龙镇那年，邢氏曾让陈茂大张旗鼓消灭过一次老鼠，后来它们明显减少，基本上见不到了。可现在，居然又一下子涌出这么多。它们尖厉地鸣叫着，惊慌失措，上蹿下跳，最后争相夺路而逃，在潮湿的院子里遗下了密密麻麻的花纹，像被一双神灵般的巧手精心描绘过。邢氏和陈茂都被这个奇异的景象惊呆了，半天缓不过神来。躺在东厢房门口晒太阳的苏子仁"啊啊"地叫着，有许多老鼠从他身上跑过，它们跳上带轳辘的床，沿着他的脚、腿、腹、胸、脖颈儿，到达他光秃秃的颅顶，然后纵身一跃，蹿出老远，一溜烟不见了，就好像他的身体是一个富有弹性的跳板。见此情景，他居然露出了天真烂漫的微笑……

那天下午，很多乌龙镇人都目睹了这个奇特的景观。灰蒙蒙的老鼠洪流最终消失在大田里之后，人们嗷嗷叫着，大脚板子踩得街巷里的泥浆四处飞迸，就像节日之际燃放的焰火。这些丑恶的老鼠像导火索，点燃了人们心中愤怒的火焰。别人一年到头填不饱肚子，苏家大宅却宁肯养着这些肥得流油的老鼠，不把这座大宅铲平，人们实在咽不下这口恶气。

天色渐渐暗下来，外面的嘈杂声也弱了许多。陈茂扶邢氏在太师椅上坐定，又替她点上一锅儿烟，说：

"听说少爷正在龙城招募队伍，只有指望他了。"

"远水浇不了近火，怕是谁也指望不上了，这就是命……你是男人，腿比我长，能走就走吧，走得越远越好……啥时听说我死了，替我烧几张纸，也不枉咱们相识一场……"

"姐儿，要死咱死一块儿！"陈茂口气决绝地说。说这话时，他的目光越过院子中央的月亮门，落在前院那座巨大的磨盘上——老苏家积攒了几世的黄货白货大部分都埋在那下面……

三天后的凌晨，邢氏起床后发现陈茂不见了，那座磨盘也被挪动过。她查看过之后发现里面的东西少了约有一半。那支看家护院用的短枪也不见了。"你还算有情义。"她喃喃地说，"可你留下的这些我也捞不着花了，还不如都带走……不过呢，你连个招呼都不打就溜，说明你还欠点儿做人的火候……"

这以后，乌龙镇人再也没听到陈茂的下落。有的猜测说他后来去了台湾，也有说他去香港的。当时他携带苏家的巨额资财突然消失，倒是提醒了农会的人，促使他们加快了土地改革和抄浮财的步伐。

陈茂逃走的那天下午，一辆吉普车从东面的黄泥道上蹦蹦跳跳蹿进镇子，后面还跟着一辆六轮卡车，车上端坐着二十多个护兵。两辆车经过原先的镇公所、现在的区委会时没有停，而是直接开到苏家大宅门口。从吉普车里下来三个人，其中两个人们认识：一个是游击队司令朱允佩，一个是他的夫人、苏家的大小姐艳若。游击队已更名为八路军鲁西运河纵队，艳若也早就改名为安若，只是人们对这些改来改去的名称还不习惯，所以还按原来的名字称呼。另一个人大伙儿从没见过，他四十出头儿年纪，戴一副很大的墨镜，看上去文质彬彬、仪表堂堂。后来人们才知他是省委派来指导土改的江特派员，官衔比朱司令还要大。

负责监视苏家大宅的民兵以为这几个大人物想进宅子，就把黑漆大门拉开一条缝。围观的人估摸着他们是替大地主苏子仁开脱来了，便小声议论说乌龙镇的土改怕是要一碗水端不平了。但戴墨镜的人用严厉的手势制止了民兵的行动，大门重新关上。这三个人都阴沉着脸一言不发，他们顺着沿街高大的青砖院墙缓缓挪动，那上面糊满了标语——

诉苦说理彻底清算，打垮地主翻身翻透！

追蒋根，拔蒋根，拔掉蒋根得安稳！

算账！算账！！算总账！！！

土地回家！权利回家！面子回家！

…………

江特派员倒背着手走在前面。朱允佩和安若的脸一阵白一阵红，二人不时交换一下眼色。尤其是朱允佩，这位名震运河两岸的铁汉子，现在居然畏首畏尾，像个小脚老太太。后来，江特派员从上衣兜里拿出一支粗大的黑杆钢笔，旋开笔帽，高举左手，在"打垮地主翻身翻透"那条标语上，圈掉了"打垮"两字，添上了"消灭"两个笔力遒劲的大字。围观的人们一阵惊呼——这人左手写字都写得这么好，如果用右手写，不定写多好呢！

两辆汽车呜呜开走了。安若没有走，她主动向江特派员请命，要求担任新成立的乌龙区区委书记兼区长，全权负责全区二十一个村镇的土改事宜。

40

斗争大会一连开了七天。乌龙镇揪出了十三户地主、二十一户富农。第一个被打死的是曾当过伪镇长的林占五。如果按他家的地亩核算，他只能算富农，但他在日伪占领时期的恶劣做派人们有目共睹，不把他碎尸万段就算便宜他了。他的死不仅不能消除人们的仇恨，反而把人们仇恨的胃口吊得更高了。

苏子仁的弟弟苏子信吃喝嫖赌样样不落，前些年差不多把他父亲苏继堂遗留给他的二百多亩地折腾光了，谁知这两年他在赌场上手气颇顺，又用赢回来的钱置了一百二十多亩地，按政策匡算，正好划在地主之列。他傻眼了，匍匐于坐在主席台正中的大侄女脚下，磕头如捣蒜。安若轻轻一挥手，民兵就把他拖下主席台，扔到一片空地上。那些想看安区长怎么演这出戏的人见她态度坚决，丝毫不打折扣，便像吃了定心丸似的扑上去，团团围住苏子信。这些人中有的被他赢过钱，有的老婆被他睡过，有的男人让他带成了浪荡子。他们纷纷伸过脚去，不一会儿，苏子信就被踩成了肉饼。

这天苏子仁也被人拖到了会场。他蜷缩在那张沾满了屎尿的带轱辘的床上，干瘪的嘴不停嚅动，发出狂风扫落叶似的声音，谁都无法听懂他说什么，偶尔能听清几个古怪的字："……狗……孬……种……"不知他在骂那些地主，还是骂着了疯魔般的人群。邢氏规规矩矩站在地主婆的阵营里，这些老老少少的女人都被剃了阴阳头，抹了大花脸。现在她们全成了寡妇命——事情明摆着，用不了多大会儿，她们的男人就得步林占五和苏子信的后尘。

苏子信的老婆毛桂芝来了犟牛脾气，她竟敢跳出来指着安若的鼻子骂道："你个小浪货！你爹你娘才是最大的地主吸血鬼，最该打死的是他们！……"没等安若发话，妇救会长王月英就带着几个妇女冲上来，她们每人手里都擎着一把大号剪刀。随着一阵"喊里喀喳"的脆响，毛桂芝的手指、耳朵、鼻子、乳头都不见了，这些七零八碎的小东西天女散花一般飞得到处都是。再看上去，毛桂芝就成了一副似人非人、呆头呆脑的花瓜模样……

有一根断指像一粒子弹一样挟着气浪朝邢氏飞来，正中她的眉心，在那里留下一个醒目的红点，仿佛刻意点上去的胭脂。她听到台下的人嚷嚷道："一个窝里的乱咬，更叫过瘾……"邢氏清楚，其实人们最想看到的就是这位安书记兼区长怎样处置她的亲爹亲娘，前面的不过是开场锣鼓，好戏还在后头。邢氏望着木板床上"啊啊"傻叫的男人——现在他是她唯一的稻草和挡箭牌。但她有时又觉得已经无所谓了，她拼命积攒了半辈子的巨大家业全成了别人的，支撑她活下去的东西都不存在了，她对生命也就没有留恋的必要了。

斗争到第六天下午，全镇的地主和部分富农除了苏子仁、邢氏之外，均以各种不同的死亡方式"去见蒋光头"了。按照既定的日程，下一个就是苏子仁夫妇。这将是乌龙镇土改风暴的尾声，也是高潮。人们全都睁大眼睛，摩拳擦掌等待高潮时刻的来临。

对于怎样处置苏子仁夫妇，区委会曾经有过争论。有人提出，他们夫妇的两个女儿都参加了革命，苏子仁本人又是开明士绅，抗日时期做过有益的事情，而且坐过鬼子监牢，变成了现在这个糟烂样子，应当酌情予以从轻发落。至于邢氏嘛，她民愤大，作恶多，可另当别论……说这话的人一直观察着区委书记安若的表情。安若面无表情、斩钉截铁地说："同志们，你们不要琢磨我是怎么想的。我虽是他们所生，但我早已和他们划清了界限，早已彻底抛开了家庭和过去！……革命是残酷的，革命必须有铁的原则，革命不能掺杂丝毫个人的私心杂念！苏子仁虽然做过一点抗日工作，但他是方圆百里之内最大的地主，如果不狠狠斗争他，乌龙区的土地改革只能算虎头蛇尾。至于他老婆苏邢氏，更是罪大恶极，罄竹难书！谁想对他们心慈手软，谁就是革命的敌人！……"安若成功地跨越了这个障碍。听她一席话，人们都住了嘴。

第六天下午散会后，邢氏拖着辘轳床上的苏子仁，由六个武装民兵押送回苏家大宅。大门口那两只虎视眈眈了几十年的石狮子的眼睛已被人砸烂，院子让挖浮财的人翻弄得像一个工地，屋子里的东西、囤里的粮食全被拉走分给了翻身户，那座二尺高的塑金观音菩萨像变成了碎片——阿弥陀佛，马号里的牲口更是没了踪影，小坠子也有好几天没露面了。苏家大宅只有一个晚上的时间属于她了，明天区委会就要搬进来办公……邢氏这时却表现得极为冷静，看到砸烂了的水缸瓦片上还存有一点水，就端起来吹吹浮灰喝了几口，又喂了口干舌燥的老头子一点。然后唠唠叨叨和他说了一阵子话，都是些不着边际类似呓语的话。

大门"吱呀"一响，闪进来一个民兵，给他们送吃的来了。不用看，用鼻子一闻就知道，简直是猪狗食。邢氏说："我们不吃。"民兵说："先吃饱再说，明儿个还要登台亮相呢。"邢氏说："饿死更好。"

213

民兵说："宁做刀下鬼，不当饿死鬼，还是吃点儿吧！"说罢，就退出了院子。

邢氏抬头望天，天上只有星星，没有月亮。时候差不多了，她拖着苏子仁来到南墙根下那两棵连体枣树下，伸手从紧贴砖墙的一个天然树窟窿里掏出一个油纸包，谁都没发现地契就藏在里面。农会的人为了寻找地契，费尽了周折，农会会长苏铁锤动脑子动得眼珠子都肿了，疼得捂着脑袋在地上打滚。她一概说："烧了。"现在，这些油光闪烁的地契又回到了她手中，尽管她清楚它们不过是一沓废纸，老苏家的两千多亩地一厘不剩全分给了翻身户，但她还是不想把地契留给他们。暗淡的星光下，她觉得这些地契就像香喷喷的乌龙镇烧饼，令她垂涎欲滴。她盘腿坐在地上，感到肚子"咕咕"直响，于是，卷起一张纸片塞进嘴里。味道真的很香很甜……吞吃过几页之后，她想，不能饿着老头子呀，便卷了一页触到他嘴边。苏子仁拼命摇头蹬腿，她生气了，说："人是铁饭是钢，一顿不吃饿得慌。老头子，饿死你别人不心疼，我心疼！"她用力往他嘴里塞，噎得他直翻白眼……半个时辰后，她把厚厚一沓纸片全咽进肚里去了。她响亮地打了个饱嗝儿，觉得无比舒坦，居然背靠枣树打起盹儿。

约莫子夜时分，大门口值勤哨兵的脚步声提醒了邢氏。她拽出一根事先准备好的麻绳，站上轱辘车，把绳子搭到那两棵连体枣树的大杈上，然后一头拴紧男人的脖颈儿，一头拴住自己脖子。苏子仁可能意识到了什么，无力地反抗一阵，便放弃了努力。这两棵枣树是他二十五年前亲手栽下的，他希望它们快快长大，现在它们树干粗壮、枝繁叶茂，正好可以派上用场。

这个无风的夜晚，全镇的人都毫无睡意，热切地期待着明天的公审大会。据说省里的江特派员和朱允佩司令将亲莅现场，全区所有村镇都要派穷人代表前来参观。区委指定三十个人重点登台发言，用声声泪字字血来控诉苏家大宅的罪行……想到这里，邢氏忍不住呵呵笑了。她要

214

给他们开一个大大的玩笑。她不想把自己的命交给他们，她要把结束生命的机会留给自己。所以，她永远比那些被别人打死的地主强！能够亲手结果自己，是一个福分。因此，她现在丝毫也不难过……她用尽全身的力气一蹬双腿，那辆带轱辘的木板床就飞快地远离了他们。枣树剧烈地摇晃着，细碎的枣花簌簌掉落，仿佛天上飘起了枣花雨……

第二天，失望至极进而愤怒至极的人群把他们的尸体丢进乱坟岗子，并且铲平了苏家坟地里所有的墓室，砸烂了所有的墓碑，伐倒了所有的林木。原定的公审大会被迫取消，乌龙区的土改工作也随之告一段落。后来，江特派员在写给省委关于鲁西区土改工作的报告里，曾提到大地主苏子仁夫妇，说他们在政策的感化下，认清了自己犯下的罪行，羞于见人，双双吊颈自尽。里面还特意提到年轻的区委书记安若，对她进行了高度评价。这篇报告至今仍珍藏在省档案馆。

苏艳秋是半个月后得知父母死讯的。这段时间她也参加了土改工作队，一直在离清风店不远处的上河店子协助当地农会进行土改。去上河店子前，朱允佩曾找她谈话，嘱她利用这个难得的机会好好锻炼，接受现实生活的教育。非常巧的是，她在上河店子遇到了父亲当年的账房先生牛得宝。但他们是在斗争大会上见面的，双方不免尴尬。牛得宝被划为富农，遭到批斗，他神情沮丧，面色灰暗，原本洁净的青色长袍上沾满了别人吐的口水。夜里，艳秋到关押地点看望牛得宝。他感慨万端地说："我悔不该不听老爷的话，非要到乡下置这些地，惹来这份祸端。土改、土改，改的就是土地，和城里的资本家比，地主算是吃亏的，他们撞到了枪口上。现在我明白了，逢到改朝换代的年月，你最好是个穷光蛋，越穷别人越会把你当成宝贝疙瘩……"艳秋没有合适的话安慰他，只是说："大叔，你和那些恶霸地主不一样，挺过这阵子就会好的。你刚才说到改朝换代，我想，改朝换代肯定不是坏事情，如果这个朝代很好，人们就没必要改变它。现在人们想改变它，说明它有很多毛病。为了改朝换代，大伙儿吃点儿苦头也是值得的。你说是吗？"牛得宝说：

"二小姐，我信你的。如果我这回死不了，以后就死心塌地为你们的人做事。"但过了几天，全村的地主被统统消灭之后，农会又决定消灭部分富农，其中就包括牛得宝。艳秋得知这个消息，十分不解。她思来想去，冒险放走了牛得宝。事情败露后，她受到了严厉的批评，她也就此萌生了离开土改第一线的念头。

返回乌龙镇的路上，艳秋听到了父母亲已经辞世的噩耗。她为父亲悲伤，同时牵挂着小坠子，但她欲哭无泪。在接近镇子的一个十字路口，她遇到了骑马外出巡视的区委书记安若。她看到安若脸上的每一根线条都是僵硬的，眉宇间透出冷酷和傲慢。虽然这给她增添了一种冷艳的美，但却使她失掉了个性与生机。她截住迎面而来的安若，久久与她对视。

"我有公务在身。苏艳秋同志，请让开！"安若一挥马鞭子，率先开了口。

"艳若，你不能这样，你的心变硬了……"

"你应该知道，我早就改名安若了，你还想说什么？"

"好好，安若！安若！你怎样对待咱娘，我不想管，她是自作自受。可你不该逼咱爹……"艳秋说不下去，泪水滚过面颊。

"我刚看过马克思的书，记下这样一段话。"安若皱了皱眉头，耐心说下去，"他老人家说：劳动者只有权拥有他为了生活下去所必需的那么多，并且只有权为了拥有这么多而生活下去。你也算是一个革命者，应该懂得，剥削和压迫是人世间最丑恶最不人道的事情。苏子仁夫妇靠剥削和压迫起家，他们得到这种下场非常合理。一个人在富有中死去，是一种耻辱。现在好了，他们身无分文，像穷人一样死去了，我不认为这是坏事！你无法接受，说明你觉悟低下，仍然不是一个合格的革命者！多年前我就说过，你很幼稚，很难成就大事。现在，我还是这么认为，请你好自为之吧。苏艳秋同志，再见！"

安若打马绕过艳秋，她和她的四个警卫像一股旋风，转眼就不见了。艳秋跌跌撞撞走进青青的麦田里，伏在潮湿的泥土上狠狠哭了一场，感觉才好受些。

土改过后，紧接着清理阶级队伍，也叫整风。这时已有了国民党重点进攻山东的迹象，黑云压顶，这样做的目的是防止队伍内部出问题。那些有过前科、出身不好的人就成了重点清查对象。艳秋过了很久才知道，她之所以没在这个关口受冲击，全是由于朱允佩暗中保护她。但巩天明却没能幸免。

艳秋在一团的临时驻地临河县姚家寨见到了巩天明，他和十几个怀疑对象一起被羁押在一座地主的庄园里，每人住一间房子，写材料交代问题，接受审查。艳秋费了很多口舌，守护院子的人才放她进去。巩天明见到她时，很不好意思地苦笑着，嘴角的皱纹深得就像拿刀子刻过。她默默地望着这个身材瘦长、神情忧悒的老同学，这个自己的救命恩人，这个在她的感召下追随她参加革命的人，觉得说任何安慰的话都是虚伪的、没有意义的。她只是默默地望着他，用沉静、柔慈的心跳与他交流。巩天明却"扑哧"一声笑了，说：

"艳秋，别人都躲避我，你竟敢冒风险来看我，你的心意我全领了……我是个有罪的人，当过狗汉奸，指挥手下人打过八路军，残杀过抗日群众，侮辱过妇女，这些事情我一点儿也没隐瞒，都交代了。我知道我的罪孽是很难洗净的。《圣经》里说：天主，求你按照你的仁慈怜悯我，依你丰厚的慈爱，消灭我的罪恶；求你把我的罪恶除净，因为我认清了我的过犯，我的罪恶常在我的眼前……上帝或许会原谅我的罪孽，但我却不想原谅自己。如今我原原本本交代清楚了，像除掉一块心病，反而一身轻松。上级怎么处置我，我都无怨言。即便用生命赎罪，也能够接受……如果真有来世，如果那个世界也有一支主持正义的队伍，艳秋，你还愿意当我的引路人吗？……"

"你太悲观，请别说了，我去求朱司令，让他放你出去。我记得《马太福音》里说：恐怕你们在拔稗子的时候，连稻子也拔去，容许两样一起长到秋吧！我现在就去，现在就去!"

"他放了我，放不放别人？你就别让他犯难了，他活得也不易。"

艳秋没听他的，扭头往外走。走到门楼下，回头一望，透过窗棂，她看到巩天明正用平静的笑容送别她。一个小时后，前来提审的人发现了他苍白的尸体。他用一块比手指盖大不了多少的瓷片切断了脖子上的动脉。

第 十 章

41

街筒子里锣鼓喧天，鞭炮齐鸣，人声鼎沸。几十个年轻小伙身着一水新的灰布军装，胸前都戴着大红花，有的骑马，有的骑驴，有的骑牛，神气极了。他们像一个个小浪头，在人群的河道里向前流动。识字班的姑娘们在前面扭着秧歌开道，妇救会的老娘们儿在后面唱着歌儿送行。他们所过之处，大枣、花生、鸡蛋、烧饼、绣花鞋垫、烟荷包、香喷喷的手帕，都像长了翅膀似的，往他们怀里钻……林兆法缩着脖子，不敢再看了。有个识字班的姑娘经过他身边时，狠狠剜他一眼，说道：

"你再赖着不去，让你打一辈子光棍儿！"

兆法退出人群，悻悻往家走。大参军运动开始后，人家三番五次上门动员他，他就是不松口。逼急了他就说：

"你们去问问我娘吧，她让去我就去。"

林姜氏往往未等来人把话说完，便号啕大哭，说："俺们孤儿寡母的，熬到如今不容易，要是俺儿有个三长两短，让俺孤老太婆怎么活，哎哟哟俺的亲娘噢……"来人气得不行，说：

"觉悟太低，白白把地分给你们。"

眼见着镇上的壮小伙儿一拨拨开走，兆法也不是一点儿心思没动。

这次回到家，他把识字班姑娘甩给他的那句话学给林姜氏，林姜氏很不乐意地说：

"就是打光棍儿，也比上火线挨枪子儿强！给你个老婆又能怎样？你挨了枪子儿，老婆是谁的还难说呢！儿啊，心急吃不上热豆腐，咱耐心熬活，你总会有当新郎官的那一天……"

土改时，兆法家分得四亩三分二厘地，这点地种起来根本不费劲。农闲时节，兆法闲得浑身骨节仿佛生了锈，又不好意思像个懒汉那样满街筒子乱逛——即使想找个人吹吹牛，没人愿意和他搭话。于是他重又挑起多年闲置不用的货担，走街串乡当货郎，挣几个钱交给林姜氏攒着备用。这时的大平原，除了几座大一点的城市盘踞着国民党兵之外，广大农村基本上都成了解放区，土匪也没了影，所以现在外出比过去心里踏实多了。

兆法挑着货担在官道上飞快地行走，常常有梳着大辫子的姑娘媳妇远远近近打量他，他便放慢脚步，激动得心尖子乱抖。货担"吱吱呀呀"的声音仿佛成了迎亲的乐曲，他俨然把自己当成了束手立于花轿旁的新郎官。有时，他忍不住轻轻哼唱道——

> 小媳妇，戴红花，
> 身穿碧罗纱。
> 奶子鼓胀胀，
> 屁股绷得像南瓜……

唱着唱着兆法就笑了起来。他在自己制造的愉悦情致里加快了脚步，来自大田的野花野草的气息撩得他浑身仿佛有使不完的劲。这天，他走进靠近龙城的二十里铺，来赶这里的集市。集市上人来人往，热闹非凡。他把货担放在一棵柳树下，捏起衣襟擦了擦脸上的汗粒。不用叫卖，很快就有一堆人围上来。妇女们买他的纽扣、发卡、红头绳，小孩子买糖豆儿、泥人儿、泥猴儿之类的小玩意儿。看这阵势，他嘿嘿直乐，心想今儿个算是没白跑。

半晌午时，突然传来一声枪响，他吓得赶紧蹲下。他看到，大街两头站满了端着大枪的国民党兵，一个当官的飞身跳到一个倒扣着的瓦缸上，手提冒蓝烟的盒子枪，大声说：

"都他娘的听着，壮丁们一个不许动！跟着国军干，吃香的喝辣的，要钱有钱，要女人有女人……"

集市一下子乱了套，那个当官的又朝天放一枪。堵在街口的士兵冲进人群抓人，兆法的货担被撞翻，小物件儿撒了一地，他急乎乎弯腰去捡，边上一个卖菜的老头儿叹口气，说："后生，快快逃命吧!"他这才意识到自己面临的巨大危险，丢下货担，抬腿从老头儿身上跨了过去，奔向临街的一条小胡同。但没跑出几步，后腰便重重挨了一枪托，他大叫一声滚倒在地。赶来抓他的，是个小个子兵。那家伙歪戴帽子，神气活现地说：

"老子抓住一个傻大个儿，我看可以当机枪手。起来！起来起来!"

"哎哟，老总我岔气了，起不来。"

小个子兵抡起枪托又要捣，他赶忙一骨碌爬起来，哀求道：

"老总你行行好吧，我家里还有个寡妇老娘没人养活。"

"少废话！老子家里也有个寡妇老娘没人养。"

"老总，我怕死呀，要是碰上枪子儿咋办?"

"先别说这些，今天你是跑不掉了，日后再找空子溜吧。"小个子兵见兆法憨厚，态度好了许多，"老子抓住你，可以领到三块大洋呢。"

"可我只有一条命呀……"

"老子也没两条命。关键是打起仗来机灵点儿，打得了就打；打不了就脚底板抹油——跑球拉倒；跑不了就举手投降，先保命要紧。"

小个子兵把兆法押到街口。他们一共抓了三十多个壮丁。回城路上，兆法越想越怕，就"呜呜"哭起来。被抓的壮丁有一半也在哭。

进城后他们被关押在一座闲置不用的仓房里，夜间有士兵看守，白天拉出来搞训练，说是过几天就把他们送到外地去。兆法一直琢磨着逃跑，无奈看管得太紧，没有机会。到了第三天，壮丁们在操场上练习走步，一个胖胖的伙夫踱过来，对喊操的排长说："我去买菜，给我派个人挑担子。"排长让胖伙夫自己挑，胖伙夫一眼就看中了兆法，说："这小子壮得像头牛，就他吧。""看紧点儿，别让他溜了。""溜不了，溜了他你把我煮了下酒。""你那身懒肉怕是狗都嫌臭。"排长扭头又冲壮丁们吼道，"笑个蛋！快练！练不好老子劁了你们！"

兆法肩挑菜筐在前面走，胖伙夫哼着一支淫荡的小曲儿紧跟着他。虽然他快有十年没来龙城了，但还能记得个大概，估摸着这地方离南门不远。到了菜市场，胖伙夫和卖菜的讨价还价，嗓门儿很高。兆法瞅瞅四周，突然意识到这是逃跑的大好时机，紧张得小腿乱抖不止。趁胖伙夫低头点钱的工夫，他咬咬牙，抬腿就跨进了一条巷子。他听到胖伙夫在身后跺着脚骂："日他姐，还真让他溜了……"猛跑一阵后，他钻进路边的厕所，脱下尚未佩戴军衔符号的杏黄色军装塞进大便坑，身上只剩衬衣和大裤衩子。一个正吭吭哧哧解大便的中年人嘟囔道："好端端的军衣偏要塞进茅坑，这位兵爷真是疯了。"

天傍黑时，兆法终于回到家。林姜氏抱住他，哭了个昏天黑地。接下来，他半个月没敢出门，像生了场大病，显得更木讷。一天下午，突然有人在外面叫他，是个女的，声音怪好听。他一时想不起是谁，又仔细听了听，才听出是二小姐艳秋。于是他不顾母亲的阻挠，跑出屋子拉开柴门。

艳秋笑盈盈走进他家的小院，身后还跟着两个年轻士兵。她随纵队司令部来乌龙镇一带休整，到达后先去一位妇救会员家看了看寄养在那里的小坠子。听说兆法一直逃避参军，她接着就赶来了。

由于她的到来，这个破烂不堪的小院子突然亮堂了许多。兆法不敢抬眼看她，只觉得一股奇异的香气兜头罩过来，使他差不多要晕过去。

"兆法哥，你和大娘日子过得还好吗？"

"过得不咋样。"没等他回话，林姜氏插进来说，"农会的人偏心眼儿，欺俺家兆法老实。他们把地主富农家的太太小姐分给别的光棍儿汉，就是不匀给俺家兆法一个。要说受的苦，全镇谁也比不上俺儿，他给大地主扛了十年活……"

"娘！二小姐来看咱是瞧得起咱，你胡扯啥呀！"兆法脑子清醒了些，抓起林姜氏的胳膊把她送进了屋。他反身回来后，艳秋直截了当地说：

"兆法哥，勇敢点，到我们队伍里来吧，这支队伍早晚要得天下。"

"可我怕……枪子儿……"

那两个年轻士兵笑得前仰后合。兆法的脸涨得紧绷绷的，一双大脚在地上旋出两个冒热气的圆坑。

"这位老兄真够可爱的。"一个士兵捂着肚子说。

"庄稼地里长大的孩子，都是老实人。"艳秋也笑了，说，"兆法哥，参加了革命队伍，提高了觉悟，你就不怕死了。不信咱俩打个赌。"

"二小姐，你刚才说，你们的队伍要得天下。你们得了天下，我能得到啥？"

"你和大娘会过上好日子，就像进了天堂一样。"

"二小姐，我信你的话。"兆法抬起头来，望着艳秋，迷蒙的眼睛里有了亮光，他朝屋子努努嘴，"你们去劝劝我娘吧。"

话音未落，林姜氏便号啕着奔出屋。艳秋赶忙上前安慰，掏出手帕为她擦眼泪鼻涕。兆法实在看不下去，眼一闭，心一横，梗着脖子对娘说：

"别哭了！我当了兵，提了官，挣了钱，你活着时管你享清福，百年之后给你买副好棺木，总行吧？"

那两个士兵忍不住又笑起来。艳秋白牙咬住红唇，强忍着才没笑出声。

223

林兆法二十八岁那年，终于成为一名并不年轻的士兵。他戴上大红花，骑着不知哪个翻身户家的毛驴，在街筒子里过了一回瘾。这时已是大参军的尾声，前边参军的大都随主力部队跳到了外线，他只能留在解放军鲁西运河纵队，不过这正合他的心意。他同刚入伍的这批新兵一起接受军事训练，一个唇上不长胡子的老兵负责训练他所在的那个班。老兵姓段，大伙儿叫他段班长。段班长嗓门儿尖细，性情温和，从不打骂新兵，而且枪法极准。有一次，兆法他们亲眼看见，段班长抬枪就撂倒了一只野兔，大伙儿啧啧称叹，很是羡慕。有人悄悄告诉他们，说段班长打过很多仗，是个身经百战的老同志，别的地方没伤着，偏偏卵子给敲掉了。大伙儿听了，又是一片啧啧声。兆法对他们说：

　　"敲掉卵子总比敲掉脑袋强。"

　　林姜氏每天都踮着小脚跑来看兆法他们操练。兆法一见她来了，就感到浑身不自在。他比别人高出半头，非常显眼，段班长不时纠正他的动作，他愈发感到别扭，洋相不断，时常引得别人哄笑。于是，他找机会责怪林姜氏："娘，你好生在家里待着不行吗？"林姜氏笑嘻嘻地说："你咋比你爹还笨，连路都不会走。"兆法不耐烦地说："行啦行啦！"林姜氏正色道："你个子高，打起仗来招枪子儿，得学会弯腰。"兆法已经觉悟了不少，说："娘你不懂，枪子儿专挑胆小的。以后你别来看我了。"

　　林姜氏嘴上答应不再来，却仍然偷偷跑来，她站在更远一些的地方看。她对众人说："俺儿子比以前强多了。他将来能当大官，娶个如花似玉的媳妇，你们信不信？"有人打趣说："兆法当了大官，可别忘了我们。"林姜氏说："不会的。他当再大官，根子也在咱乌龙镇。他将来要是忘本，俺老婆子就拿棍子打断他腿！"

　　苏艳秋经常到新兵连来教大伙儿唱歌、识字。每逢见到她，林兆法就感到这兵当对了。是艳秋手把手教会了他读写自己的名字。没事的时候，他折根树棍，在地上一遍遍地写。有一天，艳秋又来看他，他说：

224

"二小姐——噢对啦，苏同志，你的名儿咋写？"艳秋一愣，说："兆法呀，你确实应该抓紧时间多识点字。不过呢，先别急着学写我的名。这样吧，我来教你学写毛——主——席、朱——总——司——令。"兆法说："朱总司令……是咱们朱允佩司令？"艳秋"扑哧"笑了："是咱们八路军朱德总司令。"

还没等兆法写会这几个字，头顶上突然传来一阵刺耳的轰鸣。兵们纷纷跑出屋伸长脖子看。一队巨大的绿色怪鸟嗡嗡飞过来，遮住了天空。"飞机！飞机！"大伙儿尖着嗓子喊叫。飞机根本不搭理他们，擦着白杨树的树梢向北飞去，机身上的青天白日图案格外醒目。

"又要打仗了，没想到这么快……"艳秋自言自语道。她把手中的树棍折成两半，扔到地上。

"苏同志，你别担心，上了战场，我不会害怕。"兆法搓着大手说。

第二天夜里，部队渡过运河向西南方向转移。黑茫茫的大地上，见不到一星亮光。兆法听到队列里有人难过地说："根据地就要丢给敌人了……"

42

苏东贤还乡时，怀里揣着一张散发着油墨清香的委任状。国民党龙城当局封他为乌龙区党部书记兼区长，手下有几百号人。这帮人有些是他过去的部下，有些是刚投奔他来的漏网地主、富农的子弟。老百姓一律称他们还乡团。

苏东贤心急火燎还乡的那天，人们尚在睡梦中。他们没走大路，而是顺着已经干涸的运河河床悄悄抵达乌龙镇。然后他们一跃而起，少数人堵住土围子的北门、西门和南门，猛放一阵枪，其余的趴在东门外的壕沟里设伏。这时镇子里只剩下二十几条破枪，根本抵挡不住，双方对打了不到半袋烟的工夫，寨墙上就熄了火。也幸亏有这些枪，农会和妇救会的人靠着它们掩护，从一个豁口里突围出去了一部分。后来，里面的人见东门没动静，全往那里拥，正好钻进苏东贤布下的口袋，悉数被捉。

　　天刚放亮，人群黑压压挤在两个月前开公审大会的打麦场上。几个幸存下来的地主和富农家的人指认出了二十多个农会、妇救会和识字班的积极分子，以及他们的家属。其中包括农会会长苏铁锤、朱允佩和安若的女儿朱维埃、艳秋的儿子小坠子。苏铁锤前些日子刚把林占五的小老婆马红玲娶到手，由于贪恋床笫之欢，人瘦了一圈，眼珠子更红了。还乡团的人挑拣土豆似的把这些人带到一旁。

　　身着绿色毛料制服的苏东贤双手掐腰站在土台子上，环绕他腰间的子弹串儿像一排排尖利的牙齿。起初的场面并不那么混乱，没响枪声，也没有哭骂。人们只是交头接耳议论，说苏家大宅真是啥样的人物都出，前些时大小姐在这里指挥斗争地主搞土改，可没几天工夫，大少爷又在这里耀武扬威搞清算，反过来倒过去的，咋总也离不开老苏家的人……

　　苏东贤威严地扫视着人群，半天没吭声。在这难挨的沉默中，有些胆小的沉不住气了，主动提出把分得的地主财产退还回来。苏东贤清清嗓子，终于发话了，他一撸袖子，拖长声调说："我苏东贤从没想过要和各位父老乡亲为敌，可共产党煽动你们闹动乱，你们竟然真信他的，把别人的东西拿回家，脸红不脸红？丢人不丢人?!……"台下有人接话道："大少爷，俺们开始不敢要，可他们非让俺们要，不要还不行。俺们想，不要白不要，要了也白要，就要了……"苏东贤摆摆手，提高声调说：

　　"欠账还账，欠命还命，哪朝哪代都是这个规矩！欠点儿东西嘛，还好说，不算啥，可是欠的命必须还！……"

　　他的话没说完，苏铁锤等人就破口大骂起来。他们知道，这时候落到还乡团手里，不会有好结果了，不如痛痛快快骂一顿解解气，反正怎

226

么都是死。屠杀也就是从这时开始的。

一群团丁蜂拥上前，把苏铁锤和另外五个农会会员拖出来，扒光了他们的衣服，然后把他们死死摁住。苏东贤轻轻一招手，又有六个团丁蹿上去，他们每人手里擎一把二尺长的牛耳尖刀，各就各位后仰起脸来，等待苏东贤的命令。苏东贤说："你们前些天不是挖蒋根吗？老子也要你们尝尝挖根的滋味，叫你们这些共产党的小腿子再逞能！动手!"随着他的命令，刽子手们一齐举刀，对准那六人的裆部旋去。人们全都吓得捂上眼睛，背过脸去。等到睁开眼睛时，就看到地上突然冒出了六朵鲜艳的花朵，它们冒着热气，不停地跳动。那六个丢了男根的人拼命号叫着在地上打滚，恶毒的咒骂声旋转着升腾，响彻云霄。这时，十数只一直围绕着人群优哉游哉打转转的杂色狗像接到号令，箭一般冲过去，动作快的叼着东西就往大田里狂奔，动作慢的空着嘴紧追不舍……狗们跑得无影无踪了，人们扭过脸来，又看到那六个刽子手手中的尖刀换成了一根半尺长拇指粗的花棍子——谁都认得这是有名的鞭炮之乡谭家坊出产的"二踢脚"。苏东贤又一招手，刽子手们在其他团丁的协助下，将"二踢脚"点着，插进那六个人的肛门里。先是六声清脆的第一响，彩色的纸屑儿纷纷扬扬落了一地；接着是一片沉闷的第二响，仿佛发自地宫里的闷雷。随着这一高一低两批响声，那六个人都往上蹿了两蹿，然后倒地抽搐……

苏东贤收住笑，再一招手，那六个可怜的人就被拖到事先挖好的大坑里，团丁们从裤腰上解下甜瓜状的手榴弹，像玩游戏似的，哈哈笑着，拉火后往里丢。一阵剧烈的爆炸过后，大坑里腾起一团耀眼的血光。人群爆发出战栗的哭声，有人愤怒地往外冲撞，又被刺刀逼了回去。

紧接着，三个团丁从人堆里拖出妇救会长王月英的闺女榆钱儿。王月英昨夜在区委会值更，枪声响起后民兵掩护她逃出了镇子，不然她会死得更惨。尽管十六岁的榆钱儿拼命挣扎撕咬，但还是像被提溜小鸡似

227

的给弄到了土台子后面。土台子挡住了人们的视线,只听到有个声音说:"哈哈,还是个处女呢。"另一个说:"我敢打赌,过一会儿她就不是了……"

这边,又有几个团丁瞄上了颇有姿色的识字班姑娘林翠姑。林翠姑挣扎着往一个团丁的刺刀上撞,刀尖划破了她的脖子。苏东贤定定地望着林翠姑裸露的丰硕胸脯,脸上掠过一丝不易察觉的羞涩。他抬手指指身后的镇子,说:"先带下去看管好,本区长要亲自审讯她!"

接下来,四岁的朱维埃被带到了苏东贤面前。安若一个月前到中共山东分局下属的某部门上任时,把女儿委托给王月英暂养着,说是过些日子,等国民党重点进攻山东的风头过去后再来接她,临走时安若还搂住女儿哭了一场。人们开始都以为,朱维埃毕竟是苏东贤的亲外甥女,不会有大事。但马上就发现,苏东贤摆出的是一副照样凶恶的架势。人们七嘴八舌地喊:"孩子,快叫舅舅呀!……"朱维埃摇摇头,啥也不说,只是默默望着面前这个吹胡子瞪眼的人。

"乖乖,小丫头,你认识我吗?"苏东贤俯下身子,换一种口气,"你不认识我,我可知道你。你的共产党爹娘把你丢下不管,我可不能不管哪。我要大义灭亲了。你这个共产党的小种子,留着更是个祸害!来人!"

朱维埃一双眼睛睁得又大又圆,她可能还不知道害怕,居然上前摸了摸舅舅的下巴。大概苏东贤坚硬的胡子扎疼了她的小手,她委屈地噘起胖嘟嘟的小嘴。这时,两个团丁上前,一个提起一壶洋油朝她兜头浇下,她这才放声大哭;另一个再次得到苏东贤的明确示意后划着了洋火。她迅即燃烧起来,就像一把火炬,像一把被大地的巨掌托举着的火炬。这把火炬在地上旋转、跳跃,淹没了所有的声音,它发出的光比初升的太阳还要明亮十倍……它终于熄灭了,变成一个黑色的枯树桩,但冒出的青烟仍在袅袅上升……

下面轮到小坠子了。小坠子仍是一声不吭,冷冷地望着所有的人。

228

这时没人再催促小坠子叫舅舅，人群变得一片死寂。苏东贤吧唧吧唧嘴，说：

"唉，孩子呀，你娘也真糊涂，挺老实的一个人，跟着共产党瞎闹哄，图个啥！不过，你娘和刚才那个小崽子的娘不一样，我留你一条小命——但要取你一只眼，就当你娘瞎了眼！"

苏东贤仿佛很痛心地晃着脑袋，两个团丁接到命令后跳上土台子，一个伸手扳住小坠子的脑袋，一个操刀在手，先对准目标掂了掂刀子。胆小的都闭上眼，胆大的却在这时看到了令人目瞪口呆的场景——一头雄健的黄牛突然从镇子里狂奔而来，以迅雷不及掩耳的动作跃上土台子，顶穿了正要施暴的两个家伙的胸脯，又踏倒了一片持枪的团丁。场面一片混乱。等苏东贤指挥众人捉住那头角上滴血的黄牛时，小坠子早就跑进青纱帐不见了。

这头黄牛就是大黄。它被拴在一个翻身户家，挣脱绳索后它赶来救下了小坠子，但也招来了杀身之祸。那天晚些时候，团丁们把它的头绑到树干上，四个蹄子埋进土里，放血剥皮后又在它肚子下架火烧烤。基本烤熟时，苏东贤已经把要杀的人都杀得差不多了，刽子手们也感到饿了，就围成一堆用刀子零割着吃"活烤牛肉"。

杀戮持续到半下午才结束，幸存的人们被放回家。回去的路上，不断有人虚脱倒地，哭声到傍晚时仍未停歇。这天晚上，全镇所有人家的烟筒都没冒烟。入夜后，东南风送来了血腥气，风声宛若上天的呜咽，血腥气犹如来自十八层地狱。

苏东贤命人把挂在苏家大宅门口的红牌子取下来点火烧掉，换上他带来的白牌子。他又命人锯倒了南墙根下那两棵连体枣树。团丁们杀猪宰羊大吃大喝一通，性急的到处寻女人去了，他走进后院东厢房，识字班的姑娘林翠姑就关押在里面。

一盏马灯高挂在屋梁上，红彤彤的灯光下，半裸着身子的林翠姑已被人绑在一条宽宽的春凳上。苏东贤抚摸着下巴凝望了一会儿面前这个鲜艳夺目的女人，突然感到久违的激动和不安，血一股股往脸上涌，两腿居然哆嗦起来……半个钟头后，他锁上门，晃晃悠悠、心满意足地来到院子里，就像喝醉了酒一般，感到浑身酣畅淋漓。他从地上捡起一壶酒，猛灌了几口。他心潮起伏、波澜壮阔地想，真是太不可思议了！多年来，他的那个毛病使他总觉得气短，不仅妓女没给他治好，当年高桥大佐曾送给他一个日本女人，也没给他治好（他在日本女人面前，时常感到丢了中国男人的脸面）。可现在，这个识字班的姑娘像施了魔法一样，竟使他转瞬间突然变成了健壮的男人！他做梦都想不到……

月亮升起来了，遍地都是银白色的光。远处偶尔响起砸门的声音、狗的叫声和人的哭闹声。驻进这座大宅院的弟兄都已呼呼大睡，大门外站岗的哨兵好像在唠叨什么。苏东贤仔细听了听，发现他在说梦话。他没有惊动他。他连连灌着酒，感到月亮是那么美，识字班的姑娘比月亮更美；狗的叫声、人的哭喊声和说梦话的声音都那么动听……后来他穿过贴满斑驳红色标语的月亮门，来到南墙根前，一屁股蹲在那两棵连体枣树新鲜的树桩上，把壶里的酒一口干完，就迷迷糊糊睡着了。

苏东贤醒来的时候，先是发现月亮躲进了云层里，接着看到面前站着一个黑色的小人影子。他一激灵，但马上就释然了。是小坠子站在他面前，不知这小崽子啥时候溜进来的。这时他反而不想伤害小家伙了，他想和他说说话，便友好地朝小黑影招招手。谁知小坠子扭头就走，像个幽灵一样轻飘飘的，脚不点地往最里面原先他们兄妹读私塾的小偏院跑去。苏东贤咕噜两句，扶墙站起，鬼使神差似的跟上了小坠子。他经过大磨盘的旧址，经过已经倾坍的马号，快要接近小偏院花砖砌成的门时，突然感到有点儿不对劲——正想收住脚，但已来不及了，他脚下一软，随着"唰唰"的响声，迅捷地朝一个无底的深渊滑去……

也许活着的人永远也解不开还乡团头子苏东贤的死因。这是小坠子布下的最大也是最后一个"陷马坑"——下面就是那口乌龙镇著名的深井，井口不大，约二尺见方。传说康熙和乾隆皇帝下江南时，都曾喝过那里面的水。传说这口井井底有深洞，可一直通到运河下面，也有说直通黄河的。二十多年前，苏继堂老先生还在世，有一天长工绞起辘轳汲水时，看到戽斗里冒出一条伸头探脑的小青蛇，就报告了老先生。老先生说，不碍事，让它爬走就是了。后来，戽斗里又接二连三出现各种颜色的小蛇，老先生情知不妙，说这口井里的水不能再用了，再用就要出毛病了。子仁子信两兄弟说，干脆把它填上算了。老先生吹胡子瞪眼把兄弟二人大骂一顿，命人撤走辘轳，用一块青石板罩住了它。从此，家里人畜用水都是长工短工们到街口的大井里取。以后逢年过节啥的，家里人没忘记到青石板上烧炷香还还愿。老先生过世后，人们差不多淡忘了它。前些日子挖浮财时，农会的人曾怀疑邢氏把金银财宝藏进井里，但没人敢下去探个究竟，往里丢了几块砖头后又用青石板盖住了它。

现在，苏东贤踩中这个深不见底的"陷马坑"，立即无声无息了。小坠子返身回来，手脚并用往井口上挪那块青石板。这时，大门口站岗的团丁听到一点儿动静，扒开门缝往里瞅了瞅，正好看到小坠子手脚伏地的形状。他咕哝了一句："他娘的，哪儿来的一条狗……"就缩回了头。

第二天拂晓，有人看到满身泥土的小坠子溜出镇子，上了运河大堤，一直向北走去。从此，乌龙镇再也没人见到过他。几十年之后，沈阳军区副师职离休干部赵德亮同志（就是苏家大宅原先的家丁头儿赵七）荣归故里时，曾提到他一九五三年在朝鲜战场被美国飞机炸伤住院，在医院里结识了一位名叫龙家根的小伤号。这个小伤号断了一条腿，从他的相貌上看，尤其是那双天真而抑郁的眼睛，很像当年的苏家二小姐艳秋，他的口音也带有龙城地方味儿。但没等赵德亮搞清楚，龙家根就转回国内了。"文革"前听说他在北部边陲的一个小县当过一阵子林业局长，再往后就不知道他的下落了。

43

现在是盛夏的傍晚。在波涛般汹涌跌宕的野苇丛里，他们又在交谈。

解放军鲁西运河纵队撤到这片黄河与运河交汇处的苍茫地带已经半个多月了，一俟整训完毕，他们就将配合跳到外线的主力部队作战，扰乱敌人后方。这地方朱允佩并不陌生，那年日军搞夏季大扫荡时他曾率残部在这里喘息。苏艳秋却是第一次来这里，一见这片无边无际的野苇丛，她就喜欢上了。

运河纵队如今只剩下一个架子，成员以老弱病残居多，真正能打仗的大都编入主力部队了。抗战结束后，朱允佩一下子向野战军输送了一万两千名子弟兵，足足可以编一个加强师，这是他抗战期间一点一滴积攒起来的老本儿。每逢送走一批，他就难过一次。有一天，他找到艳秋，问她愿不愿进主力部队，到更大的土地上驰骋。艳秋认真想了想，说："我是在运河边长大的，永远是大平原的人，我舍不得离开这个地方。司令员你走吧，你是肩挑重担的男人，走得越远，越显得你有力量……"朱允佩没再说啥，扭头便走了。晋冀鲁豫野战军渡黄河之前，野战军一位首长亲自找朱允佩谈话，向他透露说，准备让他担任正规师的师长。朱允佩笑着拒绝了。那位首长以为朱允佩嫌"官"小，说："你摇晃啥子脑壳嘛，师长不行，让你干纵队副司令，可否要得？"朱允佩赶紧站起来，说："首长误会了，我觉得自己缺乏大战经验，不适合在正规部队干。我也许可以当好一只抱窝的老母鸡，却当不好驰骋千里的骏马。首长放心，用不了多久，我又会拉起一支呱呱叫的队伍来，鲁西大平原这口深井里的水是淘不干的……"

在这个问题上，安若和他发生了激烈的争执。她责怪他缺乏远大的志向，是那种小富即安的平民意识。她说："你头顶上只有鲁西平原这片天，看不到更远的天空，很难再往前迈一步。因为你也传染上了天真幼稚这种毛病，总想往个人感情的套子里钻。一旦革命成功，你这种人将变得非常平庸，很快会被甩到时代后面。"朱允佩说："你说得没错。我这种人是属于战争的，战争会耗去我全部的精神，当拿枪的敌人消失后，我也许真就没有存在的必要了。我不是早说过嘛，等革命胜利了，我就解甲归田，去当教书先生。"安若仍旧不依不饶地说："你以前不这样的，是背后有人拖着你！那个人不离开，你就不会离开！那个人不可能真正属于你，到头来你会发现，你做了一件很可笑的事情！"她说不下去了，眼里涌出大颗的泪珠。她或许想用热辣辣的泪水向他证明，她是真正爱他的……

安若后来决绝地离开她战斗了多年的故乡，到外地去任职，与这次争执不无关系。

争执过后，朱允佩似乎变得更深沉了。

晚风浩荡，野苇子排山倒海般发出雄浑的啸声。洁白的苇絮儿遮天蔽日，宛若白云落地，大浪升空，雪团狂舞。这时他不敢吸烟，怕走失的火星引燃一场大火。他捏起一撮烟丝，放在鼻端久久嗅着。她细细品味着他的话，很少发言。话题始终没离开他以前常谈的那些。但她希望每一次都能听出新意。十年前刚结识他时，她就是这么做的。

"……动摇中国根基的革命从一九二一年就开始了，也许还要早一点，不妨从五四运动那年算起。经过不到三十年的时间，革命者终于度过了漫漫长夜，迎来了胜利的曙光。原先我有时觉得自己可能看不到那一天，现在我想说，我们梦想成真的时刻不远了。这个貌似强大的王朝虽然拥有几百万军队，但它的内脏已经朽烂，根基已经倾斜。它碰上共产党这个克星，注定了它是一个短命的王朝。眼下正是它最后的猖狂，因此我们要勇敢地坚持！等这股浊水喷泻完毕，它就会变得不堪一击！"

说到这里，仿佛为了坚定她的决心似的，他顺手解下自己的佩枪，然后庄重地别在她纤细的腰间。这支已显陈旧的自来得手枪曾是当年大土匪韩二杆子送给他的，它陪他度过了抗战最艰苦的岁月。现在他又送给了她——希望它陪伴她一起走到胜利的终点。

接着他向她描绘未来的蓝图——盛世太平，春风万里；政治廉明，行政高效；少有贪污，鲜有腐败；没有剥削，没有压迫，没有饥饿；人民安居乐业，当家作主，干部是民众的公仆……听着听着，她的眼睛湿润了，仿佛她已经看到了那幅优美的图景，抽泣着说：

"那真是太好啦，太好啦……我一定等着那一天……"

他们的目光一次次相遇，每一次相遇都能撞击出比前一次更猛烈的火花。过了一会儿，她叹口气，忧虑着说：

"朱大哥，我有点儿担心……"

"担心什么？"

"担心……担心革命的风暴过去之后，世界还是老样子，因为历史总是在重复……"她脸上挂着迷惘与不安的表情。

"不会的，不会的！"他用极为自信的口气说，"因为这一次革命是最彻底的革命，中国历史上从来没有过这样的革命。"

"唉，也许我太多虑了。我这个人总也成熟不起来，总有一种生错了时代，或者被时代抛弃的感觉。有时我真恨自己。我知道，时代永远是没有错的，错的只是个人。我在书上看到过一位外国人的话，他说，有力量的跟着历史走，没有力量的让历史拖着走。我算哪种人呢？"

"你算哪种人？……"他思考一阵，困难地摇摇头，"还真不好回答。现在来看，你可能没走在最前面，但你不会掉队。走过很远的路后，前面的人可能落到后面去了，说不定你又到了前头。当然，这需要时间来证实。"

这场谈话使她感到很累很乏。黄昏已至，风变小了，苇海也跟着平静了许多。这时她突然发现，他们挨得很近，双方的呼吸清晰可闻。她有点儿害怕。然而，内心的波涛推动着她，使她如登绝顶，如临深渊……这个男人，他顽强地承担着革命和爱情的双重担子，虽有些力不从心，徒生白发，但却巍然挺立，永远年轻。也许她并不爱他，可她佩服他，敬重他，犹如佩服和敬重一个理想、一个渴望。因此也就深深打动了她。这种发自灵魂深处的佩服和敬意，促使她甘愿为他献身，并使她进入一种至福至美的境界。也许这不是一般的爱，而是超越了小爱的一种大爱……

他们紧紧拥抱在一起。他疯狂地吻她，她流着泪，用同样的疯狂来回应他。这是她头一次把自己全部地交给他。当时她并没有意识到，这也是他们生命中唯一的一次……

风暴过去了，四野一片沉静。她枕着他的臂，哼起一首婉转的歌谣——

> 我的爱卿，
>
> 你多么美丽，多么美丽！
>
> 你的双眼有如鸽眼。
>
> 我的爱人，
>
> 你多么英俊，多么可爱！
>
> 我们的床榻，
>
> 是青绿的草地。
>
> 香松做我们的屋梁，
>
> 扁柏做我们的屋椽。
>
> 我是原野的水仙、谷中的百合。
>
> 我的爱卿在少女中，
>
> 有如荆棘中的一朵百合。
>
> 我的爱人在少年中，
>
> 有如森林中的一棵苹果。
>
> 我愿坐在他的阴凉下，
>
> 他的果实令我满口香甜。

他插在我身上的旗帜是爱情……

歌声唤起他遥远的回忆。是哪一年？他站在一条古老的巷子里，雨水打湿了他的发梢，他第一次听到这首带有宗教色彩的歌谣。那时他还年轻，血气方刚，他突然就被这个唱歌的嗓音迷住了。现在，他听同样一个人，唱同样一首歌，人和歌却都已平添了沧海桑田之慨……他感到鼻子一酸，就有两颗泪珠挂在了眼角，她伸手飞快地替他抹去。这时，她蓦然感到，他揽着她身体的那只臂膀像烧红的烙铁一样烙疼了她，便用力拿开他，脱口道：

"呀！你的右臂好烫好烫！"

他抬起左手抚摸了一下，随即摇摇头：

"我倒觉着冰凉冰凉。你太敏感了，艳秋。"

她又试着摸了摸，仍是烫手。她忽然产生了一种不祥的预感……

夜里，侦察员带回了最新情报：全副美械装备的蒋军嫡系整编第十九旅已接替龙城防务。"旅长是谁？"朱允佩顺口问。侦察员答："听说叫白剑雨，是个少壮派。"朱允佩一愣："不会搞错吧？"

苏艳秋是第二天下午才得知这个消息的。这个死人，他怎么又冒出来了？而且冒得这么突然！……她当即昏了过去。醒来后的第一个念头是，命运又给她开了一个天大的玩笑！

44

拂晓的时候，分布在几个宿营点的队伍悄悄集结，然后兵分三路沿着野苇丛向北面的黄土小路前进。林兆法所在的五支队负责殿后，所以别人都走出好远了，他们还在原地踏步。他有点儿着急，手心里出了汗，一个劲地嘟囔咋还不走，再不走别人可就把咱们甩下了。

兆法肩上背着一支三八大盖。半月前他刚领到这支枪时，着实兴奋

236

了一阵子。他一遍遍抚摸着漆皮斑驳的枪身，咧开大嘴说："枪是个好东西。"有老兵取笑他："枪是好枪，就怕你当烧火棍用。"兆法急赤白脸地说："我要让小鬼子吃不了兜着走！"老兵笑得更欢了："怎么是小鬼子，小鬼子早滚蛋了，是国民党反动派！""嘿嘿，一个球样，一个球样。"兆法摸摸大脑门，为自己说走了嘴感到不好意思。

日头露脸后，他们终于迈开了步子。兆法打望着前面长蛇阵般的队伍，真是大开眼界。他有生以来第一次见到这么长的队伍链子。尽管装备、衣着显得很不整齐，但兆法仍然感到很兴奋，不住地前前后后打量。有人从后面踢了他一下，说：

"老实走你的路。"

兆法现在光顾着高兴了，不想和那人计较，所以连头都没回一下。

路过一座小村庄时，几个早起捡粪的老头儿见队伍源源不断走过来，靠前小声问他们认识的人部队往哪儿开，是不是又要打仗。被问的人神情严肃，无心回答。一个留山羊胡子的老头儿对另一个没留胡子的老头儿嘀咕道：

"看样子要去打仗。最好到远一些的地方打，我听见枪响就尿裤子。这病根落下好多年了。"

兆法听见这话感到好笑，心想这老头儿觉悟真不咋样。

其实大伙儿也都在纳闷，不知队伍开往哪里。走了一个时辰后，太阳升到半空中，雾气渐渐消散，热气冉冉而出。无边无际的大田里，秋庄稼已长到齐肩高，如果再来两场雨水，秋季一准是个大丰收。

东北面便是龙城的方向。大伙儿边走边叽叽喳喳议论，有的猜测说要去攻打龙城，有的说要到运河以东人口稠密地方拔除敌人的零散据点，因为眼下没听说主力开过来，单凭运河纵队的力量拿不下龙城。兆法瞅了一眼与自己并排行走的人，对他说：

"打龙城没问题，国民党兵听见枪响就跑。他们一跑，龙城就成咱们的啦。"

"你怎么知道？"那人愣了愣，说。

"是个小个子国民党兵亲口对我讲的，是在……"兆法说了一半，马上抬手捂住嘴。他怕人家追问他，啥时候和国民党兵拉扯上的。但那人对他的话根本没兴趣，只是说：

"同志，你还没睡醒吧？"

当晚，他们在南瓜店宿营。半夜，兆法听见远处响起隐隐约约的枪炮声。他以为在做梦，就使劲掐了把腮帮子，觉着疼后才知枪炮声是真。但大伙儿都在死睡，没人把响声当一回事。天亮后听说，纵队首长指挥先头一、二支队，消灭了驻扎在乌龙镇的敌人一个连和一股还乡团。兆法搓着大手，十分遗憾地说：

"乌龙镇是我老家，我应该去参战啊！也好让我娘和老乡们瞧瞧，我兆法会打仗了……"

吃过早饭，部队继续赶路。这天日头毒辣，没有一丝风，路边的玉米叶片蜷曲着，地上的小草全都昏死过去，树上的知了都像喝醉了似的，鸣叫声像醉汉的梦话。从大田里涌出来的蒸汽直往脸上扑，人仿佛待在蒸笼里，一个个汗水淋淋。汗水浇湿了地皮，像刚下过一场热雨。行进的步伐也开始凌乱起来，拖拉声呛得玉米叶片直翻白眼。兆法倒是越走越来劲，他肩头已经挎上了三支步枪。他满不在乎地对那两个耷拉着脑袋、空着手的战友说：

"这比我当长工时轻松多了。"

走着走着，兆法看到前面的队列里有一个熟悉的影子。他睁大被汗水杀得火辣辣的眼睛，仔细辨了辨，发现是苏同志。后来他才得知，纵队后勤分队这天同他们五支队一起行军，其余的部队这时候都已到达运河东岸。想到苏同志和他走在一个队列里，他的劲头更足了。

傍晌，部队来到一个叫母鸡脑的小村子。前头传下话来，停止前进，就地打尖。炊事员埋锅造饭，其他人躲到树荫下乘凉，空气里混杂着柴草燃烧的气味和粮食的焦糊味儿。兆法趁这个空隙跑到后勤分队打尖的地方，急慌慌和苏同志见了一面。他看到苏同志气色不大好，约莫着她生病了，就安慰她几句。苏同志又叮嘱他说："兆法呀，遇到情况一定要沉着、冷静，不要慌张。"他冲她敬了个自认为很标准的军礼，就跑回原地了。

刚吃过饭，上头又传下话来，说据老百姓反映，近几天龙城里的敌人经常出城活动，种种迹象表明，他们要采取什么行动。支队首长决定马上出发，以急行军的速度前进，天黑以前务必到达运河东岸，和纵队主力会合。

部队按照命令快速向东穿插。兆法肩头上只剩下他自己的三八大盖，那两个让他代劳的战友吃过饭后长了力气，取回了各自的武器。兆法对他们说：

"你们累了我再替你们背。"

往下的气氛顿时显得有点儿紧张，基本上没人再说话。大伙儿虽气喘如牛，但脚步并不敢怠慢。脚步声噼里啪啦，荡起的黄尘罩在头顶上，长长的队伍就像穿行在一条巨龙的肚腹里。下午两点多钟光景，他们走进一片低洼地带，田间稀稀拉拉的各式树木上，知了的叫声疲惫而麻木，呛人的热浪使这片洼地变成了一口大锅，几乎要把里面的人煮熟蒸烂。再往前不远，就该是大运河了。行在最前面的人已经看到了运河大堤的影子。由于阳光太强烈，看上去有点儿发虚。有人自言自语道：

"过了河就好了。"

……当一阵密不透风的枪声突然响起来时，所有的人都怔了一下。

显然中了埋伏。

队伍有点儿乱套。最早中弹的人倒在尘土里，有的哇哇叫，有的打滚，有的一动不动。未中弹的明白过来后，马上离开道路，闪进路边的沟渠和苗儿稀疏的庄稼地，卧倒还击。

他们被压制在这片地势低洼的野地里，根本无险可守。子弹从三个方向蝗虫般飞来，居然还有几发炮弹打过来，轰轰地炸响，腾起一股股高大的烟柱，像洼地里突然冒出几棵土黄色的巨树。支队首长见势不妙，命令队伍从原路突围，一中队留下掩护。随着命令，大伙儿边还击边猫腰往回跑，不断有人倒下，砸得地皮乱抖。

兆法所在的二中队当时行进在队伍中央。枪声最初响起来时，他的第一个反应就是弯下腰，把自己变成大虾的模样。

一个人从后面重重捅了兆法一下，他很生气。回头看时，见那人已经倒地，天灵盖被子弹掀开了，红的白的毛毛糙糙的东西涂满了他的脸。兆法觉得他没救了，就没去管。他看见战友们纷纷跳离道路，也学他们的样子，几步就跨进一条齐腰深的水沟里卧倒，然后摘下枪来，压上子弹，对准前方连开三枪。

击完了第三枪，兆法才想起，刚才忘了睁开一只眼。他想，闭上两只眼打枪，太瞎胡闹了。于是他在心里骂自己："真是糊涂蛋。"他的腰部以下浸泡在腥臭扑鼻的黑水里，好像一条鱼或是一条蚂蟥在咬他的小腿肚，又疼又痒，弄得他心烦意乱。他只好不时地扭屁股蹬腿来驱赶那令人讨厌的小东西。

没打仗前，总觉得战场怪可怕的，真打起来，兆法反而一点儿都不感到害怕。他麻利地打完了膛里的子弹，一摸腰间的子弹袋，发现只剩下四粒。他嘱咐自己，弹药很宝贵，得节省着用。这时，敌人"嗷嗷"叫着从三个方向露了头，兆法看不清他们的脸，但能感觉到，他们很猖狂，根本不把解放军放在眼里。"狗日的，这不是欺负人嘛!"兆法气哼哼地骂着。子弹"嗖嗖"从他头顶和腮边飞过，有的干脆就钻进他面前的黄土里，"噗噗"作响，像受了潮的鞭炮。兆法向冲在前面的一个大个子瞄准，那家伙块头儿和他差不多，手里端一支美国造的卡宾枪。兆法知道那是好枪，他们五支队仅有三支这种枪。说时迟那时快，兆法搂了一下火。没有打中，他很丧气，继续瞄准。这当儿，好像有很多人从他身后跑过，他们往来的方向跑，嘴里都不停地念叨什么。居然有个人从他身上跨过，并且踩了他后背一下，下脚还很重，踩得他打了

240

一个嗝儿。因为他正聚精会神地瞄准，就没当回事儿。

兆法对准大个子又放了一枪。还是没有打中！他摇摇头。在新兵连搞实弹射击时，他本来成绩不错的，五发四中，带他们的郭班长一个劲地夸他，说他将来肯定能成为一名神枪手。然而今儿个却不灵了。兆法琢磨，大概是这个家伙走运，子弹老躲着他飞。于是他决定放弃这个目标，又选准了大个子身旁一个端轻机枪的家伙。

这回终于打中了！那个端轻机枪、长着鹰钩鼻子的倒霉蛋应声倒地！兆法高兴坏了。但没等笑出声来，他就发现不对劲！他前前后后打量一下，发现身边除了一个肠子露到外头的重伤号和七八具尸体外，别的人全不见了！他很惊奇，不由道：

"人呢？咱们的人呢？"

那个重伤号用极其微弱的声音告诉他，同志们都撤退了。

"撤退？咋没人告诉我？"兆法真急了。

"快撤，快……"那个重伤号脑袋猛地垂下来。兆法明白他牺牲了。又损失一个战友，他很难过地揉揉鼻子。但他马上意识到，糟透了，就剩我自己了，娘呀！这可咋办啊……他差点儿失声叫出来。他感到眼花了，脑袋瓜大了一圈，只想着快撤，就啥也顾不上了，慌慌张张爬起来，拖着大枪，像只无头苍蝇，不分东西南北乱跑一气。子弹在他身前身后呼啸而过，最终一颗子弹击中他的右腿，他大叫一声，轰然倒地，号叫不止……

过了没一会儿，战场就寂静下来。这片经过混战的低洼地里，血腥气和硝烟味儿浓得宛若一块坚冰，许久都化不开。一群鸟儿误闯进来，呛得直咳嗽，外加打喷嚏。它们迷失了方向，乱飞一气，有几只鸟儿居然被熏昏了，一头栽到地上。兆法也给呛得满眼是泪，缩着脖子咳，使他暂时忘记了疼痛。

一群敌人上前捉住兆法。其中一个歪戴钢盔的小个子兵，兆法觉得面熟，那家伙也仔细盯了兆法几眼，哈哈笑了。这就是那个当初抓兆法壮丁的家伙。

"哟，你这狗日的傻大个儿，跑来跑去的，还是没跑出国军的手掌心。这下后悔了吧?"小个子兵得意扬扬地说。

"你不是讲过吗? 听见枪响你们就溜，今儿个怎么……"兆法忽然想起这件事情，便伸长脖子问道。

"你他娘的真是死心眼儿。我是说能打就打，打不了才溜。今天能打赢，老子跑个球! 快走，老子们还得靠你领赏呢。"

兆法气得肚子疼。他真后悔，刚才应该朝这个狗日的瞄准，可现在说啥都晚了。他一瘸一拐、龇牙咧嘴地被押着朝一个地方集中。他想起，土改那阵子，有个算命先生路过乌龙镇，他娘林姜氏请那人算了一卦。那人说他家的大门正冲着东边的庙门，等于人冲了神，人自然斗不过神，所以他家才多灾多难、人丁不旺。他娘赶紧张罗着给大门改方向，完工后她的老脸笑成一朵花儿，对他说:"儿啊，咱以后就有好日子过啦。"而今，他被人活捉，又中了一弹，不死也得落下残，苦日子才刚开始……他仰起脸来，面对乌蒙蒙的老天，在心里悲伤地骂道:

"全是放屁!"

地上横七竖八躺着阵亡者的尸体，一个小女兵的尸体分外刺目。她单腿跪地，手里没武器，只有一个打开盖的药品箱，显然她是在救护伤员时中弹的，子弹射穿了她的胸脯，鲜血流了一地，但她就是没倒下，看上去她像跪在一块红布上。兆法吓得眼皮直跳，不敢看她。这时他不由想起苏同志——她走脱了吗?

二十多个被俘的同志被集中到一块儿。兆法居然看到俘房群里有苏同志! 天哪! 天哪! 这是咋回事呀? 苏同志也给敌人逮住了……兆法简直不敢相信这是真的。他看到苏同志军帽没了，头发乱了，衣服上沾着血; 目光僵硬，眼窝深陷，眉头紧锁，面容苍白，就像一朵遭霜打的花……他忍着疼痛，想靠近苏同志问问到底咋回事，但被人伸手拽住，那人又顺势推了他一把，受伤的右腿疼得他眼冒金星，口水直流。兆法难过地垂下头——他不为自己担心，他为苏同志担心哪……

这时，一个年纪大些的军官在众人簇拥下走过来。别人叫他"团座"。有人向团座建议，把这些俘虏处理掉算啦。一听这话，兆法感到脑袋就要炸了，他抬头望一眼苏同志，想到绝不能在她面前装熊，于是就使劲闭上眼睛，梗起脖子，大声说：

"老子不怕！怕死老子不革命！……"

他这副样子把敌人逗得哈哈大笑，笑声像群牛在吼。团座用白手绢揩着额角的汗，对众人说："看他傻大黑粗，没想到还挺有种。好吧，那就先成全他！"两个兵上来拉扯几乎要倒地的兆法。就在这时，只见苏艳秋挥手扇了对她动手动脚的家伙一个耳光，径直走到军官面前，两眼逼视着他，几乎是咬牙切齿地说：

"我要见白剑雨！"

第十一章

45

太阳被西面的城墙挡住了，空气里开始有了点儿凉意。最后一抹阳光洒在望河楼顶端的琉璃瓦上，看上去就像呼呼燃烧的冲天火焰。

一个身着合体的土黄色戎装、佩戴少将军衔的青年将领笔直地站在院子里的桂花树下，他就是白剑雨。他凝望着南面不远处的望河楼，久久伫立。

这座院子是龙城最古老的院落之一，最早是清朝时期的州府衙门，后来是国民党龙城公署，再后来是日军驻龙城司令部，现在成了整编第十九旅的指挥部。白剑雨把最里面的那个小套院当成自己的官邸，穿过两扇上面带有绘刻图案的黑漆大门，就是占地约一公顷的主院。黑漆大门上的绘刻因年代久远已很模糊，仔细辨认，好像是"姜太公钓鱼"和"麒麟送子"。位于主院中心的那座两层拱楼是作战室，里面摆着沙盘，张挂着巨幅作战地图。

七天前，白剑雨率十九旅八千官兵迈着整齐的步伐从东门入城时，他没有坐那辆王耀武司令官送给他的美国吉普，而是骑着枣红色的东洋马行在最前面。十年前，他还是这座城市里的一个穷学生，而短短十年之后，他却可以主宰这座古城了。这个变化使他深深感到，战争是能够

244

创造奇迹的。如果没有战争，他如今能干啥？当教书先生，还是当建筑学家？……直到面色蜡黄、仿佛一阵风就能刮跑的大烟鬼姚振国率一干人丑态毕露挡住他的马，他才醒过神来。姚振国风摆杨柳般连连冲他作揖施礼，嘴里吐大烟泡似的冒出一长串称呼："老同学""白旅座""白将军""白兄"……他皱了好一会儿眉头，方想起此人确实是他当年在师范读书时的同班同学。但他那时不喜欢这个人，现在他仍不喜欢这个当过汉奸臭名昭著的人。他挥了挥马鞭子，卫兵就上前咋咋呼呼推开了这些挡路者。他目不斜视地经过东关大街、米市街，路过状元街口时，他却下意识地勒住马，往里凝望了片刻……

望河楼顶端的色彩渐渐暗下来，白剑雨收回目光。半下午时，就有探马来报告，说二团已经得手，轻松斩断了朱允佩的一条"尾巴"。这是十九旅从苏北开赴龙城后的第一仗，他牛刀小试，结果已在意料之中，所以他并不是特别兴奋。他现在最牵挂的，除了下一步的战事，就是苏艳秋。

黑漆大门被人猛地从外面推开，响声之大，令白剑雨有些愠怒。一群官佐簇拥着一个穿解放军服装的女人，突兀地站在他面前。他仅仅扫了她一眼，旋即就惊呆了。仿佛中了雷击一般，全身"嘭"地燃烧起来。他只是对二团团长刘德彪说了句"你为我立了大功"，再也说不出一句完整的话。后来，他恍恍惚惚地把刘德彪及其随从送走，刘德彪临走时没忘记把艳秋的武器留下；接着，他又把自己的随从副官、机要参谋、马弁、勤务兵、伙夫等所有的人都撵出院子，然后颤抖着双手闩上大门。

现在只剩下他们两个人了。四目相对，时间仿佛凝固了，或者像时光倒流，又回到了从前。也许因为心里早有准备，艳秋并没流露出丝毫的惊讶。但她的身体虚弱到了极点，虚弱到连一句话都无法说出口的地步。她唯一能做的，就是倒下来，倒在他的怀里。在这之前，她之所以硬撑着没倒下，并非她多么坚强，而是她一直没有找到可以倒下的地方。如今她找到了这个地方，就再也撑不住了……

不知过了多久，她才睁开眼。这时她已躺在一张雕花大床上，身穿干净轻爽的丝质衣衫，脸也被擦洗过。透过薄如蝉翼的蚊帐，她看到朦胧的灯光下，他坐在床头，手里摇着一把精致的折扇（上有于右任的题字），缓缓给她送风。见她醒来，他放下扇子，伸手握住她的手，另一只手替她轻轻拭去眼角的泪珠。怔了许久，他才开口：

"小秋，到现在我还觉得像一个梦。"

"是的。尽管不是梦，但更像是梦。"

"我一到这里，就四处派人打听，后来听说你在他们那边，但可能随刘邓过黄河了，我就担心这辈子再也见不上了……这下好了，我十年努力没有白费，十年奔波不都是为了这一天吗？……"

"自打你走后，我不敢奢望还有这一天。战争是心灵的劫难，它能无情地打碎珍贵的东西，而且连眉头都不皱一皱的。现在，你不是从前的你，我也不是从前的我了，我们都变了，变了很多。有时自己看自己都觉得奇怪——这人是谁？是我吗？我怎么成了这个样子？……在别人眼里，那变化可能更大，大得都不敢相认，就像压根儿不曾相识那样。几个小时前，谁能想到我会变成你的俘虏？当然，你不会杀我，我算是一个幸运的俘虏兵。但我却感到，原先的那个我已经被杀，现在的我是另一个我，一个连我自己都不认识的我。你还认识我吗？……"

"不论怎么变，在我眼里，你还是你，永远不会变成另一个人。我离家十年，原先认识的人差不多都忘了，忘了个一干二净——甚至连我父亲的模样都记不清了，但我就是忘不掉你。我们之间的立场之分、原则之别，与我们的亲情和念想相比，不算什么！或者说完全是两码事。也许多少年后，什么立场呀，原则呀，都模糊了，界限不清了，可我们爱情的颜色并没变淡，反正我是这么想的。我不怕上峰和同僚们怎样看待我们。我愿意重新开始，把隔断的日子接续上，一起往前奔……你不知道，前些天接到国防部命令，让我率十九旅驻防龙城，我兴奋得三天

246

没睡，当时就预感到会有这一天的……"

"你不该回来，真不该回来。八年抗战，你躲到哪儿去了？我们在这里流了八年血，鬼子一走，你们却又来了。"

他愣了愣，随即收回手，撩起衣襟，后来干脆脱下洁白的衬衣，又挽起裤筒。她看到，他的肚腹、后背和大腿上共有三处醒目的伤疤，就像三枚陈旧的铜钱，散发着幽幽蓝光。"这都是鬼子留给我的。九死一生啊！"他说。

"有没有打内战留下的？"她冷冷地说。

"内战的伤疤还没落到我身上，但我已做好了准备。"

"可你今天下午杀了三百多！"她呼地坐起来，剧烈咳嗽了几声，"那都是些庄稼人的孩子，都是些活蹦乱跳的生命，十八九岁，二十出头儿，没进过一天学堂，识不了几个字，几辈子受穷，家里刚刚分了二亩地，自家地里生长的粮食他们一粒还没吃上哪！……白剑雨呀！你会遭报应的！"

"可我不杀他们，他们就会杀我。战端既开，军人想洁身自好，那是妄想。要么杀人，要么被杀，就这么简单。"

"但生活，生活毕竟不是互相残杀的游戏！"

"……咱们今天不谈这些，好吗？"他不自然地笑笑，费力地咽下一口唾沫，伸手给她捶背。她拿开他的手，疲惫感再次攫住了她，她又昏睡过去。

后来的几天里，她一直处在迷迷糊糊、昏昏沉沉的状态中，忽冷忽热，手脚打战，冷汗淋漓，说胡话，犯癔症，牙齿咬得"咯咯"乱响，偶尔尖厉地惊叫两声。白剑雨寸步不离地守望着她，固执地打发走副官和勤务兵，掩上房门，亲自给她喂水喂药。稍微清醒的片刻，她深深感到并且相信他还是爱她的，乃至比先前更强烈。抗战胜利后，在南京，他坚决拒绝了一位国民党元老千金的求爱，一直独善其身。他至今还保留着做学生时她给他买的那件带狐皮领子的呢子大衣。她迷蒙地望着他老成持重的脸膛，一遍遍地追问自己：你还爱他吗？他还值得你爱吗？……却又不敢接受那个答案。往往没等那个答案水落石出，她就掐断了思路，拼命往外挣脱。她还发现，每逢他靠近她的时候，她就能闻到一股气息，是那种只有战场上才有的气息——血腥的气息、硝烟的气息、死亡的气息、腐殖的气息……从第一次和他见面起，她就真切地闻到了这种气息，并且随着时间流逝，她感到自己身上也沾染了这种气息。为此她更感疲倦、痛苦和虚脱。她想，如果那种爱还在，这将是一个多么沉重的爱呀，太沉重了，太沉重了！她的肩膀担负不起……睡梦中，她听到"咯嚓咯嚓"的响声，以为那是她的骨头断裂的声音……后来，她被压扁了，最终成了粉末，一阵风刮过，就不见了……

直到院子里那棵桂花树的叶子泛黄时，艳秋的身体才渐渐复原。她推开房门倚在门框上，微微喘着气。过了一会儿，她缓缓走到明净柔和的阳光下，抬头遥望久违的蓝天。现在该是收获的季节，农人们收获庄稼，革命者收获胜利，恋爱者收获爱情，狩猎者收获猎物。她能收获什么？……她伸出双手，掌心朝上，感到被阳光灼疼了时，突然攥紧拳头——她试图抓住一点儿阳光，可是，掌心里却是暗影。

这几天城外的形势有点儿吃紧，白剑雨顾了这头顾不了那头，常常连饭都吃不利索，胡子来不及刮。她想拉他坐下来，好好谈谈，启发他下决心往大路上走，就像当初朱允佩启发她那样。但要么他没空儿，要么他拒绝谈这些，用别的话搪塞过去完事。他谈起他们的儿子小坠子，艳秋心间一阵阵发紧，眼里顿时泪汪汪的。他反而安慰她，说：

"都怪我，当初不该有那个孩子的。国家内忧外患，生命便成了草芥。如今外患既除，内忧仍重。但用不了多久，国家即可走上安康之路。一旦剿灭共产党，就会好起来的。"

"你真这么自信吗？"

"当然。领袖去年说三到六个月即可完成剿共大业，他有点儿操之过急。三年如何？顶多五年。那就再坚持三到五年吧！"

"如果全翻过来呢？"

"……咱们还是少谈这些。"白剑雨默然片刻，摆摆手说，"要不争起来又没个完，还是让时间来说话吧，时间是检验历史的唯一标准。"

接着他聊起多年前的一个许诺："当初分手时我曾经说过，如果能活着回来，一定重新为我们举行一场隆重的婚礼，让全城人都知道，你是我的爱人。如今我可以这么办了……但是还得请你原谅，我想再拖一拖，因为眼下战事正酣，人心浮动，为自己大操大办私事，会引来飞短流长，有辱党国军人形象……"

艳秋早就把他的这个许诺忘到了脑后，心想知道我们的人难道还少吗？于是她摆出一副根本不屑一顾的样子，叮嘱他以后绝不可再提此事。

又过了些日子，艳秋发现自己怀孕了。她悄悄掐算了一下，大吃一惊：这孩子是朱允佩的。这以后她的身体时好时坏，她决定先留下来，慢慢再做别的打算。

林兆法的腿伤是一个月后疗好的。伤口虽然愈合了，但里面的骨头碎了一块，下地走了几步后他发现，明明是平地，他却觉得老是摇晃。他变成了瘸子！

于是，他傻眼了，一屁股蹲在地上，像个老娘儿们似的呜呜哭起来。负责为他疗伤的军医说：

"你哭个球！若不是旅座太太交代过，你的小命早就没啦！腿短一截总比掉脑袋强吧？"

尽管军医说得在理，兆法仍是难过得要命。夜深人静时，他哭过好多次。他对自己说：

"你完啦，不中用啦。要是老娘知道了，还不得上吊？"

住院期间，苏同志来看过他两次，给他带来不少美国罐头和饼干。他一直没弄清，苏同志咋变成了白旅座的太太。过了些日子，他才搞清楚，并且把如今的白旅长和先前的穷学生白剑雨连到了一块儿。他在苏家当长工时，没少听邢氏老太太骂这个人，可人家现在当上了堂堂旅长。早知道这人能当旅长，老地主婆当初就不会生那么大的气了，可见人是没有前后眼的。

那些一同被俘的人据说靠白太太说情，都给放走了。不过，怕他们回去后再参加解放军，临走时截掉了他们的右手食指，这样就没法儿打枪了。

这天，苏同志派一个姓周的副官来接兆法。兆法一瘸一拐跟周副官往旅部走，沿途碰到的人都津津有味地看他走路，弄得他很难堪。周副官把他领进一个门口有卫兵站岗的小院，对他说：

"在太太面前，你要放规矩点儿。"

苏同志把他迎进屋里。他看到她眼神发怔，脸白如纸，像是在生病，心里愈发不是滋味。

"兆法，这儿不是久留之地。我说通了白剑雨，放你回家。"她拿出一摞银圆放在他面前。

"苏同志，你咋办？"

"我先不走，也走不了。"她顿了顿，又说，"我回去，顶多只能杀几个敌人。但我留在这里，也许可以阻止他们杀更多的解放军。"

"那我……也不想回了。"他低下脑袋，小声说。

"为什么？"她很吃惊。

"我这个样子，咱们队伍不会要我了，回到家，我娘一见，还不得上吊？"

"她老人家早晚会知道呀。"

"晚知道一天是一天。"兆法态度很坚决。

"那你留下干什么？"

250

"刚才，我见马号里拴着匹大洋马，就让我喂那匹马吧。再说，我留下来，没准儿能给你当个帮手。"

从此，兆法成了白剑雨的马倌。

这匹枣红色的东洋马是白剑雨的心爱之物，是他亲手从抗日战场上缴获的。第三次长沙会战时，七十四军军长王耀武的指挥部被一股突然闯入的日军骑兵围困，关键时刻，白剑雨率他的连队赶来，和鬼子展开白刃战，救下了王耀武。他在背部负伤的情况下，亲手刺死一个鬼子少佐，缴获了这匹东洋马。王耀武当场提拔他为营长，并把东洋马赏给他。在以后的战斗中，白剑雨骑着它东征西战，屡立战功，这匹东洋马也曾数次救过他的命。后来，尽管有了美国吉普车，他仍舍不得弄走它，经常骑上它外出兜风。

兆法住在马厩旁一间堆放杂物的小偏房里，几乎天天和苏艳秋碰面。周围无人时，他叫她苏同志；有旁人在场，他就称她为太太。静静的夜里，兆法睡不着，他觉得他能听到一种奇特的声音，声音来自白剑雨和苏艳秋的卧室，宛若秋水的喧响。兆法更加难以入眠，他对自己说：

"你行啦，安心做你的和尚吧。"

每天下午，兆法都要外出遛马，本来就毛色鲜亮的枣红马在他精心饲养下，愈发光彩照人。有一次白剑雨对他说："你这家伙不是块当兵的材料，喂马倒真有两下子。等完成剿共大业，说不定我就解甲归田，到时我弄几匹良种马，还让你来喂。"说得兆法喜滋滋的。

一天下午，兆法牵着马走到南关大街，碰见那个曾与他有过一面之交的胖伙夫。胖伙夫和活捉他的小个子兵一样，原先都是杂牌子五十七师的人，晋冀鲁豫野战军主力过黄河前，消灭了该师，有些漏网者转投了十九旅。兆法主动和挑着菜筐的胖伙夫搭话："老哥，还认识我吗？"胖伙夫愣了半天，猛地一拍油乎乎的脑门，惊呼："这不是旅座的马嘛。那天我以为你老开了小差，哪想你老混到旅座身边去了，贺喜贺喜！"兆法略略得意地干笑两声。胖伙夫说："咱俩算是有交情，以后可要多

251

关照，提携兄弟。"兆法说："那是那是。""哎，你老这腿，怎么啦？"胖伙夫摆出一副很关切的样子。兆法吭哧了半天，才憋出一句话来：

"不小心，走了火。"

"唉，可惜可惜。"胖伙夫的大脑袋摇得像个货郎鼓，"我先走一步，你老慢走……"

兆法外出遛马时，还结识了一个人。那人三十七八岁，中山装的上衣口袋里别了三支钢笔。他自我介绍说，他是国立师范学校的国文教员，大号柳九端，不但写一手好字，而且写一手好文章，常年给一家报馆写专栏，用浅草的笔名发表，在本城很有名气。他用夸张的口气对兆法说："兵爷您打听打听，本城没几个不知道我柳某的。"兆法说："我吃饱撑的，打听个球。"柳九端毫不介意，继续喷着唾沫星子说："兵爷您别见笑，我这人毛病多，爱喝酒，嘿嘿，还喜欢女人。自古才子爱佳人嘛！"兆法红着脸笑了笑。柳九端摇头晃脑又说："您跟白旅长做事，算是福分。白将军原先是敝校的高才生，如今是敝校的骄傲。只可惜柳某来得晚，未和他结下师生之谊……他文武兼备，实乃党国栋梁之材，在下钦佩已久，早想写篇文章颂扬一番，苦于没有机遇。日后请兵爷您代为引见一下，如何？"

好久没人和兆法聊天，他感到憋得难受。见柳九端很直爽，吹起来没个完，而且一肚子墨水，兆法不觉喜欢上了他，以后外出遛马时，他经常多走点儿路，到师范门口等柳九端，听他吹乎一阵。一次，柳九端很神秘地对兆法说：

"兄弟有雅兴吗？晚上我带你去开开洋荤。"

"洋荤是啥，是洋葱吗？"

"嗨！洋荤就是那个那个……"柳九端哈哈笑着，连说带比画。兆法弄明白后，脸涨成了枣红马色，受过伤的右腿大筋突突跳了一阵。柳九端拍拍兆法肩膀，又说："就这么着，晚七点我在这里等你，包你老兄玩个痛快！"

兆法真给柳九端说动了心。他向周副官请假，说出去逛逛夜景。周副官说，出去可以，但不许逛窑子，旅座治军严，最恨部属往女人窝里钻，如有违抗者，重打二十军棍，扣三个月的饷。兆法虽有些迟疑，最终还是一咬牙出了门。柳九端带他来到东关附近一家名叫夜来香的大杂院门口，他感到腿肚子一个劲地抖，就抓住柳九端的胳膊说："柳先生，我不想去啦。""都到门口了，居然想撤兵，你白长那东西了。"柳九端极力撺掇他。"我怕旅座知道。""你管他呢，先痛快了再说。""我……我忘了带钱。"其实兆法怀里揣着两块大洋。柳九端大包大揽地说："没关系，记我账上。嘿嘿，我身上也没带现钱。""你也赊账？"兆法惊奇地问。柳九端从怀里抽出几张纸片晃了晃，得意地说："柳某从不赖账，没钱就用这个顶，小佳人明日把它送到报馆，即可领到稿酬，也省得我跑腿儿。"

柳九端连拉带劝把兆法哄进了一间门头房。五十多岁、满脸白粉的鸨婆立马迎上来，用和她的年纪不相称的细软腔调说：

"哎哟，是柳大文人，柳大爷！还有这位兵爷，咋这么面熟。快快请进，姑娘们想你们都想疯啦！……"

柳九端顺手往鸨婆怀里掏了一把，然后招过一个脖子挺长嘴巴挺大的女人，拥着她撩起门帘朝里间走。走到二门口，他回头对兆法说：

"林老弟，这儿就是你的家，你想干啥就干啥。我等不及，先进去啦！"

鸨婆不由兆法分说，唤过一个又高又壮的女人，说："兵大爷，她艺名叫野玫瑰，是夜来香头一号大明星。我的玫瑰儿，这位兵爷身经百战，劳苦功高，你可要好生侍候。"野玫瑰上前拉兆法，兆法连连倒退，他感到脑袋要爆炸，血液要倒流。更要命的是，他恍惚中觉得面前这位香气扑鼻的姑娘就是苏同志……垂手立于墙边的其余五六个姑娘也像是苏同志……他慌得站不稳，挤鼻子瞪眼地说：

"不不，不不……"

"兵爷您别不好意思。"鸨婆抬腿顶顶兆法屁股，"国军弟兄没有害羞的，我看您这位兵爷心肠软和。唉，兵荒马乱的，客人少，生意淡，姑娘们都闲出毛病来了，兵爷您就行行好，给治治……"

兆法像被人追赶的小偷一样，拼命逃出房间。一出门他就狠狠跌了一跤，那条伤腿疼得厉害，两块大洋也从口袋里蹦出来添乱，骨碌碌向两个方向滚去。他听到鸨婆对刚钻进去的一个嫖客说：

"他那东西不好使，哪像您老，呱呱叫！"

兆法头昏脑涨从黏糊糊的地上爬起来，钱也顾不上捡了，大步流星窜出老远，才敢停下来喘口气。他回头望望，既伤心又生气，不由骂道：

"柳九端！你真不要脸……"

不知苏同志在干啥，一瘸一拐往回走的时候兆法想。

47

朱允佩指挥两万余人攻城的时候，他和苏艳秋的女儿白雪刚出月子。

鲁西大平原上的蒋军已经基本肃清，只剩下一座孤零零的龙城。白剑雨率十九旅依托坚固工事和强大的火力，殊死抵抗，拒不投降，注定了这将是有史以来大平原上最惨烈的一役。

那天深夜，苏艳秋被小白雪尖厉的哭声惊醒。她睁开惺忪的睡眼，拉亮电灯，侧起身子，把坚挺的乳头塞进白雪嘴里。白雪喂了没几下，就把小脸一歪，吐出乳头。艳秋扳过她的小脑袋，再次把乳头顶进去，紧接着又被她吐出来。艳秋感到奇怪，仿佛不认识似的盯了一阵自己的乳头，然后用力捏了捏——她这才发现，双乳干涸了，一滴奶汁都挤不出来了！明明昨晚临睡时，乳汁还哗哗往外冒的，把衬衣都打湿了。可现在，说干就干了。

白雪发出更加尖厉的哭声，小脸蛋儿拧成一团，晶莹的泪珠流进耳朵，像有两串长长的珍珠不停地往下滑落。艳秋变着法儿哄她，怎么也哄不下，只好披衣下床，抱着她在房间里踱来踱去。她用眼睛的余光看到，那本淡黄色的、平时被白剑雨视作宝贝的、蒋中正所著的《剿匪手本》不知何时掉落在地，上面爬满了数不清的黑蚂蚁。惨淡的灯光下，蠕动的蚂蚁疙瘩令人毛骨悚然。在白雪焦躁不安的哭声中，艳秋蓦然感到惊恐和忧虑……

这阵子风声趋紧，白剑雨干脆搬到作战室住了，艳秋好几天见不上他一面。半年多来，她有机会就劝他，他越听越不耐烦。有一次，他急乎乎地说："朱允佩和我作对就够我受啦，你也夹进来瞎掺和。我们只是夫妻关系，最好不涉及政治。我再说一遍，我们之间不要再涉及政治!"艳秋当仁不让，说："不是共产党和你们作对，也不是我和你作对，而是上苍在和你们作对! 你们是斗不过天的，因为你们腐烂了，失去了民心。腐烂的东西只有灭亡，你们幻想能够起死回生，那只能是幻想。既然如此，不如爱惜生命，让多一点的人幸存下来，这也算是你的造化……"没等她讲完，他就拂袖而去。

这天深夜，艳秋抱着啼号不休的白雪来到院子里。抬头看，虽不见月亮，但星光璀璨，天穹高远;四周很静很静，甚至听不到一声枪响，艳秋渐渐平静下来。后来白雪睡着了，她把她抱回房间，可刚把她放下，她又哭起来，艳秋只得又抱着她来到院子里。这一夜，白雪哭哭停停，艳秋一直抱着她徘徊，头发都让露水打湿了，感到脑袋沉甸甸的，仿佛戴上了一顶铁帽子。天快亮的时候，艳秋倚靠着那棵桂花树迷糊了一会儿。睁开眼时，依稀看到一片废墟，她灵醒过来，心里"咚咚"乱跳，再也没了睡意。直到东方发白，白雪再次放声哭号，她听到小院外的大院里响起一片慌张凌乱的脚步声。紧接着，似乎在遥远的天边，传来激烈而沉闷的枪炮声，大地在震颤……

攻城第一天，双方主要围绕外围阵地展开拉锯战。守军在个别地段

255

虽有所动摇，但无关大碍。傍晚，艳秋把白雪交给勤务兵照看，然后整整衣衫直奔指挥部作战室。有个值星参谋在楼门口拦住她，勉强笑笑，说旅座有令在先，不许夫人进去。这时她听到白剑雨正在里面接听电话，声音很大，对方好像是王耀武。白剑雨铿锵有力地说：

"请司令官放心，我十九旅一定抓住这个难得的机会，一举歼灭鲁西共军，守住济南侧翼……"

艳秋极为痛苦地摇摇头，看来他真要在一棵树上吊死了。她颓然坐在楼门口的青石台阶上，心乱如麻。

到了第三天，外围几个重要阵地相继被突破，形势顿时吃紧。白剑雨向济南求援，王耀武一面答应派兵，一面严令他死守，说只要坚持七天左右，估计共军急攻不下，在付出重大伤亡后，就会自行撤出。

最后的时刻已经来临。心烦意乱的艳秋见不上白剑雨，在家里坐卧不宁，只好外出转悠。她看到大街上一片混乱，几乎见不到老百姓的影子，估计大多数人已经出城躲避战火，面前跑来跑去的都是些疲惫而麻木的军人。有些地方的房屋中弹起火，浓烟滚滚，空中散发着呛人的气味。不知不觉，她来到状元街上。自从进城后，她一直没顾上来这里走走，她为自己的这份大意感到羞赧。现在，这条昔日热闹有序的古老街巷人去屋空，到处是丢弃的日杂用品、碎砖烂瓦和人畜的粪便。她推开状元街七号几近朽烂的木门，走进自己曾经生活过数年的这个家。那棵千年老槐树已经完全枯死，连一片发青的树叶都见不到了。抗战胜利后，这里成了别人的家，新主人可能刚刚逃走，零碎东西撒了一地，有一捆青菜的叶子上还沾着水珠。站在陌生而又熟悉的院子里，她百感丛生，难以自抑。父亲的昌顺粮行当年使用的量器——方形木斗和圆筒形木斛仍存有两具，只是它们半埋于墙根下，里面爬满了青草；透过窗棂，她看到当年她和艳若居住那间屋子的墙壁上，离地约一人高的地方，她用硬器刻画的耶稣受难的图案仍依稀可辨……物犹在，人已非，她呆呆地望过一阵，就踉踉跄跄退了回去。

紧接着，她拐进著名的运盛金店的院子里。这里的情景更是出乎她的意料，她看到，十多间房屋大都变得破烂不堪，有的已经摇摇欲坠；地上荆棘丛生，野茅草可抵人的腰部，蛇、鼠、蜥蜴在其间出没……大概自从季广庆老掌柜离开后，这里没再住人。她不由想起那位慈眉善目、宽宏大量的老人，记得他临走时曾经说过，等打完日本人，他再回来做生意。如今，日本人早已被打败，可他并没有回来。也许他死了，也许他也追随着儿子们去海外了，看样子他永远不会回这里了。

　　她的目光久久停留在后院那排工匠们干活的作坊上。她的初恋就是在那里发生的，是这种爱情给了她最初的快乐和生活的信心，从而改变了她的人生之路。多年之后，他们再次因爱情而相逢，她不得不承认，他仍是她一生中唯一最爱的人。但她随即发现，这种爱是生不逢时的，就像一片薄薄的云彩，经不住阳光照射，经不住风的吹击，谁又能抓住这一小片云彩呢？事到如今，那个人根本不知道为了什么而打仗。为国家？为民众？为自由？他都不是。为高傲？也许有一点儿。他认为自己是正宗的力量，是这个王朝基座上的一块石头，所以他就目空一切，毫不痛惜地把手下数千条生命驱赶到战争的祭坛上，疯狂地戕害他们和他们的敌人。那个人，他没有辜负她的身体，却辜负了她的爱和善！若辜负她的身体，她不会在意；但他辜负了她的爱和善，便使她痛苦万状，五内俱焚。因为她把后者看得比前者重要百倍。她辜负过他吗？或许白雪的出世是她对他唯一的愧疚，因为白雪的亲生父亲是朱允佩而不是他，但那是他多年无音信之后才发生的，她可以为此负罪，并愿意接受任何惩罚……

　　城外的某个地方响起隆隆的炮声，好像还夹杂着喑哑的喊杀声。一阵细微的响动之后，艳秋看到从草丛里钻出一条足有三尺长的赤链蛇，它爬到离她两步远的地方停下来，冷漠地望着她，阔大的嘴里喷发出电光石火。她此时一点儿都不害怕，用比它还要凶狠的目光逼视着它，结果它伏下丑陋而精致的脑袋，抖抖尾巴就跑掉了。她也随即离开了这个

257

伤心之地，朝望河楼走去。

走到离望河楼约一箭之地时，一颗远程炮弹从她头顶上掠过，像长了眼睛似的，准确地落在望河楼楼顶上，轰然炸响，无数的琉璃瓦片大面积放射开来，把阳光切割得支离破碎。爆炸的气浪灼疼了她的脸。她没有停顿，继续朝前走。她想爬到楼顶上去，向远处望望，但楼门口上了锁的铁栅栏挡住了她。这时，她远远地看到，东面坍塌了一角的大戏院门口，有个灰色而孤独的人影子，就抬脚朝那里走去。

是个抽签算卦的中年人蹲在积满垃圾的台阶上。他的一只眼睛好像有点儿毛病，不停地眨巴。他面前有个鸟笼，鸟笼前摆了块木块，上面放着一堆纸签。艳秋想起，当年她做学生时，曾见过这种小鸟叼签的算卦方式。每逢有人来问卜，卦主就把鸟笼门打开，小鸟跳出来叼一张纸签放到求卦者手上，然后再跳回笼子里。卦主则按那张纸签上的"隐语"向求卦者解释含义。见有人光顾，算卦的中年人欠了欠身子，说：

"太太，想算一卦吗？"

艳秋蹲下来，伸出一只苍白的手。中年人把鸟笼门打开后，那只叫不上名儿来的黄色鸟却怎么也不肯出来，它凄婉地叫着，仿佛受到惊吓，在笼子里拼命扑腾，掉落的羽毛被它的翅膀扇出好远。中年人脸色难堪极了，那只好像有毛病的眼睛眨巴得更厉害，牵扯得耳朵都跟着跳动，不知他在生小鸟的气，还是被问卜者的不祥之兆吓破了胆。

"其实不用算，我也知道那个结局……"艳秋满面忧戚，自言自语道。她往木板上放了一块大洋。中年人怕它烫手似的，根本没敢捡，拎起鸟笼和一应物品仓皇远去了。

这时，又有一队担架兵抬着二十几个伤兵歪歪斜斜走过来。艳秋站起身，拍打两下裙摆上的尘土，迎着他们走去。带队的少校军官可能认识她，命令队伍停住，又送给她一个讨好的苦笑。她的目光先是缓缓扫过那些面无人色低声哀号的伤兵，然后走向一个身上缠满绷带只露出一张娃娃脸的小伤号。他有多大？顶多十五六岁，肯定不超过十七岁。她

258

蹲在担架前，掏出手绢轻轻为他擦拭脸上的血迹、汗迹和灰尘。这个瞬间，她觉得他是她的孩子，她是他的母亲……他好像哭了。她手中的丝帕吸进了太多的水分，变得沉甸甸的，仿佛刚从水里捞出来似的。很多人背过脸去，不忍再看。她说：

"孩子，你知道自己为谁打仗吗？"

他困难地摇头。

她又问别人，他们也是摇头。

"那你们为什么不想法子逃跑、投诚？！"她的语气里明显带有责怪和愤慨，"你们知道吗？你们的死伤没有任何意义，和那些死去的苍蝇蚊子没有什么两样……"

少校军官上前打断了她的话，再次送给她一个苦笑后，就带着担架队匆匆奔往设在运河街西侧的野战医院去了。

她回到望河楼后面的指挥部大院时，见两个荷枪实弹的士兵从刚停稳的汽车里拖出一个骨瘦如柴的男人。那人一身小商贩打扮，面色枯黄，无风自摇，宛若一具活骷髅。白剑雨杀气腾腾步出楼门，有个士兵说："报告旅座，市党部政训处长姚振国带着党国机密文件想去投共，被我们捉住了。"姚振国瘫软在白剑雨面前，一边磕头一边少气无力地呼叫："白旅座啊，老同学啊，振国并非背叛党国，而是想去侦察共军动向……"白剑雨冷笑道："你这种人最下贱。日本人来了，你当汉奸；国军得势，你口口声声效忠党国，万死不辞；如今共产党得势，你又想去吃人家的奶。白某最痛恨你们这些飘摇不定的小人！"

白剑雨一挥手，两个士兵架起尿湿裤子的姚振国，把他拖到院子的东北角上，一枪就打飞了他的天灵盖。

又过了一会儿，周副官从前沿阵地回来，喜不自胜地报告正要进楼的白剑雨，说据可靠消息，共军攻城总指挥朱允佩的一只胳膊被炮弹皮炸断，已转回后方疗伤。艳秋一听，感到头晕目眩。她摇晃着上前两步，用力扶住一棵桃树，抢在白剑雨前头，急切地问：

259

"消息……消息可靠吗？"

"绝对可靠。"周副官用眼睛的余光瞄她一眼。这位周副官抗战前是济南城里的大学生，三十五六岁，戴近视眼镜；他和白剑雨在战场上结下了情谊，白剑雨很信任他。

"是哪只胳膊？"她不敢和周副官对视。

"有说左，有说右，还没搞清，反正不是左就是右。姓朱的，国军炮弹皮的滋味不错吧，哈哈！"

"不必太得意忘形。"白剑雨对周副官说，"啥时候敲掉他的脑袋，你再高兴不迟。"

"一定是右臂……一定是右臂……"艳秋想起那次在连天碧浪般的苇丛里，他那只滚烫的右臂，完全忽略了身边的白剑雨等人，目光迷离，喃喃自语。白剑雨若有所思地盯她一眼，转身进了作战室。

48

一发重磅炮弹正好落在马厩门口，轰然一声巨响，硝烟散去后，白剑雨那匹心爱的东洋马被炸得四分五裂，马头飞到了三丈开外的美国吉普上，把车顶的厚帆布砸了一个血淋淋的大洞；两条腿上了房顶，另两条腿不知去向。白剑雨知道后，心疼得几乎落下眼泪。林兆法似乎比白剑雨还要难过，他对苏艳秋说：

"以后没马喂了，我还能干啥？……"

这已是攻城开始后的第五天下午，外围阵地全部被突破，解放军的炮火可以轻而易举打到城内任何地方。十九旅残部凭借内城坚固的碉堡、暗堡和各种纵横交错的工事，进行最后的顽抗。

早在战役之初，艳秋就曾劝兆法赶紧出城，回家好好跟母亲过日子。他问：

"苏同志，你走不走？"

"要是前些天走，他可能不会拦我。可现在打起来了，他不会放我走的，怕我一走动摇军心。"

既然她走不了，兆法便也打消了离开的念头。他们是一块儿来的，而且她还救过他的命，不能丢下她一走了事，于是就对她说：

"我也算是见过世面的人啦，不能光顾自己。"

入夜，解放军发起总攻，枪炮声惊天动地，火光闪闪，仿佛天上所有的雷都集中到这里炸响。艳秋抱着白雪，喊上兆法躲进了一间小小的地下室，相邻的一间宽敞的地下室成了白剑雨声嘶力竭指挥部队作战的地方。他们头顶上的那座两层小楼已经被夷为平地。艳秋隐约听到白剑雨对部下打气说："王司令官派出的新编第八旅正星夜兼程向龙城推进，预计明天拂晓到达，熬过这一夜，援兵一到，即可内外夹击，全歼共军……"

白雪躺在一张行军床上睡着了，偶尔眨一下眼睑。这孩子真是怪，自从开战后，她反而很少哭闹，像只懂事的小猫那样能吃能睡。艳秋用手梳理着鬓角的乱发，对自己同时也对坐在一把破椅子上的兆法说：

"他明明知道就要失败，可还是负隅顽抗。这才几天？双方几千条生命转眼就没了！我说话的这个时间，仍有很多人在流血。废墟下覆盖的，全是焦黑的土地。我算看透了，他们发动战争，就是想品尝杀人的乐趣。他们是战争的寄生虫。千百年来，有人专门寄生在这架战争机器上。他们眼里只有天下，没有苍生。他们身上沾满了血腥气，永远都洗不净……白剑雨呀，你替姓蒋的那个人卖命，驱赶着成千上万的人往地狱里跳，他们给了你什么好处？即便你得到一点儿好处，和那些因你而死的生命相比，又算得了什么！我真的看透了，你杀起人来不眨眼，迟早要遭报应，这辈子碰不上，下辈子的人也要替你还债……"

有些话兆法听不大懂。但不管听懂听不懂，他一律点头。她眼里时不时露出的凶光让他感到后背发凉，腿肚子总想打战。

"兆法呀，我也杀过人，你相信吗？可我杀的都是恶魔，不杀他们

261

就对不起善良的人。你杀过人吗？你没有，你不敢，你是个胆小鬼，是个无用的家伙……不过，你会活得长久，因为你是个老实人，是个厚道人，是个好心人；你没有敌人，不想和任何人作对，也就没有人明里或暗里想法折你的阳寿……"

她唠唠叨叨说了许多。兆法想，苏同志一定受了惊吓。他想安慰她，却又不知道说什么好。地面上隆隆的炮声隐隐传来，像来自另一个世界。后来，兆法迷糊了一会儿，睁开眼时发现苏同志不见了，襁褓中的小白雪仍在香甜地睡着。

因为后来发生了意想不到的混乱，艳秋和兆法都把小白雪忘到了脑后，等他们想起来时，孩子已经没了踪影。人们猜测破城之际周副官抱走了她，用她做掩护，躲过了解放军和地方民兵的层层盘查，去了省会济南，改名换姓隐藏下来。"文革"开始后，在批斗省教育厅长朱允佩和他的老婆、省委组织部副部长安若的万人大会上，著名造反派组织"全无敌战斗队"的司令、山东大学女学生李雪梅，引起了朱允佩的注意。在阵阵口号声中，朱允佩居然天真地问这位一夜间红遍省城的造反派头头儿祖籍是哪儿，家里都有什么人。她挥手就是一串耳光，打落了朱允佩的两颗牙齿。边上的人也看出她和这个全省教育系统最大的"走资派"长得有点儿像，尤其是凸出的前额，便纷纷打趣说，朱允佩搞不好是她三大爷或二舅爷，惹得她火气更盛，叫过两个红卫兵小将，用皮带抽得朱允佩体无完肤……那时，艳秋和兆法正在闭塞的乌龙镇种地，不可能听说这个小插曲。

这时已到了四更天，解放军突破了东门和南门，和守军展开激烈的巷战。白剑雨把身边所有的人都派上了火线，只留下周副官和几个贴身卫兵。兆法探头探脑进到那间宽敞的地下室时，见里面乌烟瘴气，脱落的墙皮覆盖住了桌上的地图。满脸络腮胡子、眼睛血红血红的白剑雨狠狠盯他一眼，指着桌子角上的一支卡宾枪说：

"你也给我顶上去！"

兆法吓得倒退两步。"你还嫌人死得少吗！"艳秋边说边上前挡住兆法。兆法借机溜到一个阴暗的角落里，蜷缩进一堆破草垫子里面。五天来，他没吃几顿饭，但他不觉饿，只是感到困。他在半醒半睡的状态中听到艳秋对一些人说："旅座太累了，让他睡一会儿，你们先到那间地下室待着，有事我叫你们。"

一串炮弹在头顶炸响后，兆法听到艳秋又在和白剑雨争吵。

"现在投降也不晚，你快下令吧，否则只有死路一条。"

"我或许要输了，但我不会投降。如果投降，我的前半生等于白忙活了。无论如何得撑下去，多撑一分钟也好。死了，也不足惜……你别再说了，让我心烦。我真怀疑你是朱允佩派来的……"

"就算是吧，你想怎么样？"

"唉，早知如此，应该早点儿送你出城，何必拉你给我垫背。"

吵着吵着没了动静，原来白剑雨又趴在桌子上睡着了。兆法翻了个身，使劲拥住破草垫子。他感到眼皮酸涩得很，老想往一块儿粘；耳朵也给炮弹震得嗡嗡响，仿佛耳边有两面大鼓在敲。他隐约听到艳秋压抑着的抽泣声，声音像来自很远很远的地方。"太太，你咋啦？"他犹如在说梦话。她没回答他，她仍在哭。好像过了很长时间，他迷迷瞪瞪看到她从衣兜里掏出那把陈旧的自来得佩枪，缓缓对准趴在桌上的一个暗影。他有点儿傻眼，嘴巴也不听使唤，僵硬在破草垫子里面动弹不得。他还看到墙上的一个身影抖得厉害，胳膊举起又落下，落下又举起……最终一声闷钝的枪响使他彻底醒了，坐起来喊道：

"太太——"

回荡着的枪声刚刚停歇，周副官和那几个卫兵破门而入。艳秋迎着他们的目光，哀哀地说：

"旅座以身殉国了……援兵等不来，他感到没指望……我死活劝不下他……"

这时，桌上的电话铃骤然响起，她拿起听筒，把那几句话又重复了一遍。消息传到火线上，守军防线全面崩溃，枪声随之稀落了。

"共军马上就会冲进来，你快跟我走，咱们去济南。"已经换上便衣的周副官又折身返回地下室，对艳秋说。

兆法紧紧握住身边的一根铁棍。如果周副官敢跟艳秋动手，他就打算一棍子敲死他。艳秋根本不去看周副官，她弯腰捡起那把自来得手枪，对准他。周副官扭头就跑，边跑边喊：

"这女人疯啦——"

艳秋没有朝周副官开枪。她突然哈哈大笑，笑声在坟墓般的地下室里久久回荡。然后，她把平端着的手臂艰难地往上抬，往上抬……兆法咕哝一句："怕要出事。"他跳将起来，猛地夺过她手中的枪，扔得远远的。

"太太，你不要紧吧？"

"我不是什么狗屁太太！再这样叫我就打死你！"

她推开兆法，扑到仍趴在桌子上的白剑雨的尸体上，紧紧抱住他的脖子，长长的头发盖住了他有棱有角的脑袋，盖住了他被子弹射穿的太阳穴。她全身不停地抖动，但没有流泪。在她抬起头来的时候，兆法看到她俊秀的脸庞惨白如纸片。就在那一刻，兆法感到她的眼神不大对劲。他在浓重刺鼻的血腥气里垂手呆立，浑身发冷，寒气一股股往外冒，地下室仿佛变成了冰窖。仿佛怕吓着她，他小声唤道：

"苏同志……"

她似乎清醒了些，像搬弄一条口袋那样将白剑雨的尸体摆正，然后用衣袖轻轻为他擦去脸上的血珠子，又将他的毛哔叽军装拉平。她做得很仔细，如果那个人能够站立，这情景很像是母亲在精心打扮即将出门远行的孩子……

头顶上响起杂沓的脚步声。她仰起脸来说：

"兆法，桌子上有一摞机密文件，你拿着它向解放军投诚，他们会优待你的。"

"那你呢？"

"不要管我。我不怪别人，全怪自己。"

看样子艳秋不打算走，兆法怕她再想不开，决定继续留下来陪她。他说：

"苏同志，你别怕，你为咱们队伍立了大功，我都看到啦！"

"兆法你胡说什么？"

"你打死白旅长，为解放军立了大功！"

"你胡说！"她疯了似的，尖叫着扑过来抓住兆法的衣领，用力摇晃，几乎把铁塔般的兆法摔倒，她又说，"你再胡说，我饶不了你！……"

兆法好不容易才挣脱开。"苏同志受了惊吓。"他对自己说。她的目光凶得吓人，兆法简直有点儿糊涂了。他开始怀疑刚才自己看花了眼，兴许白剑雨自己杀了自己？

天蒙蒙亮时，几个解放军士兵端着枪冲进地下室，命令他们举起手来。兆法赶紧高高举起双手，艳秋呆立不动，一个士兵用枪口指着艳秋说：

"她就是白剑雨的老婆！"

"同志，别误会，都是自己人。"兆法说，一个士兵气哼哼地捣了他一拳。他又说："我们是运河纵队的，不信你去问朱司令。"有人训斥他说："你他妈少啰唆。"他急了，指着右腿说："骗你是王八蛋，我这腿就是让国民党反动派给打瘸的！"

兆法和艳秋被押出地下室，白剑雨的尸体被抬往攻城指挥部。外面天已大亮，枪炮声全部消失，整座城市犹如睡着了一般。一些建筑物仍在燃烧，缕缕黑烟在空气中浮游。望河楼顶端，红旗猎猎飘扬。大街小巷里，甚至有些人家的房顶上，到处可见到国民党兵的尸体。这一仗，全歼守敌八千余名，其中抓获俘虏三千多。从济南方向赶来驰援的新八旅先头部队行进到东面的四十里铺，见状赶紧缩回去了。鲁西大平原宣告彻底解放。兆法边一瘸一拐地走，边扭头对艳秋说：

"还是解放军厉害。"

艳秋好像不会走路了，她跟跟跄跄，东倒西歪。后来她抓住兆法的胳膊，步子才变得稳当一些，几乎是兆法拖着她走。在押送他们的士兵不停的吆喝声中，兆法终于弄清，他和苏同志真的成了俘虏。想起这一年来的经历，他心里充满了感伤。最初他被抓壮丁，吃了三天国民党的饭；没多久又自愿参加了解放军，可仅仅一个多月后，他成了国民党的俘虏；才过去半年多，他又成了共产党的俘虏。这么颠来倒去的，使他想起小时候看妇女织布的情景——梭子像条鱼一样，一忽儿穿到这边，一忽儿穿到那边，看得他眼花缭乱，目瞪口呆……

在米市街北口，一些正打扫战场的老兵认出了艳秋和兆法，他们窃窃私语，互相递眼色。兆法听到他们说："两个叛徒……"吓了他一跳。这么说，他和苏同志不仅当了俘虏，而且还是叛徒。他望一眼失魂落魄的艳秋，小声对她说：

"咱们不是叛徒。"

路过南关大街时，他们看到很多士兵聚集在那里休息，不少人挂了彩，但脸上却是喜气洋洋的。艳秋突然来了精神，松开兆法，对押送他们的小战士说："让我再为大伙儿唱支歌吧。"小战士愣了愣。艳秋没等他做出表示，便清清嗓子唱起来。这是她自己写词、自己谱曲的一支歌，以前很多人都听她唱过——

> 同志们，战友们，
> 上战场，杀敌人。
> 我们是中华的好儿郎，
> 流血牺牲为人民……

艳秋很快就唱不下去了，她的嘴唇哆嗦个不停，大颗大颗的泪珠往下滚落。这是几天来兆法第一次见她流泪。

沿途他们还看到了几处俘虏遣返站。俘虏们被教育一番后，愿意留下的欢迎，不愿留下的发给路费和路条，打发回家。兆法对艳秋说：

"咱们也留下，打国民党。"

由于艳秋和兆法与其他俘虏情况不同，他们被带进南门附近的一座大院子。保卫部门的人分别找他们谈话，审查他们在白剑雨身边的所作所为。和兆法谈话时，主要让他交代苏艳秋和白剑雨的事情，兆法把他知道的都讲了。当讲到破城那晚他在地下室里恍惚看到的那一幕时，他们很感兴趣。末了，他指天发誓道：

"我敢保证，苏同志没做一点儿坏事。谁要骗你们，就让我打一辈子光棍儿！"

两天后，有人来通知兆法，可以回家了。但就这么一事无成地回去，他有点儿不甘心。他说：

"我能留下吗？打国民党。"

人家回答说不行。

兆法回家的路不远，不需要盘缠，解放军发给他一张路条和五个白面馒头，他只拿了两个。他说：

"省下三个给同志们吃吧。"

又过了两天，苏艳秋也被释放了。组织上根据林兆法提供的有关情况，反复找她核对，但她压根儿不承认，一提白剑雨的死，她就又哭又闹，眼神迷离，思维混乱。而组织上也认为可能性不大，林兆法提供的情况不准确。她这人政治上一贯不太坚定，过于看重个人感情，参加革命九年多，居然从来没申请过入党；有人甚至把抗战前朱允佩的突然被捕与她联系起来，但又没有任何证据，更没发现她有什么恶行。

苏艳秋走出那间她待了四天的小屋子时，阳光迅猛地包围了她。凝望片刻湛蓝的天空，她无声地离开了那座大院子。在她面前，欢庆解放的人群敲着锣鼓扭着秧歌走过；在她身后，那两扇沉重的红漆大门缓缓地、缓缓地关上了。

尾　章

/

乌龙镇一些上了年纪的人，至今仍记得苏家二小姐艳秋和老光棍儿兆法成亲那天的情景。镇上很多人自发地来到兆法家，嘴上都说来贺喜，其实就是想看看这对并不般配的新人会不会闹出点儿笑话。

因为新娘在镇上已没有任何亲人，没有家，所以很多仪式都免了。新郎家没雇轿子，没雇吹鼓手，甚至连酒席都没置办。人们都说瘸腿光棍儿兆法白捡了一个如花似玉的老婆。

那天，兆法穿一身半新半旧的灰布军装，脸刮得泛着青光，不停地朝前来贺喜的男人分发纸烟；他娘林姜氏则一个劲地往女人娃娃堆里撒花生糖豆。预定的时辰到了，兆法站在大门口，燃放了一挂长长的鞭炮。两个伴娘搀着新娘从屋里出来，在人前亮亮相，算是走了个过场。也许兆法觉得有点儿不过瘾，便顺着梯子上了房顶，又在房顶上放了一挂鞭。紧接着，新娘子又提出，最好让新郎陪她到运河大堤上放挂鞭。这是艳秋唯一的要求，兆法就陪她去了，身后跟着一群光屁股的孩子。由于河床不断升高，加上风吹雨淋，这时的运河大堤已经显得很矮小了。鞭炮声在无水的河道里消失之后，艳秋落了泪。兆法就说："艳秋，今天是咱的大喜日子，不能哭。"艳秋说："我是高兴的，兆法！"

后来镇上人把他们的喜事称作"三挂鞭的婚礼",说,不就放了三挂鞭炮嘛。也许更值得一提的是,他们从大堤上下来时,在西面的天空中出现了一道耀眼的彩虹,但一会儿就不见了。

这一年林兆法三十一岁,苏艳秋二十八岁。

2

苏艳秋从龙城回乌龙镇的那天,没有风,天气无比晴朗。阔大无边的田野里,麦苗儿高及小腿肚,满眼是令人心醉的墨绿色。硝烟散去后,鲁西大平原像个大病初愈的人,终于挺过来了。血和泪交织的岁月,终于过去了。这片土地在送走往昔轰轰烈烈、气吞山河的时光之后,剩下的日子将变成田园诗般的美丽和寂寞。这或许是她永远的理想和渴望……

她是步行走过那五十里黄土路的。她两手空空,上身穿一件腋下系扣的浅蓝色中式褂子,下身穿一条月白色的洋布裤子。途中曾遇到几位赶车的好心人,想捎她一段,她回绝了他们。她像个回娘家的小媳妇那样,脸上挂着既满足又不满足的、波澜不兴略含惊讶的表情。她不停顿地走,既感觉不到累,也感觉不到饿。半下午时,她来到紧挨运河大堤和老苏家祖坟的那片坡地前,就觉得有一股力量突然拽住了她,怎么也走不动了。她想起她去龙城读书时的那个早春二月,田里的积雪尚未化尽,万物还在沉睡,她却在这里闻到了一缕仿佛来自天界的奇异芳香,还发现了一片黑珍珠般的植物芽尖。可现在,虽是暮春时节,这片繁衍了不知多少茬草木花蕊的土地,却是空空如也,仿佛它在不经意之间变成了荒漠。

她有点儿失望。不过,她的心中很快就充满了欢欣,因为有一群鸟儿飞到了她身边。它们活泼自然、叽叽喳喳地围着她叫着,跳着。远方的夕阳也加入进来,用美妙的光影抚摸她,安慰她,平等地和她交流。

她觉得它们并不是无缘无故地出现在她面前，而是想传递给她一点喜悦，告诉她一些事情和道理。有些道理她懂，有些她还不懂，它们来得正是时候。于是，她噙着泪珠，在心里一遍遍地对它们说：谢谢，谢谢，你们对我如此，让我拿什么报答你们呢？……

大堤下的河道里，有人唱起了牧歌，空气中好像有了点儿炊烟的味道。她与鸟儿道过别，就伴着愈加浓烈的光影朝前走。大约走出一里之后，她看到路边的田地里有个高大的身影，他微弯着腰，倒退着行走，好像在锄草。见到这个人，她竟然产生了一种不曾有过的安全感。这种安全感白剑雨无法给她，朱允佩也无法给她。有了这种安全感，她才觉出了累和乏。接下来，她就什么都不知道了。

醒来时，已是掌灯时分。她看到兆法端一碗冒热气的姜汤，正要笨拙地喂她。满头银发的他的娘接过粗瓷大碗，先是冲她露出少女般甜美的微笑，又对兆法嗔怪道："看你笨手笨脚的，日后讨了媳妇，咋侍候人家？"兆法羞红了额头，退到一边去了。小屋里透着温煦，透着烟火味儿，透着粮食味儿。她把那碗姜汤喝了个一干二净，咂咂小嘴，觉得从来没喝过这么香的东西，简直是琼浆玉液。

她在炕头上睡了三天，再下地时就感到自己换了个人，身上有力气了。趁着心情好，她柔柔地对兆法说：

"我想留下来过日子，你同意吗？"

这句话差点儿把兆法吓趴下，他哆嗦着说："你会后悔的。"

她却笑了，说：

"只要你不后悔就行，兆法！"

"人世间的事情就是他娘的怪。"兆法平静下来后，不知怎么挤出这样一句。

林姜氏高兴得脸都紫了，踮着小脚到处传布这条消息。兆法悄悄对母亲说：

"娘你别高兴太早，解放军说过，我们两个是叛徒。苦日子还在后头呢。”

“他们说得在理。”林姜氏一拍巴掌，“你们两个就是有盼头。”

“不是盼头是叛徒。”

“什么叛徒不叛徒，要是你龟孙害怕，老娘替你们当去……虽说落架的凤凰不如鸡，可俺要说，凤凰总是凤凰，你知足吧，俺的儿！”

娘儿俩说办就办。林姜氏从箱子里翻出一块红底碎花细布交给即将过门的儿媳妇，说是送给她置办嫁衣。艳秋掂量着这块正宗杭州丝绸，总觉得在哪儿见过。后来她想起来了，那是十多年前她刚到龙城不久，一位南方客商送给父亲的，父亲又送给了她，而她明明是托进城办事的兆法带给丫头春杏的。可现在，这块布料转来转去，又转回她手上了……兆法发现她觉出蹊跷，支吾两声，当下就冒出一句挺有水平的话。他说：

“我早知道能娶你，就一直给你留着呢！”

他们婚后的生活，比最初预想的还要差一点儿。

头两年，艳秋有时神情突然变得恍惚，眼睛望着一个地方半天不动。过了几年之后，才渐渐好起来。

婚后第二年，艳秋生了一个儿子。她给他起名叫林望雨。生下望雨，艳秋却没奶水，害得林姜氏端着小碗满街找那些哺乳期的妇女借奶。她对众人说：“富人家的闺女难侍候。大人倒没啥，就是苦了俺孙子。”紧接着全家人又发现，小望雨的眼珠不会转悠——他是个瞎子。艳秋的心骤然缩紧。兆法那条伤腿发出“咔咔”的响声。林姜氏当下就病倒了，而且一病不起，直到她三年后过世。

后来艳秋执意不再生养，兆法拗不过她，只得随她。小望雨会跑之后，艳秋就把他抱到田间地头，放在阴凉下，她跟着兆法学干庄稼活

271

儿。兆法舍不得让她下苦力，她说："他爹，你是咱家的顶梁柱，不能光累你。你若是垮了，我和望雨指望谁去？"她居然很快把地里的一应活计都学会了。有一年，她种的二亩棉花，还创下了亩产皮棉一百六十五斤的乌龙镇纪录。

不久，镇里先是搞互助组，接着又搞农业合作化试点，土地牲畜归公，社员一块儿下地劳动，实行工分制。兆法对这种做法不理解，说："倒腾来倒腾去的，都是因为这点地。我家这四亩多地这才种了几年？又要交出去了。"他被当成了落后分子、顽固势力，生产队想开会批批他。艳秋就去找生产队长，又找了镇里的领导，说："兆法太实在，脑子不会拐弯，他把别人藏在心里不敢说的话说出来了。你们要批就批我吧，他右腿负过伤，经不起折腾……"人家见她说着说着哑了嗓子，才把这事搁下。

往后，他们家的日子越过越紧巴了。兆法拖着一条残腿干活，每天只能挣七分工，艳秋因为时常生病，弱不禁风，出工比别人少，挣不了多少工分，到秋后算账时，往往一点儿余粮和余款都分不到，而且还要退还部分口粮款。兆法的脾气慢慢变坏了，有时实在压不住火气，动手打艳秋几下子在所难免。艳秋一点儿都不反抗，脸上没有任何痛苦表情。她甚至说："兆法，只要你心里好受，你想打就打吧，反正又打不死我。"但兆法打过之后，立即就后悔，他狠狠扇自己耳光，使劲捶那条伤腿，说："艳秋，你是什么人？我又是什么人？我养不活你，你找个好人家吧，离咱这儿远远的……"艳秋就像哄小孩子那样，拉他坐下，一边伸出粗糙的手替他抹去脸上的眼泪鼻涕，一边笑着说："兆法你撵我走，是不是嫌弃我啦？当初可是说好你不后悔的。你是个大男人，咋能说话不算数……"直到把兆法哄得破涕为笑，艳秋才背过脸去，轻轻叹口气……

平心而论，乡亲们对他们还是不错的。虽然两口子"历史不清白"，但大伙儿从没为难他们，从不在他们面前提这事。有一年，家里

272

实在揭不开锅了，愁得兆法头发白了不少，夜里睡不着觉，一个劲地唉声叹气。某天早晨，艳秋起来倒尿壶时，看到门旁冒出一口袋地瓜干，显然是哪个好心人偷偷送给他们的。在后来的岁月里，艳秋常常想起那个送地瓜干不留姓名的人。

1

她站在龙城老西门外早已废弃的大码头上，望着面前这座新修的运河大桥出神。这已是二十年之后冬日的一个天气晴和的日子。在她身后，一些高大的建筑物反射着刺眼的白光。寒冽的风从树梢上掠过，发出"呜呜"的响动。很多纸片儿被风扬起来，在空中张狂着飞翔，仿佛是抱成团的雪花。

大运河很多地方已被淤平，看不出是条河了。龙城老西门外的这段河道还有点儿大河的影子，不过它更像一座狭长的水库。听说这儿新修了一座水泥长桥，她就动开了心思，总想来看看。兆法说："嗨！不就是一座桥嘛，有啥好看的。"一天夜里，她怎么也睡不着，就把兆法摇醒，说："他爹，我好多年都没进趟城了，想去逛逛，行不？"兆法翻身坐起来，摸索着抽完一袋烟，在炕沿上磕磕烟袋锅儿，后瓮声瓮气地说："他娘，不去一趟你心里总像搁着事。那好吧，咱俩豁出少挣一天的工分，我陪你去。"

第三天凌晨，他们摸黑上了路。兆法用独轮车推着她，伴着"吱吱呀呀"的响声往前赶路，太阳露头时他们已过了二十里铺，半晌午时就望见了龙城的轮廓。兆法知道女人想去看桥，直接推着她到了桥头。他把车子放好，找个避风的地方抽烟晒太阳去了。

她用手理理额前花白的乱发，上了桥。她像个贪玩而好奇的孩子那样，不停地抚摸冰凉的桥栏杆，又仿佛怕它烫手，动作显得小心翼翼。桥上的风很猛，吹得她东摇西晃，好像有沙子进到眼睛里，她总想流泪。她在桥上走了两个来回，把过去的事情想了一遍。后来，她又下到河里，踏着冰凌，仰起脸来，默默地打量雄伟的桥体……

有个八九岁的男孩儿不知何时来到桥下，他身穿破旧的蓝棉袄，一双大眼睛炯炯闪亮。他踏着厚厚的冰凌走向一根粗大的桥墩，然后斜倚在上面，专注地望着她。后来，他亮开嗓门儿，唱起一支古旧的歌谣：

> 俺家住在运河边，
> 运河共有五道湾。
> 一道湾里放麻鸭，
> 二道湾里养白莲，
> 三道湾里下鱼箔，
> 四道湾里好开船，
> 五道湾里摆晋台，
> 爷爷打鱼赛神仙………

在小男孩儿幽幽的歌声中，她放眼望去，仿佛看到了昔日运河的繁荣景象——波浪滔滔，汹涌奔流，帆樯林立，连绵不绝……许久之后，她收回目光，发现小男孩儿已不见了。

"老婆子！看够了吗？快上来吧。"兆法趴在桥上叫她。

上到桥头，兆法说："来一趟不容易，咱抓紧到城里逛逛。"兆法推起车子，二人并排往城里走。走着走着，她看到了望河楼凌空展翅状的影子，说："原先觉得这望河楼很高很高呀，现在怎么变矮了呢？"兆法说："你想上去看看，就去吧。"兆法察觉了她的心思，反弄得她有点儿不好意思。到了望河楼下，兆法从大裤腰里摸索一阵，掏出一枚五分钱的钢镚儿递到她手上。"你也上去看看。"她说。兆法摇摇头："有啥好看的，站得越高越不稳当。"她知道他是舍不得花那五分钱，就不再邀请他，到小窗口那儿买了票，沿着木楼梯颤颤巍巍向上爬去。

她爬到最顶层朝南的那一面，手扶粗壮的廊柱喘息片刻。上面没有几个游客，廊檐下显得空空荡荡。她看到墙上、柱子上糊了厚厚一层标语，内容主要是"批林批孔"和"反击右倾翻案风"。刚才他们经过的街道上，也贴着很多这样的标语，有的已经发白变旧，有的很新鲜，墨迹未干。写标语的纸都是好纸，她感到糊在墙上真是可惜了。平时她想找张干净纸剪鞋样儿都困难，要是把这些纸交给她剪鞋样儿，怕是全城每人都可以得到一副。她还看到，在走廊中间偏西一点的地方，紧贴红墙立了一块石碑，上面好像刻着"谭先智将军壮烈殉国处"几个刚劲的颜体字，边上还镌刻着一些密密麻麻的小楷。不知怎么回事，石碑中间有好几条裂缝，有些字体也被硬物砸成了白点和麻坑。

气儿喘匀后，她往前挪动几步，来到刚刷过油漆的栏杆前，凭栏远眺。近处是一片片的灰色楼群，鸣着喇叭的各种汽车从楼下的宽马路上驶过，空中见不到飞鸟，只飘浮着灰尘和破碎的纸片儿。往远了看，冬日的原野苍茫无际，和先前没什么不同，只是村庄变得稠密了，一座座村庄像一团团落地不动的黑云彩。西面的运河宛若一个长条形的浅碟子，河心有零零碎碎反光的冰块……这上面风更大，如果不抓紧栏杆，搞不好就给吹跑。她不停地揉眼睛，沙子好像在眼里扎了根，她流了那么多的泪都无法把它冲走……

有两个少男少女站在一旁疑惑地打量她。他们都是城里中学生打扮，脸上露出少年老成的表情。他们或许认为面前这个扎着灰色暗格围巾、上身穿斜襟黑粗布棉袄、下身穿条纹蓝布棉裤的乡下老太婆有什么想不开的地方，一直没敢离去，不时交头接耳嘀咕两句。她察觉了他们的好心，就努力冲他们笑笑，说："我像你们这么大的时候，也来过这儿，也是冬天，就站在你们站的地方。一晃，快四十年了，快四十年了……"那两个中学生听后，马上放松了表情，一齐冲她天真无邪地笑笑，转眼就不见了。

她又眺望一会儿，发现太阳躲进了云层，风也变小了，空中有闪光

275

的东西飘荡，原来落起了雪花。这是入冬后的第一场雪。她伸出双手，晶莹的雪花纷纷往上掉落，也许它们误把她的手掌当成了大地，往上掉落的时候一点儿都没犹豫，而且旋转着，像是在舞蹈，似乎在庆贺终于到达了目的地……

兆法扯着大嗓门儿，一耸一耸地在下面叫她。从高处看去，戴狗皮帽子的老汉仿佛是雪地里的一尊木雕。她听到他火气蛮大地说：

"老婆子！还不下来，今黑你想住在上面吗?!"

5

这年秋末，收割完庄稼后，生产队没有统一播种小麦，而是决定把田地分给各家各户，名分上叫"联产承包责任制"，其实就是各干各的。兆法开完社员大会回到家，对正在烧火做饭的女人说：

"老婆子，又把地分给个人了，咱家能分到三亩八分七厘五。我说他们倒腾来倒腾去的，也不嫌累得慌。当年要是听我的，咱家就不会有后来那些饥荒了。"

"他爹，可不许再胡咧咧，忘了那年人家要斗你啦?"

"好，不说啦，不说啦！"

"这地怎么个分法?"她从灶膛里抬起头来说，"是自己挑呢，还是抓阄?"

"肯定抓阄。若是允许自己挑拣，谁要孬地?"

吃晚饭时，她和男人商量，说："咱要是挑老苏家坟地（尽管坟头早已荡平，但人们一直这么称呼那个地方）北面那块坡地，别人不会有意见吧?"兆法放下饭碗，瓮声瓮气地说："那块地离镇子远，浇水又困难，这些年一直荒着，你想要，别人正巴不得呢。"

几天后，当兆法提出就要那块别人瞧不上眼的岸边坡地时，很多人都不理解，说："老拐子，你亏透了。"兆法含含糊糊地说："这是孩子他娘的意思。她这辈子从没提过啥要求，这回张了口，我不能不依她。"

丈量完责任田的那天下午，兆法又赶到饲养场分牲口去了。望雨坐在屋檐下编草筐，他个头儿比他爹还要猛，虽是个瞎子，但心灵手巧，活儿细泛，编出的草筐丝毫不比眼力好的人差，兆法把它们扛到集市上，往往能卖个好价钱。若不是经常割"资本主义尾巴"，望雨还会编出更多漂亮而又耐用的草筐。

她同儿子打过招呼，一个人扛着铁锹来到属于自家的那块地里。她想尽快把它翻一翻，种上小麦，误了节气明年就要减产。她脱下棉坎肩，选个地方干起来。秋日温暖的阳光照耀着她劳动的身影，她觉得自己突然之间变得年轻了，仿佛时光倒流，她又回到了从前。她隐隐约约嗅到了一缕奇异的芳香，隐隐约约看到了一片烂漫的花朵。好像那些芳香和花朵并不是现在才有，而是很早就有了，它们不受节气制约，一直伴随着时间，在时间的长河里默默开放……后来，也许是怕她寂寞，不知从哪里飞来一只金黄色的蝴蝶，它环绕着她飞来飞去，飞去飞来，总也不离开她。在她停下来擦汗的时候，它也停止飞翔，轻轻落在铁锹把上，或是落在刚翻起的新鲜泥土上。再后来，她突然看到面前又多了一只蝴蝶，也是金黄色的——但她随即发现，这只新冒出的蝴蝶不会飞翔。她蹲下来，伸出手吓唬它，它仍是一动不动。她只好捏起它，对着阳光晃了晃——到这时，她终于明白了，仿佛天上冷不丁炸响一个气贯长虹的闪电惊雷，一瞬间启开了她尘封已久的记忆闸门……她想起来了，那是四十多年前，她亲手把它掩埋在这儿的。四十多年之后，它再次出现在她面前，仿佛她和它之间有一个超越时空的约定。这个约定不会褪色，含义无穷，唯有岁月能够破译其中的奥妙……

那天晚些时候，她停止了劳动，一直端详那枚蝴蝶状的金发卡。她把它放在掌心里，透过它，依稀看到了许多人物和场景。她看到一个洁净高雅、异常俏丽的少女，一身古色古香的洋学生装束，黑裙白袜，绛红色的小马甲，长长的刘海儿遮住了光滑的额头，调皮而纯真地冲她微笑；她又看到一个面容慈祥、神色安怡、默默不语的老人，头戴黑色的呢绒瓜皮小帽，长袍马褂随风飘摇，嘴角和眼角的笑纹密匝匝的，包容着世事沧桑。他张了张嘴，好像在说：孩子，你还记得我吗？……她还看到了很多骑马挎枪的人，却看不清他们的脸，只能看见他们的背影。他们之中偶尔有人回过头来，冲她招招手，但她还是看不清他们的容颜……许许多多的人、许许多多的场景像流云一样从她面前飘过去，等她什么也看不到的时候，才发现泪水早已湿透了衣衫。

那只会飞翔的蝴蝶仍没有离开她，它紧挨着她手中的金蝴蝶，奋力地扇动翅膀，似乎想同它一起飞翔。但它后来发现自己的努力是徒劳的，便放弃了这个想法，轻灵地向远处滑翔，很快就不见了。

天色已晚，雾气升上来。往家走的路上，她见到两只不知谁家的小牛犊在路边"顶牛"。它们顶得兴起，眼里冒着蓝光，互不相让，犄角还没长出，力气倒是有了，两颗毛茸茸的脑袋"砰砰"地往一块儿撞，居然能偶尔碰出火星子，眼见着额角眼角渗出了血。她挥动铁锹，连呼带吓赶开了它们。但跑出一段路后，它们又开始往一块儿凑。她觉得很疲倦，干脆不走了，坐在铁锹把上，叹口气，冲小牛犊们晃动的身影唠叨开了。

"你们俩呀，兴许还是一个爹呢，也没准儿是一个娘的孩子。唉，你们呀，有啥想不开的，非要往一块儿顶，大不了你多吃一口青草，它多吃一把豆饼。多吃一口呢，也肥不到哪去；少吃一口呢，还能饿死你？就这么顶来顶去的，伤和气。你们爹娘要是知道了，能不伤心难过吗？快回家吧，天都黑了，遇到歹人，牵走你们，再想见爹娘可就不易了……如今咱这一带没啥猛兽了，在早先可是有狼的，也有豹子，要是那时候，你们这么冒冒失失的，说不定早就给叼走了！眼下虽说咱河东没猛兽了，不见得河西没有呀，要是它们趁天黑过来呢？你们就得傻眼……"

田野上的风无遮无拦地涌过来，头顶上一下子冒出很多星星。星星们围着她，仿佛也听清了她的话，并且听得入了迷，所以都一声不吭，光知道眨巴眼睛，像一大群通晓事理的孩子。唠叨过一阵，把该说的都说完了，她就觉得眼皮老往一块儿粘，浑身上下冷飕飕的，耳朵嗡嗡响。她想扶着锹把站起来，可手脚就是不听使唤。紧接着眼前一黑，她就倒下了。

6

苏艳秋是第二年冰雪消融时节咽气的，死时很安详。晚上临睡前，还爬起来洗了洗脸，梳了梳头。半夜里，老兆法梦见一个俊秀的小女子两手托着彩带，缓缓走进一条水面上漂满花朵的大河里，他突然就醒了——这时发现她已长眠。

她活了六十岁，这个年纪不算长也不算短。老兆法感到遗憾的是，女人没来得及吃上一口自家责任田里长出的粮食。

按照她生前的遗愿，人们把死者埋到了老兆法家的责任田里，一块小小的麻石墓碑面朝着东方。堤岸的那一面，就是古运河的河道。现在已变成了一片略显低洼的土地，种上了庄稼，很少有人记得它是一条河了。但在从前，它可是一条了不起的大河！她活着时，曾对老兆法唠叨过，说是她常常在深夜里听到运河的涛声。如今，她可以日夜聆听大运河远去的涛声了。

每年的春夏季节，她的坟头上都能冒出很多鲜艳的花朵，在翠绿的植物间悄悄开放，微风吹过，低吟浅唱。草木花蕊覆盖了那片隆起的黄土；花开花落，寄寓了她对亲人和岁月的眷恋。

7

又过了几年，兆法把家里的老房子翻修过之后，有一天对望雨说：

"一家两个光棍儿，日子太冷清。我是没指望了，想法子给你娶房媳妇吧。"

"嘻！咱爷儿俩不是过得挺好嘛。"望雨从干草堆里抬起脑袋说。镇子上不少没病没灾的壮汉都讨不上老婆，望雨知道没人愿意跟他。

"看样子娶不来，干脆花钱买一个。"

说完这句话，老头儿就驼着背，一瘸一拐到西街一个叫皮六的人贩子家打探行情。皮六的老婆从小洋楼二楼的一间窗户里，伸出头发曲里拐弯的脑袋说："皮六到四川办货去啦。"

"多少钱一个？"

"好点儿的四千，孬点儿的三千五。"

"太贵太贵。"兆法直摇头。

"你个老拐子，亏你说得出口。买头牲口都得千把两千，何况是个活蹦乱跳的黄花闺女。"

老兆法回到家便琢磨着凑钱。他对望雨说："要么不买，要买就买个好的。"这几年家里攒了一笔钱，翻盖屋子花了三千多，剩下的不够数，他打算把那头老黄牛卖掉。当儿的说："还得靠它种地呢，牛不能卖。"当爹的说："顾人要紧，卖了它，把我当牛使吧。"

老兆法把四千块钱送给皮六老婆后，爷儿俩就掰着指头掐算皮六的归期。一天傍黑，皮六借着蒙蒙夜色领着姑娘来到家里，一进门就说：

"老拐子！你把油灯挑亮，睁开狗眼瞧瞧，这丫头咋样？她叫小桂。"

"嘿嘿，不错不错……"望雨坐在屋檐下编着草筐，听到爹又嘿嘿笑了笑，说，"身段儿像望雨娘，脸盘儿也有点儿像，就是黑点儿。"

"穷人家的孩子，哪有白的？老拐子你挑剔个球！在我这里挂号的光棍儿有一大串，我是念你一老一少两个废人日子难熬，优先考虑你。"

望雨谛听到，爹爹先是把那个叫小桂的姑娘锁进了他住的东屋，又乐呵呵地买来一只烧鸡两只猪蹄，陪皮六喝完了两瓶运河大曲。快半夜时，爹把脚步不稳当的皮六送到大门口，对他说："你狗舅子路上慢点儿，当心有人打你闷棍。"皮六拖着大舌头说："打死算球，不用你老拐子费心。"望雨知道爹心疼那四千块钱，不由加快了编草筐的动作。老头儿又对着远去的背影说："皮六，你要遭报应！"

在老兆法说过这话半年之后，皮六果真犯了事，公安局的摩托车载走了他们两口子，没收了他的家产。接着，公安局又来人找那些被皮六贩来的外地女人谈话，说要送她们回家。公安局的人来到兆法家时，谁也想不到，小桂竟抱住望雨的胳膊死不放手，说她不想回。那时她的肚子里已经怀上了望雨的孩子。望雨知道她心肠好，狠不下心来一走了之，让他家竹篮打水一场空。他琢磨，即便她想回，怎么着也得给他留下个苗儿再走。

那晚老兆法送走皮六，就喷着酒气把望雨推进东屋，反锁了门。望雨以为小桂会大哭大闹，哪想她温顺得像只小猫，只是有点儿害怕，不敢脱衣服睡觉。望雨全依着她，两人一个坐炕头，一个坐炕尾，拉了一夜的呱儿。小桂说她是"自个儿愿意来的"。

小桂告诉他，她十八岁，家里女娃多，姐妹五个，只有一个宝贝弟弟，还是个病秧子，爸妈为了给他治病，把房子都卖了。皮大叔去她家时，她想都没想就跟他走了。皮大叔甩给她爸一千八百块钱，她爸高兴得手直哆嗦……夜风停了，天快亮了，小桂对望雨说：

"能找个厚道人家，吃饱肚子，就知足啦。"

8

小桂进门后，家里明显多了热乎气。小桂很能干，几乎把责任田里的活儿全包了，家里也收拾得利利索索。望雨多次听到老爹对街坊邻居说：

"花四千块钱，值！"

第二年年根上，小桂为望雨生了一个女儿。她说："我喜欢男娃，不喜欢女娃子。"她觉得生了女娃对不住公公和丈夫，坐月子时饭量很小，省下不少鸡蛋和红糖。这时候上头拼命抓计划生育，一对夫妻一个孩儿，镇里的大喇叭天天喊，违反规定要罚款。他们不能再生养了，望雨倒觉得没啥，老兆法也想得开，对儿子儿媳说："管他男孩儿女孩儿，只要好好的就行。"

望雨给孩子起名叫林婉秋。小婉秋没病没灾，全家人都喜欢她。一些上了年纪的人说小婉秋长得像她奶奶。望雨看不见她的模样，就经常摸她的脸蛋儿，有一次下手重，把她吓哭了。小桂对她说：

"你爹是疼你，哭个啥子嘛！"

小婉秋两岁时，小桂说她想回老家看看。她已经离家三年多了，望雨知道她惦记爸妈和生病的弟弟，就去找爹商量。爹好半天不吭声。望雨说：

"爹，让她回去一趟吧。"

"傻瓜，她走了就不会回来啦。"

"小桂会回来的。"望雨满有把握地说。

爹吧嗒吧嗒抽了一阵子烟袋锅儿，叹口气说：

"要走让她一个人走，孩子留下。"

望雨把爹的意见讲给小桂听。小桂说她不放心孩子，再说她爸妈还没见过外孙女面呢，既然这样，她也不走了。一天夜里，望雨睡得正香，突然被小桂的抽泣声惊醒。他清楚她又想家了，决心让她领孩子回一趟四川。他找爹磨蹭了半天，爹终于松了口。

一大早，望雨送他们娘儿俩到镇子东面新修的公路上等车。临出门时，小桂对她的公公说：

"爹，你和大哥先凑合着过，转过年我就回来种棉花。"

这几年，小桂一直叫望雨大哥，望雨劝她说，还是叫他的名儿好。她说，叫惯了，改不了口。老兆法倚着门框，吭吭咳嗽一阵，对他的儿媳妇说："得空儿打封信，俺爷儿俩心里牵挂你们娘儿俩。"望雨听出爹的嗓音失了水分。这几年爹老得很快，光听音儿就能知道。

一辆长途客车开过来，望雨从怀里摸出一枚金光闪烁的蝴蝶状发卡，说：

"这是咱娘临走前塞给我的，让我将来别在媳妇头上。今天是时候了，来，让我给你别上，小桂！"

望雨摸索着给小桂别好了发卡。那个瞬间，他觉得眼睛猛地亮了一下。小桂好像哭了，他感到面前潮润润的。客车停下来。客车又开动了。他听见小婉秋甜甜地叫了一声爹。他听见小桂大声冲他说：

"大哥！你慢点子回，别摔着啊……"

他站在马路边呆了很久。他闻见炊烟从镇子里飘过来，在他头顶上消散。一群鸟儿在不远处鸣叫，鸟儿的叫声像孩子们的笑闹。他感觉到刚刚升起的日头很大很圆，阳光在收割过秋庄稼不久的田野里涌动，带着甜丝丝的味道。有一个人推辆独轮车从他身边慢慢走过，独轮车"吱吱呀呀"的响声久久不去。那人好像还哼起一支古老的运河小调，嗓音嘶哑，在天上盘旋。

他想起好久没到娘的坟上去了，于是就摸索着朝那里走去，路上顺便拔下两株野百合提在手里。小桂曾说过，在她的老家，也有很多这样的花儿。

他在亲娘的坟前立住，将沾着露水的野百合放到墓碑上。停了停，他说：

"我爹他人老啦，身板还结实，还能咬动烧饼；我虽是眼力不济，可我能养活自己；你儿媳妇小桂很贤惠、能干，左邻右舍都夸她；小婉秋也长高长胖了，能吃能睡。咱家的日子，越过越红火……"

亲娘坟上的衰草发出清亮的响动，他觉得他听到了母亲的声音：

"我都看见啦，我都听到啦。你们过上了好日子，我好高兴啊……"

（2000 年）

图书在版编目(CIP)数据

芳香弥漫 / 陶纯著. — 北京：中国文史出版社，
2019.1

(中国专业作家小说典藏文库·陶纯卷)

ISBN 978 - 7 - 5205 - 0528 - 4

Ⅰ. ①芳… Ⅱ. ①陶… Ⅲ. ①长篇小说 - 中国 - 当代
Ⅳ. ①I247.5

中国版本图书馆 CIP 数据核字(2018)第 206113 号

责任编辑：牟国煜　薛未未

出版发行：**中国文史出版社**

社　　址：北京市海淀区西八里庄 69 号院　邮编：100142

电　　话：010 - 81136606　81136602　81136603（发行部）

传　　真：010 - 81136655

印　　装：廊坊市海涛印刷有限公司

经　　销：全国新华书店

开　　本：720×1020　1/16

印　　张：18.5　　　字数：257 千字

版　　次：2019 年 1 月第 1 版

印　　次：2019 年 1 月第 1 次印刷

定　　价：63.00 元